绿 宝 石
Fall into your light

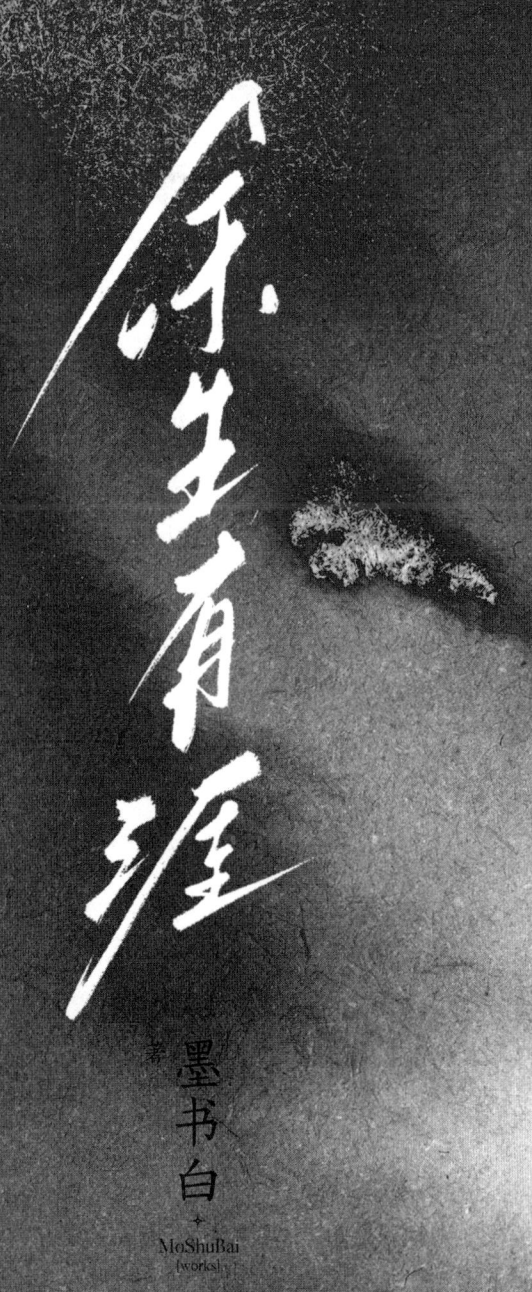

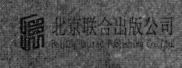

余生有涯

墨书白 著

MoShuBai
[works]

北京联合出版公司

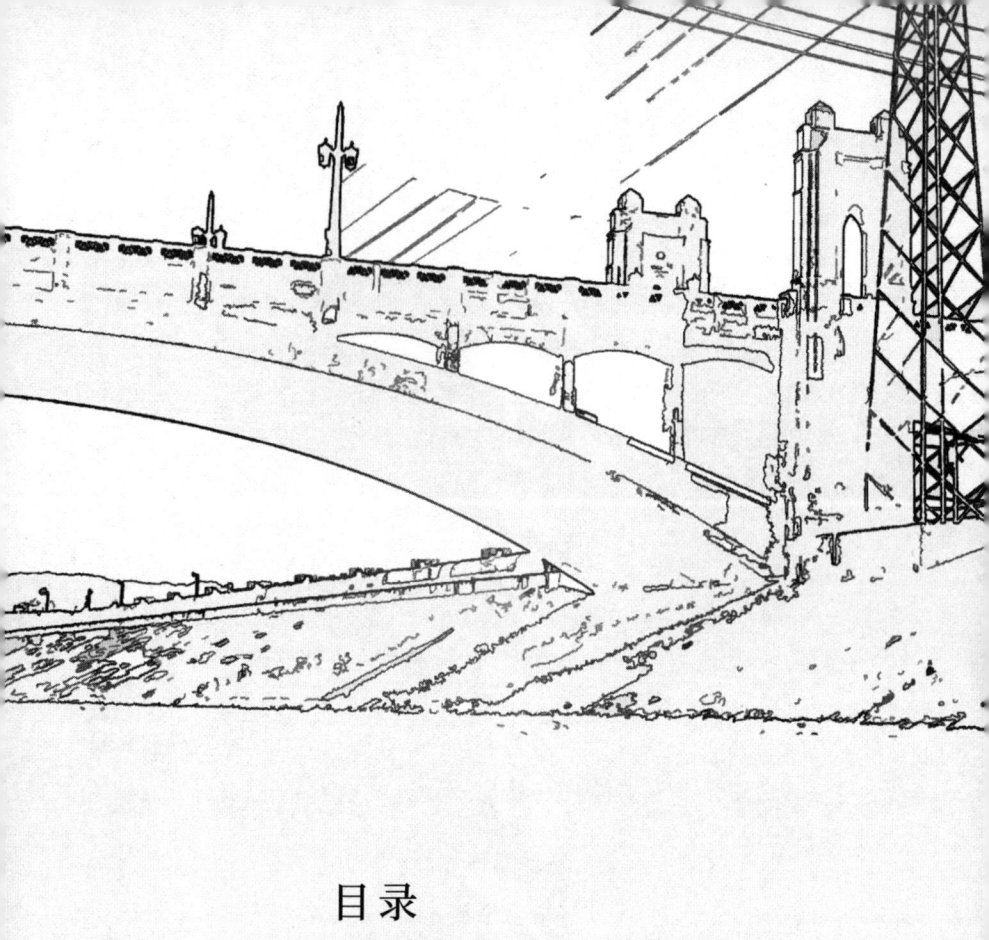

目录
CONTENTS

楔子　　　　　　　　1

第一卷・序曲　　　001

第二卷·千万人　　　029

第三卷·吾往矣　　　081

番外　　　　　　　　285

叶思北,你为什么不报警?

◇ 楔子 ◇

冬日的早晨格外寒冷,草木上凝着露珠,阳光从远处蔓延而来,不带一丝温度,照耀着这座城市。

人群在法院门口聚集着,站在阳光里,企图从这暖色中得到一些温暖的慰藉。

在媒体多次反转报道后,关于叶思北的这起性侵案终于迎来了最终决断的一天。

因涉及隐私,案件不公开审理,记者和家属都被拦在法院外面,但这并没有打消所有人的兴致。

有的主持人正在化妆,有的自媒体主播正在叙述前情,热热闹闹一片,都等着最终的结果。

"2018年4月份发生在南城的这起性侵案,如今终于进行到最终的审判阶段。在一审判决被告无罪释放之后,原告叶女士的道德诚信问题重新成为社会焦点。到底是职场性侵,还是情色交易丑闻,今天,法院将会给我们最终的答案。"有的记者从官方角度给予一个前情提要。

"越来越多的网民参与这次讨论,骂完原告骂被告,在这一起再三反转的案件里,我们不由得思索,网民对个人案件的过多参与所造成的损害到底应该由谁来承担?"有的自媒体主播从社会角度切入,就案情对社会造成的影响进行更深入的分析。

也有一些访谈节目的主持人拦下站在路边举着写有"叶思北加油"的牌子来打气的路人:"如果叶思北败诉,你们还会支持她吗?"

"会。"少女一开口,就喷出一口白气。

"你们有没有想过,如果她真的是诬告,你们这样做,对被告不公平?"

"那你们有没有想过,"少女皱起眉头,"她报警这么晚,这场审判要得到公平本身就很难？如果只是因为证据缺失而败诉，还要让她接受社会的羞辱和审判，那不是更大的不公吗？我们不是想攻击被告，我们只是希望，一个鼓起勇气起诉的女性能回归正常生活。"

门口争辩声不断，沸沸扬扬。

与之相对的，是法庭上的肃穆、森严。

法庭前方坐着法官、书记员，左右两边分别坐着公诉人和被告辩护人。旁听席上空荡荡一片，甚至连家属都没有。

"审判长，我没有其他问题了。"在被告回答完公诉人最后一个问题后，公诉人朝审判长点了点头，旋即坐下。

被告长舒一口气。

公诉席上的另一位公诉人站起身："审判长，接下来，我们想申请受害人出庭。"

"请受害人出庭。"审判长朝着旁边一扇小门点头。

被告被法警带着走出法庭，在他走出法庭，关上门的一刻，所有人都听见侧门的方向传来嘎吱一声门响。

众人转头看过去，就看见门口露出一个年轻女性的身影。

她穿了一身浅色系的裙装，柔软的头发用带着珍珠的发圈绑成低马尾，垂在身后，她脸上化了淡妆，身上喷了清新的香水。

她挺直腰背，面对着所有人，那么平静，那么从容，带着一股蓬勃的力量，像是春日里顶开巨石破土而出的嫩草，像是寒风中缓慢绽放的梅花。

她静静地看着所有人。

这是将近一年时光以来她第一次穿裙子，第一次化妆，第一次喷香水，第一次选了一根带着装饰的发圈扎起头发，更是她人生中第一次抬起头昂首阔步地走在这世间。

她来到方才被告站的位置，平静地介绍自己："我叫叶思北，二十八岁，籍贯是南城，原就职于富强置业财务部门，是一名会计。"

她声音温和又坚定，陈述她已经说过无数次的遭遇。她表现得好极了，没有哭，没有失控，只是客观地像一个局外人一样陈述一切。

陈述完毕后，接受双方质证，她又要开始证明她没有撒谎。

被告辩护人就一个又一个破绽问她，直到最后，他提出一个问题："叶小姐，您一直主张您并非自愿，之前也和嫌疑人没有任何私下的联系，那您能不能告诉我，到底出于什么理由，让您在经历如此重大的创伤后，先选择了沉默，之后又突然要提出控告呢？"

所有人都注视着她，被告辩护人的目光更是锐利地落在她的眼睛上："为什么一开始你不报警呢？"

为什么在伤害开始的时刻不选择报警呢？叶思北听着对方的询问，不由得缓缓地回头。

旁听席上空无一人，她却觉得好像有一个人坐在那里。

他应该是二十八九岁的模样，穿一件深蓝色的夹克衫，头发许久都不曾打理，零碎地散在耳边，脸上胡楂长出来，配合着小麦色的皮肤和带着英气的五官，有一种和时下流行的精致花美男截然不同的更粗犷的沉稳和英俊。

他应该会看着她，眼神平静又坚定，就像沧海浮舟，黑夜灯明。

为什么一开始不报警呢？这个问题，她被问了无数遍。

然而如果要追寻这个问题的答案，哪里又是一句两句说得清楚的？或许要从那一片混沌中剖开鲜血淋漓的过去与未来，才能去探寻这一场沉默的由来。

叶思北，你为什么一开始不报警？

又是谁让你重拾勇气，走向这一条荆棘之途？

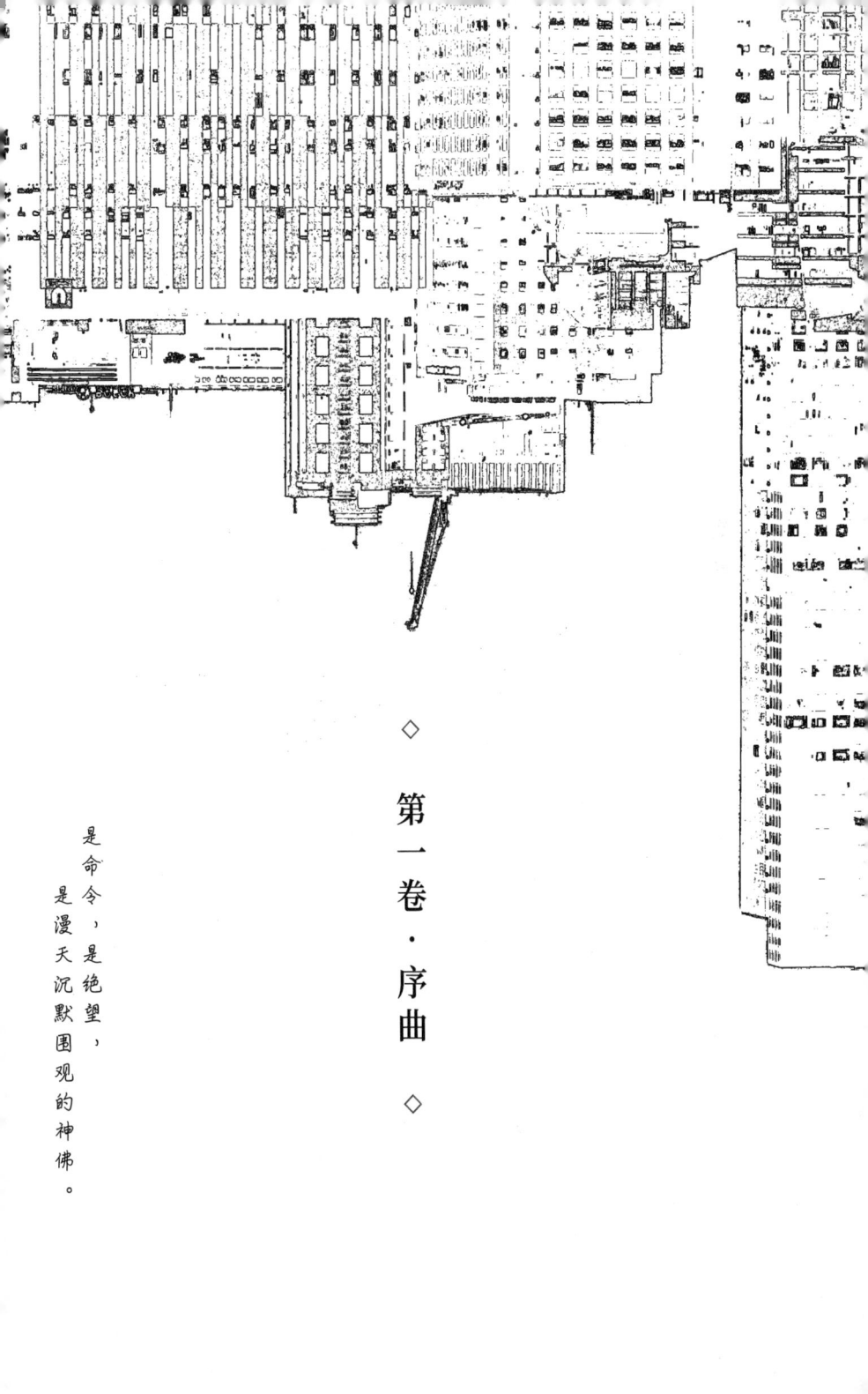

◇

第一卷·序曲

◇

是命令,是绝望,是漫天沉默围观的神佛。

定调

时间回到2018年4月8日,那天傍晚六点,南城还持续下着小雨。

小雨让出行变得异常艰难,满街车辆横冲直撞,或行或停,行人在路边撑着雨伞招手,和这场雨一样,弄得整座城市非常混乱。

由于阴雨天气,富强置业许多人下班后都没离开,想等到错过晚高峰再出行。

闲着无事的员工三三两两聚集在一块儿,一面等着外卖,一面闲聊。只有叶思北一个人坐在办公桌前,戴着耳机,阻拦了大部分声音,专心致志地录着数据。

"昨夜凌晨一点,我市上河区新春街道发生一起恶性刑事案件。被害人为一名年轻女性,身着黑色上衣、包臀短裙,脚穿红色高跟鞋。监控显示,被害人于新春南路与滨河东路路口被路过的几名男子强行带走,至今尚未归家。目前警方已展开全城搜捕,市民如有线索,可拨打本台热线……"

大厅壁挂屏幕上正播放着本地新闻,伴随着新闻声传入叶思北耳里的,是外卖员的一声吆喝:"叶小姐,外卖。"

"哎!"叶思北摘下耳机,熟练地起身,踩着高跟鞋小跑到门口,从外卖员手里接过两大袋盒饭。

"谢谢啊。"叶思北殷勤地道谢。外卖员说了声"应该的",就转身小跑出去。叶思北提着盒饭回到自己办公桌附近,解开了塑料袋,开始给坐着的员工发盒饭。

这时候她才听见同事讨论的话题。

"你说那小姑娘也是,凌晨一点了,还在外面晃悠,一点警惕心都没有。"

"陶姐,你的回锅肉。"叶思北将一盒回锅肉放到面前说着话的中年女人手里。

这位叫陶洁的中年女人头也没抬,接了盒饭随意说了句"谢谢"之后,便继续嚼舌根:"我就一直和我女儿说,晚上八点之后不能出门,大半夜还在外面晃悠的姑娘能是什么好女人?"

"晓阳,你的宫保鸡丁。"

"谢谢啊,叶姐。"双手接过盒饭的青年看上去也就二十出头的年纪,全名陈晓阳,热情地接过叶思北递过来的盒饭后,他又立刻转过头去,附和陶洁,"陶姐说得对,女孩子得多上心,好好教育。其实男人也是看人下菜碟的。我不是在谴责那姑娘啊,但你看,夜里一点,穿着高跟鞋、包臀裙,还化妆,这不是羊入狼群,刻意勾引吗?"

"陈晓阳,你是不是被勾引了?"一个女生开着玩笑。这话一出,大部分男生和一些女生零零散散地笑起来。

这笑声让叶思北忍不住皱眉,但她没有参与讨论的意愿,拿着最后一份盒饭走向一个漂亮女郎。

女郎穿着富强置业的工作服,这套工作服是富强领导专门定制的,价格不菲,包臀裙、修身西服、黑色丝袜,看上去专业又性感。

叶思北穿这身工作服一贯觉得很拘谨,领导不在的时候,她都要取一件披风遮挡,出了公司门更是无论春夏秋冬都用大衣遮得严严实实。

这位女郎却似乎很喜欢这身衣服,甚至还刻意修短了裙子的长度,配合着她凹凸有致的身材和艳丽的妆容,更显出一种扎眼的漂亮。

叶思北走到边上时,女郎正在补妆,她对着桌上立着的镜子,用鲜艳的口红涂抹着丰盈的唇。

她涂抹口红时,办公桌下的脚也不安稳,一条腿压在另一条腿上,悬在半空的脚上的鞋脱去一半,摇摇欲坠地挂在脚尖,随着她一晃一晃的动作,仿佛勾在人心上。

叶思北看着她的动作,下意识地回头看了一眼陶洁那边,果然又见陶洁他们一群人在不远处窃窃私语。

叶思北迅速收回眼神，来到女郎面前，将盒饭放到桌上："楚楚，你的番茄牛肉烩饭。"

"嗯？"听到叶思北的声音，赵楚楚抬起头来，看见叶思北，她皱起眉头，"姐，怎么又是你去拿饭？"

赵楚楚是这个办公室里唯一会为叶思北出头的人，因为她是叶思北弟弟叶念文的女朋友。

叶念文和赵楚楚从高中开始恋爱，一直谈到现在，虽然赵楚楚只考了个大专，没有稳定工作，但因为是独生女、本地人，和刚刚成为律师的叶念文也算般配，所以叶家并不反对。

叶思北和她是同事，更是知道这姑娘的脾气，很是喜欢。

"也不差这一次。"叶思北笑了笑，"我回去工作了。"

"哎，等等，"赵楚楚拉住她，"你不是下午就和我说你的活儿做完了吗？怎么还在加班啊？"

"王姐要接孩子，就让我帮个忙。"

"她天天接孩子，也不能让你天天帮忙啊。"赵楚楚颇有些不满，"我明天跟她说说去。"

"也不是什么大事……"叶思北听到赵楚楚要替她讨回公道，心里就有些发慌。

她看了一眼赵楚楚露在外面的腿，抿了抿唇，转了话题："你要不还是把裙子弄长点吧。"

赵楚楚挑眉。叶思北弯下腰："听说最近有变态，有个女孩子半夜被人拖走了，要小心一点。"

听到这话，赵楚楚就笑了："人要变态起来，你穿什么也小心不了啊。"

"那你也得防备一下，有备无患。"叶思北皱眉，"要不让念文来接你——"

"我防备着呢。"赵楚楚打断她，将手放入包中，笑眯眯地用手指从包里夹出一个东西。

叶思北看见那东西冒头，惊得一把按住她："你干什么？！"

"我听专家说的，"赵楚楚凑到她面前，压低了声，"随身携带安全套，要真遇到歹徒了，主动提供，这样对方就会觉得你不会报警，既预防传染病，减少伤害，又增加生还的概率。"

"你……"叶思北涨红了脸，都不好意思和赵楚楚说下去了，"你胡说八道什么呀？"

"姐，我可是认真的。"说着，赵楚楚拍了拍她的手，"回家多拿一个放在包里，现在变态多，有备无患。"

"别闹。"叶思北觉得触碰过那东西的手都在发烫，她红着脸转身，"我先去加班了。"

"哎，姐，"赵楚楚叫住叶思北，叶思北回头看她，赵楚楚收起笑容，抿了抿唇，好久，才问，"姐夫……回家了吗？"

叶思北脸上表情一僵。赵楚楚露出几分担忧，正要开口说话，就听叶思北开口道："他说今晚就回去了，没事。"

赵楚楚似乎是舒了口气，笑起来："那就好，我和念文马上就要结婚了，要是你们到时候还不和好，我都不好意思用喜庆事去给你添堵。"

"说什么傻话？"叶思北宽慰她，"夫妻哪儿有不吵架的，床头吵架床尾和，没事。"

"也是，"赵楚楚点点头，但她一想，又忍不住问，"不过，姐，你到底为什么和姐夫吵架啊？"

"鸡毛蒜皮的小事。"叶思北没有正面回答，只道，"你赶紧吃完干活儿，等雨停了就回家吧，别耽搁太久。"

说完，叶思北就回到了自己的位子上，开始完成那些不属于她的工作。

雨已经下了一下午，本身就到了尾声，没一会儿，就慢慢停了。

赵楚楚早早离开，办公室里的人越来越少，只留下几个业务员还在加班。

到晚上八点左右，叶思北终于加完班，她一一锁好所有柜子，往门口走去。

陈晓阳端着茶水走向自己的办公桌，看见叶思北，他看了一眼门口，有些好奇："叶姐，你老公没来接你啊？"

"啊，"叶思北有些尴尬地点头，"他最近忙。"

"哦，"陈晓阳察觉到自己似乎触及了什么不太好的话题，抓了抓头，颇有些不好意思,"那你路上小心。"

叶思北应了一声,便赶紧逃一般出门。等她走后,陈晓阳上半身倚靠在办公桌隔板上,看着她消失的方向,好奇地问旁边正在算钱的陶洁:"陶姐,叶姐最近是不是和她老公吵架了呀?她老公以前每天都会来的啊。"

"岂止是吵架呀,怕是要离婚。"陶洁按着计算器,"赵楚楚和她弟叶念文不正谈着恋爱嘛,现在要结婚,叶家要买套房,那叶念文今年才毕业,哪儿有钱买房啊?叶家两老凑一凑,逼着叶思北去贷了五万的信用贷,前两天在范总那儿开的工资证明,还特意嘱咐别告诉外人,尤其是赵楚楚。当时范总就说了,"陶洁抬头看了陈晓阳一眼,颇为嫌弃道,"叶思北脑子有问题,这种不会和人家说'不'的人啊,迟早自己把自己糟蹋死。"

· · ·

雨好像又下大了。春季以最令人厌恶的方式,在与这些即将迎来夏日的负心人告别。

叶思北拖着疲惫的身体,撑着伞,挤上回家的公交车。

现在已经不是高峰期,她在最后一排找到一个靠窗的位子坐下,这让她觉得有些高兴。能在繁杂的人生中有那么一点点幸运,她觉得很是欣慰。

她靠着窗,看着窗户外面被雨模糊了的世界,一切笼罩在暖色的路灯灯光里,混杂着亮眼的车灯和斑斓的广告牌,让整个世界都变得绚烂起来。

她看着路边穿着雨衣带着孩子骑着摩托车疾驰而过的人,看着把包挡在头上小跑而过的人。

她像一个人世间的看客,一切都与她无关,她不敢在这片刻的安宁中去想那些繁杂的事。尽管她知道有很多事需要她去处理,可在这难得宁静的时光,她一点都不想被打扰。

但天不遂人愿,手机微微一振,她看向手机,发现是秦南发来的信息。

"晚一点回去。"他如是告知。

叶思北疲惫地回应："好。"

其实该问一问他有没有吃饭，穿没穿够衣服，以显示她作为妻子的贤良淑德，但这一刻，她一点都不想。

这时候她会清晰地意识到，其实她不爱她的丈夫，她也并不觉得她的婚姻幸福。甚至当她努力想说服自己，告诉自己其实结婚这件事也不错的时候，就会发现，她很难在脑海里勾勒出秦南是一个怎样的人。

他们并不熟悉，婚前只认识了六个月，那六个月也就是每周周末见一次，吃顿饭。婚后在一起一年，双方早出晚归，他工作忙，经常一回来就躺在床上。

他不爱说话，而她不善言辞，还有点怕他，于是结婚一年，她对秦南的所有认知都浮于文字可以叙述的表面。

秦南二十八岁，农村出身的独生子，老家是南城下面一个贫困村，村里的年轻人大多出去打工，留下年迈的父母照顾年幼的孩子。这个村之所以让南城镇上的人知悉，缘于十几年前一桩留守儿童自杀事件。

那时外出打工的人还不多，也就这个村出去了一些，秦南的父母就是当年村里最早一批到外面打工的人，所以他由爷爷抚养长大，父亲在他十七岁时在工地上意外身亡，母亲和一个男人卷钱私奔。于是他高中辍学，在外面漂泊，学了些修车的手艺后，回到南城开了家小店，爷爷一年前病逝，就留下他一个人。

他的店叫"雪花汽车行"，她猜测是因为他喜欢喝雪花啤酒。

他不爱说话，喜欢打拳、抽烟，会主动做家务，不喜欢叶家。除此之外，她对他一无所知，也并不想了解。

其实她需要的只是这段婚姻——让她不要当一个异类的婚姻。

她不知道他是什么想法，但大概率来讲，也是一样的。

当爱情难能可贵，人们就会无比向往，像梁祝化蝶、罗密欧与朱丽叶。可爱情没有任何阻拦，唾手可得时，就会恢复成它原本的面貌。它本来就是所有感情中最奢侈、最无用的一种，哪怕没有任何阻碍，也很少有人拥有。

叶思北觉得，他们只是到了年纪，勉强凑合在一起。

他们的勉强肉眼可见,不和到连吵架都几乎没有什么言语。

每次吵架,都是她说对不起,他说他去静一静,然后在阳台上一坐就是一晚上,能抽两包烟。而这次吵架缘于她对叶念文结婚的资助,她悄悄申请了五万的信用贷,给叶念文买房。

这事被秦南知道以后,他终于发了火。他拎着外套,握着拳头,死死盯着她:"叶思北,你觉得你这辈子就这样了,所以一点都不愿意为自己打算是吗?"

她还是只会重复:"对不起。"

他没回她,有那么一瞬间,她觉得他几乎是想打她。

她害怕得退了一步,而他似乎是被这个动作激怒,扭过头一脚踹翻了椅子,冲出家门,然后一直没回来。

直到今天,他才给她发了信息,说晚上回家。

公交车到站,叶思北从公交车上下来,她拖着疲惫的身子走进小区,想着晚上该做点什么来挽救一下她的婚姻。

他们家在郊区一个旧小区,旧小区的楼房和现在五花八门的建筑不同,它就是一个完整的长方体立在水泥地上,一排八户,没有电梯,只有右手边有一个楼道,成为通往每一家的路径。

对叶思北来说,每天最难熬的就是爬这一段楼梯。

她踩着高跟鞋一层一层爬到五楼,终于来到自家门前,掏出钥匙开门,利落地抬手拍开了灯。

灯光洒满房子,这是一套70多平方米的两室一厅,家里没有其他人,叶思北放下包,去房间换好衣服,就去厨房煮饭。她从冰箱里拿出菜,开始切菜。

一个番茄炒鸡蛋、一个黄瓜炒肉片、一个紫菜蛋花汤,都是很简单的菜式,她也不会做太复杂的东西。

等做完之后,她把菜放到桌子上,就开始枯燥的等待。

菜冷了,她去热一热,没事干就打扫房间。

等到晚上十一点半,她趴在餐桌上几乎快睡着时,才听见咔嚓一声门响。她骤然惊醒,就看见一个男人站在门口。

他看上去二十七八岁，身材高大，五官端正、英挺，穿着带着机油的军绿色Ｔ恤、沾着泥的牛仔裤，手臂上挂了一件夹克衫，手上拿着一个满是泥的公文包，似乎是从哪里爬回来的。

叶思北愣愣地看着秦南，他的目光落到餐桌上，也是一愣。两人静默片刻后，他先开口："临时接了个活儿，去郊区帮人换个胎，雨天事多，我不管怕是他们就得在那边过夜了。"

"哦，"叶思北回过神来，赶紧起身，"没吃饭吧？我给你热热。"说着，她就端着菜又走去厨房。

他站在门口，犹豫了片刻后，在门口脱了衣服，将包里一份文件取出来，放在桌边的椅子上，赤脚走进洗澡间。

她热好菜，又添好饭，等在桌前。

等了一会儿后，他穿好衣服，坐到她对面。

他穿的是平时的衣服，一件蓝色Ｔ恤、一条白色休闲裤，半干的头发间凝着水珠，顺着他古铜色的皮肤一路滑落，倒有几分性感。

叶思北察觉到不对劲儿，故作无事地笑起来："都回家了，怎么不换睡衣啊？"

秦南没回她，看着面前的饭菜，平静地开口："先吃饭吧。"

叶思北没有反驳。两人低头吃饭，全程除了吃饭发出的咀嚼声、偶尔出现的触碰瓷器的声音，没有一点交流。

等吃完之后，她站起身收拾碗筷："你先睡吧，我收拾。"

"等一下，"男人的声音很平静，"我有些话得和你说。"

叶思北停住动作。对方再次强调了一遍："坐下吧。"

叶思北没说话，她隐约有一种预感，好久后，才回过神来，缓缓地坐下。

等她坐稳，对方也没出声，在这似乎没有尽头的沉寂里，最终还是秦南先开口。

"叶思北，"秦南声音很低，"我们离婚吧。"

幻梦

"这是我找律师写的离婚协议。"秦南从旁边的椅子上拿出一份文件递给叶思北,"房子给你,存款一共还剩十万,我们平分。你欠的债我来还。你看看还有什么要补充的,我们商量一下。"

叶思北不动。她的目光从协议移到餐桌布的格子上。

这块桌布是他们新婚一个月时去十元店选的,她记得当时她喜欢的是蓝色格子,秦南喜欢的是灰色格子,秦南问她要什么,她说要灰色,秦南最后就买了这块蓝色格子的。

秦南见她不接协议,便将协议放到了桌边:"今晚我就搬出去,你等会儿看吧。"

叶思北不出声。

秦南想了想,难得多话:"还有什么要说的吗?"

他好像是要让她说临终遗言。

有那么一瞬,她居然感受到一种无端的滑稽,然而这微弱的滑稽感挥之即散,伴随而来的是复杂的羞辱、惶恐不安,以及一丝若有似无的伤心。

她不知道此刻该怎样才算是一副正常的模样,想了好久,才问了句:"为什么?"说着,她抬头看他,"你在外面有人了?"

"没有。"秦南声音很低。

"那有什么过不下去的要离婚?"

秦南不说话。

叶思北神色平静,习惯性地开口:"如果我有什么做得不对的,我会改,我知道我对不起——"

"可以了。"秦南打断她,声音有些哑,他站起身,拿过桌边的车钥匙和手机,"就这样吧。"

秦南说完这句话就往外走。

等他走到门口刚将手放到门把手上,叶思北突然开口:"我不会离的。"

秦南回过头,就看见叶思北还坐在原位上,她一直维持着方才的姿势,面上没有任何表情。

"如果要离婚,当初结婚做什么?我知道我不好,"她静静地看着前方,"我不该借钱给念文,这笔钱我会自己还,这件事是我不对,对不起。但不管怎么说,我们结婚了,"她的音调始终没变,带着一种疲惫的平静,波澜不惊,她顿了顿,语调终于有了些起伏,"我不能离婚。"

秦南想了想,似是想多说些什么,又抿唇咽了下去,最后也只归为一句:"你是不是觉得说对不起可以解决所有事?"

"我不是这个意思——"

"那你去找叶念文,把钱要回来。"

空气瞬间凝固,叶思北看着门口盯着她的秦南,突然就生出几分难受。

"他要结婚了。"

"你做不到。"

两人同时开口。这两句话同时说出来,让叶思北的话更显难堪。

她一时什么都说不出口,感觉自己像是被秦南看穿了一般,她转过脸,垂眸。

其实秦南说得对,也不对,她不是觉得说对不起可以解决任何事,她说对不起,只是因为自己知道除此之外她做不了任何事。

她像陷在一摊烂泥里,这句对不起,也不过是希望路过的人能少吐几口唾沫而已。

这个认知让她有几分难受。秦南似乎也觉得自己不该说这句话,轻轻转头。

"你不该活成这样的。"秦南声音很低,"以后我不来了,好好照顾自己。"说完,他拧开门把手,寒风从门口灌进来,他开门走出去,又关上房门。

等房门关上后,叶思北缓慢地抬起视线,看向餐桌对面的白墙。

白墙上面什么都没有,就在上个星期,和秦南吵架前,她还想着,是不是该买幅画挂在那里,但马上因为浪费钱而否定了这个想法。

她总是在关心这些鸡毛蒜皮的事,买一个装饰品多少钱,买一块什么样的桌布更划算,凑多少钱的优惠券最便宜……

她也很难有能力关心其他的。

她不够聪明,不够能干,赚的钱不多,生活里能操控的部分也就只有这些。

哦,她还能操控的,就是不管怎样,都要按时上班。

想到明天,她深吸了一口气,抬起头,将手机放进兜里,好像什么事都没发生过一般,起身把餐桌收拾好。

她破天荒地没有洗漱,直接倒在床上,张开双臂,直直地躺在床上。

她没有关灯,就看着白炽灯,慢慢闭上眼睛入睡。她恍惚做了一个梦,梦境里好像是高中时,那天是周一升旗,她站在演讲台边上,听到校长叫了她的名字。

"现在,由高一一班的叶思北为我们做周一演讲。"

梦里的她心跳得飞快,捏着稿子的手心都是汗。

她小跑上去,明亮的眼扫了一圈台下的同学,有小小的骄傲充斥着她的内心,她不由得轻轻抬起下巴:"大家好,我是高一一班的叶思北,今天,我演讲的题目是《最美好的永远在未来》……"

她其实有点想听听自己讲了什么。但不知道为什么,讲台上的女孩子讲话的声音一点点小下去。

她开始听见水声,感觉自己好像是被放在了棺材里,冰冷的水从两边灌入棺材,慢慢挤满所有空间,她呼吸的空气被一一掠夺,感觉窒息到肺疼。

求生的本能让她开始拼命挣扎,她想奋力往水面游去。

她隐约看到岸上有一个人,他穿着黑色大衣,撑着一把透明伞,有些模糊地站在边上。

他透过水面静静凝望她,她不断地朝着他招手,他却似乎看不明白。

直到最后,他对她开口:"你不该活成这样的,叶思北。"

也就是这一瞬,她猛地惊醒。

手机闹铃在她边上轻柔地响起,她坐在床上缓了一会儿,喘息了很久,才回过神来。

她机械地下床,来到洗脸池边,将冰冷的水泼上她的脸。

冷水扑面而来的感觉和梦里被冷水彻底淹没的感觉有所重叠,一瞬间,她脑海中竟然就想起了高中时那次演讲。

她抬眼看见镜子里的自己,一双黯淡无光的眼,略显憔悴的面容。

她静静地注视着二十七岁的自己,好久,她低下头,狠狠地洗了一把脸。

这次她好像清醒多了。

她洗漱,准备早餐,换好工作服,从床头柜里取今天要用的钥匙。然后拉开抽屉的一瞬,她看见散了一抽屉的避孕套,紫色外壳,银白色条纹,是市面上少见的包装。

许多话一瞬间从她脑海中闪过。

"被害人为一名年轻女性……"

"以后我不来了,好好照顾自己。"

"随身携带安全套……既预防传染病,减少伤害,又增加生还的概率。"

叶思北盯着抽屉里的安全套,想了想,最终还是拿了两个,装进包里。

和往常一样,她套上风衣,在天空还泛着蓝的清晨出门。

她来到公司时,公司里只有清洁阿姨,她坐到自己的位子上,将还没拉上拉链的包随手放在桌边,开了电脑。

清洁阿姨低头拖着地从不远处移动过来,到了叶思北桌边,拖把哐的一下,包就掉了下来。

"哎呀,对不起。"包里的东西散落一地,清洁阿姨在包掉到地上的第一时间就去捡。

叶思北随后反应过来,也赶紧蹲下身去收拾东西:"没事,我来就行。"

话刚说完,她就看见清洁阿姨看着她掉出来的两个安全套愣住了,她故作无事地将安全套迅速收起。

阿姨轻咳了一声，站起身，道："小叶，你自己收拾吧，不好意思了啊。"

叶思北知道清洁阿姨起身的原因，她支吾着点头，完全不敢抬头。

她仔仔细细地将东西装进包里，等重新坐回位子时，公司里已经有其他的同事陆陆续续地走进来。

生活没有任何区别，秦南提出离婚这件事仿佛没有太大的影响。

她照常工作，照常在大街上做愚蠢的早操，在路人异样的眼光中，和同事一起鼓掌，大声喊着鼓励的口号，照常开无聊的早会，看所有人溜须拍马，积极发言。

她照常给大家拿外卖、倒咖啡、工作，下午四点不到，就看到隔壁桌的王姐又来打招呼："思北，不好意思，我得去接孩子了，抱歉抱歉。"

一切好像没有什么不同，唯一的异样，就是她觉得自己似乎更难感知情绪了。比如每天王姐拜托她加班的时候是她最烦躁的时刻，可今天也不知道为什么，她居然一点感觉都没有。

好像她所有喜怒哀乐的能力都被剥夺了，梦里那种浸泡在水中的窒息感一直持续到现实中。她甚至恨不得多一点工作，让自己尽量减少可以思考的时间。

她对着电脑机械地处理所有事务，一直到华灯初上，她猛地听到一声焦急的询问："店里还有谁？"

叶思北听出是店长范建成的声音。

此刻六点不到，走的人不多，叶思北抬起头来，看了一眼周边。销售部的人几乎都还在，财务部这边就剩下她和陶洁。

范建成扫了一眼，看见销售部的赵楚楚和陈晓阳都在，忙道："晓阳、楚楚，你们在这里就好。"

说着，他抬起手来，在空中拍了拍，吸引了所有人的注意力后，提高了声音："现在所有人都把手里的事放下啊，拾掇拾掇，跟我出去吃饭。谁都不许请假，请假明天就不用来上班了。"

这话说得严肃，大家都察觉到发生了大事。

"范哥，"赵楚楚和范建成关系不错，举手发言，"去哪儿啊？"

"万福地产的副总临时有时间,说可以和咱们吃个饭,这是个大单子,拿到了,大家都有奖金。"

一听这话,陈晓阳当场吹了声口哨,赵楚楚也笑了起来。

叶思北听见万福地产,大概也了解了情况。

中介公司收益有两种,一种是卖二手房,另一种就是和新房合作,他们帮忙卖房,抽点中介费。好的新房,有自己的客户,卖得也容易,能和好的新盘合作,对这些中介公司来说就是一笔大买卖。

万福地产即将开的新盘"天鹭"位置绝佳,又是学区,号称三年来南城最好的一个楼盘,好几家中介公司都在争抢这个单子,富强置业早就盯紧了这块肥肉,今晚万福地产的副总临时答应组局,就是一个再好不过的信号。

一旦拿下这个单子,按照富强置业的规定,他们在场所有人都能拿到一笔不菲的奖金。

钱是鼓舞人心的东西。大家都兴奋起来,赵楚楚打开小包开始补妆。她今天背的是一个绿色皮质手包,因为颜色特殊,她平时不怎么背这个包。

叶思北见她开始备战,便知道躲不过去,只能提醒这位主力:"记得带胃药,还有,和念文说一声。"

"算了吧。"赵楚楚翻了个白眼,"告诉叶念文,他又得叨叨说什么女孩子不能去喝酒了。可我的工作是这个,不喝酒,我喝西北风啊?到时候范哥把我给辞了,我总不能指望念文养啊。"

说着,赵楚楚涂好口红,又开始取了眉笔画眉:"现在房价多高,要不是爸妈,我和他都买不上房,买了之后他每个月工资也就够还个房贷,后面还要装修、生活、买车、生孩子,什么不是钱?你这弟弟什么都好,就是不知道人间疾苦。"

说到这里,赵楚楚想起叶思北的身份,抬眼看了一眼叶思北:"可千万别告诉叶念文我去喝酒了,不然他闹起来,哄不好。"

叶思北静静地听着,看着自己这个未来的弟媳用手中的眉笔勾勒出漂亮的轮廓,将其填满。

等做完这一切，赵楚楚转过头来，一张年轻漂亮的脸上神采飞扬。她用手在脸旁边做出一个"鲜花盛开"的形状，妩媚地问叶思北："叶姐姐，我美吗？"

"美。"叶思北认真地回复。

她凝视着面前人的眼眸，突然特别羡慕，羡慕得有几分嫉妒。

人间

赵楚楚化完妆,其他人也都准备得差不多了,跟着范建成一起出了门。

富强置业规模不算大,叶思北所在的这家分店,一共也就二十多个人,下班时走了一批,现在这个点剩下的一共也就七八个人。

范建成和陈晓阳开了车,他们分成两辆车开往范建成预订好的饭店。

这种酒局,销售部轻车熟路。叶思北虽然去得不多,但工作这么些年,也有了经验,周边都是熟人,她并不担心。

范建成预订了一个大桌,等到了之后,他把陈晓阳和自己安排在了主座旁边,根据喝酒能力往后排,越能喝的越靠近主座。

赵楚楚算是主力之一,范建成却没把她排到前面,反而让她和叶思北坐在了一起。赵楚楚不由得有些奇怪,小声询问范建成:"范哥,你这安排是什么意思啊?"

"你年轻,"范建成瞪她一眼,"要是陶姐喝不了,你再补上,能不喝就别喝了。"

"范哥,"赵楚楚一听就高兴起来,朝着范建成比了个心,"爱你哟。"

"一天天没个正形。"范建成懒得理她,又去安排其他人。

叶思北在旁边坐着给自己倒茶。赵楚楚转过身来,撞了撞叶思北:"怎么样,范哥靠谱吧?"

叶思北笑了笑,并没有多话。

这也不是她的战场,她就是来凑数的。她现在所有想法就是安静地熬过这场酒局,再回家,熬过这个夜晚,然后开始熬下一天。

所有人叽叽喳喳地聊着天等待,叶思北也大概了解了今晚这位主客的信息。

他是万福地产的副总,名叫郑强,据说在南城扎根多年,在地产界根基极深。

本来今晚是安家置业和他的局,不知道安家置业是哪里得罪了他,他就临时改成了和富强置业的人吃饭。听说他喜欢喝酒,又爱热闹,所以范建成特意把能带的人都带了过来。

"今晚估计得喝不少。"赵楚楚用丰富的经验判断出今晚的情况。

话刚说完,就听门外传来脚步声,所有人循声看去,只见范建成推开门,点头哈腰地请三个人进屋来。

为首的是一个四十出头的中年男人,西装革履,看上去颇有气势。

他一进屋,所有人都站起身来。

"我给大家介绍一下啊,"范建成恭敬地抬手指向旁边被请进来的男人,"这就是万福地产的郑总,欢迎。"

说着,范建成就开始鼓掌,大家赶紧跟上。

热烈的掌声充斥着整个包间,范建成引导着郑强往主座上走:"来,郑总,坐这儿。"

郑强带来的另外两个人没坐下,他们就留在门口站着,好像是保镖。

他自己坐在了主座上,范建成和陈晓阳一左一右坐在他两边。他环视了圆桌所有人一圈,笑起来:"哟,今天郑某艳福不浅,这一桌都是美女啊。"

"来,"郑强起身,自己给自己倒了三杯酒,"诸位美女,我来晚了,先自罚三杯。"

说着,别人还来不及劝,郑强就直接灌了三杯下肚。然后他将空底的杯子朝着众人转了一圈,看上去颇为爽快:"看,我老郑从不搞虚的。今天既然来了,在座各位一定要喝得尽兴,喝得痛快,千万别搞什么酒精过敏啊,喝不了啊这一套。情谊都在酒里,不喝趴下,就是情谊不到这份儿上。"

"郑总说得对。"坐在郑强旁边的陈晓阳站起来,举着杯子看向众人,"酒深情意重,今天咱们富强置业能请到郑总,是咱们的荣幸,咱们必须拿出点态度来。郑总喝三杯,咱们全体员工敬郑总三杯,来!"

说着,陈晓阳就给自己倒了第一杯:"第一杯,迎接郑总,欢迎!"

陈晓阳说了这话,所有人也不好多说,都举起杯子,一口喝下。

叶思北在人群里轻轻抿了一口。这种人多的场合,她一贯都是这么敷衍的,反正也不会有人注意。

陈晓阳又举起第二杯:"第二杯,感谢郑总大驾光临。"

所有人再次往杯子里倒酒,然后举杯喝下。

陈晓阳举起第三杯:"第三杯,祝郑总生意兴隆!"

大家再次倒酒,举杯。叶思北喝了一小口就将酒杯放了下来。

陈晓阳喝完最后一口,将杯子翻过来,朝着大家转了一圈。他转头看向郑强,正要说话,就看到郑强盯着叶思北的方向。

陈晓阳察觉不好,不敢出声。

场面安静下来。

"老范啊,"郑强一开口,所有人都顺着他的目光看过去,就看到他抬手一指叶思北那挡在碗筷后面还剩一小半的酒杯,"你们公司看不起我啊。"

一听这话,众人脸色就变了。叶思北脑子一蒙,然后脑子开始飞快地运转,想着自己该怎么办。

赵楚楚先反应过来,赶忙站起来:"郑总,我敬您三杯。"

郑强不说话,就盯着叶思北摇头:"你们道歉都不叫道歉,只有犯错的人自己开口,那才叫道歉。"

说着,郑强从旁边取了杯子,清点着杯子的数量:"一、二、三、四、五、六。"

他数完,取了旁边的白酒,一杯一杯地满上,朝着叶思北一摊手。

"小姑娘,"郑强笑了笑,"咱们今天好不容易这么多人吃一顿饭,不能因为你一个人吃不下去,对吧?干了这一排,我就信你们公司还看得起郑某,不干,"他笑着看向范建成,像是在开玩笑,"就是你们富强不给我面子。"

一听这话,范建成就急了,他抬头看向叶思北,威胁地唤了一声:"思北!"

叶思北看着那一排酒，脸不由得有些发白。

但范建成表了态，所有人也就只会跟着劝，毕竟这是他们今年最大的一笔收入，谁都不想因为六杯酒失去这个机会。

一时间，所有人都开始催促，纷纷要她道歉。

群体总是有种改变氛围的力量，那种氛围甚至会让人无形中产生一种思维上的改变。

叶思北也不知道自己是怎么回事，她被叮嘱过无数次，女孩子不能多喝酒，可那个"不"字始终出不了口。

她不敢去承担拿不到这个单子的责任，害怕被群体排斥，还担心丢了现在这份工作。

大家都喝，赵楚楚、陶洁、陈晓阳，大家都玩命地想拿下这个单子，她没那么金贵，更没那么矫情。

在众人的催促间，她咬咬牙走到郑强面前，拿了第一杯酒，恭恭敬敬地鞠了个躬："郑总，对不起，是我不懂事，我跟您道歉。"

郑强打量她，抬了抬手，示意她快喝。

叶思北闭上眼睛，一咬牙灌下一口。

酒火辣辣地剐着嗓子往下灌，她体会不出任何好酒差酒的区别，只觉得剐着食道到胃部，带来一阵火辣辣的热意。

一杯、两杯、三杯……每一杯都在加剧那种不适感，到第五杯的时候，她就开始感觉胃痛，想要呕吐，她一把捂住嘴，露出痛苦的神色。

范建成站起来，迟疑着开口："郑总——"

"缓一缓，"郑强给她递了纸巾，"喝酒不能喝太急，缓一下，还有一杯呢。"

叶思北不敢说话，抬眼求助地看向站在郑强身后的范建成，范建成接触到她的目光，顿了片刻后，轻轻摇了摇头。

她开始后悔，开始责备自己。

如果她刚才把酒喝下去就好了，这种场合，怎么可以想着偷奸耍滑呢？为什么郑强不盯其他人，就盯着她呢？都怪她。

她脑海里一片混沌，努力说服自己，去喝下第六杯。

但第六杯下肚，胃里翻江倒海，她实在忍不住，捂着嘴就朝着洗手间冲了过去。

她在洗手间里剧烈地干哕出声，她听着洗手间外的大笑声，分不清是谁在笑，生理的痛苦和心理上说不出的屈辱一起涌上，让她眼角不由得泛酸。

她觉得有一根弦绷在脑海中，好像随时都可以断掉。有什么在她心里翻涌，一切都摇摇欲坠。

她轻轻喘息着，听见手机响了起来。

她划过屏幕，接起电话，随后就听见自己母亲尖锐的声音从电话里传来："你去哪儿了？"

这声音震得她耳朵发疼，她撑着自己翻坐到马桶盖上，克制着所有情绪，哑着声撒谎："我在家。"

"家？你还学会跟我撒谎了是不是？我现在就在你家，你在哪儿呢？"

黄桂芬有他们家的备用钥匙，但一般不会去她家。

叶思北努力辨认黄桂芬说的话，酒精让她已经无法思考，她感觉有太多的事在她脑海里运转，她闷不吭声。

她不说话，她母亲黄桂芬的声音却停不下来："你和我说清楚，秦南要和你离婚是不是就因为你这么一天天在外面胡来？这都什么时间了，你还不回家，你这像个女人该做的吗？"

"妈，我是在工作。"叶思北有些累了，她内心有什么在啃噬，她无意识地用一只手扣着另一只手手腕，"我回去再和你说吧。"

"工作？你做什么工作？你现在嫁人了，什么都不和家里说了是吧？你还当我是你妈吗？要不是今天你爸去秦南店里听见他员工说他一个星期没回去了，要不是我今天来你家里看见离婚协议，你打算瞒我们到什么时候？！你知不知道离婚是多大一件事？你知不知道离婚对于一个女人意味着什么啊？！"

黄桂芬的话像一只会啃噬人大脑的虫子，它爬进她的大脑，咔咔咔咔咬过去，让她又痒又疼。

叶思北将手插进头发里，痛苦地蜷着身子，听着黄桂芬的叫骂："你离了婚，你想过再嫁有多难吗？你要么不结婚，结了婚再离，这算什么？到时候外面的人会怎么笑话咱们？街坊邻居怎么看咱们？你不要脸我还要脸呢。楚楚和念文马上要结婚了，你可别做这种晦气事，我告诉你，离婚我不同意——"

"又不是我想离！"叶思北终于绷不住了，猛地暴喝出声。

一瞬间，好似有无数东西奔涌而出，她浑身打着战，根本无法控制："是他要离！他知道我借钱给念文买房的事了，他要离婚，你让我怎么办？！你让叶念文把钱还我？让赵楚楚和他别结婚了？！你骂我有什么用？是我想的吗？"她提高了声质问，"活成这样是我想的吗？！"

黄桂芬静下来，她似乎是被叶思北吓到了。叶思北察觉到自己的失态，撑着头整理着情绪，不再开口。

过了好久，门外传来赵楚楚的敲门声。

"姐？"

"我没事！"叶思北哑着声故作无事地回复。

说完之后，她压低了声音，和黄桂芬草草结束了对话："就这样吧，我下班回去了再和你说。"

"那……"黄桂芬迟疑着，"你早点回家。"

"嗯。"叶思北快速回应，毫不犹豫地切断和黄桂芬的通话。

她坐在马桶上，低着头缓了一会儿，直到赵楚楚再次催促，她才深吸一口气，直起身，开了门。

赵楚楚见她出来，松了口气，上下打量了她一眼，关切道："你还好吧？"

"吐完就好了。"叶思北靠着门摇头，"没什么大事。"

"那就好。"赵楚楚放下心来，扶着她一起回了包间。

这时候气氛已经活跃起来，包间里觥筹交错，所有人都在陪着喝。

第一杯酒是最难喝下的，但喝完了第一杯，想再拒绝后面的劝酒，就变得异常艰难。

叶思北尽力推托着所有递过来的酒，但她不喝，赵楚楚就得帮她挡，她过意不去，撑着又喝了两杯。

等喝到后面，赵楚楚还清醒，她就有点醉了，但她觉得自己的理智是没有问题的，她知道自己在做什么，还特意拉住范建成，请求他："范哥，你一定要好好把我和楚楚送回去。"

"你放心，"范建成点头，"我肯定把你们安全送回去。楚楚，你照顾一下她，怎么喝成这样啊？我去给她拿杯水。"

赵楚楚应承着，借着照顾叶思北的理由坐在一边。叶思北从来没这么醉过，她感觉自己有一肚子话要说，她觉得不该说，可就是控制不住，拉着人一直说话。

"我妈逼我，秦南逼我，生活逼我，所有人都逼我。我什么都不想要了，我什么都让出去，我就想让大家都好好生活，我做错什么了呢？

"秦南说我不该过成这样，可我控制不住自己，我没有出息，我什么都做不好，我能怎么办？

"我昨天晚上做梦，梦见我高中的时候，那时候我觉得自己特好，我做过升旗演讲，好多人看着，可我这辈子没再有过那种感觉了。

"我是真的想和他过一辈子，"叶思北哭出来，"我不知道什么喜欢不喜欢，我感觉不到，但我特别想和他过一辈子，为什么这么难呢？"

"喝点水，准备走了。"有人给她递水。

等她喝完水，周边不见了郑强的声音，酒局似乎是散了，她和赵楚楚互相搀扶着走出去。

范建成在门口等着她们。叶思北拉开车门，和赵楚楚一起坐进去。

上车之后，她胡话说得越来越严重，开始一直道谢："楚楚，谢谢你啊，一直照顾我。你和念文要好好的，我这辈子到头了，我也不知道要怎么才能活得好，你们知道，你们快乐，那就够了。

"范哥，我一直想感谢你，去年，要不是你和人事部说要我，我还失业着呢。人家都说我二十六岁了，要结婚，要生孩子，我又没有什么工作经验，考公务员考两年都考不上，又木讷、不会说话，还是个大学生，清高，大家都不喜欢我。范哥，谢谢你，谢谢你给了我一条活路，我真的……真的太感激你了。"

她说着说着有些困了，忍不住靠在赵楚楚身上。

她感觉晕晕乎乎，靠在赵楚楚身上呢喃："怎么这么苦啊？人这辈子，什么时候才到头啊？"

"姐，"她隐约听见赵楚楚的声音，"人一生的苦难是没有尽头的，我们能做的只是往前走，一直走。"

她听到这些话有些恍惚，隐约感觉赵楚楚起了身，她愣愣地抬头，看着赵楚楚下车，范建成关上车门。

在她记忆里，最后一个画面，是她靠在车窗玻璃上，睁开眼，看着昏黄的路灯灯光透过玻璃窗忽隐忽现，洒落在她眼里，光怪陆离，恍如幻梦。

湮灭

那是记忆里那一天叶思北最后记得的画面。之后一切就化作黑暗,她什么都记不清了。

她好像陷入了一场沉沉的梦境,梦境里,她又看到秦南,她在水里,往上游,而秦南就站在岸边,穿着黑色风衣,撑着一把透明伞。

她突然就想起来,其实那是她和他第一次见面。

当时是在她二十五岁的秋天,她回到南城的第三年,她刚考完公务员失败,一边求职,一边相亲。

那天下午,她刚刚相完一场,对方对她不甚满意,没聊多久就离开了。结账是AA,她想着自己不能白花这份钱,也不想太早回家被母亲念叨,等对方走了,就还在店里坐着。

下午下了小雨,她坐在窗边,看着车来车往,然后她就等来了一个年轻的男人。他穿着黑色风衣,撑了一把透明雨伞,雨伞上印着超市logo(标志),应该是活动赠送的,在距离她不到一米的地方隔窗而站。

她坐在窗户里面打量他,他似乎完全不曾察觉,这让她有些大胆,越发肆无忌惮地看他。这个男人乍看只觉得还算清爽、端正,但仔细看,就会发现他的眼睛漂亮,鼻子笔挺,是一种耐看的英俊,让她一时不由得着了迷。

或许是她看得太久,对方被她惊扰,转过头来,隔着雨帘和染了雾气的落地玻璃对上她的目光。

四目相对,她愣了一刻,才有种被人发现偷窥的惊慌,她故作无事地扭过头去,想逃避这份尴尬。

然而没一会儿,她就听到了脚步声,脚步声停在她面前,她缓缓地抬头,看见那个年轻的男人站在她面前。他没说话,紧皱着眉头,似乎在想一个开场白。

她也不知道是哪里来的勇气,深吸一口气后,干脆笑了笑,主动道:"你好,认识一下?"

梦里的秦南笑了。

而她耳畔不知道怎么的就传来了喘息声。那喘息声好像是某种黏腻的软体动物沿着她的身躯攀爬而过,将她从美梦中惊醒。

她缓缓地睁开眼睛,感觉眼前一片黑暗,她似乎是被人用黑布蒙住了眼睛,仅有一些黑布无法挡住的光透过黑布落在她眼里。她身下是狭窄的皮质座椅,周边随着动作摇摇晃晃,发出吱嘎的声音。

她浑身没有半点力气,哪怕有了意识,也没有任何反抗的能力。惊恐席卷了她全身,可在这一片惊恐中,她意外地拥有了一种非常的理智。

她清楚地知道自己遭遇了什么,并在一瞬间明白,她不能醒。那一刻,她清楚地知道,她必须伪装成还没清醒的模样,让这个人以为自己什么都不知道,不可能有认出他报警的机会,自己才会有更高的生存概率。

影视剧或者其他艺术作品中,对这种事的描述总是充满令人遐想的似乎是基于人性基因中的不可言说与激动,将所有痛苦和危险一笔带过。但其实真正的性侵案件中都伴随着大量的暴力血腥,和死亡息息相关。

她尽量让自己冷静,去调取过去她学习过的知道的所有相关信息,让自己尽可能寻找逃脱的可能。

她咬着牙,克制自己不要颤抖,让自己尽量放松。她不断地告诉自己要冷静,不要让害怕淹没自己。

她让自己所有的情绪和意识抽离,去记忆所有相关的内容。他是什么味道,大约是什么重量,他的体毛大约是怎样的密度,他隐约发出的声音是什么声音,她所有可以接触的一切她都要牢记。可这个过程让她太过恶心,她痛苦不堪。

她咬紧牙关。支撑着她的是她告诉自己,她可以活下去,可以报复,可以让这个人为他所做的一切付出应有的代价。

时间很漫长，长到她感觉好像都快绝望了，没有快感，没有激动，只有疼痛不断地从身体传来，以及一种说不出的精神上的凌辱。

她快熬不下去了。

她无法再保持最初的理智去记录，为了减轻此时此刻的痛苦，她开始拼命去回想她人生中所经历过的美好的一切。

她想起小时候，站在楼顶眺望远方，看着城市朝着天边无尽地蔓延，清晨的阳光洒满世界每一个角落。她想起高三誓师大会上，她作为代表，在那个不算好一年只能考上二十多个本科生的垫底中学里信誓旦旦地带着大家一起发誓。她想起大学时和同学一起骑自行车，想起雨天第一次见到秦南。

她还想起一个细节，结婚那天，她和秦南的亲朋好友一起簇拥着他们照相。

摄影师高喊："茄子！"

秦南站在旁边，悄悄拉住了她的手。

秦南……

疼痛开始加剧，她不可抑制地颤抖了一下。

上方的人抬手捏住她的脖子，模糊的意识里，她隐约听到他压低声道："还装？"

她没有力气，对方似乎是刻意变了声，又或是她太过紧张，她听不出来是谁。惶恐淹没了她，她感觉死亡就笼罩在她头顶。

她僵硬着身子，被对方翻身要求跪下，摆成一个更羞耻的姿势。

"叫，"对方命令她，"不然我杀了你！"

她不敢反抗，颤抖着发出了第一声短暂又急促的"啊"。"啊"的那一声出来，一瞬间，她感觉有什么防线彻底崩塌。

她忍不住号哭出声，一声一声地尖叫。

她感觉疼，好疼，不是生理上的，是一种从心间到指尖的，被人敲断脊梁后，彻彻底底崩溃的疼。

这是对身体的凌辱吗？好像是，又好像不是。它好像生命里的每一份屈辱，都用这种行为化的方式付诸她身上，践踏她，羞辱她，告诉她，所有努力都没有结果,所有抗争都会灰飞烟灭。

她不配。她没有任何得到幸福的权利,她所有的希望都会在这世间被碾压成尘,甚至连活下来都是一种怜悯、侥幸、未知。

她号哭着,眼前的景象不断变化,感觉精神一点一点崩塌,直到最后,她忘记一切。

最后的时刻格外猛烈,也格外痛苦,她感觉自己要死了。

她眼前有了一点光。她奋力往前伸出手去。

那隐约的光亮后面传来十六岁的自己那一场周一的演讲中慷慨激昂的朗诵声。那是她在梦里没有听见的声音。

"我们奋斗,我们努力,我们抗争,度过最黑暗的时光,美好的未来触手可及。

"没有不可跨越的苦难,没有不可度过的绝望。

"用学习改变人生,用努力改变命运。

"我是高一一班的叶思北,我永远不会放弃成为更好的自己。"

"放开我……"眼泪模糊了她的眼睛,痛苦在她周身弥漫。她感觉光亮一点点暗淡。

这一瞬间,她终于崩溃,好像身上的皮肉被人生生地撕扯开来,她痛苦地号叫出声:"放开我!!放开我啊啊啊啊啊!!!"

是命运,是绝望,是漫天沉默围观的神佛;是苦难,是谴责,是羞辱,是无可言说的屈辱、恶心。如一座座高山崩塌而下,狠狠砸上她的血肉之躯。

她不是拥有不坏之身的齐天大圣,五指山压上的那一刻,结局只能是最微弱的、最隐秘的、最微不足道的那一点点小小的希望都在黑暗中被碾压成尘。

我的神明,那一刻,她想,如果你存在于这世间,请你睁开眼睛,给我一缕、一丝、一点点光明。

救救叶思北,我的神。

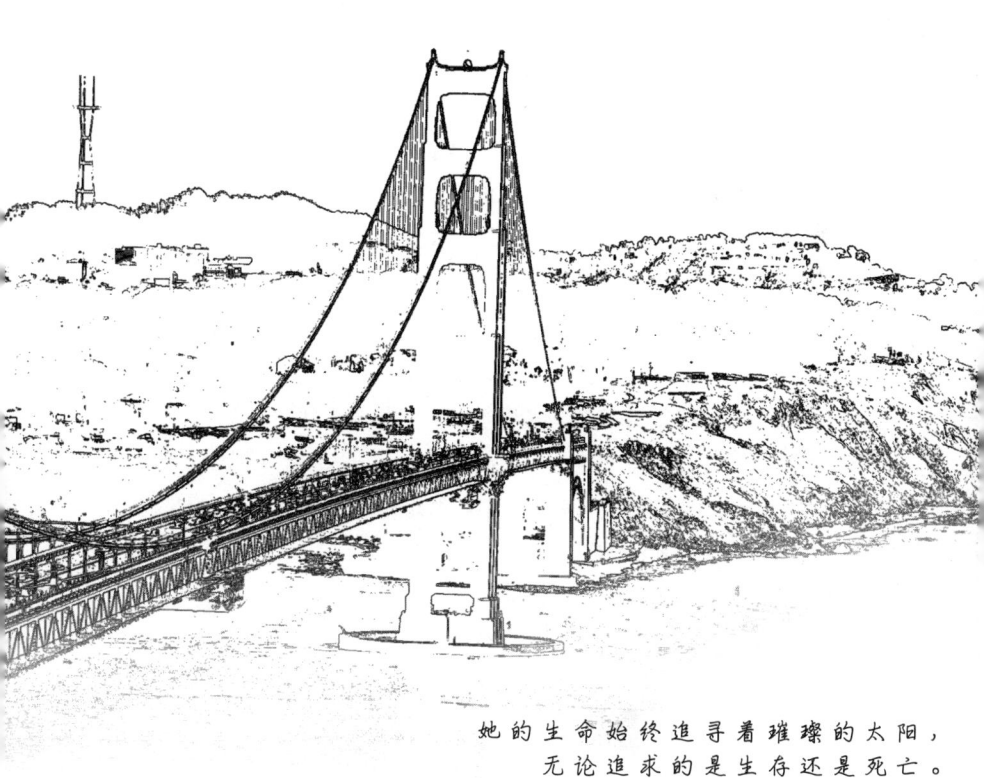

◇

第二卷·千万人

◇

她的生命始终追寻着璀璨的太阳，
无论追求的是生存还是死亡。

1

"我叫林枫,是官田分局刑侦队的,你是通话人的母亲是吧?"医院长廊上,穿着便衣的女警领着一位挎着菜篮身材略显肥胖的女人往长廊深处走。

她看上去五十六七岁的模样,头发乍一看黑亮得怪异,但仔细观察,就可以发现这黑色头发下隐约藏着的白发。

她叫黄桂芬,是叶思北的母亲,今年五十六岁,靠在学校门口摆小摊卖早餐为生。

她的丈夫名叫叶领,原本是个小学老师,因为违反计划生育政策被开除,开始跟她一起摆早餐摊子。她卖糯米饭,他卖豆浆、油条、粥。

他们家庭并不富裕,有两个孩子,大女儿叫叶思北,现在二十七岁,在富强置业当会计,结婚一年;她的小儿子叫叶念文,二十四岁,是法律系刚毕业的大学生,现在刚刚订婚,马上也要结婚了。

为人父母,一生不过就是生下孩子,把孩子养大,看着他们成家,也就算圆满了。

很快,她和叶领一辈子的任务就差不多完成,他们就可以开始拥有自己的人生了。

所以最近一段日子,她很高兴,虽然知道女儿似乎和女婿有点争执,但她并不放在心上,毕竟夫妻哪儿有不吵架的呢,她和丈夫吵了一辈子,不也还继续过着日子吗?

然而今天早上,她突然就接到了叶思北的电话。叶思北一反常态地冷漠,在电话里就说了六个字:"到人民医院来。"

说完之后,她竟然直接挂了电话。

黄桂芬以自己五十多年的人生经验感知到电话的不寻常,飞奔到了人民医院,一进门就被警察拦了下来。

她紧紧抓着菜篮,跟着这个二十出头的小女警飞快地往前走,听着询问,连连点头:"对,我是她妈。她怎么了?我听她声音不对劲儿啊。"

"一个小时前我们接到她的报警,说她需要一件风衣。我们在城郊的芦苇地发现她,她躲在芦苇丛里,财务上没什么损失,钱包、手机都在。她一直不说话,我就让她先通知一个亲友过来,然后我把她带到医院来检查,其他人还在现场取证。"

林枫含混不清地介绍着。"芦苇地?"黄桂芬紧张地发问,"她怎么会在芦苇地?"

林枫没说话,停在了妇科检查室的门口,这里站着两个便衣警察,他们三人打了一下招呼。然后女警回头,看见似乎已经隐约意识到什么的女人,沉默了片刻,终于还是开口:"从现场来看,您女儿可能是遭遇了性侵。"

黄桂芬愣在原地,震惊地看着女警,这份震惊里隐约带着几分惶恐和不知所措。

女警还年轻,不知道是不是联想到自己的母亲,她移开目光,尽量公事公办地开口道:"她目前什么信息都没说,主动要求先做阴道检查,我们刚刚确认过她的身体没有其他问题,也提取了她指甲里的皮屑组织。等她出来后,就带她去做血液检测和尿检,您在这里稍等,等一会儿如果确认真的发生了那种事,就麻烦您尽量安抚她,让她开口配合我们的工作。您放心,"林枫郑重地承诺,"我们一定会尽力缉捕凶手,让他付出应有的代价。"

"不!"黄桂芬终于回神,斩钉截铁地开口说了这么一个字,林枫愣了愣,黄桂芬慌忙道,"这事你们不用管了,我女儿我清楚,她肯定没出什么事。你等我进去问她——"

所有人脸色微变,几个警察都意识到这大概个难缠的主儿。林枫走上前去,试图安慰她:"阿姨,您放心,我们不会把案情泄露给任何不相关的人——"

"案情,什么案情?"黄桂芬抬手指着女警,"你别乱讲话啊,我女儿一向都很规矩,昨天也只是和她老公吵架了,我都知道的。我手机上还有昨晚我给她打电话的记录,你再污蔑她的名声,我就撕了你的嘴!"

她的语气很激动,但声音并不大。可这点声音足够让病房里的叶思北听到了。

她躺在病床上,张开双腿。她其实很想逃,这个姿势令她几乎崩溃。可是她知道这是必须的。她只有这样,才能留下证据。

这是她的理智告诉她的行为,她不敢多想任何事,从事发、清醒到现在,她都不敢去触碰理智之外的任何界限。

然而黄桂芬的到来似乎猛地将她从真空的自我世界里一把抓出来,无数的喧闹声一起涌入她的脑海,让她看清这个世界除法律之外的一切。

可黄桂芬又是她此时此刻唯一能依靠的人。她无法将这一切告知自己的父亲,更不能告知自己的丈夫。她的母亲和她互相怨憎,却又互相依靠。

"她只是报警要一件衣服,你们就这么乱七八糟地想,你也是个女的,小姑娘就不能设身处地地为别人想想吗?你们这样搞,我女儿以后怎么做人?

"出事不是她的错?你们会抓住凶手?你脑子有病吧?

"她出什么事了?你说不是她的错就不是了?抓凶手有什么用?主持公道有什么用?人家就不议论她了?我告诉你这世上不是只有法律,你还年轻,你不知道,你们这样是会害她一辈子的!"黄桂芬像是一只拼了命保护自己鸡崽的母鸡,对着林枫全力发动攻击,否认着林枫的猜测。

叶思北躺在检查的床上,漠然地看着天花板。为她检查的女医生抬头看了她一眼,又低下头去,什么都没说。

很快,检查结束,叶思北平静地起身。她已经换上了医院的病服,披着一件警方给她带来的风衣,头发披散在两边,周身还带着一股去除不掉的酒味。

医生抬头看了她的脸色一眼,主动起身扶着她,给她开了门。门一打开,黄桂芬立刻回头,看见叶思北,一把抓住她,激动道:"你在这儿丢什么人?!走,跟我回家!"

"不行。"林枫固执地抓着叶思北,盯着黄桂芬,"我们已经立案了,您不能带她走。"

"我是她妈!"黄桂芬撒起泼来,"她又没犯法,你们扣着她做什么?!"

"你是她妈,不是更该为她着想吗?!"

"你们别吵了。"医生看着僵持不下的两个人,轻声劝道,"病人状态不太好,你们先扶她去旁边的病房休息一下。"说着,医生放小了声音,"顺便商量一下。"

听到这话,林枫迟疑着放开手,黄桂芬赶紧扶着叶思北进了旁边的病房。

她招呼着叶思北坐下,不断地询问着叶思北的情况:"你还好吗?你哪里疼?没什么大伤吧?"

叶思北摇头。

林枫跟着进门来,她的两位同事因为都是男性,决定站在门口。

林枫看着麻木地坐在床上的叶思北,正想开口说点什么,就听见叶思北突然出声:"我要一杯水,麻烦您了。"

听到叶思北的话,林枫猜测叶思北是想和黄桂芬说点什么,她迟疑了片刻,就听到叶思北提了声:"谢谢。"

林枫明白叶思北的意思。外面年长的同事劝她:"林枫,出来吧。"

林枫低下头,深吸了一口气,转身离开,关上了病房的门。

病房里就剩下叶思北和黄桂芬两个人,黄桂芬看见人走了,立刻坐到她身边来,着急地握住她的手:"思北,你没事吧?"

叶思北摇头,黄桂芬放下心来,她想了片刻,艰难地开口:"昨晚真的出事了?"

叶思北点头。黄桂芬一瞬间就红了眼眶,她抿紧唇,控制着情绪,好久,才声音沙哑地询问:"知道是谁吗?"

"蒙着眼,"叶思北仿佛局外人一样冷淡,"没看见。"

黄桂芬舒了口气,似乎最恶劣的情况已经排除。蒙着眼,证明对方也并不希望叶思北闹大,应当是不会说出去的。

她斟酌着用词:"思北,这件事就当没发生过,等一会儿你就和警察说是和秦南吵架了,我们马上回去。"

叶思北一时没说话。她缓缓地抬起头,冰冷的视线由下而上扫过黄桂芬的脸,直直地盯着黄桂芬:"凶手呢?"

"还管什么凶手?"黄桂芬压低了声,语调急促,"现在最重要的是把这事藏着,不要让人知道!"

叶思北心轻颤,就觉得心脏仿佛被人骤然攥紧,窒息与疼痛齐齐涌来。

"为什么?"叶思北追问。为什么她受了伤害,要她掩藏?

黄桂芬恨她是个傻子,但还是给她分析利弊:"这事闹出去,你以后怎么办?秦南还会和你在一起?你身边的人怎么看你?别说你现在根本不知道是谁,你就算知道,就算告赢了,把他送进牢里又怎样?他在牢里关几年,而你赔上的是一辈子!"

叶思北眼神微动,但还是直直地看着黄桂芬,不言。

黄桂芬怕她是受了刺激,刻意放缓声音,仿佛也是在安慰自己:"妈不是想委屈你,只是要给你选最好走的一条路。那些警察他们心里只知道抓犯人,他们会为你的未来着想吗?听妈的,妈都是为你好。你想想看,如果闹大了,大家传出去,说你穿着那样的衣服,又喝了酒,你报强奸,大家会怎么说?"

这番话让叶思北红了眼眶,她声音沙哑地解释:"我是参加公司的酒局,我没有鬼混。"

"别人会信吗?"黄桂芬看着她,"我是你妈,我了解你,其他人呢?"

更难听的话黄桂芬没说出口,可叶思北已经想到了。

作为女性,漫长的一生中,会无数次围观其他"犯错者"的结局,围观的时候,那是旁人,出事的时候,那些被围观过的人的惨痛前路立刻就化作自己可能的未来。

叶思北感觉视线被眼泪模糊。她不知道为什么根本看不清黄桂芬,就只是看见一个个人影,坐在旁边,不断地说着话。

前些天陶洁和陈晓阳的声音犹在耳边。

"我就一直和我女儿说,晚上八点之后不能出门,大半夜还在外面晃悠的姑娘能是什么好女人?"

"女孩子得多上心,好好教育,其实男人也是看人下菜碟的。我不是在谴责那姑娘啊,但你看,半夜一点,穿着高跟鞋、包臀裙,还化妆,这不是羊入狼群,刻意勾引吗?"

他们的话只是星火,在一瞬间,像是一根火柴点燃了引线,猛地炸开了一片过往。

过往无数人对女孩子审判、告诫的话语密密麻麻地蜂拥而来,它们迅速编织、集结,成了一张密不透风的网,从天而降,像是五指山破云而来。她被一层一层包裹住,她所有的挣扎都显得格外可笑。

她错了吗?只是这句话她问不出口,因为她心里早已经有了一个一直被她努力埋藏的答案,在此时此刻被黄桂芬努力挖出来。甚至她开始意识到,她为什么叫黄桂芬过来。

无论是她父亲,还是秦南,他们都很难领悟她真正的恐惧,只有黄桂芬,黄桂芬是她的母亲,理应是这个世界上最爱又最懂她的女性。

她等着黄桂芬的审判,等着黄桂芬和她说一句"没事,我们告下去",这样她就有勇气把她想做的这件事做下去。可黄桂芬没有,黄桂芬拉着她,把她那一点微弱的希望死死地溺在水中:"我是为你好,思北。其实你都结过婚了,这种事最重要的是不要传出去,你就当是被狗咬了一口,算了吧。"

叶思北透过模糊的眼看她。她看不明白。

她的母亲在她年少时那么叮嘱她,那么在意她与男性的关系,一遍又一遍地强调着性的圣洁、性的唯一,好像所有与两个男人发生过关系的女人都有问题。可此时此刻,她的母亲又轻描淡写地告诉她,只要不被其他人知道,这件事就和被狗咬一口一样,没有任何关系。

她做不到这种矛盾的融合,也无法忘怀那一刻的屈辱与痛苦。可她又没有勇气独自面对黄桂芬所说的一切,她挣扎、僵持,母女对峙之间,外面突然传来一声熟悉的招呼声:"哟,张哥、王哥,你们在这儿啊?"

2

黄桂芬听见这个声音,一把拉着叶思北蹲下来,压低身蹲在一个门外的人看不到的位置。这个位置从外面看不见她们,她们却可以透过门上的玻璃看到外面。

她们看见一个年轻的男人穿着劣质西服,正和站在门口的两个警察说着什么。他满脸笑容,看上去很是谄媚,而两个警察紧皱眉头,似乎并不喜欢他。

他递了根烟过去,两个警察赶紧挥手,他面上的笑容有些挂不住,最后透过玻璃看了一眼病房里的人。玻璃上露出他的正脸,是一副和叶思北有几分相似,带了几分书生气的青年面容。

叶思北下意识地将身子压得更低。也就是这一个姿势,让她突然意识到了一种行为上的不自觉的自卑和羞辱。

她比自己想象中更脆弱,更在意人言。她甚至没有办法在这一刻面对她的弟弟叶念文。这让她感到一种巨大的悲哀,那种悲哀升腾而起时,她蹲着抱住自己,扭过头,咬住下唇,怕自己哭出声音。

黄桂芬察觉到女儿情绪的转变,她也有些难过,伸出手,将叶思北抱在了怀里。她什么都没说,就像是女儿儿时一样轻轻抚着女儿的背,将脸贴在女儿的头上。

母女相互依偎,等人走远了,叶思北才低泣出声。

"都会过去的。"黄桂芬沙哑着声音安慰,"没事,妈在这里,都会过去的。你就当什么都没发生过,和以前一样生活,就可以了。"

林枫端着水到门口时,就听见病房里隐约的啜泣声。她迟疑了片刻,没有走进去。

她在门口等了一会儿,直到里面似乎平静了,她才敲门。

过了一会儿,叶思北拉开门,她看着林枫和另外两个警察,勉强笑了笑:"谢谢你们给我送衣服,我先回去了,明天我把衣服寄回去可以吗?"

"我们已经立案了,"林枫叫住她,做着最后的努力,"我们会帮你的。"

"对不起。"叶思北低下头,"我只是和我老公吵架,这种事,你们帮不了我。"

林枫愣住。叶思北转过身,和母亲一起往外走去。

林枫看着叶思北离开,想叫住叶思北,可在她开口的那一刻,看着叶思北的背影,突然就发不出声音了。

明明有人搀扶着她,有人陪伴着她,她却像孤魂野鬼、无根的浮萍,无力地漂泊于浊世长河中。

◆ ◆ ◆

黄桂芬陪着叶思北先打了辆出租车回家,叶思北洗过澡后,换了一件把周身裹得严严实实的衣服,和黄桂芬一起到另一家医院领了 HIV 阻断药。

她报警时就请林枫给她买了避孕药,现在剩下的就只是把所有能阻断的传染病提前阻断。这是她在理智控制下唯一能为自己做的事情。

做完一切已经是下午,黄桂芬带着叶思北回了家。她半蹲在叶思北面前,认真地看着叶思北:"思北,这事翻篇了,你千万不能让人发现这件事,知道了吗?"

叶思北静静地看着她,好久,才缓缓地点了点头。

黄桂芬勉强笑起来:"妈去做饭,今天做你最爱吃的红烧肉。"

黄桂芬说完就去了厨房。叶思北坐在沙发上休息,她还觉得下面疼,但不敢表现出来。

黄桂芬切着菜,想起她工作的事,站在厨房里嘱咐她:"你今天是不是旷工啊?跟你领导请假了吗?"

"没有。"她早上给黄桂芬打完电话后就直接关机了。

"那你赶紧给领导打个电话道歉,就说你生病了,别把工作弄丢了,现在找份工作多难啊。"

叶思北脑子空白,听着黄桂芬的命令,打开包摸索出手机,拿出手机时,她突然意识到少了一个东西。

避孕套不见了。是那个人用了吗?相关的事一瞬间涌入脑海,她的心跳不由得快了起来。

原本被她克制的探知欲疯狂地蹿出来,她满脑子只有一个想法,是谁呢?她不断地重复回忆着昨夜发生过的所有事,脑海中勾勒出她见过的最后一个人,是范建成吗?

可他那么好的人,他总是提醒年轻的女员工注意保护自己,能帮员工挡酒就挡酒，以前也都是他送员工回去。怎么可能是他呢？

叶思北脑子里乱哄哄的，她忍不住咬着自己的指甲。

客厅里的叶思北一直没动静，黄桂芬又催了一声："赶紧打电话啊。"

"哦。"叶思北回了神，她克制着情绪，给范建成拨通电话。

电话很快接通，范建成带着几分愤怒的声音从电话里传来："叶思北，你怎么回事啊？一天不来上班，你也该请个假啊，不声不响地跑了，你打算不干了是吧？"

"范总，"叶思北听着范建成的声音，努力让自己冷静一些，"我……我昨晚喝多了，在医院，我想请个假。"

听到"喝多了"，范建成一顿，他放缓语调，带了几分担心："没出什么大事吧？"说着，他带了几分歉意，"郑总是客户，我昨晚也不好拦，对不住了。"

"没什么大事，就是可能要……住两天院。"听着范建成坦坦荡荡的回应，叶思北低下头。

"那你好好休息，"范建成不疑有他，"争取早点回来上班。"

"好。"叶思北应声，挂了电话。

等挂完电话，她看着茶几上有些发黑的香蕉。

其实她可能永远不会知道答案。而到底是谁这个答案……有价值吗？

她不知道。她只是感觉内心依旧有什么在不安地叫嚣着，蠢蠢欲动，试图挣扎。

她呆愣愣地坐着，没一会儿，叶领从公园下完象棋回家。

看见叶思北，叶领有些诧异："哟，思北怎么回来了？"

"她和秦南吵架了，你别管她。"黄桂芬立刻接话，她把菜从锅里盛出来，放到桌上。

叶思北好似平日一样起身帮忙端菜。叶领脱着外衣看着忙活的娘儿俩："怎么老和秦南吵架？"

"夫妻哪儿有不吵架的？"黄桂芬继续炒菜，"让他们吵，不离婚就行。"

"话不能这么说。思北啊，过几天我生日，你把他叫过来，我帮你说说他。"

"嗯。"叶思北点头，不敢多说自己和秦南的关系。

一家人正说着话，就听见叶念文的声音从门口传来："爸，妈。"等他推门进来，看见叶思北，他眼睛一亮，立刻激动地开口，"姐！"

叶念文一向看上去都很高兴，每天似乎没有任何烦恼，如果不是亲眼见到他在外面点头哈腰的样子，根本没人想得到他在外面受过委屈。

以前不知道也就罢了，现在看着他，黄桂芬不由得心疼起来，她假装什么都不知道，上前去接他的包，关心道："今天有没有饿着啊？"

"什么年代了，还会饿着？我们事务所的领导特别喜欢我，天天有饭局，都是海鲜什么的，我吃这些都吃腻味了。"

"浮夸了啊。"叶领听着儿子炫耀，虽然高兴，但还是要提点，"做人要谦虚，你刚毕业，要学会伏低做小——"

"他知道。"叶思北打断叶领的话。黄桂芬赶紧开口："说什么大道理，赶紧吃饭吧。"

黄桂芬招呼大家坐下，自己还在忙活。叶领觉得热，先去换一件衣服，真正坐下的也就是叶思北和叶念文两人。

叶念文满脸好奇地打探："姐，你今天怎么回来了？"

"你今天去医院了？"叶思北直接询问。

叶念文面上一僵。不等他撒谎，叶思北便揭穿："我今天在医院遇见你了，为什么给那些警察发烟？"

叶念文似乎是觉得尴尬，他笑容有些勉强，凑到叶思北面前，小声地开口："我这是拉案源。"

叶思北舀汤。叶念文认真地跟叶思北解释："这些警察每天接案子，认识很多需要律师的人，要是他们肯把这些受害人介绍给我，我不就有案源了吗？"

"那你怎么不在派出所守着？"叶思北把碗放在桌面，脸上看不出半点情绪。

叶念文赶紧接话："我就是在派出所守着的呀，突然听见说有案子，把刑警队的人调了过去，我就跟着，后来跟丢了。我就想啊，大案要是有受害人肯定要去医院，我就跑人民医院去了。找了好久，就看到两个警察守在一间病房门口,那地方离妇科检查不远,我估计是个强奸案。"

叶思北手一抖,汤泼在了手上。

叶念文从旁边抓了纸巾,把碗拿过来:"姐,你小心点。"

"你看到当事人了吗?"叶思北拿着纸巾擦手,不敢抬头。

叶念文耸耸肩:"没,不然今晚我可就要办案子,不回来了。这种案子最讲究时间,"叶念文给叶思北舀汤,"晚一点,破案难度就高一大截。"

叶思北低着头,喝了一口汤:"这种案子,很难赢吗?"

"姐,你想,"叶念文见叶思北问了一个专业问题,他终于有了卖弄的机会,赶紧坐正看向她,竖起两根指头,"强奸成立的两个要件是什么?"

叶念文按下一根手指头:"第一,要证明有客观事实发生,对吧?也就是,我们得证明,确定的人A和确定的人B发生了确定的性关系。这个我们可以通过一些生物学证据证明,还是比较容易的。"

叶思北点头。

"但难的是第二,"叶念文又按下一根手指,"女方要怎么证明她不是自愿的?你说女方身上有伤痕,说不定是特殊癖好呢。有录像,说不定是cosplay(角色扮演)仙人跳呢。所以需要很强的一个证据链去证明这件事。而这个过程中,那些王八蛋为了证明女方是自愿的,经常会泼一些很恶心的污水给女方,主动勾引啦,本来就是情侣之类的。这些会对女方的名誉造成很大影响,很多时候她们都撑不到起诉就崩溃了。"

叶思北听着叶念文的话,这些话都对应成她过去从新闻上听过的场景,只是那些场景的主人公都变成了她。

心里尚存的一丝星火悄然熄灭,她低着头,听着叶念文叹息:"所以要我说呀,这种案子,告与不告,对于受害者都是惩罚,还不如就当没发生过,闭眼忘了算了。"

叶思北没说话。

叶领换好了衣服出来,叫黄桂芬坐下。

晚饭开始,一家人吃吃喝喝,看上去温馨又欢快。每个人都戴着各自的面具,似乎人间就再无苦难。

这时候,林枫正和她的队长张勇一起坐在路边的小店吃饭。正值下班高峰期，小店里人多，两人只能坐在门口的小桌旁，一人一碗面，外加两块卤豆腐。

林枫坐着不动。张勇倒吃得十分畅快，吃几口看一下对面的汽车行。

他的车早上从城郊回来时扎了轮胎，现在终于有时间修了。帮他修车胎的是个极为年轻的男人，名叫秦南，是这家店的老板，修车手艺非凡，价格公道，不爱说话，张勇经常来这里修车洗车，和秦南还算熟悉。

张勇看秦南补好轮胎，开始洗车，他看着自己脏得看不出颜色的车一点点变得闪亮，正开心着，就听见林枫突然出声："我觉得这案子得立案。"

张勇被她吓了一跳，回头看她："姑奶奶，您能别突然诈尸吗？"

"今天的情况你也看见了，"林枫紧皱着眉头，"当事人状态明显不对，检查报告也显示——"

"显示什么？"张勇打断她。

林枫愣住。张勇放下手里的筷子，看着自己这位正义感爆棚的徒弟："林枫啊，你记住，干咱们这行别做有罪推定，不然容易冤枉人。你觉得她不对劲儿，那除了你觉得，有任何证据吗？其他刑事案件是否立案，是否撤诉，从出警那一刻开始是咱们决定，但是这个罪不一样，"因为人多，张勇不好说得太明显，"当事人意志是非常重要的定案标准，现在当事人不说话，你凭什么认定？"张勇说着，用手往林枫眼睛的方向虚虚一指，"凭你那双绿豆眼？"

"可是队长，她那个情况——"

"她那个情况有很多种可能，"张勇看了一眼快冷掉的面，"案子这么多，你只盯着这一个，是不是工作量不饱和？"

说着，张勇看见自己的车洗得差不多了，又吃了两口，见林枫还不动手，他皱起眉头："你还吃不吃啊？"

"不吃。"林枫站起身来，似乎是在生气，"我回去了。"

"哎，我的车好了，我送你？"

"不用。"林枫没给张勇反对的机会，直接到路边打车离开。

张勇暗骂了一声"小丫头片子"，喝了几口汤，微信付款后，和老板打了声招呼，就回到车边。

车已经被彻底擦干了，秦南看见他走过来，看了一眼轮胎，提醒他："你的轮胎已经被磨得很薄了，下次再扎就直接换轮胎吧，要不要我提前给你订一个？"

"订呗，多少钱？"

"给你打个折，九百块。"

"行，开单子吧。"说着，张勇就靠着车扫了店面旁边的收款码。

秦南到柜台给他开收据。张勇听着店里响起的"收款九百元"的机械女音，抱臂靠着车，扫了一眼旁边摆好的轮胎。

他突然想起什么，转头看向秦南："老秦。"

"嗯？"

"你对轮胎熟吗？"

3

"不熟我干这行？"秦南低头写着收据，回得漫不经心。

张勇观察着轮胎，他第一次这么仔细地观察这些东西，才想起来，其实轮胎的花纹都不太一样，他的手指漫不经心地开始敲打手臂："通过车胎倒推是什么车难不难？"

"有可能，但也不容易。如果车胎都是原厂的，不是通用的车胎就能；如果它换过胎，或者本身车胎比较常见，就很难。"秦南把收据写好，走过去递给张勇。

张勇接过收据，看着秦南准备回去干活儿，他突然叫住秦南："你能帮我个忙吗？"

"嗯？"

"我这里有一张照片，是路面上留下的轮胎印，你帮我看看可能是什么车。"

"这个我不一定看得准。"秦南开口，张勇正打算说"那算了"，就听见秦南招呼,"进来坐吧。"

两人一起走进屋里。张勇自来熟地坐到沙发上,秦南给他倒了茶,坐到他旁边:"照片呢?"

"哦,这儿。"张勇从内侧口袋里拿出一组照片,快速翻找出其中一张。

整个过程中,秦南一直低着头。

张勇喜欢秦南这种懂事,他不多话,不该问的、不该看的,从来不会问、不会看。

"就这张,"张勇把照片递过去,"你能看出有什么车经过吗?"

秦南接过照片,仔细看了几眼后,脑海中大概有了轮廓:"经过的车不多,能勉强看出点形状,但两个轮胎叠在一起了,要分出来得花点时间。"他把照片还给张勇,"怎么不找你们专业的人查?"

"当事人撤案了,"张勇颇有些无奈,"现在算我的私事,就不麻烦同事了,他们工作量也大。"

"都撤案了,你还管?"秦南从兜里取出一根烟,问得随意。

"撤案不代表没有案子,"张勇将照片放到桌边,敲了敲照片,"要是能帮忙找到证据说服当事人立案,我请你吃饭。"

"小事,我尽力。"

"行了,"张勇转头看了看天色,"我先走了,谢谢了啊。"

秦南点点头,起身送张勇出去,等回来后,他又看了一眼照片。

照片上的轮胎印交叠在一起,旁边隐约可以看到大片的芦苇草根。他一眼就猜出了这个地方。

南城有大片芦苇的地方并不多,这片芦苇地,他曾经想带叶思北去过,但一直没有去,以后也不会了。

他深吸了一口烟,把烟碾灭在烟灰缸里,把照片夹到一旁的笔记本里,去接门口新来的顾客,指挥着人把车停到院子里。

"往前一点,往前,停。老板,"秦南走上前,"洗车还是修车?"

◆ ◆ ◆

在家吃完饭后，黄桂芬嘱咐叶念文送叶思北回家。

叶念文送她到了家门口，想了想，还是叮嘱她："姐，有空就和姐夫好好说说，矛盾闹久了，就真的好不了了。"

"嗯。"叶思北点头，嘱咐他，"你早点回去休息吧。"

叶念文应声，看着叶思北进门后，他站在门口，好久，深吸了一口气，转身离开。

叶思北一个人回到家，看着寂静、空荡的房屋，打开所有灯，走到阳台上窗户边，把所有窗户封死，然后到床上躺下。

她躺了很久，始终无法入睡，闭上眼睛就是昨晚听到的声音。

好久，她坐起身来，打开电脑网页，在搜索栏里一个字一个字地打下："被强奸后该怎么生活？"

一条条信息从网页蹦出，她看着天南海北和她有着相似经历的人诉说自己的苦难。

有被强奸后起诉胜诉了的，但因为是熟人，反而被所有人指责说她害了其他人，都是她不检点，勾引人害人。

有被强奸起诉后证据不足不予立案的，活在众人的辱骂中，看着凶手逍遥法外，还要背负诬陷的罪名。

有现实中沉默不语，只想在网上发泄一下情绪的，被网友辱骂为什么不报警，说她是写手，骗人赚流量。

还有一些在女性论坛里单纯分享经历的，她们有些是幼年遭受侵害，有些是成年，但都在未来数年数十年时光里，思考着如何能像一个正常人一样活着。

她们仿佛不是遭遇了一场意外，而是患了不可治愈的绝症。这件事所带来的病毒会一直存活在她们身体里，不断扩散、升级，药石无用，痛苦终生。

叶思北看着这些人的留言，感觉像是进入一个病友群，看着病友和她分享她的未来。

她们告诉她，最开始的时候会有很激烈的情绪，但其实并不能真切地体会到这件事对未来到底有怎样的影响。但慢慢地，感觉没有那么激烈，开始变成绵延不断的痛苦，一年、两年，什么时候意识到这件事仿佛永远不会结束时，就开始一面习惯，一面绝望。

生活会在这个过程中慢慢地翻天覆地。

有的人滥交，有的人酗酒，有的人毫无自控能力，生活过得乱七八糟。有的人自卑、惶恐，连门都不敢出，甚至有的人还会爱上施暴者，哪怕家暴、侵害，都无底线地接受、沉沦，只是为了安抚自己，至少这些苦难是她自己选择的。

没有人说得清到底是怎样一个变化逻辑，甚至当事人自己也无法理解，只能眼睁睁地看着她们的人生彻底脱轨，又无能为力。

叶思北看着这些人的留言，她的未来，她清晰地意识到，其实黄桂芬为她选择的的确是最好的道路。掩藏好，不出声，不要让任何人知道，那么至少她的伤害只会来源于自己。只要她能放下，像是被一只疯狗咬了一口，这件事就过去了。

这个认知让她压抑到窒息，无法入眠。她直觉认为自己该找点事做，看着茶几上秦南留下的半盒烟和打火机，她鬼使神差地拿了一根走向阳台。

她坐在阳台的椅子上，看着这寂静的黑夜，点燃了手里的烟。

她从小循规蹈矩，虽然会和父母吵架，性格带刺，但其实她一直严守着这个世界所有对"好孩子"的评价。要努力读书，不抽烟，不喝酒，不化浓妆，不穿没有袖子的衣服，不穿到膝盖以上的裙子，不文身，不随便谈恋爱。可这一切好像也没有保护好她，她还是一步一步走到了今天。

她在黑夜里反省自己，从笨拙地单纯只是吸气、吐气，到逐渐找到一些门道。

烟草让她平静下来，她看着天边隐约有了光亮，那光亮带来莫名的安全感，她疲惫地看着，在清晨的风里终于闭上眼睛，得以片刻安宁。

昼夜颠倒地过了三天，她的情绪慢慢平缓下来。

12号晚上，她又收到了每个月银行照例发送的催缴通知，告知她这个月的还款数额和日期。这提醒她，她该回去上班了。

她给范建成发了自己回去上班的信息，当天晚上，她坐在阳台上抽了半夜的烟，喝了许多酒，才让自己勉强入睡。

等第二天起床，她到镜子前，梳洗之后，看着镜子里憔悴的自己，下意识地去拿粉底，然而刚碰到粉底，她就顿住。片刻后，她打开镜子后面的储物柜，把里面所有的护肤品、化妆品都拿了出来，泄愤一般扔进了垃圾桶。

她梳了一个再规整不过的马尾，用不带一点装饰的发圈，然后穿上一套黄桂芬给她买的灰色运动衣，背了一个运动包。

打理好自己，正准备下楼，她突然注意到天色。清晨天刚亮，路上的人应该不多，她一瞬间止住了脚步。太危险了，她想。于是她又等了等，等天彻底亮了，她才下楼。

她不敢坐公交车，害怕与人接触的可能，只能搭乘更昂贵的出租车去门店，去的路上，她满脑子都是关于那一夜的疑问。

那天晚上到底发生了什么？侵害她的是谁？那天晚上还有谁知道？知道的人会如何看她，会说出来吗？

这些问题都让她觉得惶恐，可既然决定要把事情隐瞒到底，就必须和平时一样生活。她需要收入，要养活自己，要和以前一样活着。

叶思北不断地给自己做着心理建设。等下了车，她死死捏着包带，硬着头皮往富强置业的门店走去。

公司和往常并没有任何区别，现在这个点已经不早了，公司大多数人都来了，范建成站在门口，正招呼着清洁工扫地。

叶思北越靠近他，心跳得越快。她几乎快要发抖，只能低着头往店里走，假装没有看到范建成。

"思北？"范建成眼尖，先看到她，正笑着想打招呼，突然看到她没穿公司的工作服，他抬头皱眉看向她，"你的制服呢？"

叶思北不说话，用沉默表示对抗。

"思北，你又不是第一天上班，公司的规定不知道吗？"范建成语气稍微重了些，"怎么不穿制服？"

"忘了。"叶思北低着头撒谎。

范建成见她似乎不太对劲儿，挥了挥手："今天忘了就算了，扣你五十块，明天要是再忘，就按规定扣两百，记好了吗？"

叶思北站着没动。范建成察觉有异："思北，你怎么了？"

"范总，"叶思北抿抿唇，还是把一直想问的问题问了出来，"酒局那天，是你把我送回家的吗？"

"是啊，"范建成答得干脆，"你和楚楚都要我送，我先送的楚楚，再送的你。"

说完，范建成似乎觉得这样说显得他偏心，赶紧解释："楚楚那天也醉得厉害，她家顺路一些。"

"哦。"叶思北点头，小声追问，"你把我送到门口了吗？"

"你喝得真挺多的，怎么都忘了？"范建成笑起来，"那晚我老婆给我打电话吵架，你说你老公来接你，还没到小区门口就走了。"他颇有些不好意思，"让你笑话了。"

叶思北没说话，一直看着他。

他太自然了，自然得很难让人觉得是他。或许真的如他所说，她提前下车，是在路上出的事。

范建成见她一直看着他，不由得有些担忧："思北，怎么了，是不是出事了？"

"哦，没有。"叶思北回神，"我去上班了。"说着，她就进了公司。

赵楚楚见她回来，笑着和她打招呼："姐，你没事了吧？"

"没事了。"叶思北坐下。

赵楚楚放下心来："那就好，我带客户先去看房，回头聊。"

说着，赵楚楚便往外走，叶思北急急地叫住她："那个，楚楚。"

赵楚楚回头，有些疑惑。

叶思北抿抿唇："酒局那天晚上，是你和我一起回家的吗？"

"是啊，"赵楚楚和范建成说的一致，"不过我到家就先下车了，是范总送你回去的，怎么了？"

"哦，"叶思北点点头，"没事，我就问问。"

"没出什么事吧？"赵楚楚关切地询问。

叶思北摇头："没，你去忙吧。"

客户还在等着自己，赵楚楚也没法多问，便摆手离开。

叶思北回到位子上，她低着头想了一会儿，深吸一口气，开始一天的工作。

她很恍惚，白天打着盹儿，一天几乎都没做什么。等熬到下午五点，王琳照旧收拾着东西过来，把一沓文件交给她："思北，我去接孩子了，发票和数据我都给你了，谢谢了啊。"

叶思北打字的动作一顿，在王琳离开前，她终于还是鼓起勇气出声："王姐，我今天有事，天黑前我要回家。"

"你又没孩子，"王琳根本不管她的话，挎上背包，"回去那么早做什么？年轻人多加班，我先走了，谢谢啦。"说着，她就小跑出去。

叶思北转头看了一眼桌上的文件，皱起眉头，好久后，她移开视线，看回自己的电脑屏幕。

到了六点下班时间，她看了看天色，犹豫了片刻，还是将文件放回王琳桌上，直接走出公司。

她不敢拒绝别人，但她更怕黑夜。

4

那一夜又难以入眠，她预感失眠可能会成为一种常态，头疼得没有办法，只能继续在阳台上抽烟、喝酒，看着太阳升起，在晨光中闭上眼睛。

她只睡了两个多小时，就被闹铃惊醒，拖着快要崩溃的身体去往公司。

一到公司，她才坐到位子上，就看到王琳急急地赶到她面前："思北，昨天的报表你做完没？"

叶思北愣了愣，她累得根本没有能力处理王琳的话，就感觉这些话从自己耳朵进去，又出来。她假装什么都没听到，低头打开电脑。

王琳皱眉："我听说你昨天六点就回去了，那报表是不是还没做完？"

叶思北不敢回应。王琳被她激怒，抬手直接关了她的显示屏，提高了声："你什么意思，你说话！"

"王姐，吵什么呢？"

王琳的声音被旁人听到，旁边的人都看了过来。王琳有些难堪，干脆抓住叶思北的手腕，低喝了一声："你跟我来。"

说着，王琳就连拖带拽地把她从位子上拉扯起来，拖到黑暗的楼道里，转头问她："你阴我是不是？"

"我没有。"叶思北终于出声。

这微弱的反抗激怒了王琳，她瞬间暴怒："你不是阴我，你故意不做事？你不想干，你别答应我啊，答应我了，你又不做。这些报表是用来申请贷款的，今天就要给银行，现在陶姐问起来了，公司拿不到钱你负责吗？

"我告诉你这次大家都被你害惨了，我也被你害惨了！你说现在怎么办？这个锅不能我背吧？

"你不说话是什么意思，你真当这是我的事啊？你答应，你就该做到啊，我逼着你答应我了？我逼着你为我做事了？"

叶思北静静地听着，就感觉脑子嗡嗡作响，响得她头疼。

她想安静一会儿，想让这些声音都停下来。可王琳仿佛是泄愤似的一直追着她骂。

她想回击，可习惯了沉默，不知如何开口。睡眠不足让她异常烦躁，有股无端的戾气在她心中蔓延，她死死地扣着自己的手臂，身体里像是有两个自己，一个懦弱地听着王琳的训斥，一个叫骂着要做点什么。她心里像是点了火，烧得噼里啪啦。

她抬眼看着王琳。王琳在陶洁面前是一位性格和善又会说话的老大姐，会为陶洁提包，会帮陶洁做事，可在他们这些年轻人面前，她又总是仗着自己老人的身份气势汹汹，动辄嘲讽、辱骂，不留半分情面。

以前她总是忍耐，她告诉自己，钱难挣，屎难吃，大家都一样。可现在她隐约感觉，不是的，不一样的。总是她，为什么总是她？

王琳见她不说话，骂了一会儿，终于舒坦了，警告她："这次就这样，你等会儿和陶姐说明白这是你的问题,自己赶紧去把错认了,以后别这样了。"说着,她就往外走。

叶思北死死地盯着王琳的背影,满脑子只有一个想法。她做错什么了?为什么她要认错,要道歉?王琳对其他人都很好,为什么对她不一样?因为她懦弱可欺?

好多问题交织在一起,她一时都有些分不清自己是在愤怒些什么,眼看王琳伸出手去拉门,她看见光透进来,看见她就要失去唯一一个可以反抗的机会。她不知道自己是怎么了,突然冲上前去,抓住王琳的头发往后一拽,在王琳转过脸来时,抬手就是一耳光!这一耳光打得她双手发颤,却有种莫名的快感翻涌上来。

王琳很快反应过来,尖叫着就扑了过去,用手拍打她,想把这一耳光打回来。

叶思北下意识地不敢还击,用手护着头,挡着她的巴掌,连连后退。

外面的人听到动静,赵楚楚最先跑过来,一把推开安全通道的门,看见里面的情景,冲过去抱住王琳:"王琳,你疯了!你做什么?!"

王琳用尽全力想甩开赵楚楚,挣扎着想要去打叶思北。叶思北靠在墙上,颤抖着身子,视线穿过抱着头的手看向王琳,看着王琳好像和自己一样疯了,她突然有了一种莫名的畅快感。

她急促地呼吸着,也不知道自己做得到底是对是错,愣愣地看着王琳。而王琳被赵楚楚拉着,越发激动。

"快来人拉开他们,"赵楚楚见两个人都不对劲儿,朝着外面大喊,"报警啊!"

◆ ◆ ◆

秦南接到赵楚楚的电话时,刚把自己查到的信息发给张勇。

他把张勇给他的照片分析了一遍,四个轮胎印,三个是换过的,但有一个是原厂的轮胎。这种轮胎不常见,目前市面上只有两种车型,一种是FT家今年上市的金牛系列3代,另一种则是2013年就已经停产的皇冠系列轿车。这种车价值不菲，市价60多万，在南城这个小镇，绝对是有身份的人才能开上的豪车。

他把所有信息打包发了过去，正准备去清洗一下店门口，就接到了赵楚楚的电话。

"南哥，"赵楚楚声音有些焦急，"你能不能来汇南派出所一趟？姐和人打架，现在在调解，对方老公来了，我感觉这场子镇不住——"

"我知道了。"秦南听明白赵楚楚的意思，他从桌上拿了车钥匙，"我现在过去。"

秦南说完，就挂了电话，开车去了汇南派出所。

派出所对他来说不算陌生，他年少气盛的时候也打过几次架，只是从来没想过，他有一天去派出所居然是去领叶思北。

他到门口和警察说了来意，警察就带着他往调解室走，刚到调解室门口，就听见一个女人大骂："是她先动手打我的，她不该赔钱吗？不该和我说一句对不起吗？！"

随后赵楚楚的声音响起来："我姐是什么性格，她能动手打你？我看你就是欺负她不会说话，你才该道歉吧？！"

"她不会说话，她是哑巴？"

"别吵了！"领着秦南进屋的警察喊了一声，"叶思北家属来了。"

听到这话，叶思北愣了愣。她转头看过去，就看见秦南站在门口。其实也就一个星期不到的时间，她再见到他，就好像隔了一辈子。

叶思北愣愣地看着他。秦南朝她点点头，走到赵楚楚旁边。

赵楚楚赶紧让了位子，凑到叶思北耳边，嘀咕："王琳老公来了，我怕咱们吃亏，就把南哥叫来了。"说着，她就挥了挥手，小跑出去。

调解室里就剩下两对夫妻。王琳缓了片刻，反应过来，气势汹汹："怎么，还叫人啊？你们还想打我啊？"

"她打你了？"

"对，"王琳丈夫见秦南开口，立刻回应，"她先动的手，给了我老婆一巴掌。"

"这样啊，"秦南点点头，"那你们现在是不想调解是吗？"

听到秦南主动提调解，王琳夫妇一顿，气焰弱下去。王琳皱起眉头："也不是不想调解，但她得给个态度啊，就算不赔钱，至少也说句对不起吧？"

"赔多少？"秦南转头直接看向调解员，"我们赔钱。"

调解员愣了愣，随后回答："一千。"

秦南二话不说，低头去拿钱包。一直沉默的叶思北见到他的动作，突然开口："对不起。"

秦南动作顿住。叶思北抬头看向王琳，沙哑地出声："对不起，可以原谅我吗？"

听见一直不说话的叶思北发声，王琳气消了不少，她争也只是为了这口气，顿时放软了语调："行吧，这次就算了。"

秦南转头看向旁边的叶思北，她低下头，一周没见，她越发清瘦，冷白色的皮肤没有半点光泽，疲惫、黯淡。

她手上还留着王琳掐出来的伤口，看上去触目惊心。警察将《同意调解确认书》递到她面前，她拿起笔，正准备签字，秦南突然伸出手，一把按在这份确认书上。

"为什么打架？"他看着她。

叶思北动作一顿。秦南知道她不会回话，抬眼看向调解员："不好意思，我想问一下，她们为什么打架？"

"好像是因为加班的问题，"调解员对这个情况有些发蒙，茫然地解释，"她们说是因为叶女士答应了帮王女士加班，结果没加，两人便发生了争执。"

秦南听明白了，叶思北以前加班一直很多，他转头看向叶思北："你以前一直是帮她加班？"

叶思北不说话。秦南继续问："你答应她了吗？"

叶思北不想在秦南面前惹事，也不想让秦南掏钱，她嗓音低哑："算了吧。"

说着，她就去拉《同意调解确认书》，秦南直接把确认书抽走，揉成一团，扔到一边。王琳夫妇一瞬间站了起来，王琳丈夫抬手指着秦南："你干什么？"

"给她道歉。"秦南抬手指向叶思北。

"警官，"王琳看向调解员，"你看他的态度！"

"你每天都让她加班，她都告诉你不帮你加了，你凭什么找她麻烦？而且不管是不是她先动的手，你也打了她不是吗？你主动挑事、动手，还把她打成这个样子，"秦南加重了语调，指着叶思北，"要么赔钱，要么给她道歉。"

"我不赔钱、不道歉又怎样？"

"那你试试！"秦南猛地一巴掌拍在桌上，大吼了一声。

震得王琳夫妇一愣。警察反应过来，大吼了一声："吼什么吼，安静！"

"算了吧……"秦南这一吼，反而把王琳丈夫吓住了，他看着对面的人魁梧的体格，不由得想到以后，怕对方滋事寻仇，便小声和王琳商议，"道个歉算了，别惹事了。"

王琳红了眼，被丈夫又哄又劝。秦南就坐在对面静静地看着。好久，王琳终于抬头，看向叶思北，委屈地出声："对不起。"

叶思北愣了愣。调解员赶紧把《同意调解确认书》递过去，王琳低头落泪，迅速签了自己的名字，便一刻都不愿意待，哭着冲了出去。

秦南抬手把同意书转到叶思北面前："签吧。"

叶思北没说话，她看着这份调解书，不知道为什么竟觉得有些眼酸。她盯着王琳的名字看了很久，才伸出手，写下自己的名字。

她一笔一画地写上"叶思北"，最后一笔写完，她突然意识到，任何不公之事都需要一份道歉。只有对方认错，才能抹平她内心的伤口。但可悲的是，有些道歉，她永远等不到。

签完字，所有手续办完，秦南就领着叶思北走了出去。

两人一出门，就看见富强置业的人正围着王琳。王琳在人群里擦着眼泪，似乎在说些什么。

"今天谢谢你。"叶思北知道秦南是被赵楚楚叫过来的，她有些不知所措地道谢，"让你跑一趟。"

"以后没做错事，不要说对不起。"秦南不带任何感情地说着，转头看她,"送你回去?"

"不用了,我下午还得去公司。"叶思北听着秦南的话,虽然他并不是在骂她,她却仍旧感到一阵说不出的难受。她不想看到别人对她失望,尤其是好人。

秦南点头,想了想,提醒了她一句:"你爸给我打电话,说后天是他生日,让我过去。"

叶思北被叶领这种私下的行为搞得有些尴尬,她赶忙帮秦南想办法:"你找个理由——"

"我答应了。但你还是早点找个时间和他们把话说清楚,把协议签了,去民政局吧。"秦南这话说得很平静、很干脆。他和她是完全不一样的人,做什么事,决定了,就干脆、果断,一点都不拖泥带水。这种果决放到人情上,便显得有些冷漠。

叶思北站在原地,面上浮现出几分难过的神色,她似乎用尽全力收敛了情绪,才缓慢地开口:"我有什么不好的地方,我可以改的。"

秦南没说话,站在原地,好久后,他才轻声开口:"咱们刚结婚的时候,一起买了一盏灯,当时就只买了一个灯泡,我觉得丑,结果有一天我回家,发现你用纸剪了一朵花罩在灯上,你站在灯下问我这盏灯好不好看,我说好看。"

说着,秦南低下头,看向地面:"可后来我就发现,纸做的花太脆弱了,它总是坏,每次坏了,我就劝你换一盏,你总舍不得,说修一修就好了。我就看你一直在修它,你日复一日地修,我日复一日地等,后来有一天,我终于看到它掉了一片花瓣,但你已经好久没修了。"

叶思北静静地听着,她听得明白,秦南说的不是花,是她。

或许这段婚姻一开始他也曾期待过,但很快他就发现,她只是一朵纸花。

沼泽一样的家庭,撑不起来的自己,无能的人生,无趣的灵魂,她再努力修补,如果不从源头解决,早晚她都会力竭,他就只能看着这朵花一点一点地凋谢,徒留那个光秃秃的灯泡,丑陋地照着他的下半生。

秦南从来没和她说过这些,她就假装不知道,总想维系这一段婚姻,可当秦南说出口那一瞬,她连那一句"对不起,我会改"都觉得是谎言。

她觉得他说得也对,她就是一朵永远修不好的纸花。她这样的人,和谁在一起,都是把对方拖进烂泥里。

"上次见你,你用的还是有小钻的发圈,"秦南抬眼看她,"这次什么都没有了。"

"我知道。"叶思北听不下去,不敢多说,转身往外走去,"我先回去了。"

"叶思北,"秦南叫住她,"一个人如果自己站不起来,谁都救不了她。"

叶思北不说话,她背对着秦南,等秦南说完,她就低着头大步朝着门口等她的赵楚楚走去。

秦南静静地注视着她的背影,好久,他才收回视线,看向还闹哄哄的富强置业那批人。王琳还在哭,一群人围着她安慰,他们遮着一辆黑色的轿车,轿车车身流畅,颇为气派。

秦南目光微凝。

——正是他早上才在照片上见过的2013年就已经停产的皇冠系列轿车。

5

这种豪车并不多见,秦南不由得皱起眉头。

他下意识地想给张勇打电话,但想了想,又觉得自己太敏感。毕竟这和他也没多大关系,张勇请他帮忙看轮胎印推断车型,又没让他帮忙找车,要是搞错了人,还是他多事。

秦南收回目光,自己开车离开。

叶思北和赵楚楚一起坐着出租车回到公司,回到公司后,没一会儿,范建成一行人也回来了。

范建成进了公司,看见叶思北坐在位子上,便直接叫她:"思北,你过来一下。"

说着,范建成自己先进了办公室。

叶思北站起身，赵楚楚赶紧拉住她，小声嘱咐她："姐，等一下你要咬死是她先动手的，王琳和陶洁关系好，"赵楚楚瞟了眼门口走进来的两个女人，"你小心吃亏。"

叶思北听着，点了点头。

她进了办公室，就看见范建成皱着眉头，正在思考着什么。她低低叫了声："范总。"

"哦，思北，先坐吧。"范建成指了指自己面前的位子。

叶思北坐下来，一句话没说。

范建成想了很久，才开口："思北，早上的事我听说了，王琳有不对的地方，但你的确太激动了。本来这事，王琳的意思是你道个歉就算了，但你们在派出所听说也没调解好，现在王琳情绪也比较激动，要求公司必须做个处理。"

范建成思索着，斟酌着用词："最近你状态不太好，屡次违反公司的规定，为了队伍的纪律性，我不得不做出一些决定，你先回去休息几天，休息好了，我们看看后面怎么办，怎么样？"

休息几天，也就不用回来了。叶思北听出范建成的意思，她低头沉默了好久，才整理好情绪，抬头看向范建成："范总，这事我觉得我没错。"

"这和对错没什么关系。"范建成摆手，"你不用太纠结这个。"

"如果没关系，"叶思北加重了语气，"为什么要惩罚我呢？她以前每天五点就下班，把所有活儿都扔给我，我每天都在为她加班，昨天我有事，我不想加了，她也不听，今天报表没做出来，她当着那么多人的面把我拉到楼道去骂，她不过分吗？她不该受惩罚吗？"

"这也不是你打她的理由啊。"范建成皱起眉头，"思北，事一码归一码，你动手打人就是不对。"

"那她也打我了。"叶思北不明白，"为什么就惩罚我呢？"

"你先动手——"

"是，我是动手了，可她让我加班的时候你们不管，把我拖到楼道骂的时候你们不管，打我的时候你们不管，怎么偏偏在我动手打她的时候你们就要管了呢？"

"叶思北！"范建成一巴掌拍在桌上，"你什么态度？！"

叶思北盯着他，她坐在位子上，握着拳头，她想多问、多理论，但心里又清楚地知道，其实也没什么好理论的。

王琳和陶洁、范建成这些老员工是一起进公司的，她对他们溜须拍马，苦心经营着这些人脉，她做的事这些人不知道吗？他们知道，只是不在意，只要事情能做完就行。以前她看不明白，还会争还会吵，现下她还不懂吗？

她想留最后一份体面，收拾好情绪，没有再多说，站起身离开办公室，收拾好东西就出了公司。

她乘公交车回家，等回到家时平静了许多。

她木然地打开冰箱，拿出一罐啤酒，喝了口酒，站了片刻，她才面对自己最不想面对的问题。她去房间取了计算器、草稿纸，回到桌前，打开一个个消费 App，开始计算这个月的开支、收入、存款。

她每月工资三千五百，在富强工作一年，之前的存款全给叶念文买房用了，只留了三千，用来作为贷款预备支出。这几天她买了烟、酒、防狼喷雾、监控器，零零散散花下来，存款也就剩下两千不到。

她信用贷款每月还款两千四百，18 号还款，基础开销八百，省一省，每天吃面条，或许五百也够。可不管怎么样，她都坚持不到下个月，她甚至连这个月的贷款都还不上。

她算了好几遍，最后终于停下来，她看着那一串串数字，将手插入发丝，疲惫地闭上眼睛。

◆ ◆ ◆

秦南和叶思北分开后回到店里，这一天生意不错，他忙活到晚上七点，终于有了空闲，正点了根烟打算休息一下，就看见一个女人穿着富强置业的制服站在门口。

秦南扭头看了一眼，有些疑惑："赵楚楚？"

"南……南哥，"赵楚楚迟疑着说，"我想和你聊聊姐的事。"

秦南沉默片刻，拿了外衣："我还没吃饭，请你吃饭吧。"

两人就近找了一家人少的快餐店，赵楚楚吃过了，就点了杯橙汁。秦南点了单，转头看她："要说什么？"

"姐……今天被公司开除了。"

"嗯。"秦南并不意外。

赵楚楚想了想，说："她最近的状态不太好，你们的事我也听说了一些，南哥，两个人有缘分不容易，结了婚就好好经营——"

"你是来当说客的？"秦南抬眼看她，她准备了许久的话顿住，秦南直接告知她，"不用了，我已经想好了，你要说这些就算了吧。"

赵楚楚不说话，她坐在原地，迟疑了很久，才缓慢地开口："南哥，叶姐真的是个很好的人。"

服务员把快餐端上来，秦南取了一双筷子，低头开始吃饭。

"我高二的时候喜欢化妆，在学校里被其他人欺负，就是她和念文来帮我的。当时我成绩差，人又笨，大家都觉得我混社会，肯定是废了，但她就能和我说，人不会在某一刻废掉，只要我愿意，我就可以读书。"赵楚楚说起以前，"那时候我特别崇拜她，觉得她太厉害了。

"为了让叶念文上高中，她妈让她去打工，她就从学校拿补助上完高三。之后上大学，她也是在学校打工，四年都没从家里拿过一分钱。毕业了在省会找到工作，自己一个人做所有事，直到后来她被叔叔阿姨带回来。

"咱们这个小镇也没什么好工作，她回来时二十三岁，叔叔阿姨让她考公务员，就是从那时候开始，叶姐才慢慢变了。

"一开始我去他们家，总听见他们吵架，不是说叶姐一个大学生找不到好工作，就是说叶姐还没找男朋友，后来就不吵了，只听见阿姨骂她，说她上了大学没有用，心比天高，命比纸薄。

"我听到这些话都难受，好像人生所有努力一点意义都没有。我想过好多次，如果我是她，我可能连大学都上不了，她能走到现在已经很不容易了。"

赵楚楚说着，抬头看秦南，他低着头认真地吃饭，狼吞虎咽，好像根本没听她说话。

赵楚楚想了想，斟酌着开口："南哥，叶姐她不是你现在看到的样子，她只是走在谷底，需要人拉一把，你拉她一把，你就知道——"

"我吃完了。"秦南打断她，放下筷子，抬眼看她，"你还有要说的吗？"

赵楚楚愣住，她怔怔地看着秦南，觉得有些不可思议："秦南，你对叶姐一点感情都没有了吗？你听到这些，就不会同情一下她，去帮一帮她吗？"

"我要怎么帮她？"秦南叫人买单，语气像是在说一个完全陌生的人，"每个人都有自己的难处，我说过无数遍让她好好过日子，可她自己先放弃了自己的人生，谁能帮她？"

"什么叫放弃自己的人生？"听到这句话，赵楚楚带了火气，"她会认真地挑每一条发绳，喝水和喝茶会用不同的杯子，会在被人灌酒以后说她想和你好好过一辈子，没有一个放弃自己人生的人会做这些！秦南，你真的了解过她吗？"

秦南动作一顿，他低着头。

赵楚楚声音沙哑："她不是放弃，她只是背负得太多，她挣扎了，你看不到。你是不是觉得她今天在派出所特别窝囊？对，你不窝囊，出气了，所以她被开除了。你觉得她做得不好，可如果你是她，你以为你会比她做得更好吗？"说完，她就快步走出快餐店。

秦南坐在原地没动，好久，他才收拾好情绪，仿佛什么都没发生过一般，起身离开。

这天他忙活到晚上十一点，关了店后洗漱睡下，他恍恍惚惚好像回到自己高中时期。

梦里有个女孩子，站在升旗台上，她那么璀璨，那么阳光。旁边的同学低笑，说她像个傻子。他却把她说的每一个字都听进耳朵里。

然后画面成了在食堂打饭，他刚好就排在她后面，他故意往旁边走了一步，她端着菜一回头正好撞在他身上。

她慌忙道歉。他鬼使神差地问了这么一句："人的命运真的可以改变吗？"

那时候，女孩子愣愣地看着他，他有些笨拙地解释："你今天讲得很好，我只是——"

"可以的。"女孩子仰头看他，那时候他在班上已经很高了，女孩子还不到他的下巴，可她眼神很坚定，认认真真地告诉他，"只要我们努力，没有什么命运不可以改变。"没有不可度过的苦难，最美好的永远在未来。

手机嗡嗡地振动起来，将他从梦中唤醒，他不耐烦地翻身挂断，紧接着就听到门口有人砸门，伴随着张勇的大喊："秦南，秦南，你在不在？"

秦南被铁门哐哐的声音吵醒，他穿了件衣服站起身来，开了门，看见门口有些激动的张勇，皱起眉头："张队，你大半夜来干吗？"

"我找到视频了，你帮我认一认。"张勇拿了个 U 盘。

秦南缓了缓，才明白他在说什么，撑着铁门让开："进来吧。"

张勇也不客气，猫着腰就进屋。秦南拉下铁门，重新锁上，带着张勇进了里间。

里间是秦南平时居住的地方，有一张床、一张堆满了东西的小桌，还有一个兼顾洗浴、方便功能的小厕所。这么狭窄的空间，秦南却打理得井井有条，张勇啧啧称奇："说实话，就你这生活习惯，看上去就是个干大事的。"

"视频呢？"秦南开了电脑。

张勇反应过来，拍了拍秦南："让一让。"

秦南给他让了位子。

张勇把兜里的 U 盘取出来插上，一面打开 U 盘，一面叮嘱秦南："这都是我个人私下的活动，是隐私，你看过就算了，千万别告诉别人。"

秦南半夜被吵醒不太高兴，没搭理他。

张勇有些高兴地点开一个已经剪辑好的视频："我们办案子争分夺秒，我想早点找到证据说服当事人立案，所以才大半夜来吵你。你先看这个。"说着，他指了指视频，"你看看这车是不是你早上发我的那种。"

视频点下播放，先出现了一片芦苇地中间的小道，小道刚好能过一辆车，芦苇在旁边随风荡漾，视频黑黑的，应该是深夜，隐约能听到蛙叫之声。

秦南看着视频，漫不经心地点了根烟，一辆黑色轿车缓缓地出现在视线内，因为摄像头角度的问题，轿车只能看到上半部分，根本看不见车牌。秦南分辨着车顶的线条，抽了口烟，忍不住问："你从哪儿搞来的视频？车都只有一半。"

"有一半就不错了，"张勇听出他的嫌弃，赶紧争辩，"那地方根本没摄像头，我挨家挨户地问人，这是从人家自己安来防贼用的摄像头里搞到的视频。"

秦南没说话。虽然只能看到上半截车身，但皇冠系列的轿车线条很有特点，他再看了一遍后，点头："是这个车。"

"那你再来看这个视频。"张勇见他确认，又点开其他文件夹，一面点一面漫不经心地问，"话说，我记得你之前好像说过你结婚了，怎么现在还住这儿啊？"

"要离了。"秦南看着张勇点开视频。

张勇好奇："为什么呀？"

这个视频有些长，是一家大酒店门口环岛停车的地方。

秦南抽着烟："性格不合。"

"那你还和她结婚？"

"她以前不是这样。"

两人说着话，视频中一群穿着富强置业制服的人说说笑笑地从镜头前过去。他们诌媚地围着一个男人，说着好话。

秦南抽烟的动作顿住，张勇在他耳边念叨："女人都这样，婚前一个样，婚后一个样。我老婆也是，不过不管怎样，我都喜欢她。"

张勇说着，就见视频里出现两个互相搀扶着的女人。其中一个由另一个扶着，一边走一边哭。她哭得狼狈，是她从没有过的模样。

走近镜头，她的声音终于在闹哄哄的人群中被收录进摄像头里。

"我昨天晚上做梦，梦见我高中的时候，那时候我觉得自己特好，我做过升旗演讲，好多人看着，可我这辈子没再有过这种感觉了。"

"我是真的想和他过一辈子，"叶思北哭出来，"我不知道什么喜欢不喜欢,我感觉不到,但我特别想和他过一辈子,为什么这么难呢?"

"不过凡事都有缘由,哪儿有无缘无故的改变啊?"张勇一面说,一面指向两个女人坐上的车,"就这个,你看是不是这辆?"

秦南看着视频里的人,一言不发,他看着男人关上车门,扬长而去,露出蓝白分明的车牌号,就是他早上看见的那辆皇冠车的车牌号。

他久久不说话。张勇不由得有些奇怪,扭头看了他一眼:"秦南?"

"再放一遍。"秦南哑声开口。

视频再一次重复,女人的哭声再次传来。

"那时候我觉得自己特好……可我这辈子没再有过这种感觉了。"

"我是真的想和他过一辈子……为什么这么难呢?"

秦南看着视频里的人,想起赵楚楚白天说的话:"没有一个放弃自己人生的人会做这些……她只是背负得太多,她挣扎了,你看不到。"

"再放一遍。"秦南红了眼眶,一遍一遍看着那个视频。

而他脑海里也一遍一遍地想起那些零碎的他遗忘的往事。他想起雨里隔窗相望那一刻的叶思北,想起灯下指着纸花罩着的灯笑着问他好不好看的叶思北,想起结婚那天穿着婚纱和他拉着手拍照的叶思北,想起早上站在他面前穿着运动衣、乱着头发、面色苍白如鬼的叶思北。

"她只是走在谷底,需要人拉一把,你拉她一把,你就会知道……"

你就会知道,叶思北也是多么闪亮的人。

可他没有。他作为丈夫,不仅没有拉她,他还告诉她:"上次见你,你用的还是有小钻的发圈,这次什么都没有了。

"一个人如果自己站不起来,谁都救不了她。"

他没有问过她为什么不再用有小钻的发圈,没有问过她为什么没有力气修补那朵纸花,他甚至没有问过她为什么不把纸花扔了,换一盏灯。

他只是和其他所有人一样,高高在上地谴责、鄙夷,问她为什么不努力一点,不站起来,不当一个更勇敢、更让人喜欢的人,不过好自己的人生。

他从没意识到,这世界上就是有一些人,他们穷尽心血都做不到过好普通的一生。

没有凭空而来的勇敢，没有无根可循的坚强，被世界抛弃的人，拼命活着就已是他们沉默又伟大的抗争。

6

视频来来回回地放了几遍，张勇终于察觉不对劲儿，扭头看他："还没看出来啊？"

"是这辆。"秦南低头不让张勇看自己的表情，"芦苇地那里的也是这辆。"

"那太好了。"张勇高兴地出声，开始收拾 U 盘，"谢谢你，你可帮了我大忙了。"

"不用。"秦南靠在桌边。

张勇摆手："行，那我走了。"

秦南送张勇出门，看着张勇离开。

等张勇走后，他坐回自己床上，呆呆地看着地面。

张勇是个刑警。

一辆车从酒店出来，载着叶思北和赵楚楚，然后出现在芦苇地。

一个当事人可以撤案的案子。

而一贯会尽力打扮自己、唯唯诺诺、从来不敢和任何人顶嘴的叶思北，在工作日不穿制服，不修边幅，还和人打架进了派出所。

秦南低下头，抬手捂住自己的脸。

许久之后，他猛地起身，抓起外套冲出店门，直接开车去了富强置业。

他在黑暗中停到富强置业门口，一直盯着店门。天慢慢亮起来，周边越来越热闹，他看见清洁工开了店门，看见员工一个个过来，最后看见那辆黑色的皇冠轿车。

轿车绕到富强置业后方停车场，秦南立刻下车，跟着范建成就进了后院。

此时天色尚早，停车场空荡荡的，范建成从车上下来，对着车窗整理了一下衣衫，动作还没做完，就被人冲过来一把按着脑袋猛地扣在车上。

他脑袋嗡的一下，眼镜扭曲着弹开，剧痛随之传来，一股巨大的力道由上而下压在他脑袋上，他不敢乱动，因恐惧而喘息着，就听那人冰冷地问他："车是你的？"

"什……什么车？"范建成听不明白。

秦南提醒他："你开的这辆。"

"是……是我的，"范建成想着所有可能发生的事，"大哥，是不是我不小心蹭了你的车，我没注意，要赔多少钱——"

"4月9号那天，"秦南声音很平稳，"这辆车一直是你在开？"

范建成动作一僵，也就是这片刻的迟钝，秦南弯起膝盖朝着范建成肚子就是狠狠一脚，抓起范建成的头发，逼着他看向自己："说话。"

疼痛让范建成瞬间扭曲了表情，他喘息着，急急出声："是我，大哥，是什么事，你说出来——"

"是你带叶思北去芦苇地的？"

这话让范建成一瞬间安静下来，片刻后，他突然从兜里掏出一个打火机，打了火就朝秦南手上灼烧过去！秦南下意识地缩手，他立刻朝着富强置业后门的方向冲去，大喊出声："救命！救——"

话没说完，秦南抓住他头发就往旁边的墙上撞过去。但范建成似乎知道了他是谁，竟然也不再惧怕，抱着他的手腕就地一坐。秦南被逼得立刻松手，范建成整个人就朝着他腰上扑去！

两个男人纠缠在一起，秦南力气比他大得多，当下翻身按着他的脸就是拳如雨落！

拳头砸得范建成整个人都蒙了，他再也没有力气还手，只能用手死死护住头部，大喊出声："是她自愿的！"

秦南拳头顿住。

范建成低低喘息着："她缺钱，故意喝酒装醉，我送她回家，她主动和我说喜欢我，要跟我。这事闹大了谁都不好看，你是她老公对吧？你可以去问，你去问问当天的人，是不是她主动喝的酒，主动上了我的车！"

"她喝了酒，上了你的车，又怎么样？"秦南盯紧范建成。

范建成转头看他，目露震惊："你脑子没病吧？她要是不主动，她为什么要在酒桌上喝酒？为什么要上我的车？为什么不好好保护自己？我告诉你，这件事就算是拿到法院去，我也占理！"

秦南看着他理直气壮的样子，突然就明白了："你觉得她不会报警。"

"你说什么？"范建成有些心虚，"报什么警？"

"所以你选了她。"

周边隐约传来人声，范建成一下来了底气："你现在打，继续打，闹大了，我看谁不好看。"

话音刚落，秦南便一拳狠狠地砸在他脸上，而后一把提起他的领子，凑到他面前："那你就看好了。我他妈倒要看看，一个强奸犯，以后有什么脸和老子提什么好看不好看！你欠她的这句对不起，"秦南盯紧他，"我一定要让你吃着牢饭还。"

说完，秦南一把甩开他，起身径直离开。

他刚到车边，就遇到赵楚楚。

"秦南？"赵楚楚疑惑地叫他的名字。秦南却像没看见她一般上车疾驰而去。

赵楚楚愣了愣，她迷茫地进了公司，刚进大厅，就发现公司里兵荒马乱的，她一把抓住路过的陈晓阳问话："这是怎么了？"

"叶姐老公刚才把范总打了，"看见她，陈晓阳使了个眼色，提醒她，"他正在气头上，你和叶姐关系好，赶紧躲躲吧。"

赵楚楚听到这话就蒙了。

陈晓阳朝她摆手："我还有客户，先走了。"说着，陈晓阳就离开了。

赵楚楚缓了缓，赶紧出门给叶念文打了电话。

电话接通时，叶念文正对着镜子梳头，漫不经心道："想我啦，宝贝？"

"念文，出事了。"

"怎么了？"叶念文夹着手机打领结。

"刚才我看见南哥来了公司，我和他打招呼，他一句话不说，然后我就听人家说他把我们店长范建成打了！"

一听这话，叶念文就愣住了。

赵楚楚看了一眼不远处正在忙活的同事，压低了声："你赶紧去问问南哥到底是什么情况！"

"他人呢？"叶念文立刻从旁边抓了西服外套，取了包。

"已经开车走了。"

"行，我去找他。"叶念文说着，就从屋里冲出门去，"我姐呢？去公司了吗？"

"没。她……"赵楚楚迟疑片刻，"她昨天被开除了。"

叶念文动作顿了一下，他张了张口，想问什么，最后还是把所有话都咽了下去。

"知道了，"他克制着情绪，"你先帮我劝住范建成别报警，我回头再打给你。"

"这我怎么劝啊——"赵楚楚话没说完，叶念文就挂了电话。赵楚楚茫然地看着手机，想了半天，还是硬着头皮回了公司。

挂了电话，叶念文握着手机，收拾了一下情绪，给秦南打电话，没人接。他站在门口，深吸了一口气后，直接冲到街上，抬手拦下出租车。

秦南揍完范建成，就朝着家里一路狂奔。他感觉打人的手隐约有些疼，然而除了疼痛，还有种额外的愤怒和难受翻涌上来。

这是他第一次这么直接地介入叶思北的世界。过往叶思北不管做什么，总喜欢瞒着，她小心翼翼地处理着自己生命中所有不堪的痕迹，每次都要到瞒不下去，才被他发现，然后就是争吵、消磨。

他曾经以为她的一切就是自己的选择，因为她的懦弱、她的自我放弃，所以做出了一个个那么不讨喜的选择，然后在他责问时一次次说对不起。可当他真正去插手叶思北人生的一刻，才发现，她哪里有什么选择。

所有人都告诉她她是错的，连作为受害者的时刻，她都能有那么多错。这样的她说的那一声"对不起"，哪里是对他的敷衍？那明明是这个世界只教会了她说对不起。

他开着车冲回他和叶思北所住的小区，停下车后，一路狂奔到了家门口，然后在看见门口叶思北挑选的小熊脚垫时，不知道为什么就停住了脚步。

所有的狂躁、愤怒突然平息，他低头看着两只抱在一起的小熊，好久，他才抬头，取出钥匙开了门。

房门吱呀一声打开，扑鼻而来的就是酒味，屋里的人似乎睡得很死，完全没发现他的到来。秦南抬眼看过去，整个房子让他几乎无法辨认出来是自己的住所。乱七八糟的餐桌，到处堆放的酒瓶，扔了一地的衣服，整个房子像是一个垃圾场，凌乱又肮脏。

秦南在门口站了一会儿，他克制住所有情绪，轻轻关上门，走进家中，像是一只飘进来的幽灵，悄无声息地坐在了沙发上。

阳光晒在叶思北脸上时，她浑浑噩噩地醒过来。宿醉令她头痛欲裂，她和往常一样撑着自己起身，刚一出卧室，就看见家里坐着个人。

叶思北吓得猛地退了一步，就看到秦南转头看了过来。他手里拿着根烟，手上带着血，也分不清是他的还是别人的。他看她的目光很平静，但和以往又有些不同。

短暂的错愕后，叶思北很快镇定下来："你怎么来了？"

她说着，看了一眼周边，想要赶快收拾一下，又无从下手。房间里烟味和酒味混合在一起，她干脆去阳台开了窗，然后回到客厅。

"你……"她思索着，"要不要吃点什么？"

"先坐吧。"秦南低着头。

叶思北听到他的话，有些尴尬地坐到旁边的沙发上。

两人僵持着，她就看着秦南一直低着头抽烟。

这样的气氛让她觉得有些拘束，她直觉认为有什么发生，又不敢说话。她不断地打量着周边，想分散一下注意力，但她一打量，就看见周边到处都是酒瓶。这让她更加紧张，她小心翼翼地伸出手："我先收拾一下吧——"

"什么时候开始喝酒的？"秦南突然哑声询问。

叶思北动作僵住，她勉强笑了笑："就……就最近。"

"烟也是你买的？"秦南看着桌子上的烟。

叶思北不敢应声。

"叶思北，"秦南抬眼看她，"你怎么了？"

"没什么。"叶思北被问及这些，本能地想对抗，她一瞬间有些自暴自弃,故作轻松地耸耸肩,"最近工作压力有点大,想要排解一下。你看我也没干什么,我就抽点烟喝点酒,我一个成年人了,这也不算违法是吧?"

秦南不说话,静静地看着她。叶思北不敢看他的眼神,怕看到失望,或是谴责。

她不断地告诉自己,反正是要离婚的人了,他失望也好,谴责也好,与他也没什么关系。她头一次对他要离婚这件事生出几分庆幸,甚至想要加快这一进度。

"你是来拿离婚协议的是吧?还是今天就想领证?"叶思北站起身,"我去给你——"

"4月9号那天晚上,范建成送你回家,然后你去了哪里?"

叶思北动作僵住。一瞬间,她脑子一片空白。

她僵在原地,听到身后秦南平静地询问:"是官田村外的芦苇地吗?"

"芦苇地"三个字一出,令人作呕的画面喷涌而出,叶思北的呼吸一瞬间不由得快了起来,她慌忙往前:"我去给你拿协议。"

"叶思北,"秦南抬眼看她,"都走到这一步了,还有什么好瞒的?一直瞒着,你不累吗?"

叶思北没说话,她背对着秦南。

她想否认的。就像黄桂芬说的,她必须隐瞒到底。可她开不了口。从秦南说出芦苇地的时候开始,她就明白已经没有什么挣扎的余地。

"4月9号那天,你们公司组织酒局,你醉了,和赵楚楚一起上了范建成的车,赵楚楚被送回家,你被带到了官田村外的芦苇地。等你醒来后,你报了警,后来又撤销了。叶思北,"秦南逼问,"是谁?"

叶思北没有说话。好久后,她坐回位子上,笑了笑,又去取了根烟,她拿着烟,稍微镇定了些。

"你都知道得这么清楚了,"叶思北满不在意,"还有什么好说的?是谁重要吗?反正我不报警。"

"是不是范建成?"秦南盯着她。

叶思北深吸了一口烟,抬头看向秦南,想继续说些调笑、敷衍的话,但看见秦南的眼神,又说不出口,话在嘴边翻滚反复,最后她才出声:"我不知道。"

她摊了摊手,故作无所谓道:"不记得。那天是我不对,"她笑着解释,"公司说要去陪客户,我也没想起来要换一件衣服,就穿着我们公司的制服去了。酒席上有个老总喜欢喝酒,指名要我喝,我就想着不能给大家添麻烦,喝了六杯,喝完了我妈给我打电话,说咱俩离婚的事,我和她吵了一架,出来也不知道怎么了,又多喝了几杯。"

叶思北说着,情绪有些控制不住,她不敢让他察觉,低下头,假装淡定:"喝完了范哥送我回家,我到门口后自己要上去,其实我醉得厉害,根本不记得什么,可能被人'捡尸'了吧。"

她用了一个网上常见的极具羞辱性的词,听着刺耳。

"等第二天醒过来,我就在芦苇地,那时候样子不太好看,我躲在芦苇丛里给警方打了报警电话,请他们给我送一件风衣。"

秦南目光没有焦点地看着前方,木然地抽着烟:"为什么撤案?"

"就是……想明白了。"叶思北声音沙哑,"报警对我有什么好处?说出来还不是我的问题。就像小孩子打架,左脸被同学打了,没必要回家告诉家长让家里人打右脸啊。一个巴掌拍不响,本来就是我不够谨慎。"

叶思北和过往一样自省。秦南听在耳里,就像刀剐在心上。

"也不是什么大事,忘了就算了。"叶思北想了想,还是低声说了句,"就是对不起你。"

对不起。对不起。对不起。他们打从相识以来,这似乎是她说过最多的话。

她总在道歉,总在自省,总在检讨。哪怕到今天——她是受害人的今天,她还在跟他说对不起。

秦南觉得有点可笑,又可悲。他不敢开口,甚至不敢看她。

他克制着情绪,抽完最后一根烟,继而才转头,问出了那句他一直想问,却从没问出口的话——"你有什么错?"

听到这话,叶思北愣愣地抬眼看他,似乎完全不能理解他在说什么。

秦南盯着她茫然的表情,声音轻微发颤:"你告诉我,你只是在好好过着你的人生,你只是正常地上班、穿衣服、工作、回家,"说到最后,他有些说不下去，努力好久，才出声，"你有什么错？"

7

作恶者不思悔过，受害者自省无数。秦南想不明白，这世界怎么能荒唐成这样呢？

叶思北静静地看着他，眼泪落下来。她感觉有什么在她心上摇摇欲坠，这让她觉得很害怕，她赶忙低头擦了把眼泪，声音沙哑地开口："对错不重要，算了吧。"

他看着一味逃避的女人，直接起身，伸手就去拉她："我们去报警。"

听到"报警"两个字，叶思北立刻拒绝："我不去。"

秦南不说话，他拉着她的手腕，憋着一股气，拽着她将她往外拖。

叶思北用尽全身力气和他对抗，疯了一般大吼："我不去！这事过了！当初没报现在报什么？我不去！你放开我，我不去！"

秦南不听，他一点一点拖着叶思北走向门口。叶思北开始打他，又打又喊："我过得很好！我不需要报警！我不需要！"

秦南拖着她往外走，眼看就到门口，她猛地一个踉跄摔倒在地："秦南，你为我想过吗？！"

秦南停住动作，他回过头，就看见叶思北整个人瘫坐在地上，哭着看着他。

她眼里带着哀求和怨恨，一只手腕被他拽着，另一只手放在他手上试图掰开他的手。她的袖子因这个动作滑落，露出她纤白的手臂，手臂上是纵横交错的伤痕，他看到了，又不敢看。

他最后将目光放在她的眼睛上，看着她眼里的恐惧，好像他是个试图毁掉她人生的人。

"不报警，过得真的好吗？"他低哑地出声。

叶思北拼命点头："我过得好的，我不需要报警，你要离婚就离婚，我就求你一件事，让它过去吧。只要我们谁都不说，这件事就过去了。"

秦南觉得有什么堵在胸口，抬头看了一眼家里，酒瓶、烟、凌乱的屋子。

叶思北似乎是察觉到了什么，慌乱地起身："我收拾，我这就收拾。"

"叶思北，"秦南看着在家里开始收拾酒瓶的女人，突然体会到了一种说不出的无能为力，他看着她的背影，"如果伤害得不到公正、抚平，伤口就会永远烂在原地。"

叶思北停住动作，听到他无比残忍地开口："这才是开始。

"你会一点一点从内到外地腐烂，你会为了治愈这个伤口奔波半生，你会不停地想为什么是自己，自己做错了什么，为什么那个作恶的人还好好生活，你却活成这个样子。

"现在你做所有事，别人还会同情你，觉得你是因为受了伤害，可等到未来，等大家忘却你受过什么伤，只看见你连自己的人生都过不好的时候，所有人都只会觉得，叶思北是个烂人。"

叶思北抱着酒瓶，身体微微颤抖，她试图用拥抱酒瓶的这个动作缓解自己的情绪。

"也没什么关系，"她安慰自己，"我本来就是这样的，我妈说，人得信命。"

"命运是可以改变的。"秦南看着她的背影，"你要试着去赢一次，只要赢一次——"

"可我没有赢过！"叶思北终于忍耐不住，她回头看他，"你以为我没有试过吗？我试过。

"小时候我以为我努力读书就可以改变人生，可是没有。

"我以为我努力工作就可以改变人生，也没有。

"我以为最难熬的永远是现在，只要熬过去了，最美好的就在未来，可结果呢？

"永远有更多的苦难在未来等着你，永远有你没有办法改变的缺点在等着你。

"我不够努力，我不够自律，我不够谨慎，我不够聪明，我矫情，我愚蠢，我情商低。我二十七岁可能马上要生孩子，企业不愿意要我。我二十六岁没有稳定的工作，还有个弟弟，有什么资格挑三拣四。我考上了大学，最后出来还是月薪三千,还没人家搬砖赚得多。我人生中受的指责还不够多吗?

"你要我赢,我拿什么赢?

"我现在,"叶思北的话混着哭,几乎听不清声音,她抬起手,指向自己,"只有一个愿望——

"我想好好生活。

"我想像一个正常人一样,不叛逆,不对抗,不抱任何期待,随波逐流地生活。

"这个要求,很过分吗?"

秦南没说话,看着面前盯着他的女人。也就在对峙的这一刻,她眼神清明又坚定,和平时的唯唯诺诺截然不同。

他突然意识到,不是的。她说着要放弃,不叛逆,不对抗,不抱期待地活着,可就是因为没有放弃、叛逆、对抗、充满期待,所以才会痛苦。她身体里活着另一个从未放弃的自己,却用身体作为牢笼,死死困住她。

"叶思北,"秦南不敢看她,怕自己被她影响,他低下头,"如果你想像一个正常人一样活着,那就跟我去报警。"

说着,秦南走上前,重新抓住她的手腕,拉着她到了门口。

这次他们俩没有对抗,叶思北走得跌跌撞撞,秦南只是虚虚一握,仿佛是到了对峙的最后一刻,谁都没有力气,谁都濒临崩溃。

秦南鼓起勇气走到门口,刚一开门,就看见叶念文站在门口。

他还穿着那件廉价的西服,单肩背着平时那个黑色包,包背了好多年,一直没换过。他失去了平时一贯的笑意,仿佛是一瞬间长大,静静地和秦南对峙。

没有人知道他在门口站了多久,也没有人知道他要做什么。好久后,叶思北沙哑地出声:"你怎么来了?"

"楚楚说,姐夫把范建成打了,我就过来看看。"叶念文勉强笑起来,"听见你们在吵架,没好意思敲门。要不先进去坐吧。"

"你让开。"秦南盯着他。

叶念文低下头,声音很低:"现在报警,胜诉概率很低。"

话音刚落,秦南猛地一巴掌抡过去,抓着叶念文的头就将他按在墙上:

"这是你该和你姐说的话吗？！你一个律师，你和你姐说这话？！"

叶念文的眼镜被打歪，他趴在墙上，因为疼痛而轻轻喘息："我不能让我姐去打一场会输的官司。你不是她，你不是她的亲人，"叶念文声音微颤，"你不心疼她会遭遇什么。从一开始，她就会被质疑。所有人都会问，为什么那天她要喝酒，为什么那天她会在晚上出门，为什么那天她会穿一条包臀裙，她和犯罪的人是什么关系。

"他们会审视她的过去、她的家庭、她所有不端的行为，会说她刻意勾引，会说她陷害别人。如果这场官司赢不了，别人就会说她玩仙人跳、索钱未遂、小三上位，甚至做不正当职业。"

叶念文一边说，一边看着旁边站着的叶思北，他红着眼，努力让眼泪不要流出来："我理解你的愤怒，如果你接受不了可以离婚。可我不能看着你毁了我姐。"

秦南没有说话，叶念文也没有再动。

叶思北注视着叶念文的眼睛，一瞬间，她突然就明白了。

那天叶念文看到了。他是知道的。所以他能准确地描述她的穿着，她发生了什么，会在晚上和她说那些话，会在夜里送她回家。然而，她的弟弟，一个律师，在那一刻选择了沉默。

她有些想笑，用手臂环抱着自己，站在门口，看着叶念文。看了好久后，她感到一种无端的荒唐，抬手随意地比画了一下，想说点什么，又失言，最后只开口道："把人放开吧。"

秦南不动。叶思北走到他面前，抬手将他的手拉开。

两个人面对面站着，好久，叶思北才开口："你看，才开始，你就打了两架。如果这些话都听不了，报了警，后面怎么办呢？

"暴力解决不了任何问题，其实大家都很清醒，我妈、我弟弟，大家都支持我的决定，我的决定才是对的。"

秦南抬眼看她。叶思北迎着他的目光，异常平静："回去准备一下吧，晚上我爸生日，不要让老人家操心。"

两人僵持。好久，叶思北转身拍了拍身后的叶念文："带你姐夫走吧，我想静静。"说着，她就自己进了家，关上大门。

等长廊上只留下叶念文和秦南,他看着秦南,犹豫好久,才出声:"姐夫——"

"你一直都知道?"秦南打断他。

叶念文低下头,好久,他扭过头,看向周边的矮房,似乎是鼓起了很大的勇气:"4月10号那天早上,我找案源,也去了医院。警察不让我见受害人,我就躲在受害人待的病房转角,当时我就想,等受害人出来,我就可以看见是谁,警察不在的时候,我就去找她,我就和她说,我是个律师,我会帮她讨回公道,请相信我。"

叶念文学着他想象中的样子,看上去有些滑稽,他低头笑了一下,想让自己看上去不是那么难过:"然后我看见了我姐和我妈。"

"你妈也知道?"

叶念文没有说话。

秦南深吸了一口气,点了点头:"果然是一家人。"说完,他转身快步往楼下走去。

叶念文犹豫片刻,还是追着秦南下楼,他一面追一面喊:"姐夫,我姐不报警是我和我妈拦下的,所有的错都在我们,不是她软弱——"

"我知道不是她软弱!"秦南停住步子,猛地吼出声来,他盯着叶念文,"软弱的是你!"

叶念文愣在原地。

秦南上前一步:"你初三没考上重点高中是你妈给的择校费,为了给你凑择校费,她读书,你妈一分钱都不给她,你姐是自己想办法上完高三考上大学的。

"大学时,你每个月拿着你家里给的生活费谈恋爱,参加社团,而你姐自己打工赚钱,跟爸妈要买电脑的钱都觉得羞耻。

"毕业后,你吃着家里,住着家里,啃着家里,结婚还要跟家里要钱,你以为你的首付是哪里来的?是你姐用信用贷给你贷了五万!

"叶念文,这些你不知道吗?你不清楚吗?"

叶念文脸色煞白,他颤抖着声:"我……我不知道那五万——"

"你能不知道吗?"秦南打断他,揭穿他,"你可以知道,只是你不想!

每一次，你爸妈为你作恶，你都装聋作哑，因为你享受着从你姐身上剥夺的一切，你害怕丢掉这么轻松的生活。

"就像过去你姐为你做过的所有牺牲，你永远都晚一步知道，然后说句对不起来弥补你内心的那份愧疚。你但凡有一次像个人，你姐都不会变成今天这种样子。

"你不敢带她报警，你说是为她好，可她过成什么样子你没看到吗？！这叫为她好吗？这叫不给你们惹麻烦！这让所有人都可以继续平静地生活，除了你姐！

"你就是只软脚虾，你就是只蛀虫，你就是吸着你全家血长大还要假装自己正义、善良的伪君子！

"如果你真的在意她，真的为她好，你就该为她讨回一份公道，告诉她她没有任何错，让她堂堂正正地活在这个世界上！

"可你们有过吗？"秦南放低声音，"你们没有。

"我以前想过无数次，为什么她会变成今天的模样，现在我终于明白了。"

秦南倒退着往后走。

"因为你们全家，你们所有人，包括我，"秦南红了眼眶，"没有一个人告诉过叶思北，她生来没有错，她可以好好地活。

"从来没有。"

8

这话说出来后，就是长久地沉默。

叶念文张了张嘴，却什么都说不出来。他想解释，可他清楚地知道，秦南说得都对。

家里这一切，他不是不知道，只是他不想知道。他不想参与家庭的斗争，也害怕失去轻松的生活，于是他看着叶思北苦熬，他装聋作哑，又在事后愧疚不安。

"可我是，"他颤抖着，努力说出声，"我是真的希望，我姐过得好。可能你不信，可我真的，"他顿了顿，似乎是在控制语调，好久，才说出那句，"希望她永远是我最崇拜的那个叶思北。"

说完，叶念文似乎也明白这样什么都没做过的深情过于虚伪，他平复了一下情绪，低头道别："我先走了，晚上爸的生日，你们要是不过去，我去说一声。"

"我等她一起吧。"秦南低下头，没有拒绝。

叶念文走出小区大门，一面走一面回头看叶思北房子那道贴着陈旧"喜"字的大门。

叶念文走后，秦南回到自己车上，他呆呆地坐着，好久，将头无力地垂下，轻轻靠在方向盘上。

而叶思北坐在房间里，她靠着床，看着阳台外刺眼的阳光，满脑子都是秦南的话。

"你会一点一点从内到外地腐烂，你会为了治愈这个伤口奔波半生，你会不停地想为什么是自己，自己做错了什么，为什么那个作恶的人还好好生活，你却活成这个样子。

"现在你做所有事，别人还会同情你，觉得你是因为受了伤害，可等到未来，等大家忘却你受过什么伤，只看见你连自己的人生都过不好的时候，所有人都只会觉得，叶思北是个烂人。"

她想他说得对。这就是她的余生，其实不需要他说，她早已经知道了。

从她每天没办法正常入睡，正常生活，需要依靠酒精、烟草麻痹自己，从她开始暴躁、极端，越来越让人讨厌，她就已经意识到，她在一步一步成为自己最讨厌的那种人。她曾经不喜欢抽烟的人，不喜欢喝酒的人，不喜欢做事不顾后果，不喜欢用恶意揣测他人，可现在她就是这种人，她每天最痛苦的时候就是早上，那时候她刚刚清醒，看着一地狼藉，看着自己半夜呕吐出来的东西，她都觉得恶心。

她恶心，又没办法，晚上痛苦的时候，又要继续如此释放压力。

只是这些狼狈、这些腐烂的内在，她一直想默默消化，不让任何人知晓，尤其是秦南。可那个最不该知晓的人如今知道了，他不仅知道了她的狼狈,她"失贞",还知道她不愿意报警。他会怎么想她?

她不敢想,她一口一口喝着酒,看着太阳缓缓落下,满脑子都是一些解脱的场景。

她浑浑噩噩地翻出药柜里所有的药物。理智让她停止,可让她继续的似乎也是理智。

她不知道自己在做什么,想要什么,她就是觉得疼,到处都疼,她想快一点让这种疼痛停止,让这份绝望有一个终点。

过多的药物和酒精让她的胃部猛烈抽搐,她匆忙冲到卫生间,趴在马桶边缘剧烈地呕吐起来。等吐完,她撑着晕乎乎的脑袋,又继续。

她开始感觉冷,有些打战,她再也没有撑起自己的力气,倒在一片狼藉里时,她轻轻喘息着,无端端就生出了几分后悔和惶恐。可她没有力气做任何事了,她感觉自己像是站在一块倒计时牌前,眼睁睁地看着生命一点一点流逝,像一班没有制动装置的列车奔向悬崖,眼睁睁地看着,却无能为力。

没有人会救她,没有人会发现她。她会在这个冰冷的角落里安静又狼狈地走向终结。

可真当这一刻来临,她才终于发现,她想活。她不想死,她只是不知道怎么活。她想活下去,好想活下去,她要怎么样才能活下去?

她的内心像是有一具棺材,他们用棺材板将她一个活人封在里面,她日夜哭号,敲打着棺材板,终于在她看到生死交接的这一刻,感到那块板子摇摇欲坠。

她用尽所有力气伸出手,颤抖着想要去抓一旁的手机。可她没有力气,她趴在地上,眼睁睁地看着手机躺在不远处,手机屏幕亮起来,显露出一个人的名字。"秦南"两个字在屏幕上跳跃,她注视着那一缕在夜色中跃动的光亮。

太阳缓缓地落下,垂在远山,阳光温柔地洒在地面,映出一片温柔。许久后,秦南终于平静下来。

其实他该更冷静的。他想,他该温和一点,冷静一点,好好和叶思北说。她害怕也是正常的,谁不害怕呢?哪怕是他,在听见范建成污蔑她的时刻也会害怕。

他缓了缓情绪,给叶思北打了电话。他思索着要说些什么,可等待了许久,叶思北也没接。

他听着里面的嘟嘟声,从一开始的紧张到慢慢察觉不对,意识到可能会发生什么事,他猛地开了车门,从车上跃下,朝着楼上狂奔!

从楼道盘旋而上,冲到家门口,他开始拍打大门:"叶思北?叶思北?!"

没有人回应,他立刻拿出钥匙来,迅速打开房门。

房门一开,满屋子的酒味,秦南穿过凌乱的房屋,一眼扫过客厅、厨房,见没有人后直接往卧室冲。

卧室里也没有人,只有一大堆药物壳子和酒瓶散落在房间,浴室的门大开着,秦南一眼就扫到了浴室里的叶思北。她倒在马桶旁边,周边都是呕吐物和散开的药物。

"叶思北!"秦南冲到她面前,把她从地上扶起来。她身上很凉,面色青白,嘴唇发紫,秦南确认她没有被呕吐物卡住,赶紧将她抱出浴室,将地面上的药物空壳一把抓进边上的塑料袋里,带上证件,背着人就往外冲去。

叶思北迷迷糊糊,感觉自己靠在一个人背上,夜风凉凉地吹在她的脸上,她轻声唤:"秦南?"

"我带你去医院。"秦南的声音响起来,"你别怕,我带你过去。"

"我不怕。"她微弱的声音响起来,她趴在他的背上,连抱着他的力气都没有,却还是开口,"你来了,我就不怕了。"

"你别说话了,"秦南往楼下狂奔,"省点力气。"

"你来了,"她喘息着,"我就能活了。"

"说什么胡话!"

"其实你说得对,我这辈子,就这样了。"她声音很细,恍若呢喃,"我放不下,又不敢追究,我痛苦,所以我喝酒、抽烟、打人,可我每次清醒了,我又更痛苦。"

秦南听她说着,将她放到副驾座上,系上安全带,自己回到驾驶位,赶紧往医院赶。

叶思北躺在座位上,迷迷糊糊,每个字都说得那么慢:"我不想当这样的人,秦南,我不想让你看不起我。我也好想争一争,可每次鼓起勇气,就有人来让我忍,说是为我好。我从来没赢过,我也不知道,到底什么是好,什么是不好。我只能忍。可是我,"她喘息着,声音很小,很轻,"我忍得好疼,好苦,好难受。"

秦南不敢说话,他一直在抖。过了一会儿,他把车停到医院门口,背着叶思北往里冲。

叶思北还在说胡话:"我想死,可我怕疼,我本来想到天台去,又怕掉下去砸到人,给人家添麻烦。现在真的可能要死了,我才发现,我想活,我好想好想,好好活着。秦南,"她将脸贴在他的背上,"对不起。"

对不起,让你遇见这么狼狈不堪的我。

"不要再和我说对不起,我不需要你的对不起!"秦南骂着她,冲进大厅,大喊着医生。很快就有人过来,帮他把人放在移动病床上。

周边喧闹成一片,叶思北躺在病床上,看着秦南和护士一起推着移动病床把她往里送,有人给她上了氧气机,给她注射药物。

她被推着送往急救室,秦南一直在她旁边,他肌肉绷紧,眼里带了几分难见的水汽,她静静地注视着这个人,内心一点一点燃起了一种无名的希望。

生命中或许不总是绝望,你看,这个人就总超出她的预期。

他本该是最该讨厌她的人,可他没有。他本该是最该离开的人,可他没有。他本该和她只是凑合着在一起,她死了,他也只是有些愧疚、遗憾,可他不是。

这一瞬,她感觉内心那块一直压着的棺材被她用鲜血淋漓的手掌猛地凿开。光亮骤然落下,照亮了那个尘封已久的自己。

她喘息着,伸出手,用了自己最大的力气,虚虚握住他一根手指。

她说不出话,眼睛看着他。她想等他说一句话,说那一句,她的母亲、她的弟弟,她身边除他以外的所有人,都没有跟她说过的话。

秦南注意到她的动作,低下头,看到她的眼睛,这一瞬,他看到这双眼睛里迸发的那么强烈又明亮的祈求。这双眼睛和十二年前那双眼睛交叠在一起，他突然明白了她的意思。

他看着她，沙哑地出声："我们去报警。等你出院，"他说得认真，"我带你去报警。

"你会得到公正，你会赢这一次，你未来会有很好很好的人生。

"如果谁敢骂你，我就骂他；谁敢欺负你，我就揍他。你没有错，谁要是说你错，就是他的错。

"叶思北，"他握住她的手，声音发颤，"你连死都不怕，你怕什么活着？

"我是你丈夫，我会陪着你，叶思北，你有家的，你知不知道？"

听到这话，叶思北似是满意，她轻轻弯起眉眼，悄无声息地张口，做了一个口型："我知道了。"或许之前不知道，但现在，她知道了。

移动病床到了急救室门口，护士一把拽开秦南的手，推着她进了急救室。

她看着他站在门口，看着他的身影越来越小，看着大门缓缓地关上，看着白炽灯在她正上方照亮。

她缓缓地闭上眼睛。合眼那一刻，她看到年少时自己站在楼顶，看着太阳慢慢升起，阳光洒满整座城市。那是她曾经觉得世界最美丽的模样。

她想，这就是她灵魂所在之处。她的生命始终追寻着璀璨的太阳，无论追求的是生存还是死亡。

她不知道到底什么是好，或是不好，或许她的选择真的愚蠢、受伤，可她想，如果这次能活下来，她想当自己的叶思北。

◇ 第三卷·吾往矣 ◇

长路有尽，余生有涯，这一份绝望，总有尽头。

9

急救室的灯一直亮着,秦南坐在长椅上,静静地等在门外。

等了一会儿后,手机响了起来,秦南看见叶念文的名字,迟疑片刻,接了电话:"喂。"

"那个,姐夫,"叶念文迟疑着说,"今晚你们还过来吗?"

"不过去了,你们吃吧。"想了想,秦南补了一句,"你和爸妈说,思北有些不舒服,我照顾着她,等她好了,我带着她去给爸补过生日。"

叶念文应了一声。

旁边突然传来一个护士的声音:"叶思北家属呢?叶思北家属过来签个字。"

秦南听到这话立刻挂了电话起身,到了护士面前,护士拿了一堆单子给他,简单地说明了一下风险后,秦南立刻就去签字交费。

他兜里的手机一直在响,他也没接。等他交完钱后,他的手机还在响,他接起电话,手机里就传来叶念文急切的声音:"你在哪里?我姐怎么了?"

秦南沉默片刻,才开口:"在第二人民医院,酒精中毒,服用药物过量反应。"

叶念文没等他说完就挂了电话,回到家里抓起包,赵楚楚端着盘子出来,疑惑地开口:"怎么了,你要出去啊?"

"我,"叶念文眼眶有些红,他低下头,尽量平静地出声,"我的案子——"

"是不是思北出事了?"从厨房里冲出来的黄桂芬盯着叶念文。

叶念文说不出话。黄桂芬红了眼,喃喃出声:"我知道……我就知道!人呢?人在哪里?"

"第二医院——"

"那还站着做什么?"黄桂芬冲回厨房关了火,急急忙忙地往外赶,"快走啊!"

一家人往医院狂奔时,秦南就坐在医院的长凳上,低头看着手机。

手机上是一张颇显久远的照片,上方写着"南城二中 2006 级高一合影",密密麻麻的人群中,他熟悉地找到了那个人影。

那是个女孩,穿着校服,扎着马尾,笑得明媚又骄傲。女孩身后站着一个偏高的男孩,他没有看镜头,低头看这个姑娘,隔着照片,也能感到那时的青涩、温柔。

他静静地看着。许久后,一家人急急地奔跑过来。叶念文冲在最前面,一把抓住秦南的肩膀,喘着粗气,惊慌失措:"我姐怎么样了?"

"在里面。"秦南收好手机,抬眼看向跟在他后面跑来的黄桂芬和叶领。

他站起身,主动走到黄桂芬旁边,扶住她:"妈。"

"思北呢?思北怎么样了?"

"还在抢救,您先坐,先不要慌。"秦南扶着黄桂芬坐下,又扶了一把叶领。

叶领也急切地看着秦南:"她是怎么回事啊?怎么好好的来医院抢救了呢?"

"酒喝多了,酒精中毒。"秦南没有说得太具体。

黄桂芬愣了愣。叶领皱起眉头:"酒精中毒?她一个女孩子怎么会喝这么多酒?她怎么喝的?你怎么也不看着一点?"

"爸,"叶念文赶紧过来,扶住叶领,"你先坐,先别吵,有什么事等姐出来再说。"

"对啊,叔叔,"赵楚楚反应过来,赶忙上前扶住叶领,"您先别急,等姐出来就什么都清楚了。南哥是叶姐丈夫,他不会害她的。"

这话并没有安慰到叶领,他摆摆手,红了眼眶,坐在椅子上。

黄桂芬仿佛是知道点什么,她站起身,疾步走出走廊,找了个无人的地方,悄无声息地擦着眼泪。

一家人等到夜里快十一点,人终于从急救室被推了出来,所有人都围上去。医生面上有些疲惫,但并没有太大的担忧:"处理好了,醒了以后再输液观察几天就行。"

这话让所有人都松了口气,黄桂芬往后一退,赵楚楚赶忙扶住她。

叶思北从急救室转移到普通病房,一家人都不放心,守在病房里。几个人坐在门外睡着,黄桂芬就在床边照顾,和秦南、叶念文一起留下守着叶思北。

守到凌晨五点,秦南有些困,出门走到长廊外,他站在黎明的风中,看着太阳一点一点升起,听见后面传来脚步声。

秦南回过头,发现是叶念文。

"没睡啊?"秦南轻声询问。

叶念文笑了笑:"打了一会儿盹儿,出来走走。"

"你们家也真奇怪,"秦南站在长廊的台阶口,"平时不见对她好,出了事又好像深情厚谊得不得了,做给谁看呢?"

叶念文没说话。好久,他轻轻出声:"爱是真的,有些根深蒂固的观念也是真的。就像我妈,其实她很在意我姐,但她觉得女人就是这样活着,她不允许我姐超出她的生活方式,可她又希望我姐过得好。

"就像我,你说我劝我姐不报警是为了不给自己惹麻烦,可能有这样的因素,但我还是觉得,相比报警后的流言蜚语、折腾,不报警可能是更小的伤害。

"你知道吗?其实这种案件报警只是开始,"叶念文转头看他,"报警之后,她要一遍一遍地做笔录,陈述她的经历,她要一次一次地回忆最痛苦的时刻,她要接受大家的审判和流言蜚语,还要接受败诉的可能。

"我不是怕找麻烦,我只是不理解,到底是为什么,要承受这么多,去追求一个胜诉的可能?"

秦南不说话,他看着叶念文,黎明的风轻轻吹着,而这时候,叶思北在病房里慢慢睁开眼睛。

她转头看了一眼窗外,天有了几分亮色,转过头来,她就看见黄桂芬趴在床头。黄桂芬半白的头发映入她的眼帘,这让她眼眶发酸,心里发颤。

她不敢惊醒黄桂芬,因为她知道,一旦黄桂芬醒过来,或许就会像过去无数次那样碾过她好不容易积累的勇气。

她转头看了一眼还有半瓶的点滴瓶,感觉了一下身体状态。她很虚弱,但是并不是完全不能行走,她咬了咬牙,抬手关了点滴,一把拔了手上的针头,掀开被子,从旁边拿了手机,下床,蹑手蹑脚地穿过躺在椅子上的叶领、靠在墙边的赵楚楚,勉力往外走去。

黎明有了光亮,秦南想了很久,缓慢地出声:"昨天我进门的时候,家里乱糟糟的。

"到处都是酒瓶,空气里是散不开的酒味、烟味。卧室里是药盒,到处都是她吐的东西。

"我都快认不出来她了。

"叶念文,你说人为什么要公正呢?"

叶念文转头看他。

秦南笑了笑:"因为公正是人好好活着的基础,如果一个世界连最基本的公正都没有,你让一个人怎么相信她可以在这世界上好好生活?

"别人可以欺辱她不受任何惩罚,她付出善,却得到恶,这样一个世界,你让你姐怎么去接受?

"她报警固然有很多困难,但至少她在挣扎,如果直接放弃,那固然风平浪静,可这也就是绝望的由来。"

"可哪里有绝对的公正——"

"如果有,"秦南打断他,"还要你们做什么?你们这些当律师、当法官、当检察官的不就是为了维护这个世界上的公正而存在的吗?

"你、我、叶思北,"秦南认真地询问,"这世上每一个善良的人不都是在为了追求公正而奋斗一生吗?"

叶念文愣愣地看着秦南。也就是这时候,病房里传来黄桂芬歇斯底里的大喊:"思北!思北!!"

秦南和叶念文对视一眼,立刻朝着病房里狂奔,就看见叶领、赵楚楚站在黄桂芬身后,黄桂芬抓着一个护士:"人呢?你怎么可以让她走?她人呢?!"

"妈,你先不要急。"叶念文拦住黄桂芬,"护士,您看见她是往哪里走的吗?"

"就顺着长廊出去了。"护士也有些吓到了,指了指医院长廊,"她应该是想离开医院。"

"分头找。"秦南立刻出声,"刚才咱们站在门口,没看见她,她肯定是往后门去了。"

叶念文点点头。黄桂芬一听他的话,就往后门小跑过去。

一家人分头往各个方向去医院的出口找。赵楚楚安抚了一下护士,也跟着去找人。

叶思北身体很虚弱,走走停停,一开始在长廊外她看到了秦南和叶念文,只能从后门走。

她现在不想见任何人,怕别人影响她的决定,也怕自己失去这好不容易拥有的勇气。她要去报警。这一次,她一定要去。

她在花坛旁边坐了一会儿,撑着自己站起来,走了没有几步,她就听到一声大喊:"思北!"

叶思北抬起头,看见黄桂芬站在前方,她转头就想往后跑,跑了两步就看见叶念文出现在她的视线里,他喘着粗气拦着她:"姐。"

叶思北看看黄桂芬,又看看叶念文,觉得自己像一只困兽,无路可逃。

她急促地呼吸着,叶领、赵楚楚、秦南陆续赶过来。

黄桂芬朝她走去,一面走一面骂:"好好的,你跑什么啊?你要死你死干脆点,你这么折腾我做什么?"说着,黄桂芬抓过她的手,拉着她往病房走,"走,回病房,你别发疯。"

"我不走……"叶思北不知道哪里来的勇气,颤抖着猛地甩开黄桂芬,"我不回去!"

"你不回去,你要去哪儿?"黄桂芬发火,"你惹的麻烦还不够多吗?非要折腾死我才甘心吗?"

"是啊。"叶领喘息着上前,"思北,你别闹了,你病都没好,你要去哪里啊?"

"对啊,姐,"赵楚楚赶过来,"有什么事不能等病好再去做?至于这么着急吗?"

叶思北颤抖着嘴唇,她被所有人环绕着。黄桂芬彻底愤怒,一把抓住她的手,大骂着拖着她往里走:"回不回由不得你,你以为你长大了翅膀就硬了？！走，跟我走！"

"我不走。"叶思北挣扎着，"我不走。"

"你不走，你要去哪儿？"

"对啊，姐，到底要去哪儿啊？"

"思北啊，听你妈的话——"

"我不走，我不走。"她奋力挣扎着，被人拖着往前。也就在这时候，一只手突然伸过来，握住了黄桂芬的手。

叶思北愣愣地抬头，看见秦南隔开叶领，将黄桂芬的手拉开。

他双手放在叶思北肩上，认真地看着她："你要去哪里？"

叶思北颤抖着嘴唇，不敢说，可她知道，她该说。

她看着秦南的眼睛，秦南注视着她。"告诉他们，"他认真地开口道，"你要去哪里。"

"我，"叶思北转过头，看向周边疑惑的人，黄桂芬变了脸色，叶思北看着他们，一字一句道，"我要去……报警。"

"报警？"叶领愣了愣。

叶思北看向赵楚楚："4月9号那天晚上，我没有回到家。"

赵楚楚睁大眼。

叶思北抬起手，看向所有人："我被强奸了。"

"叶思北！"黄桂芬扑过去。

秦南一把拦住她："妈，您冷静，您让她说。"

"我……想给自己讨一份公道。"叶思北说出来，突然就觉得没什么好怕的了，她平静下来，看着所有人，"我要去报警。"

"叶思北！你疯了！你疯了！"黄桂芬用了所有力气，推开秦南。

秦南正想往前，就看见叶思北的眼神。叶思北看着黄桂芬，眼神里有无数压抑着的东西即将喷涌而出。

秦南顿住。黄桂芬冲上前，握住叶思北的肩："你不要说胡话。你没有被强奸，你也不能报警，当初就没报，现在更不能报。"

"为什么？"叶思北平静地发问，像是第一次报警时那样。

黄桂芬看着她，觉得不可思议："为什么？我不是和你说过吗，你报警,你还要不要脸了?你报警了,你想过别人会怎么说你——"

"我想过了。"叶思北打断黄桂芬,看着她,"他们说我,我痛苦,可我忍着不报警,我就不痛苦了吗?既然都会痛苦,那我为什么要做忍的那个人?"

"那我呢?你爸呢?念文和楚楚呢?!"黄桂芬一把抓住叶思北的领子,"你想过我们没有?以后人家怎么说你?以后你爸和我还怎么出门?还有念文和楚楚,他们今年还要结婚,你出这事让他们怎么结?你怎么可以这么自私?!"她疯狂地拉扯着叶思北的领子,"怎么能这么自私啊?!"

"我自私,"叶思北听着黄桂芬的话,忍不住放轻了声音,似乎是觉得有些可笑,"我自私吗?你和爸,"无数情绪在心底翻涌起来,叶思北毕业后头一次生出这么多勇气,她抬手指着叶领,"想要一个儿子,所以生了我又生念文,把我藏在乡下三年都不见,爸丢了工作,一家人穷得喝西北风,还说是我害了全家,你们不自私。

"你们要让叶念文上一所好学校,给他交择校费,我读书,一分钱都不给我,你们不自私。

"毕了业,我在省会找到工作,你们怕没有人给你们养老,到我的工作单位又哭又闹,害我丢了工作,被你们逼着回南城,你们不自私。

"我结婚、工作,你们没有问我过得好不好,你们也没想过我会不会和秦南闹矛盾。要钱要钱要钱,叶念文要买房、要结婚,他要钱我就不要吗?!

"你们说我自私,那你们呢?!你们为我做过什么?!我走到这个地步,我不求你们做什么,我只是想为自己讨份公道,这也是自私吗?!"

"是!"话音刚落,伴随着黄桂芬歇斯底里的大吼,"你怎么不自私?我生了你!"

黄桂芬盯着她,年迈混浊的眼里落下泪:"我把你养大!我给你吃给你穿,我每天为你操心、担忧,你说我没有为你做过什么?

"你以为我不让你报警是为了谁?你以为我不让你离婚是为了谁?你以为我怕那些闲言碎语吗?我是怕你熬不——"

"那就让我报警！"叶思北大喊出声，她大口大口地喘气，抽泣着，盯着黄桂芬语速极快地说，"我告诉你，我现在站在这里而不是天台的唯一理由就是我要把那个人送到牢里去！我连死都不怕了，我还怕熬不下去吗？！如果你真的当我是你的女儿，就让我去！"

黄桂芬愣住。

母女含泪对峙，一个震惊、茫然，一个激愤、痛苦。为母者似乎永远不会明白错处，为子者又似乎永远难以表达苦痛。

叶念文静静地看着斗争的母女俩。

他很少直面这样的场面，小时候，每一次叶思北和黄桂芬吵架，他都会远远地躲开。有时候他其实知道她们是在为他吵，可他和叶领总假装听不见。

每一次，他都是等两个人吵完了，才拿着玩具悄悄去找躲在暗中哭泣的叶思北，给她递上一个玩具，劝着她："姐姐别哭了，以后我长大了，我来保护你，再也不让妈妈骂你了。"

可他长大了，不但没有实现过他的诺言，甚至因为成年人的精明，更加难以看见这种场面。

当这样的场景出现在他面前，他终于真切地认识到，秦南说得对。

他是个软骨头，他自以为是地觉得叶思北并没有那么痛苦，自以为是地以为这些伤口不存在。他从没有站出来保护过他的姐姐，而他的姐姐已经为他遮风挡雨二十多年。

他看着她们，好久，声音有些沙哑地开口："去吧。"

所有人都看向叶念文，叶念文吸了吸鼻子，转过头，看向叶思北，认真里带着支持："姐，我陪你去公安局。"

叶思北不说话，她眼里噙着眼泪。听见叶念文开口的瞬间，她突然感受到了一种力量，好像一个一直索要什么的孩子终于得到了认可。她终于知道自己站在这里，自己大闹这一场，要的是什么。

叶念文走到叶思北面前，认认真真地鞠了个躬："对不起。"

叶思北得到这一声"对不起"，扭过头去，不敢看叶念文，怕自己又心软。

叶念文直起身来，认真地看着她："以前是我不懂事，其实很多事我都知道，我也察觉得到，可我不敢深想，我觉得好像事情不是我做的，我就可以不用愧疚，就可以理所应当地享受着姐姐给的好处，对姐姐的困难不闻不问。每次遇见什么事，我都会下意识地规避冲突，然后给自己无数理由。但其实我知道，姐，你做得对。"

叶思北抬眼看他。

叶念文认真地注视着叶思北："以前我上学的时候，老师和我们说，法律就是在和世界的恶进行对抗，这一条路从来不好走，可是得有人走下去。

"因为不公平的路，走的人多了，就会越走越窄，越来越难走。如果你不争取自己的权利，最后就没有人知道对错是什么。

"当初我不希望你走这条路，因为我觉得太苦了，可我没问过你，你要不要走。如果你愿意，那我陪着你。

"去报警吧，"叶念文笑起来，"最后不管怎么样，你都没错。"

"谢谢。"叶思北深吸一口气，认真地又重复了一遍，"谢谢。"

"还有钱，"叶念文想起什么来，"贷款那边以后我来付。我想办法。"

"你才刚毕业——"黄桂芬匆忙开口。叶念文打断她："妈，我不是孩子了。"

黄桂芬愣在原地。

叶念文转头看向秦南："姐夫，扶着姐先上车，我一会儿过去。"

秦南没多说，伸过手，扶住叶思北。叶思北整个人都在抖，倚靠在他身上，他干脆将她背起来。

趴在秦南身上，感觉到秦南的温度，她的颤抖一点一点缓解。她抬手环住他的脖子。

秦南轻声问她："有没有哪里不舒服？感觉还好吗？"

"好。"叶思北看着远方露出尖头的太阳，"没有比这更好的时候了。"

秦南将她背到车上，给她系上安全带，把自己的衣服盖在她身上保暖。

他们等了没一会儿，叶念文就跑了过来，他带了公文包、一床被子、一杯糖盐水，还有一碗粥。他将被子给叶思北盖上，叶思北喝了几口糖盐水后，裹在被子里。

车慢慢启动，朝着公安局开去。叶念文坐在后面，跟她说着报案的程序："我把你的身份证这些证件都带过来了，等进去之后，你直接说你报警就行。最麻烦的其实是做笔录，做笔录会让你回顾所有细节，你不要害怕，说就行了。"

叶思北点头。

他们开着车到公安局时才早上七点，叶思北在副驾座上躺了一会儿，公安局门刚开，秦南就背着她和叶念文一起走了进去。

叶念文跑前跑后忙活了半天，按照流程报案后，叶思北就被带到询问室做笔录。

坐在询问室等候时，叶思北有些紧张，就算已经做好心理准备，但面对毫无关系的外人，她还是会觉得害怕。

她坐在询问室等了一会儿，一男一女两个人走了进来。她抬眼看过去，认出就是当初第一次报警时处理她案子的两个警察——林枫和张勇。

张勇先进来，林枫在后面顺势关上门。等坐下之后，张勇翻开手里的文件夹，抬眼看了叶思北一眼："哟，回来了？"

听到这声调笑，叶思北面露尴尬。林枫走过去推了张勇一把，低喝了一声："闭嘴。"说着她就坐到他旁边，殷切地安抚着叶思北，"叶小姐，你别紧张，我师父就是这个德行，你别听他乱说。"

叶思北局促地点头。

林枫翻开了记录的笔记本。张勇转着笔："还穿着病服，来得这么急啊？"

"我怕晚一点，"叶思北低头，无意识地搓着手，"我就不敢来了。"

张勇听到这话，沉默片刻，转头看向林枫："开始吧。"

林枫抬眼看向叶思北："叶小姐，我们先确认一下基本信息。你的姓名？"

"叶思北。"

"年龄？"

"二十七。"

"家庭地址?"

"南城富兴街道9号居民楼503。"

"工作单位?"

"原本在富强置业。"

"你因为什么来公安局?"

"我想报案。"

"具体报案内容是?"

"性侵。"叶思北低低地出声。

"事件发生时间、地点是?"

"我醒来的时候是4月10号早上,在官田村附近的芦苇地。"

这一切其实林枫和张勇都清楚,直到问到这里,他们才开始询问他们真正想知道的具体内容。

"能麻烦你详细描述一下整个事件吗?"林枫声音很轻。

"好。"叶思北不敢看张勇,她努力注视着林枫,磕磕巴巴地开口,"4月9号那天晚上,我喝了点酒——"

"在哪里喝的?"张勇打断她,"喝了多少?"

这一打断让叶思北顿时心跳快了起来,一瞬间,她脑海里闪过无数念头。他是不是怀疑她借酒勾引?他是不是觉得她活该?

"叶小姐,麻烦你说得详细一点,从那天下午讲起吧,细节越多,越有助于我们破案。"林枫尽量安抚她。

叶思北点点头,她脸色有些难看了,她准备开口,但准备说话时,又忍不住看了一眼旁边的张勇。她发现自己很难在异性面前详细说这些,可是又开不了拒绝的口,只能从那天下午范建成要求所有人留下时讲起。

她把自己所有记得的内容一一讲下来,林枫一字一句认真地记录,而张勇在一旁撑着下巴听,时不时插入问一句。

"你什么时候开始觉得意识不清的?"

"上车的时候。"

"和你一起上车的有谁?"

"我的朋友,也是我弟弟的女朋友赵楚楚,还有我的上司范建成。"

"你好像很信任他们?"

"对。"

"为什么信任范建成?"

"因为他人很好,对我们所有人都很照顾,作风正派,以前有人想……想占我便宜的时候,也是他帮忙。我觉得他很正直。"

张勇点点头,抬手:"继续。"

"我上车后没多久,可能是酒劲儿上来,就没多大意识了。等我醒来的时候,我就在一辆车上,等事情结束后——"

"等等。"张勇打断她,"什么事情?"

叶思北僵住,回忆翻涌而来,让她瞬间变得脸色煞白。

张勇看着她,浑然不觉,追问:"什么事?"

"性……"叶思北声音发颤,"性侵。"

"能不能具体一点?"张勇追问。

叶思北沉默下来。

其实她理解,甚至在事情发生的那一刻,她也是抱着这种想法,拼命记着所有相关信息,以至现在回想起来,她能清晰地记得许多细节。这些细节、这些情绪拼命围困她,让她时时刻刻都能在一瞬间回到受害那一刻。

可不知道为什么,这一刻她说不出口。

她总是忍不住猜想,对面两个人在想什么。听见这些细节,他们会在心里挑她的刺吗?会不会在事后把这些都说出去,传给别人?

她缓了缓情绪,克制着这些胡思乱想,艰难地继续:"我醒过来,感觉自己是躺在车的后座上,眼睛被蒙住,身下是皮质座椅,很窄,他趴在我身上……在动。"

"你说的在动,是指对方在抚摸,在性交,还是其他什么?"张勇的语气里没有一点温度。

叶思北咬牙回答:"性交。"

"过程持续了多久?"

"我不知道。"

"一共有几个人？"

"一个！"叶思北回得极快。

张勇点头，一只手撑着下巴看着卷宗，一只手转着笔询问："你们用了几个姿势？"

叶思北觉得有些难堪，低下头，声音很小："两个。"

"分别是？"

"他在我上面，我跪着。"

"他和你说话了吗？"

"说了。"

"说了什么？"

叶思北顿住了。

张勇见她不出声，疑惑地抬头："嗯？"

"这个，重要吗？"叶思北不敢抬头，"他是变着声说话的，我听不出具体是谁，但大概——"

"他说了什么？"张勇打断她。

叶思北不回应，不堪的记忆笼罩了她，她轻轻颤抖着。

张勇唤她："叶思北？"

"他应该有点年纪了，"她答非所问，仿佛完全没有听见张勇的声音，说着她觉得更有用的信息，"毛发旺盛，个子可能不是很高大，有胸毛……"

张勇观察着她。

叶思北似乎是盯着面前的桌子，像是背书一般，不断地说着她记住的内容："身上有烟酒味，没有什么肌肉——"

"叶思北，"张勇打断她，"他说了什么？"

"能不能换一个警察？"叶思北终于抬头，求助地看向林枫。

林枫迟疑着看了张勇一眼，张勇低下头不说话。林枫想了想，最终还是安抚叶思北："叶小姐，就算换一个人，这些也是必须问的问题。"

"必须问吗？"叶思北重复地问了一遍。

林枫不敢看她，点头："这都是为了寻找真相。"

"如果是寻找真相，"叶思北声音沙哑地询问，"我说的那些信息还不够吗？"

林枫这次没有回话。张勇抬头看她："不够。"

"为什么？"叶思北不能理解，"最重要的真相不是他是谁，然后把他抓起来吗？"

"叶思北，"张勇的声音很平稳，"希望你能理解，对除你之外的其他人而言，你说的未必就是真相。"

叶思北愣了愣，她看着张勇。

张勇目光里没有半点退缩和怜悯，平静地注视着她："所以，你必须说真话，只有真话，才代表真相。"

"我说的是真话。"她握起拳头。

"那就说下去。"张勇看着她，迎着她痛斥的目光，毫无畏惧。

两人静静地僵持，好久，张勇轻声开口："真相只有说出来，被验证后，才会被承认，过程很痛苦，可如果不说出来，真相就永远不会出现了。"

叶思北听到这话，低下头，扭头看向周边，她绷紧了身子，似乎在做剧烈的挣扎。许久后，她用手擦了擦眼泪，才终于抬头，重新看向张勇："他和我说'还装？'，然后他逼着我跪下，和我说'叫，不然我杀了你'。"

"后来呢？"

叶思北听着这样的话，静默了很久。最后，她平静中带了几分绝望，又带着倔强地开口："我叫了。"

做笔录的时间很长，叶念文和秦南就在大厅等着。

两人坐在长凳上，起初都没有说话。过了一会儿后，叶念文先开口："其实报警才是开始，虽然我姐做好了准备，但后面你还是要多注意，做笔录的时候会反复地询问案发细节，对于当事人的冲击可能会比较大，前几天的事——"

"我以后会看着她。"秦南知道叶念文在担心什么，直接给他回复。

叶念文点点头，还打算说点什么，就听见脚步声从询问室的方向传来，伴随着林枫的嘱咐声："回去后你也别多想，等着我们消息通知，你上次报案时的资料张队都让留着，你不用太担心——"

"姐！"听到林枫的说话声，叶念文赶紧起身走了过去。叶思北刚从转角处出来，他就已经到了叶思北面前，他上下一打量，小心地询问："你没事吧？"

叶思北摇摇头，红着眼，情绪相比进去之前明显低落很多。

秦南站在叶念文后面，确认叶思北没有多大事后，拍了拍叶念文的肩："你先照顾你姐。"说完，秦南就看向林枫，"张队呢？"

"啊，他还在里面。"林枫转头指了指询问室。

秦南点点头，就走了进去。他找到张勇的时候，张勇还在询问室看着叶思北的笔录发呆。

秦南敲了敲门，张勇一抬头，看见秦南就笑了："你怎么来了？"

"叶思北，"秦南朝外面指了指，"是我的家属。"

张勇愣了愣，随后抬手拍在自己的额头上，似乎是有些懊恼："我说她怎么突然就回来报警了，早知道她是你老婆，那照片我就不能给你。"

"话说，前几天，我去找了叶思北的领导范建成，"秦南说着，提醒张勇，"就是那辆皇冠车的车主，他跟我承认说他们发生过关系。"

"自愿的还是非自愿的？"张勇直接询问。

秦南迟疑片刻，张勇就明白了，他点头："这边会做生物比对，你放心吧。"

秦南点了点头，低声请求："拜托你了。"

"这是我分内的事。"

秦南说完线索，低声道谢后，就走了回去。

到了大厅，叶思北手里捧着一个杯子，和叶念文坐在长凳上等候。

等秦南走出来，叶念文站了起来："姐夫。"

"嗯。"秦南点点头。

叶念文看了叶思北一眼："姐夫，你带我姐先回去休息吧，我在这儿再处理点事，然后回律所。"

"好。"秦南应声，低头看着叶思北，"走吧？"

叶思北点点头，起身和他一起回去。

开着车回医院时,两人都一句话不说。秦南看出叶思北情绪不佳,想了想,迟疑着安慰:"其实也没事,他们都是警察,不会外传什么。"

"你在担心我?"叶思北察觉到秦南的意图,转头看他。

秦南没有说话。叶思北转头看向窗外。

"不用担心我。"她声音很轻,看着上午的阳光透过树枝斑驳地落在地面上,她降下车窗,将手伸出去。略带凉意的风从他指尖拂过,她偏了偏头,风温柔地拂过她的头发。

"我很高兴。

"虽然很痛苦、很恶心、很害怕,可我终于觉得,"叶思北笑起来,"我的未来不是一摊烂泥,而是未知了。"

10

报警之后,叶思北就回了医院。

黄桂芬和赵楚楚已经离开,只留了叶领在医院。叶思北躺回床上,让护士重新扎针,转头和秦南说了句:"你去店里忙吧,我这里没事。"

秦南点了点头,帮她拉好被子:"我去看一下就回来。"

"没事。"叶思北摇头,"就打个点滴,我爸看着就行了。"

秦南没回她,从她身边拿过衣服,就出了门。

等他出门之后,叶思北闭上眼睛。叶领坐在她旁边,想了想,低声开口道:"你该早点和我说的。"说着,他似乎又意识到自己说这些也没什么用,想了想,又开始叮嘱她,"告就告了,秦南是个好男人,你以后要多迁就他——"

"别说了。"叶思北打断他,闭着眼,"我困了。"

叶领愣住,缓了片刻后,慢慢地点头:"哎,那你好好睡。"

等到了晚上,赵楚楚来换班,她和叶思北坐了一会儿后,突然开口:"姐,对不起。"

叶思北正低头看着手机上的招聘信息,抬起头来,就看见赵楚楚红着眼,说:"那天我该送你回家的。"

叶思北听到这话,想了想,说:"你也是个女孩子,如果是你送我回家,也许现在说对不起的就是我了。"

"那天我,"赵楚楚红了眼,"那天我下车的时候,真的没发现你——"

"你也醉了,"叶思北知道她要说什么,抬起手,拍了拍她的手背,"都过去了,我不怪自己,你也别怪你自己。"

说着,门边就有了声音,秦南提着保温盒进来。赵楚楚看见秦南进门,赶紧站起身来:"南哥。"

"嗯,"秦南点头,将保温盒放在桌上,拿了一个小碗,将粥倒出来,"吃过了吗?"

"我等你过来就去吃饭了。"赵楚楚解释,"我就是过来陪陪姐。"说着,她和两个人告别,"我先走了。"

叶思北目送赵楚楚离开,才转头看向秦南。秦南坐到她旁边,用铁勺舀粥,吹凉后送到她唇边。

叶思北静静地看着面前照顾着自己的人,她其实有很多问题想问,很多话想说,但最后还是都咽了下去,身子往前探了探,就着勺子喝了一口粥。

夜里秦南搭了小床睡在她旁边。

叶思北转头去看,她注视着这个人的轮廓,好久,才移开目光,闭上眼睛。

在医院待了三天,第三天早上醒过来,叶思北就感觉好了很多。黄桂芬来换秦南的班,扶着叶思北在医院里散步。

她身上还有些软,其他也不再有什么。一贯多话的黄桂芬全程一句话不说,叶思北知道这是黄桂芬在和她置气,她没有理会,反而觉得清净许多。

两人在院子里走了一会儿,往病房去的时候,就听见旁边传来其他人的议论声:"你知道吗?富强好像出事了。"

一听见这话,叶思北和黄桂芬停住了脚步,看到两位老太太从旁边说着话路过,其中一个绘声绘色地说:"大清早就有一辆警车停在门口,警察叫了好多人去问话。"

"是怎么了？死人啦？"

"死人倒是没有，"传消息的老太太神神秘秘的，"我一个侄子在里面工作，他们说可能是有个女的啊，被那什么了。"

…………

两位老太太说着话走过去。黄桂芬红了眼眶，她扶着叶思北，低下头："先回去躺着，我去问问医生你能不能出院。"说着，她便扶着叶思北往病房里走，步子都快了许多。

叶思北面上没有什么表情，等到了病房，黄桂芬去问医生，叶思北就坐在病床上，她想了很久，还是拿出了手机。

一打开微信，她就看见自己的工作群已经炸了，里面是各种图片和消息，她一一划过去，看见工作群和小群里不断地有人问：

"谁报的警啊？"

"是思北吗？"

"思北在吗？怎么回事啊？你怎么了？"

"范总被带走了，我找谁签字啊？"

"楚楚和晓阳也被带去问话了，那天晚上在场的都被警方叫过去了。"

…………

群里炸开了锅，私聊联系她的人也不在少数。

有些人是真的平时就有交集，有些人则好像是来刺探某些情报一般，试探着问："思北，是不是你报的警啊？你怎么了？"

她静静地翻看着这些信息。没一会儿，黄桂芬就小跑着回来，面上露出几分高兴："思北，医生说了，只要你感觉没什么问题就可以走了，回家观察。我刚刚把出院手续办好了。"说着，黄桂芬就开始收拾东西，"我们走，现在就走。"

叶思北没应声，她抬起头，就看见门口似乎有些人在偷偷张望。

"前天自杀的那个姑娘就是这个病房的吧？"

"昨天还有富强的员工来看她，是不是就是她啊？"

黄桂芬似乎是听见了这些话，一把拉起帘子，给叶思北拿了衣服，叶思北换上后，母女二人便一起离开。

一路上，叶思北总觉得似乎有人在看她，可她回头看过去，似乎并没有谁真的在看。

黄桂芬一路都低着头，她拉着叶思北，像是拉着自己人生所有的羞耻，恨不得立刻把叶思北塞到别人看不到的地方。

叶思北看着急切的母亲，等走到门口，她轻声开口："妈，我自己回去吧。"

"你说什么呢？"黄桂芬似乎觉得叶思北又要惹麻烦，正要开口骂叶思北，叶思北就从她手里拿过行李："我看着你这样，我不好受，以后别来找我了，免得给你惹麻烦。"

说完，叶思北便抬手拦下一辆出租车，在黄桂芬惊诧的目光中坐上出租车，直接离开。

等她关上车门那一瞬，黄桂芬才反应过来，慌忙喊："思北！妈不是——"

"师傅，锦绣小区。"叶思北直接告诉出租车司机，"走吧。"

出租车往前行驶，黄桂芬的声音越来越远，直到再也听不见。叶思北坐在出租车里，转头看着街上的行人来来往往。

她一个人回到家，打开门时，便发现家里已经被打扫干净。之前的酒瓶、秽物全都被清理干净，地面被拖得光洁，客厅里原本光秃秃的那盏灯也换成了一盏明亮的吊顶灯。

叶思北站在门口，看了一会儿家里，才走进去，明明只是离开了两天，却好像是过了一辈子。

她走到屋子里，洗过澡，就看见手机上有好多未接电话和问候信息。她随便翻了一会儿，就放到一边。

小镇上消息传得总是很快，等到下午，她感觉她身边的人似乎都知道了。

有些亲友极为热情，电话不接，就给她发消息："思北，你还好吧？我去你家看看你吧？"

看着这样的消息，她犹豫片刻，最终还是回复："挺好的，不用担心。"

有一些人是真心关心她，她怕他们担心，只能一一回复。

"挺好的。"

"没关系,我很好。"

她奶奶也知道了这事,打来电话,她接了电话,就听见奶奶的啜泣声。

"我没事。"叶思北安慰着奶奶,"我挺好的,您别担心,好好养老就是。"

"你想得开就好,"奶奶语调里满是担忧,"只是你年纪还这么小,以后怎么过啊……思北啊,"奶奶哭着,"怎么就是你呢?你怎么这么可怜啊!"

叶思北听着,没说话。好久,她才垂眸低声道:"奶奶,手机快没电了,我先挂了。您别哭了,别难过,我会过好日子的。"

"思北,要想得开。奶奶过一阵子去看你。"

"嗯。"

和奶奶道别后,她挂了电话。

把手机调成静音扔到一边,她探过身子,熟练地从床头柜里拿出烟和打火机,点了烟,坐在床边,看着窗外的夕阳。

夕阳尚未落山时,门外就传来响动,脚步声从门外传来,她也没动。脚步声顿了顿,过了一会儿,有个人走到她身边,在她身边轻轻落座。

叶思北夹着烟回头,看见来人,轻轻一笑:"回来了?"

"吃过饭了吗?"

"没有,不想吃。"叶思北在缭绕的烟雾中看着夕阳沉下去,"等一会儿吧。"

秦南坐在她旁边,没说话,就一直坐着。叶思北感觉有个人一直在旁边守着她。

过了一会儿,她轻声开口:"他们今天应该是在查案子吧,找了很多人问。"

"嗯。"

"然后大家都知道了。"

"然后呢?"

"好多人给我打电话,安慰我。"叶思北掸了掸烟灰,回头笑了笑,"他们让我别放在心上,又说我可怜,问我下半辈子怎么办。"

秦南看着她,目光和平时一样沉静,没有半点区别。这让她的情绪缓和许多,她看着他,疑惑地询问:"我下半辈子,和这件事有什么关系?"

"有什么关系?"秦南反问。

叶思北笑:"本来没有关系,"说着,她扭过头,好久,才沙哑地出声,"因为他们,所以有了关系。但他们是好意,"她低头,"我明白。"

"换件衣服吧。"秦南突然道。

叶思北疑惑地回头,就看到他撑着自己起身,从衣柜里给她翻找衣服:"我带你去个地方。"

11

秦南给叶思北找了运动衣,又让她换上运动鞋,带上拳击手套和手靶,带着她走到天台时,她还有些蒙。

已经是晚上,天台上没有什么人,秦南把她带到中间的空地,将手套和手靶放在一边,从手套里掏出白布,低头叫她:"把手伸出来。"

叶思北茫然地伸出手,秦南一只手抓住她的指尖固定。她轻轻一颤,秦南声音平和:"把指头都张开。"

叶思北克制住身体的不适,张开指头。秦南用白布从她指尖开始缠绕,一层一层地包裹她的手:"刚从学校出来第一年有点难熬,工资低,事多,老一点的员工总欺负人。那时候我瘦、个子小,我就每天晚上做一百个俯卧撑。后来看见人家打拳,就在网上找了教程,跟着网上学会打拳。每次吃亏、难受,我就打拳,一边打一边想,谁让我难受,哪天他落了单,我就拿个口袋罩住他,把他打得他爹都认不出来。"

叶思北听他说话,抬眼看他。现在的他虽然并不算魁梧,但精瘦、强健,一看就不是好惹的主儿,根本不能想象,他十七八岁离开学校,开始当汽车学徒时被人欺负的模样。

"握一握，"缠绕得差不多了，秦南把手握成拳头，示范给她看，"活动一下，看紧不紧。"

叶思北动了一下手，摇头："不紧。"

"另一只手。"秦南给她包好一只手，就让她递出另外一只，和方才一样包裹好后，才给她戴上拳击手套，然后开始给她示范，"你先像我这样站，我们先学第一个动作，你把拳头打出去，注意，你不是用手发力，出拳其实是一个全身动作，"他缓慢地示范着动作，"你的腰和臀都要跟着发力。你出拳的时候有一个旋转的小动作，就这样。"

秦南示范好动作，转头看她："看明白了吗？"

叶思北不太明白他要做什么，但看着他认真的模样，她还是点了点头。

秦南戴上手靶，稍稍屈膝站稳，往手靶上拍了拍："来，"他目光定定地看着她，"什么都别想，往这里打。"

"会不会打伤你？"她有些犹豫。

秦南笑起来："你要是能打伤我，我请你吃饭。来。"他催促着。

叶思北试探着，轻轻朝着手靶打了一拳。

"没吃饭吗？"秦南侧头提声，"打重点！"

叶思北迟疑着，又加大力气打了一拳。

秦南动都不动，继续喊："右拳！用你全身的力气打！"

叶思北咬咬牙，狠狠一拳砸上去。看见秦南还是稳稳的，她终于放下心来，听着秦南的命令，跟着他出拳。

叶思北的动作其实不标准，但秦南也不纠正，他甚至开始滑步移动，带着叶思北继续加着动作："抬膝往这里踢，对，就这样！

"我的手往你头上去的时候，你就下蹲。

"听我的，来，打，左、左、左、左、右、左踢、右踢、下蹲……"

叶思北不说话，听着他的指令。

一开始，她还会想很多事，但打着打着，她脑海里慢慢没有了其他东西，就只剩下秦南的命令，出拳，出拳，抬膝，下蹲。

随着动作越来越熟练，每次她的拳头砸上手靶，感受到力气狠狠宣泄而出时，就有一种说不出的畅快感传递上来。她好像忘记了一切，沉迷于这种肾上腺素和多巴胺共同带来的激动和快感中，根本不想停下来。

秦南观察着她的状态，看到她的动作越来越缓，便及时收了手，在她踉跄着一拳砸过来时，两只手掌一合，夹住她的拳头："别打了，休息吧。"

"我还行。"叶思北满头大汗，双眼明亮地看着他，眼里带着渴求。

秦南摇头，他放开手，低着头拆着自己的手靶往旁边生了锈的铁台阶走："我不行了，改天吧。"

叶思北有些遗憾，但一停下来，她也察觉到疲惫，干脆跟着坐到秦南旁边，仰头看着被灯光照红的天空。

夜风吹过来，汗凉在脸上，有些冷，秦南拉过她的手，帮她摘了拳击手套，一点一点解开绑着她的手的白布。

叶思北注视着对面动作细致的男人，看着他深邃的眉眼，感到了一种从来没有过的温柔。她第一次对这个人萌生出了好奇："你以前晚上到天台来就是打拳？"

"嗯。"秦南低着头，"动一动就不心烦了。"

"当初怎么不把高中上下去？"

"成绩差，我爸走了，我想着继续读也是浪费钱，不如早点出来打工。"

"后悔吗？"

"也没什么后悔不后悔，"秦南将取下来的白布放到一边，拉过叶思北另一只手，"现在过得挺好的就行了。"

"也是。"叶思北笑笑，"那你除了喜欢抽烟、喝酒、打拳，还喜欢什么啊？"

听到这话，秦南动作一顿，抬头看向叶思北，目光略显复杂，好久，才终于开口："看电影、做饭、看武侠小说。"

"你没骗我吧？"叶思北有些不相信。

秦南看了她一眼，有些粗暴地一圈一圈拉扯下白布："叶思北，你嫁人可真不讲究。一个男的高中没毕业，什么都没有，就喜欢抽烟、喝酒、打拳，这种人你嫁了图什么？"

"你不也一样吗？"叶思北收回手，双手环抱住膝盖，侧头看他整理拳套,"我那时候没工作,又内向,长得一般,有个弟弟,彩礼要得还高,你娶我又图什么?"

"你是大学生呢。"

"那你一年还赚十几万呢。"

两个人说完,对视一眼,忍不住笑起来。

想了一会儿,叶思北轻声开口:"其实我以前也挺优秀的,可惜你没见过。"

秦南拧开水递给她。

叶思北喝了一口,她也不知道为什么,就是希望秦南能多知道她的好,她轻声说着过去:"我当年是我们中学的文科状元。"

说着,叶思北突然想起来什么:"你以前是几中的?"

秦南动作顿了顿,似乎是想起什么,低声回答:"七中。"

"那可惜了,"叶思北转过头,"我是二中的,2006级。要是你当初在我们学校,肯定听过我的名字,我每次都是年级前几名。"

"挺厉害啊,"秦南从兜里掏出烟来,靠在身后的楼梯上,"你一个大学生,怎么不留在省会呢?"

叶思北听到这话,沉默了一会儿,低头笑了笑:"留不下。"

叶思北回忆起自己当年到处投简历、到处面试的模样:"那时候毕业找工作不容易,好不容易找到一家会计事务所,月薪五千多,跟项目奖金高,干得好,头一年年薪就能有十几万。

"但我妈不乐意,"叶思北耸肩,"她到事务所闹,闹了两天,事务所就把我辞了,于是我就和他们断绝关系,一个人在外面待了半年。

"当时我想,我一定要混出个人样,可我没什么出息,刚找到的工作丢了,不算应届生,又没什么工作经验,找来找去,工作都不行。好不容易找到一份还不错的工作,上班第一个星期,领导就对我开黄腔,我当场翻脸,实习期没过就被开了。

"之后去了一家私企,工资不高,月薪两千七百。我不敢住在太差的地方,就租住在附近的小区里,每个月光是房租都要花一千多。老板脾气大,经常骂人,我也不敢辞职,每天加班、被骂,骂着骂着,居然就被骂习惯了，老板一骂，我就说对不起，他骂一会儿就骂不动了。你要是敢顶嘴，他能多骂你两个小时。

"但这日子苦啊，"叶思北仰头看天，"苦着苦着，我就开始想，我是图什么。

"后来有一天房东突然来赶我，说我好几个月没交房租了，我才知道，收到钱的房屋中介卷钱跑了。也是我蠢，当时我图便宜，一次性付了半年的房租，想着这么大个置业公司应该没问题，结果他们其实就是骗子，专门骗我这种人。

"我那个月工资还没下来，根本没钱给房东，第二天，房东就撬开门，把我的东西扔到门口。那晚刚好下雨，我没地方去，先在大楼下面待了一会儿，被保安赶走，本来想开个房，又觉得贵，最后就拖着行李去火车站待着。等到晚上，我看见那些喝了酒路过的男人，感觉特别害怕，我突然就觉得，我妈说得也对，其实这座城市根本容不下我，我也没本事待下去。"

"然后你就回来了？"秦南隐约明白了叶思北回来的理由。

叶思北学着秦南的样子，靠在楼梯上："我那天晚上冷坏了，发了高烧，晕在路边，等我睁开眼睛，就看见我妈红着眼在我旁边照顾我，那一瞬间，我突然就屈服了。

"我一下子觉得，虽然我家里人老是骂我，也跟我要钱，可我好歹有个家，她不会赶我走，会在我生病的时候照顾我，我在外面受了委屈，被人欺负，我还有个可以回的地方。"

"可回来后，也没有过得更好。"秦南肯定地说。

叶思北久久不说话。

"这就是我的困境。"突然，叶思北看着地面说，"如果我家真的一点都不好，我觉得也挺好的。因为这样我根本没有回头路，我就在外面一直待着了。

"我无数次想，如果我爸妈对我一点都不好，或者念文特别坏，那就好了。可偏偏不是。念文会为了我打架，我爸妈会为了我痛哭，可他们也会找我要钱，为了让我养老，宁愿毁了我的工作，为了他们的面子逼着我嫁人。

"他们给了你一点爱,但又不多给,把你带回这个沼泽来,带着你一点一点陷下去,等你整个都被淹没了,就算想逃,也逃不走了。"

"怎么会逃不走呢?"秦南看着她,指向安全通道门,"现在走出去,下楼梯,上车,开车往省会方向,高速公路三小时就到。"

"哪儿有这么简单?"叶思北笑起来,"不说其他,车都不是我的。"

"是你的呀,"秦南掏出车钥匙,转在手上,"没离婚是夫妻共同财产,离了婚把车给你,"说着,他抬眼,"走不走?"

叶思北诧异:"现在?"

秦南点头:"现在。"

叶思北没说话,看着秦南那双平静中带着零星笑意的眼睛。她以前是不敢直视的,好久,她突然笑起来,一把抓过钥匙起身:"我有驾照,我开车。"

12

夜晚出城的道路空空荡荡,一片漆黑,叶思北握着方向盘,紧张地看着前方。

仪表盘上是30km/h的速度,车犹如乌龟一般在黑夜里前行。秦南坐在副驾座上,点了根烟,深深地抽了一口,看着前路,表情略显凝重。

车开到一条人行道前,叶思北踩下刹车,按了按喇叭,缓慢地通行。

秦南看着这驾校标准操作,忍了半天,终于忍不住询问:"你驾照拿了多久了?"

"你不要和我说话,"叶思北盯着路,"我紧张。"

秦南得话,深吸了一口烟,扭过头去,平复心情。

此刻距离他们的逃离计划已经过去一个小时,但由于叶思北的"安全驾驶",他们连高速公路都没开到,这种行驶速度,饶是秦南脾气再沉稳,也被憋得有些焦急。

"要不还是我来。"秦南把烟碾灭,下定决心。

叶思北摇头,看着前方,异常固执:"不要,"她认真地出声道,"我要自己开。"

秦南动作顿了顿,看了一眼仪表盘上的速度,感到一丝绝望,但看了一眼叶思北认真的样子,他还是坐正身子,想了想,告诉她:"你开也不是不行,但要记得一件事。"

"什么?"

"高速公路速度低于60km/h,"秦南说得一板一眼,异常认真,"犯法。"

叶思北:"……"

叶思北开得慢,但是她很坚持。秦南中间迷迷糊糊地睡过去,昏昏沉沉地醒过来,看了一眼车还在开,又睡过去。如此反复几次后,等秦南再次醒过来时,发现他们已经在一个露天停车场停下,叶思北趴在驾驶座上沉沉地睡着,天还是黑漆漆一片,远方有一点微光。

秦南转头看了周边一眼,看见旁边一个大大的广告牌,广告牌上一只小老虎张开双臂,上面写着:"G市游乐园欢迎您!"

秦南看着广告牌,又转头看向趴在方向盘上的女人,忍不住轻轻笑起来。居然真让她开到了。他在夜里点了烟,看着她被压得有些扭曲的侧脸,一时竟也不困了。

他好像是第一次认识叶思北,又或是看着叶思北回归。这个女人有着如此顽强的生命力,又倔强又坚持,他只是坐在车上,她就能把车开到终点。他凝视着她,竟然一点都感觉不到时间的流逝。

太阳一点点升起来,阳光落在叶思北脸上。周边慢慢有了人声,店铺陆续开起来,卖早餐的小贩摆好摊,叶思北慢慢睁开眼睛。

秦南在车外的空地上活动,看见叶思北直起身,他走到车窗边招呼她:"下车,找个地方洗漱,去吃点东西。"

叶思北下了车,两人拿出带好的牙刷、口杯,找到一个公用卫生间,洗漱之后就一起去吃早餐。

"等一下去哪里?"

"想去游乐园,"叶思北低头吃粉,"以前在这里打过工,但从来没玩过。"

"哦，"秦南点头，"我也是，从来没玩过。"

两人吃过饭，买了票进园。早上排队的人不多，两人一起坐上过山车，系好安全带，叶思北转头看秦南："你怕不怕？"

"有什么好怕的？"过山车缓缓启动，秦南漫不经心道，"我一个大男人……啊！！"

在一片惊叫声中，叶思北听着秦南那一声失态的"啊"，尖叫直接变成破了音的笑声。

过山车起起伏伏，下来之后，秦南直接冲到垃圾桶旁边干哕。叶思北赶紧拿了水，担忧地看着他："你没事吧？"

秦南摆摆手，直起身喝了水。两人休息了一会儿，一起去下一站。

叶思北怕自己想太多事情，一路挑惊险刺激的挑战，休息的时候看见旋转木马，她和秦南猜拳，谁输谁上去。秦南输了，被她逼着戴上小朋友的牛角发箍，跟着一群小朋友坐上旋转木马。

小朋友和家长都频频回头，看这个人高马大一脸冷漠的男人是出了什么毛病。叶思北站在一边拍照，笑得停不下来。

叶思北笑得厉害，胆子也大了许多，拖着秦南去蹦极。两个人系上安全绳，秦南站在边上，面上故作镇定，但就是不往前。叶思北站在他背后，又问了一次："你是不是不敢跳？"

"有什么不敢的？"秦南看了一眼下方，脸色又难看几分，"我再做做准备。"

"你适应一下，"叶思北扶着他往前走，"先站在边缘这里，你就站在这里，放心，不下……"话没说完，叶思北便将他猛地一推。

秦南一把抓住她，大喊了一声："叶思北！！！"

"啊啊啊啊！！！"两个人一起急速落下，秦南下意识地抱死她，尖叫声混在一起。

叶思北在秦南怀里，听见他喊"叶思北"的那一刻，她感受着呼啸的风和失重带来的死亡感，居然什么都不怕了。

两个人玩完所有项目已经是下午，秦南整个人接近崩溃，坐在长椅上休息，一动不动。

叶思北转头问他："还玩不玩？"

秦南再也不当男子汉，立刻摇头："不玩了。"

"行，"叶思北看了看时间，"我们先去吃饭吧。"

两人一起去了一家商场，在天台上吃烧烤。

叶思北点了啤酒，秦南要开车，只点了可乐。两人一边吃着菜，一边聊天。

秦南和她说自己在沿海地区打工当学徒时看到的世界，那里的女孩子在市区中心穿着吊带、热裤，化着各种妆容，在广场上大笑大闹，一点都不担心自己被说是异类，也不会战战兢兢，怕自己被人议论，被人观看。

她就和他说自己的大学生活，羡慕同学大一就有电脑，羡慕同学博览群书，羡慕同学大一托福就能考100多分。

秦南听着她的话，下意识地问了一句："什么福？"

叶思北愣了愣，看着他，这一瞬间，她突然觉得，自己当初那些自卑并没有多大意义。秦南甚至不知道托福是什么，可他远比她强大、自信，在这世界活得有尊严又漂亮。

她看着秦南，好久，轻声开口："秦南，下一次，如果我想骂人的时候，你一定要劝我。"

"劝什么？"秦南抬眼看她，"你还能骂出什么花样？"

叶思北一笑，认真地开口道："劝我骂死他。"

秦南喝水的动作一顿，随后笑起来，举杯敬她："包在我身上。"

回南城的路上是秦南开车，叶思北就坐在副驾座上，从网上找了一些骂人的句子，磕磕巴巴地念。

"你知道我外婆为什么活得长吗？因为她少管闲事。

"今天我想骂人，所以我不骂你。

…………

叶思北一遍一遍地念，等后面越念越顺畅，秦南开着车，听得发笑。

车远离G市，叶思北忍不住回望，她感觉这辆车好像是从一场美梦驶向现实，让她依依不舍。

秦南转头看她一眼，似乎有所感知。

"叶思北。"他轻声唤她。

叶思北转头。秦南声音平和："等官司打完了，我把房子卖了，我们来G市生活吧。"

叶思北一愣。秦南目光平静，他每一个字都落在她心里，让她觉得踏实、平稳，好像真的会实现一般。

"你看，我说的吧，"他迎上她的目光，"走出来，很简单的。"

叶思北不敢搭话，她听着，也不敢相信。她害怕把希望寄托在另一个人身上，因为无法掌控它的升起与跌落。但她暗暗把希望放在了自己心里。

她看着灯光破开黑夜，车行驶在高速公路上，轻声开口："好。"

未来有一天，无论有没有秦南，她都会离开。但在离开之前，她需要世界给她一个答案。

秦南开车就快了很多，不到晚上十一点，就到了家里。

叶思北刚进门，便接到了叶念文的电话。

叶念文有些激动："姐。"

听着叶念文的声音，叶思北不由自主地屏息凝神。叶念文高兴地开口："我听说生物比对出来了，是范建成。"

叶思北听着，嘴唇轻颤，一句话都说不出来。

"警方已经把他刑拘了，现在正在进一步掌握证据，我就是告诉你一声。"

叶思北听着，点头："好。"她声音沙哑，"太好了。"

和叶念文通完电话，叶思北看向秦南。秦南笑起来，正想说点什么，就看到她的手机闪了起来。

叶思北看向手机，上面显示着许霞的名字。

秦南见她犹豫，疑惑地看她。

叶思北解释："富强的同事，以前对我还算照顾。"

叶思北说完，想了想，还是接了电话。

接电话前，秦南小声提醒："记得骂人。"

叶思北忍不住笑,转头走向阳台:"喂,霞姐。什么事?"

"那个,思北啊,"许霞开口,"在忙什么?"

"在家。"

"哦,那个,我给你打电话呀,是听说了一些事,我听说范总被刑拘了,是你报的案。"

"是我。"

"思北啊,其实范总这个人一直是不错的,待你也不薄,当初你进公司,本来人事那边是不想要的,是范总一力保下你的。"

"霞姐,你到底要说什么?"

"哎,其实也没什么,你们俩到底怎么样,我不清楚,但是姐是为你好,想劝劝你,得饶人处且饶人,有什么事,私下好好谈,犯不着一定要把人弄监狱去,你说是吧?"

叶思北不说话。许霞开了口,便放松下来,继续劝说下去:"这事闹大了,公司不好看,你也丢脸,而且,你不为自己着想,也要为家里人想想吧?你说,以后人家怎么看秦南?还有楚楚,出了这种事,你要是不松口,你说公司还能留楚楚吗?还有你爸妈——"

"还有呢?"叶思北打断她,靠在门框边缘,低头看着地上的纹路,"还有什么好威胁我的?"

"思北,你怎么说话呢?"许霞一听这话,语气立刻严肃起来,"我是为你着想,你怎么——"

"谢谢了,"叶思北打断她,语速极快,"你和我没什么关系,不需要这么为我着想。刑事案件立案后撤不撤诉由不得我,以后别给我打电话了,没用。"

"叶思北,你想清楚,你找份工作容易吗?以范总的人脉——"

许霞话没说完,叶思北便挂了电话。

等她挂了电话,秦南走过去:"说什么?"

"没什么。"叶思北笑笑,"明天我去找工作,你去店里,不用担心我。"

秦南犹豫片刻,想说什么,最后也没开口。他本来想让叶思北留在家里,但又怕她好不容易积累起来的自信心因为这样的"特殊待遇"再次粉碎。

两人不说话，叶思北想了想，说："睡吧。"

秦南点头，犹豫片刻，才开口："我睡哪儿？"

叶思北一愣。秦南看着她："睡床上，怕你紧张；睡地上，怕你多想。"

叶思北听明白秦南的意思，她低下头，想想，笑了笑，最后问："你想睡哪儿？"

"地上吧。"

"为什么？"叶思北明白，他说出来，就意味着他睡在地上并不是因为介意这件事。

秦南没正面回她，去抱床褥，低低地说了声："我乐意。"

说着，他拿了床褥出来铺在地上，晚上两个人平躺着睡下，叶思北轻声开口："秦南，你喜欢过人吗？"

秦南看着月光，声音很轻地说："我不知道什么是喜欢。不过有一个人，我一直希望她过得好。"

"我从没想过和她在一起，但我一直希望她过得好。"

13

两人睡下时，公安局讯问室内，范建成有些疲惫地看着张勇和林枫："警官，要说的我都说了，你们再问我一万遍，也是这个样子。"

"你确认你说的是真话吗？"张勇冷冷地看着他。

范建成有些不耐烦："我发誓我说的都是真的。那天晚上她指名要我开车送她和赵楚楚，我不放心她们两个小姑娘就答应了。上车后她就一直在说话，说什么感激我，我把赵楚楚送到了，接着送她回家，送到她家门口了，她还不肯下车，坐在车上哭诉和她老公关系不好，我安慰她，她说她想去芦苇地走走。"

范建成说着，声音放低了些，低下头来："我其实也听出她在暗示我，当时也是昏了头，就心动了。到了芦苇地，她就说喜欢我，主动和我发生关系，等事完了之后，她突然就跟我要钱，一张口就是十万，我一气之下把她从车上拖了下去，然后就开车走了。

"之后她打电话威胁我，说不给钱就告我强奸，那我说随便啊，我就不信她真敢。谁知道，第二天她真就报警了，报完了给我打电话，说如果我不给她钱，她就不撤案。我没搭理她，结果你们真的就来了。"

"那你一开始为什么不说？"林枫气势汹汹地发问，"第一次传召你的时候，你说把她送回家了，你怎么解释？"

"姑奶奶，你懂不懂人情世故？"范建成看向林枫，焦急地解释，"一开始我不说真话，是想保全双方的名誉。我是个有妇之夫，叶思北也有老公，这事说出去谁都不光彩，能不说，我当然要瞒着啊。"

"范建成，"林枫握着拳头，"坦白从宽，抗拒从严，现在都是有物证的，你说的真的是实话吗？"

"是实话！"范建成恼了，"你不信你把叶思北叫来，我和她对质！"

两人大眼瞪小眼。张勇见情况不妙，站起身："就这样吧。"

说着，他就领着林枫走了出去，回了自己的办公桌。

林枫一肚子气："他一直不肯认，这怎么办？"

张勇喝着水："你别和他口头较劲儿了，补足证据，准备移交检察院吧。"

"行。"林枫点头，她看张勇面上并不轻松，不由得小声问了句，"师父，这证据是不是不够硬啊？"

"其实从证人证言来看，叶思北说她记不清当天晚上喝了多少，没有意识，但在场证人都证明叶思北当晚喝的酒量和平时比起来并不高……"张勇转着笔，思索着，"在范建成的车上、家里、办公室都没发现有管制类药物，他的消费记录呢？"

"查过了，"林枫摇头，"没有问题。"

张勇不说话。好久，他做下决定："找个时间，让叶思北过来，再做一次笔录。"

◆ ◆ ◆

叶思北第二天早上起来时，秦南已经做好早餐。

两人一起吃过饭，叶思北就接到林枫的电话，通知她明天再去做次笔录。

叶思北听着这话，心里有些不安："是证据不足吗？"

"这个不用担心，"林枫安慰她，"案子很快就要移交检察院，你放心吧。"

叶思北放下心来，点点头："嗯，好，麻烦你们了。"

挂了电话，她抬起头，便看见对面的秦南正低头翻看着信息，他也没问她发生了什么，直接换了个话题："我昨晚找朋友问了一下，他待的那水厂缺个出纳，工资不高，你要不去看看？"

小镇找工作主要靠熟人，她本来还要拜托朋友，秦南先给她找了工作，她也就不折腾了，点了点头，小声说："行。"

秦南低头帮她打电话约时间，约好今天就能过去后，他起身去了店里，临走之前回头看她："中午没事就到店里去，一起吃饭。"

叶思北笑着应了声，等秦南走了，她收拾好碗筷，坐着公交车就去了秦南跟他说的水厂。

这个水厂位置偏僻，公交车要坐一个小时，工资又低，几乎没有人来。叶思北进去之后，就给秦南的朋友发微信，没一会儿，一个人高马大的汉子就小跑出来，招呼着叶思北："嫂子。"

这个男人叫大春，是秦南的发小。他领着叶思北到了老板办公室门口，叶思北就站在门口等。

等了一会儿，叶思北就听到大春招呼："嫂子，进来。"

叶思北紧张地进去。大春带着她，跟老板介绍："杨总，这是我嫂子叶思北，是个大学生，以前在地产公司当会计。"

杨总看着她的简历，摸着下巴，似在犹豫："二十七岁……结婚一年，也没个孩子，你以前在哪儿当会计啊？"

说着，杨总抬起头来，上下打量着叶思北。叶思北听到他问及以前的公司，虽然有些紧张，但还是如实回答："富强置业。"

"富强置业，"杨总想了想，"最近你们公司是不是出了点事啊？"

叶思北站着不动,她听着杨总的话,有些紧张地垂眸。

杨总思索着,像是闲聊:"好像是有个女的去喝酒被强奸了,叫什么——"说着,杨总突然愣住了,他抬头打量叶思北,眼神有些变了。

大春浑然不觉气氛的变化,走上前:"杨总,这事和我嫂子也没关系——"

"不好意思,杨总,"叶思北明显察觉到这个杨总眼神的变化,她有些坚持不住,径直告别,"我有些不舒服,先走了。"说完,不等人回话,她就转身离开。

大春有些蒙,看了看杨总,又看了看门口:"杨总,我先——"

"大春,"杨总一把抓住他,压低声,下巴朝着门外扬了扬,"你怎么什么人都没搞清楚就往厂里带啊?这女人的背景你清楚吗?"

"这是我一个发小的老婆。"

"你发小脑子有病吧?"杨总直接开口道,"这女的就是富强置业半夜和人家喝酒坐车出去,然后告领导强奸的那个。这种老婆还不赶紧离婚,是嫌脑袋上不够绿啊?"

大春脸色一变。杨总推了他一把:"把人弄走,别把乱七八糟的人往厂里带。"

叶思北走出办公室,稍稍冷静了些。大春毕竟是秦南的朋友,她走还是得和人家说一声。于是她在办公室门口等了一会儿,就看到大春跑了出来。

他出来后脸色不是很好,看着她的眼神也略显怪异,和一开始的热情完全不一样,一路沉默着送她出去。

叶思北想着是自己对他老板态度不好惹了麻烦,等快到水厂门口,才终于开口:"大春,刚才不好意思,我——"

"没什么。"大春摆摆手,"你别放在心上。"

叶思北点头。两人一起走到厂子门口,大春好像是忍了很久,才终于开口:"姐。"

他没再叫"嫂子",叶思北迷茫地抬头。

大春想了想,咬咬牙:"我哥是个老实人,算我求你,别欺负他。"

叶思北听不明白，大春见她一句话不说，干脆挑明："姐，你的事我刚才听说了，本来我一个外人不好说，但南哥和我从小一起长大，我不能看他受这委屈。他是个好人，如果你们还要过下去，你以后就好好过日子，你要过不下去，也别耽误他。"

听到这话，叶思北脸色骤变，她想着这人是秦南的发小，话到嘴边忍了又忍，才终于开口："有些事不是外面传的那样——"

"哪样不重要，"大春直接打断她，"我只是不想让南哥被人笑话。"

叶思北一时说不出话来。

大春低下头："我就送你到这儿，先回去了。"说着，他就往里走。

叶思北叫住他："大春。"她咬咬牙，"我不明白。"

大春回头。叶思北盯着他："受害的是我，你们不笑话那个犯罪的人，你们笑话秦南什么？"

"这话怎么说呢？"大春勉强笑了笑，"坏人就是坏人，有什么好说的？"

"坏人没什么好说，所以就一直关注受害人怎么样，是吗？"

大春听到叶思北的话，皱起眉头："姐，我看在南哥的面子上不多说你什么，话到这里打住，我先走了。"说着，他直接转身离开。

叶思北站在水厂门口，她抬手环抱住自己，缓了情绪片刻后，才走到公交车站。

公交车站没什么人，她张望着周边，等了一会儿后，她坐上公交车。她坐在最后一排，看着空旷的街道，眼眶有些发酸，抱着包，最后还是忍了下去。

中午和秦南约好一起吃饭，她提前去了店里，一到便见店门口围了人，她听见陈俊咋咋呼呼的声音在和人吵架："你的胎又不是我们补坏的，新扎的胎有不给钱的道理吗？"

"上次你们就没补好，现在坏了，你不该修？"另一个男人的骂声大了起来，"什么黑店啊！"

"老板，"秦南的声音稳稳地响起来，叶思北挤进人群，就看见一个五大三粗的光头男人站在车边，秦南单膝蹲在一辆车的车胎前，指了一个位置,给那光头男看,"上次补的位置在这里,你新扎的在这边。"

说着,秦南似乎是察觉到叶思北的到来,抬眼看了一眼人群中的叶思北,语调一转:"要不这样,你这是新扎的胎,免费是不可能的,但今天我给你打个八折,行不行?"

光头男听到这话,想了想,指了指秦南:"行倒是行,但我要你补,我不要那个帮工补。"

"我说你——"陈俊说着就上前。

秦南叫住他:"小俊,去吃饭吧。"说着,秦南站起来,"那老板,你先去吃个饭,弄好了,我给你打电话,你回来取车。"

"行吧。"光头男说得不太情愿。

周边的人见架吵不起来了,纷纷散开。光头男给秦南留了电话,和朋友一起离开。

秦南转过身,看向站在一边的叶思北:"早上怎么样?"

"还行吧,刚才没什么事吧?"

两个人一说上话,光头男和他朋友的脚步就慢了下来。

他们偷偷用余光瞟叶思北。叶思北假装不知道,转身对秦南开口道:"先进去吧。"

"这个是不是群里说的那女的?"

"像,那女的叫什么,叶思北是吧?"

"不会是他老婆吧?"

议论声从身后传来,虽然声音很小,但叶思北还是听到了,她假装什么都没听到,低着头往前走。

秦南步子一顿,他还没说话,就听陈俊大喊了一声:"喂!"

光头男和同伴回头。陈俊指着他的车,提了声:"开着你的车滚。"

"你怎么说话呢?"

"我就这么说话,让你滚,听不见?"陈俊不让步。

光头男撸起袖子走向陈俊。秦南直接抓起旁边的扳手,叶思北赶忙抓住他。秦南一把甩开叶思北,走到陈俊旁边,用扳手指着光头男:"滚。"

扳手抵在光头男眼前,叶思北上前来拉秦南,光头男的同伴也来拉光头男。

两边对峙着,见秦南认真,光头男的同伴先道了歉,连忙拉着光头男回了车上,开着车离开。

等他们走了,秦南才放下扳手。陈俊朝叶思北笑笑:"姐,那些人都是人渣,说的话,你别放在心上。你和南哥先进去,我收拾收拾就进去。"

"没事。"叶思北听到陈俊的安慰,笑了笑,"谢谢你了。"

陈俊给秦南使着眼色,秦南放下扳手。叶思北拖着秦南进去,声音很轻,劝着他:"以后别这么冲动,别动不动就拿家伙,万一真打起来怎么办?"

秦南不说话,注视着叶思北。等进了店里,叶思北才放开他:"菜呢?我去做饭。"

"做好了。"秦南低声开口,他说着站起来,去拿菜出来,放在桌上。

叶思北看着他的模样,抿了抿唇,低头:"那些话——"

"你别放在心上。"秦南直接开口道。

叶思北一愣,抬头就看到他似乎是不知道该怎么说,带了几分担忧地看她,又重复了一遍:"不管别人和你说什么,你都不要多想。"

说着,他走上前,抬手捂住她的耳朵:"等把官司打完,我们就走。"

叶思北凝视着他的眼睛,一句话都没说。

两人摆好饭,叫上陈俊,三个人一起坐下吃饭。

陈俊给叶思北夹菜:"嫂子,多吃点。"

叶思北察觉到陈俊的照顾,她笑笑,说"谢谢"。

陈俊转头看向秦南:"嫂子真是文化人,比我女朋友文静多了。"

"少说废话。"秦南训他。

陈俊扒着饭笑。

秦南转头看叶思北:"今早怎么样?"

"人家觉得不行。"

"哦,"秦南点头,"我再找人问问,不行,你就先在我店里帮帮忙。"

"嗯。"叶思北低头扒饭,应着秦南的话。

说着,手机就振动起来。叶思北看了一眼,发现是陶洁。

她接起电话,陶洁热情的声音从里面传来:"思北,你下午有时间吗?"

"什么事?"

"是这样,公司高层下午都来了,想找你谈一谈,把这个事处理一下,也算是给你一个交代。"

叶思北没说话,转头看向店外。现在正是午时阳光最烈的时候,她看着阳光,平静地出声:"好。"

他们应该给她一个交代。

14

"谁?"秦南见叶思北接电话时脸色不太好看,多问了一句。

叶思北看向他:"富强置业,说要找我谈谈。"

"那不能去。"陈俊立刻接口,"陷阱,"他看向秦南,"肯定是陷阱,南哥,嫂子不能去。"

"你怎么想?"秦南没理陈俊的话,只看着叶思北。叶思北收好手机:"我答应去了。"

秦南点头:"我送你。"

叶思北拿着筷子的动作顿了顿,想了想,她点点头。

吃过饭,叶思北收拾了一下,就和秦南一起出门。

两人到了店外,秦南挪出一辆摩托车,从后排取了头盔递给她:"来。"

叶思北一愣,不由得出声:"你就骑这个?"

"以前没结婚时我就骑这个,"秦南笑起来,"结了婚就没骑了,今天试试?"

叶思北笑起来,接过头盔,自己笨拙地戴上,小心翼翼地斜坐在摩托车后面,一手搭在秦南肩膀上,一手抓着车后的铁杆子:"好了。"

"没见过你这么斯文的。"秦南埋怨,但他骑车的速度很慢,好像是照顾她。

叶思北坐在他背后,看着阳光落在这个青年身上,他一直平静、从容,好像那些伤害人的言语从没出现在他的世界。

她打量着他挺拔的背影,看着看着,缓慢地意识到,他是这么好的一个人,这样英俊、美好的一个男人。她在他背后贪婪地看着他,想要靠近,又不敢上前。

车缓缓地开到富强置业,秦南停下车,叶思北下了摩托车,秦南抬手为她摘下头盔。叶思北站在秦南面前,秦南提醒她:"记得开录音。"

"嗯。"

"想骂就骂,别受人欺负,把骂人的话再背一遍。"

"好。"叶思北笑起来。秦南想了想,还是开口:"要不还是我陪你——"

"秦南,"她打断他,凝视着他,"你把我送到这里,已经很好了。"

秦南抬眼看她。她说得认真:"接下来的路,我可以一个人走。"

秦南愣了愣。叶思北转过身,走出树荫,朝着富强置业门口走去。

她一进富强置业,所有人都看了过来。她走到前台,对所有目光视若无睹,直接开口:"陶经理叫我过来的。"

前台女孩看着她,愣了片刻,马上点头:"你稍等。"说着,她就给陶洁打了电话,片刻后,她点头,"叶姐,陶经理在会议室等你。"

"谢谢。"叶思北点头,直接往会议室走。

会议室里,陶洁等一群人手忙脚乱,陶洁招呼着旁边的人:"快,把录音打开。"

说着,陶洁就看到叶思北的身影出现在会议室门外,一个男人匆忙打开录音设备,放到桌下,与此同时,叶思北推门而入。

叶思北匆匆扫了一眼,发现会议室里坐了三个人。陶洁坐在边上,中间坐着一个中年男人,旁边还有一个三十多岁的女人,她穿着朴素,看上去略显疲惫。那个男人叶思北知道,是富强置业的老总宋明。那个女人叶思北却不认识。

他们三个人坐成一排,见叶思北进来,陶洁赶紧起身:"思北,来,赶紧坐。"

叶思北关上门,坐到三人对面。陶洁站着给叶思北介绍:"思北,这是咱们公司的老板，宋明宋总。"

叶思北点头，唤了一声："宋总。"

"这位……"陶洁指向边上的女人，似乎有些尴尬，"是范总的妻子，赵淑慧。"

叶思北抬眼看向赵淑慧，朝着她点头："你好。"

赵淑慧扭过头，似乎是不耐烦的模样。

"这一次叫你过来，"陶洁介绍完人，坐下来，"是想和你谈一下关于范总的事。"

叶思北不说话。

陶洁犹豫了一会儿，站起身，去旁边取了一个小盒子，放到叶思北面前，打开盒子后，里面是一摞厚厚的人民币："话也不多说了，这里是十万，够把你的贷款还清，还能再存一笔。"

叶思北看着钱，这是她第一次看到这么多"可以"属于她的钱，她沉默着。

宋明看着她的反应，皱起眉头："叶思北，有什么想法你可以说，公司都会帮你协商解决。"

"这些钱，"叶思北看着钱，笑了，"是公司的赔偿吗？"

"这钱你怎么理解都行，"陶洁见她松口，赶紧趁热打铁，"反正拿了钱，你去把事说清楚就行了。"

"说清楚什么？"叶思北看向陶洁。

陶洁笑了笑："你别装傻呀，现在你把范总告了，这对公司的声誉是多大的损失？本来我们是可以告你的，但宋总宽宏大量，想着大事化小，才把你叫过来。你不就是想要钱吗？现在钱给你，大家两清。"

"范建成和你们这么说的？"叶思北将目光放在宋明身上，"说我是要钱？"

宋明不说话。他沉默了一会儿，缓慢地出声："如果你觉得这些钱不够，我们可以再谈。"

"谈什么谈？"叶思北盯着他们，"你们以为我诬陷他？"

"诬陷肯定不是诬陷，"陶洁赶紧打圆场，"中间一定是有什么误会。"

"他不是我抓的,"叶思北转头看向陶洁,"他是警察抓的,有什么误会,你找警察说。"

"叶思北,你装什么啊?"一直听着的赵淑慧忍不住一巴掌拍在桌子上,"你不就是嫌钱不够吗?你要不是为了钱,你今天来做什么?"

"我来做什么?"叶思北笑了,抬手点在桌子上,盯着中间的宋明,"我今天来是问问你们,你们富强置业打算怎么处理范建成这个人渣?!"

"你说谁是人渣?"赵淑慧猛地站起来。

"嫂子,"陶洁赶忙叫住赵淑慧,"你先出去,我来说。"

赵淑慧不说话,盯着叶思北,胸口大幅度起伏着,像是憋足了力气,叶思北和她对视。赵淑慧扭过头去,匆匆离开。

陶洁小声和宋明说了句什么,宋明也起身离开。

整个会议室就剩下了叶思北和陶洁。两个人坐着,好久,陶洁缓慢地出声:"思北,你和范总之间的事,其实我们不清楚,公司不可能在什么都没搞清楚的情况下就对范总做出什么处理。"

"那我呢?"叶思北径直开口,"不能对他做什么处理,就能给我钱让我去翻供?"

"这不叫翻供。"陶洁顾忌着录音,立刻纠正,"我们只是希望你说出实情。"

"什么实情?"叶思北笑了,"我现在说的每一个字、每一句话都是实情。"

"好。"陶洁点头,"你可以不在意公司的名誉,你也可以不在乎自己的名声,但你要生活吧?"

叶思北沉默下来。陶洁看着她,笑了笑:"最近找到工作了吗?"

不等叶思北说话,陶洁就又开口:"找到了今天就没时间来了。你说,一个晚上出去陪酒、让上司送回家、欠着一大屁股债的女员工,和一个家庭美满、人品端正、有钱有势的领导,说这是强奸,谁信?哪个领导不会想,招你这样的进来,你故技重施怎么办?叶思北,你现在唯一的路,就是说出事实,坦诚道歉,然后回富强,你知不知道?"

"我就一定要待在南城吗?"叶思北听着陶洁的威胁,故作淡定,"我可以走。"

"是啊，"陶洁摊手，"让你老公不要他的店，不要他的房子，让赵楚楚丢工作，让你父母饱受羞辱，让叶念文断了前途地走，"说着，她笑了笑，"举家搬迁啊？"

叶思北说不出话，桌下的手紧紧捏着挎包的带子。

陶洁将钱往她面前一推，凑近她，放低声："叶思北，人要学会低头走捷径。拿了钱，大家皆大欢喜，不拿钱，那就是害人害己。"

叶思北目光落到钱上，她盯着钱，不说话。她的手在桌下轻颤，脑海里全是秦南被人嗤笑、赵楚楚被开除、叶念文丢工作的场景。

可是在这些场景后面，是她服药那一晚，躺在冰冷的地面上，拼了命想去握住手机的那一刻。那一刻提醒着她，她活下来，不是为了卑躬屈膝地苟活。

陶洁见她看着钱不语，以为她妥协，不由得笑起来，正打算开口，就听到她突然出声："我想过低头的。可是我做不到。"她抬起头，看向陶洁，"我没有办法让自己接受这份不公平，我没办法看着该受惩罚的人好好活在这个世界上为所欲为，我却要痛苦不堪。"

"叶思北，"陶洁气笑了，一时都忘了录音的事，带了几分威胁，"你想清楚没有？这条路不好走啊。"

"我知道。"叶思北看着她，没有半点退缩，"可总得有人走。你可以威胁我，但我也告诉你，如果你们敢开除赵楚楚，这件事就不会善了。我会发到网上，把所有我知道的事都公之于众。你们以为现在就是最坏的结局吗？不是。"

"叶思北，你疯了？"陶洁震惊地看着她，"你以为你发到网上能有几个人关注？就你这种样子，人家不骂死你！"

"那就试试，"叶思北站起来，靠近她，把手机拿出来，"我会把录音放到网上，告诉大家你是怎么劝一个受害人翻供的。我会清楚地告诉别人你是谁，你长什么样子，你做过什么，陶洁，你最好祈求你们这些人一辈子没有任何污点，不然你就和我一起接受这个世界的审判。"

"叶思北，"陶洁终于露出几分惧色，"你疯了。"

"对,"叶思北看着她,神色平静,"我疯了,所以不要再想着威胁我,也不要再想着劝阻我,我会一路告下去。只要我还活着一天,我就不会放弃,这个对错我一定要争,这份公道我一定要。我一定要告诉你们,"叶思北顿了顿,红了眼眶,控制住音调,"这个世界,无辜者不应受到惩罚,作恶者必须付出代价。

"总有一份天理高悬于头顶,而我,一定会求到它。"

15

陶洁听着叶思北的话,盯着叶思北手里的手机,安抚着她:"思北,你冷静一些,我不是劝你不要报警,而是你不能扭曲事实……"

话没说完,陶洁便朝着叶思北的手机猛地一扑。而叶思北也早已做好准备,抓了旁边一个纸杯就朝着陶洁砸过去!

水突然泼洒在陶洁脸上,陶洁下意识地闭眼,随着叶思北的力道一个踉跄摔倒在地。

叶思北转头就往外冲。

陶洁大声叫起来:"抓住她!"

站在门外的宋明和赵淑慧一听这话就站起来,而这时叶思北已经冲到他们面前,她推翻书架,书架朝着宋明的方向砸下去,宋明一把扶住书架。也就是这时,她一脚踹开扑过来的赵淑慧,冲到大厅。

大厅的人纷纷站起来,震惊地看着叶思北往外冲。

陶洁擦着还没完全睁开的眼睛从会议室追出来,大喊着:"快抓住她,抓住她!"

陈晓阳离叶思北最近,站起身就要去拦。赵楚楚见状,立刻挡在陈晓阳面前,大喊了一声:"别跑!"然后她故意放慢脚步小跑挡着陈晓阳。

她这么一挡,陈晓阳眼睁睁地看着叶思北冲了出去。

出了大门,叶思北就看见保安从两边跑过来,陶洁和宋明等人追在后面。叶思北转头看见秦南还在一开始停车的树下,她仿佛是看到了救星,朝着秦南的方向一路狂奔，大喊大叫："秦南！救我，秦南！"

秦南坐在摩托车上，看着叶思北张牙舞爪地跑出来，他忍不住笑出声来。摩托车往前滑停在叶思北面前，叶思北顾不得其他，慌忙跨坐上车，从后面扶住秦南，刚扶好，就感觉车猛地发动，她吓得一把抱住秦南的腰，惊叫出声。

"站住！"

"叶思北，你站住！"

陶洁和宋明等人的叫骂声从身后追过来，叶思北完全听不到了，她死死抱着秦南，感觉摩托车开得飞快。车流和人流从她旁边飞快地蹿过，她紧张得不敢睁眼。

"你干什么了？"风声呼啸间，秦南大喊着询问。

叶思北抱着他，闭着眼，扯着嗓子回答："我泼她水了。"

"为什么？"

"她骂我！"

听到这话，秦南大笑出声来。他的笑声散播在风中。

叶思北稍稍习惯了这个速度，在他背后睁眼看他。他戴着头盔，其实她是看不清他的脸的，可是就这么抱着这个人，听着他在疾风里的笑声，方才所有的惶恐、紧张居然都神奇地消散开去。

她的心跳渐渐平缓，这时候她才发现，秦南并没有减速，他带着她穿过城区，开上一条山路。她坐在他后面，大声询问："去哪儿啊？"

"去庆祝！"

"庆祝什么？"

"庆祝我们叶思北，"秦南声音里全是笑意，"长大成人了！"

这话把叶思北说笑了："我二十七岁，早就成年了！"

秦南没回应，只是加快速度，一路往山上开去。

等爬上山顶的观景台，秦南停下车来，他下了车，从车上的袋子里掏出水壶，拿着往边上走去。

叶思北追着他："你刚刚还没回答我，为什么庆祝我长大成人啊？"

"成年和成人不一样，"秦南喝了口水，把水递给她，"学会用自己的方式面对世界，这才是一个人人生的开始。"

叶思北听着这话，喝着水走到边上。

从这里看，南城就变成了一片平地，夕阳就在远方，她看着夕阳，秦南看着她："说说吧，刚才怎么打得那么热闹？"

一说这个叶思北就来劲儿了，她绘声绘色地说着自己怎么拒绝了金钱的诱惑，怎么反过来威胁陶洁，怎么拳打脚踢出的富强。秦南靠在栏杆上，听得笑个不停。

叶思北说完，天也黑了下来，她稍稍平静下来，似是有些不好意思："就这样了。"

"害怕吗？"秦南歪着头看她。

叶思北想了想，说："以前会觉得害怕，真做了，倒也不害怕了。就只是不明白，"她声音很轻，转头看向远方，"为什么所有人都要去维护一个坏人，而不是保护一个好人？"

"有的是因为利益，就像你们公司的人，让一个没有背景的女员工承认自己诬陷上司，比承认一个根基深厚的高层侵犯职员对他们的名声好得多。"秦南顺着她的目光看，夕阳的余晖洒在城市间，"有的是为了安慰自己，接受一个人是因为犯错所以被惩罚，比接受一场犯罪毫无缘由更简单，因为他们可以告诉自己，只要他们不犯错，他们就是安全的。还有的是因为传统、习惯。可不管是因为什么，这世上有各种各样的人，也有很多人支持你，觉得你很对，"秦南转头看着叶思北，"只是也许好人更容易被忽视，也更容易沉默。多看看他们，不要灰心。"

叶思北听着他的话，双手放在裤兜里，想了想，抬眼看他："有烟吗？"

秦南挑眉，但还是从兜里取了烟递给她，嘱咐她："一根。"

叶思北抬手接过烟。秦南用打火机给她点了火。

叶思北深吸了一口，吐了个烟圈，转头看向山下的城市。

夕阳已经彻底落下，整座城市笼罩于黑暗中，然后有星星点点的灯光亮起来，最后在一个临界点，整座城市的路灯犹如铺开的画卷，齐齐发亮，将夜空都照出了几分暖色。

叶思北夹着烟，凝视着山下的万家灯火，冷风拂过的侧脸带了几分冷艳，好看得令人心惊。

秦南凝视着这个女人，一时有些移不开目光。

许久，她转头看他。

"那你呢？"叶思北迎向他的眼睛，"如果人的善恶都有缘由，你又是为什么在我身边？"

秦南没有说话，看着她的眼睛。

叶思北掸了掸烟灰，低头轻笑："其实我知道，出了这种事，无论是出于道德还是怜悯，你都会帮这一把。谢谢你让我走到这里，"她看着地面，"但你看到了，其实现在我一个人可以走下去，我可以一个人打官司，一个人去省会，一个人生活，不用麻烦你跟着我到处跑。等回去之后，"她顿了顿，抬眼看他，"我们去民政局，把手续办了吧。"

秦南不出声，靠着围栏，看着她的眼睛，好久，才慢慢地开口："如果我不呢？"

叶思北尴尬地一笑，故作镇定地转过头："我真的没事，你不用担心，虽然我们是夫妻，但我也不想让你因为责任感拖累自己——"

"如果不是呢？"秦南打断她。

叶思北愣住，她茫然地抬头，看到秦南手里夹着一根没点燃的烟，身体轻轻靠在围栏上，平静地看着她。

月光落在他眼里，他神色间不带半点波澜："本来没有我，你一个人也可以走下去，没有我，你也会报警，会痛苦，会苦苦地挣扎要一份公道，会开始尝试反抗，一次次反抗失败，在失败中积累不甘。然后在某一天，你可能会遇到一本书、一句话、一个网友，他们告诉你一声你是对的，你就会再次走进公安局报警，一个人走下去。

"决定一切的是叶思北，而人人皆可是秦南，如果是为了责任感，你早就不需要我了。你以为我为什么在这里？"

"为什么？"叶思北下意识地开口。

秦南一噎，低头将烟含在唇间，故作镇定地转头看向山下的城市，似在思索。

叶思北察觉到她问了个过于尴尬的问题，一时也不知道该说点什么来缓解氛围，过了一会儿，就看到秦南回头，朝她招了招手。

叶思北茫然地上前。秦南轻轻握住她的手，将身子凑过去，温热的手托起她的烟抬到唇边，自己含着烟低下头，将烟头对准了烟头。

两根烟的烟头相接，火星蔓延过去，他的脸离她很近，她甚至可以数清他眼睛上的每一根睫毛。这无端的暧昧让她心跳骤然加速，她不敢动，愣愣地看着他。

烟雾缠绕升腾而上，纠缠着隔在两人中间，像是呼吸，像是两个人也交织在了一起。

他轻轻抬眼，她便落进他平静的眼里。她看着他的眼睛，根本移不开目光，她就听见自己的心跳，在夜风中急如擂鼓，重似落雷。

火星在风中忽隐忽现，烟被点燃，他也从容地直起身。

叶思北站在原地，手足无措，像个认罚的孩子，死死地盯着地面。

秦南低头看她，深吸了一口烟，重重地吐出。"非得说得这么明白吗？"他的声音很轻，却足够她听见。

叶思北赶紧摇头。秦南看着她，好久，低笑了一声。

"算了，"秦南转身走向摩托车，"回去吧。"

叶思北得话，反应过来，立即回神。

她跟在秦南身后，到了摩托车前，秦南抬手帮她戴上头盔。她站在秦南面前，不知道为什么，就是觉得脸滚烫得厉害。

秦南跨坐上摩托车，看到她还站在原地，不由得挑眉："站着做什么？"

"哦。"叶思北赶紧跨坐上后座，一开始还下意识地去扶铁杆，但很快她又反应过来。在摩托车发动的时候，她试探着小心翼翼地环上秦南的腰。

她像做贼一样，总觉得有些不对劲儿。秦南好像不耐烦，一把拉过她的手，扣在自己腰上："抱好了。"

叶思北一愣，随后不知道为什么，突然就觉得高兴起来，像个孩子似的，大声回复："抱好了！"

这次秦南没有开得很快，他慢慢地往山下开，夜风徐徐，头顶是当空皓月，转眸是灯火阑珊。

叶思北抱着这个人，觉得有无数问题，却又不知道怎么开口，憋了又憋，终于还是发问："你为什么要打地铺啊？是不是想和我重新发展，觉得睡一张床进度太快了？"

"你不是要和我离婚吗？怎么又改主意了？"

"叶思北，"秦南被她问笑了，"你怎么这么多问题？"

"那你回答我一个问题就行了，"叶思北探过头，一手抱着他，一手竖起一根指头，认真又小心地看着他，"我这样的人，有什么好？"

秦南骑着车，听着身后女孩子的询问。其实他并不喜欢直接回答这些问题，过去他总觉得，很多话不该说出来，该做出来。可他听着叶思北的问题，就知道，在她的人生中很少得到过这样的肯定，而她需要这样的肯定。

我们总要一个人坚强，一个人努力，一个人自律，这些看似都是解决问题的标准答案，于是人在失败时，总会自我谴责，自己为什么不够坚强，不够努力，不够自律。到此为止，仿佛这就是一切失败的原因，却很少有人探讨，为什么一个人，他能够聪明、坚韧、大气、努力。

每一个人的内心都是一朵花，需要这个世界的正向反馈、浇灌，需要认可，需要平静，需要有人给予希望。他需要理解和接纳自己是一个普通人。而这样的自己——个不够坚强、不够努力、不够自律、不够勇敢的普通人也有诸多优点，也可以在挣扎的道路上，坚持着，一步一步缓慢地走向光明。

秦南想着在他看见叶思北苦难那一刻的心境，没有再吝啬赞美。他轻声开口："你很好。

"你坚韧，你倔强，你叛逆，你永不放弃。

"你再穷都要做一朵纸花、买一个发夹，吃饭要搭配不同的盘子，衣服要在周末用熨斗好好烫过。

"你的优点很多很多。

"叶思北，你很好。"

16

两个人回到家,已经快要九点。

各自洗漱后,秦南照旧睡在地铺上。叶思北躺在床上,感觉心里有那么点欢喜,又充满说不出的负罪感。

她胡思乱想着秦南的想法,未来,觉得自己般配不上一个人的喜欢,又渴望被人喜欢和认可。种种矛盾纠缠着,因为一天的疲惫,她终于还是昏昏沉沉地睡过去。

与此同时,范家的客厅里,赵淑慧坐在沙发上擦着眼泪,陶洁坐在她身边,轻拍着她的背。宋明坐在边上的单人沙发上,低头抽着烟。

"钱她也不收,一个劲儿就说要告下去,到底是什么仇什么怨,非得走到这步啊?老范的性子我知道,他怎么可能做得出来强奸这种事?"赵淑慧哭着看向宋明,"宋哥,老范当年是跟着你跳槽出来一起建的富强,这么多年了,他一直就当个店长,为你鞍前马后的,不说有功劳,也有苦劳吧?宋哥,你不能看着他就这么不管啊。"

"淑慧,你先冷静些,"宋明掸了掸烟,"这事公司会公正处理的,问题就是,要是老范真的犯了事……"

"他不可能!"赵淑慧哭着打断宋明,"他是什么人你不清楚吗?他有这胆子吗?"

"嫂子,"陶洁见宋明面色不悦,赶紧安抚赵淑慧,"宋总今天能来就是宋总的态度,你放心,这事对公司来说,范总没事当然是最好的,只是现在公司能做的都做了,再多的,也做不到什么。"

"怎么会做不到?"赵淑慧看向陶洁,"她那个准弟媳不是在公司吗?让她弟媳、她弟弟,找她全家去劝啊!"

听到这话,陶洁和宋明对视一眼。宋明使了个眼色,陶洁便明白过来,她斟酌着用词:"嫂子,这件事,公司不好再出面了。要是叶思北真的打算鱼死网破,把事闹到网上去,公司也是要讲声誉的,你不能只为自己小家着想,也要为我们大家想想是不是?"

"小家?"赵淑慧听着陶洁的话,愣愣地抬头,看着陶洁,想了许久,她终于明白过来,"你们是不想管了是吧?"

"嫂子,"陶洁握住赵淑慧的手,"我们怎么可能不管你呢?只是这事得慢慢——"

"不用多说了,"赵淑慧抬起手,"我明白你们的意思,这事和你们关系也不大,反正叶思北赢了,你们就发个声明开了老范,要是老范赢了,你们就开了叶思北。顶多说高层强奸职员名声更差一点,但也没什么大事,给大家一个态度就行了,你们根本就不是诚心管这事。"

"淑慧,"听到这话,宋明板起脸,"你这么说就过分了,要是不想管,我怎么会——"

"那就做点事,"赵淑慧盯着宋明,语气里含了威胁,"不是只有叶思北会上网,宋明,你自己想清楚,老范跟了你多久。"

这话让宋明僵住,宋明看着她,好久,他笑起来,将烟碾灭在烟灰缸里,站起身,指了指赵淑慧,赵淑慧盯着他。宋明看着她的表情,语气里带了几分咬牙切齿:"赵淑慧,你知道范建成这些年在外面有多少女人吗?"

"老范不是那种人,"赵淑慧看着宋明,固执地开口,"我不信。"

宋明嗤笑:"你在家里当家庭主妇当傻了吧?"

赵淑慧面不改色,也不回应。

宋明直接往外迈步,陶洁赶忙跟上:"嫂子,我先走了。"说着,她就急急地追了出去。

两人走出去后,赵淑慧痛苦地抬手捂住脸,佝偻了身躯,将所有哭声咽下去。

一个七八岁的女孩打开儿童卧室的门,抱着个娃娃站在卧室门口,静静地看着母亲。

赵淑慧哭了一阵,才发现孩子。她赶忙擦了眼泪站起来,走到孩子面前,半蹲下身与孩子平视,温和地询问:"雯雯,怎么起床了?做噩梦了?"

"妈妈,"范雯雯看着赵淑慧,面上有些迷茫,"爸爸是不是不会回来了?"

"怎么会？"赵淑慧勉强笑起来，"爸爸出差了，很快就回来了。"

"可是我有同学说，"范雯雯面上有些迷茫，"爸爸做了坏事，被警察叔叔抓走了。"

"不是的，"赵淑慧听到这话，立刻正色道，"爸爸不会做坏事，你同学乱讲。再等等，"她脸色坚定，"爸爸就回来了。"

◆ ◆ ◆

叶思北大清早起来，就由秦南送着去了公安局。

出门前她照着镜子，一瞬间就想起了大春和陶洁这些人，她犹豫了片刻，在出门时戴上了口罩和帽子。

秦南看了她一眼，不由得有些奇怪："怎么裹得严严实实的？"

"感冒了。"叶思北坐上车，"去人多的地方还是有些紧张。"

秦南动作一顿，也没多说，开着车送她过去。看着人潮汹涌的街道，他想了想，叫道："思北。"

"嗯？"

"不要找工作了，最近就在家里，再准备一年公务员考试吧？"

叶思北愣愣地转头。秦南看着她笑了笑："好歹上了大学，别浪费了不是吗？"

叶思北没说话。秦南声音平和："你今年往省会考，能考上，户口也好迁，以后如果咱们有孩子，户口就能跟着你了。"

听着秦南说以后，叶思北低下头："万一还考不上呢？"

"你不考，怎么知道考不上？"秦南鼓励她，"再考一年吧。"

叶思北转头看他，他看着路。虽然他没说什么，但叶思北明白，其实他要的不是她考公务员，他只是害怕她面对不了这一切。她低下头，想了想，终于开口："好。"

"那下午我们就去买书。"

"但我不是因为怕那些人，"叶思北抬眼看秦南，秦南转头看了她一眼，就看到她认真地告诉他，"我只是因为自己想考。"

"我明白。"秦南笑起来。

秦南把叶思北送到公安局。叶思北转头嘱咐他："你去店里吧，别总跟着我，家里还要开锅。"

"那你——"

"到时候我坐公交车回去。"叶思北笑笑，"别担心。"

秦南顿了顿，随后点头："好。"

吩咐好秦南，叶思北走进公安局，老远就看到来门口接她的林枫。

林枫看到她这副全副武装的样子一愣，随后笑起来："今天感冒了？"

"没。"叶思北摇头。

林枫听到她的答案就明白了是怎么回事，也没多问，点了点头："跟我进来吧。"

一回生两回熟，再坐到询问室时，叶思北已经没那么紧张了。

照旧是张勇和林枫两个人，林枫先确认了身份信息后，简单介绍了今天要询问的内容："今天是有些信息还需要你补充一下，所以特意叫你过来。"

叶思北点头。

林枫想了想，先问了个问题："你和范建成是什么关系？"

"他是我领导，"叶思北如实回答，"我是富强置业财务部的财务人员，他是我们南城总店的店长。"

"是你的直属上司吗？"张勇好奇。

叶思北摇头："不是。我的直属上司是财务部总监陶洁，他应该算陶洁的直属上司，但他的确是总店的最高管理人员。"

"你和他之间有私下往来吗？"

"没有。"叶思北隐约感觉到他们要问什么，她摇头，"我和他从来不在私下聊天，他私下和我也只说些工作上的事情。在公开场合，他有时候会关心一下我的生活，像个长辈一样，但他对所有人都是这样的。"

"你对他是什么态度？"

"我很感激他，也很尊敬他。"

"感激？"张勇抓住关键词，"你们有过工作外的其他关系？"

"不是，"叶思北对张勇的敏感有些反感，但有过第一次，这次她平静许多，"当初我一直找不到合适的工作，其实富强置业也不想要我，因为我的年龄不合适，是范建成和人事部说要我，我才进了富强置业，因为这个我很感激他。"

"他为什么要和人事部说要你进公司？"张勇意有所指。

叶思北感觉这话好像是在说范建成让她进公司有其他原因，但她假装没听出来，诚实地回答："我问过他，他说我是大学生，也有能力，因为年龄不能进公司可惜了。至于这个原因是不是真的，我不知道。"

"你最近缺钱吗？"

这话让叶思北沉默，她低下头，明显感到这个话题对她非常不利，可她也不能隐瞒，好久，她点了点头。

"缺，我弟要结婚买房，我用信用贷贷了五万。"叶思北说完，把他们想知道的一并说了，"是找范建成批准开的工资证明，因为我想把自己的工资开高一点，方便贷款。"

"他开了？"

"开了，他在公司人一直不错，这种小忙会帮的。"

听到这话，林枫和张勇对视一眼，这个小细节让叶思北不由得紧张起来，她假装不知道，低着头不说话。

张勇想了想，又问："在这一次之前，你平时喝酒一般能喝多少？"

"我不清楚，"叶思北摇头，"我很少喝酒，以前也没有彻底醉过。"

"那你以前喝得最多的时候是多少？"

"飞天茅台，53度，自带的那种小杯13杯。"

张勇一顿，抬头看她："没有彻底醉？那是醉成什么样？"

"就是会觉得有点晕，但人很兴奋，想说话，意识很清楚，顶多走路可能会晃一点。"

"你酒量可以啊。"林枫喃喃。

叶思北不好意思地笑了笑，林枫才察觉到自己多话，赶紧又转移了话题："那案发当天你给范建成打过电话吗？"

叶思北想了想，说："第二天打了一个，向他请假。"

张勇听到这话,点了点头,零零散散又问了一些关于范建成的问题。等问完后,林枫送叶思北走出公安局。

到了门口,叶思北迟疑着询问:"那个,我听说,范建成被抓了,那我是不是可以等开庭了?"

"现在还在侦查,等移送检察院后,是否移送法院由检察院决定。"林枫公事公办地说,但看着叶思北似乎有些低落,想了想,还是告诉她,"但你放心,现在我们已经向检察院申请批捕,检察院同意逮捕后,我们会尽量在两个月内将起诉意见书移送到检察院,由检察院提起公诉,法院会在一到一个半月内受理宣判。最多再等五个月,你就可以得到结果。"

听到这话,叶思北心跳快了一拍,她不由得带了几分幻想,抬眼看向林枫:"林警官,这个案子,我赢的概率大吗?"

林枫脸色一僵。叶思北随后意识到这个问题有些为难人,立刻改口:"我明白,法院宣判之前一切都不好说,林警官,你和张警官辛苦了,我先回去了。"

"嗯。"林枫点点头,看着叶思北往回走,她还是多嘴唤了一声,"叶小姐。"

叶思北回头看她。

林枫抿了抿唇:"这件事对你来说应该是过去,它现在在我们手里,我们来结束它,你不用困在原地,你可以向前看了。"

听到这话,叶思北笑起来。

"我知道。"叶思北声音平和,"我在准备考试呢,打算考公务员。谢谢你。"

看见叶思北的笑容,林枫放心不少,她挥手:"路上小心。"

叶思北走出公安局,戴着帽子坐上公交车。

这时秦南正躺在车底修车,他用扳手大力拧着螺丝,就听见一声熟悉的呼唤:"南哥。"

秦南扫了旁边一眼,看见一个精壮的男人趴在地上,笑得很是高兴。

"大春?"秦南看见对方,笑起来,"先坐,我马上出去。"

叶思北坐着公交车回家,她提着包上楼,才到门口,就看见一个有几分面熟的女人站在她家门口。

叶思北顿住脚步，女人转过头来。她面上有些疲惫，提着一个名牌包，穿着一件花色修身连衣裙，让她臃肿的身材看上去更加浮胖几分。

叶思北看着她。对方疲惫地笑了笑："回来了，叶思北？"

叶思北捏紧了包，叫出对方的名字："赵淑慧。"

17

叶思北说话时，便警觉地观察了一下周边。赵淑慧察觉到她的紧张，笑了笑："你别紧张，我就是想来找你谈谈。"

"昨天我说得很清楚了。"叶思北让开，"警方立案后不是我想撤就能撤的，你们不用在我这里费工夫。"

"昨天，"赵淑慧红了眼眶，"昨天陶洁和我都有些冲动，你给我一个机会，我们好好聊一聊，我想跟你说声抱歉，行不行？"

叶思北不说话。赵淑慧立刻就往地上跪去："我给你磕头——"

"你别这样！"叶思北喝住她。

赵淑慧抬头，红着眼，满是乞求。叶思北知道不给赵淑慧说话的机会赵淑慧不会死心，她看了看周边，转身下楼："找个地方说话吧。"

赵淑慧找到叶思北时，秦南招呼了大春后，拧好最后一颗螺丝，抓着扳手用力一蹬，从车底滑出来。大春伸出手，扶着秦南起身。

"你怎么过来了？"秦南笑了笑，指了指旁边，"先坐，吃过了吗？"

"还没呢，我叫了哥儿几个，专门来找你吃顿饭。"

"那你等一会儿。"秦南放下扳手往屋里走，"我换身衣服。"

秦南进屋快速冲洗了一下，换了身干净的衣服，走出来和陈俊说了一声，就跟着大春走出去。

大春订了个离这里很近的饭店，还特意订了个包间，秦南不免诧异："我还以为你随便找个大排档喝酒呢。"

大春笑了笑："平时都在那些不入流的地方喝，今天我请客，还是要体面些。"

"怎么,"秦南开着车看他一眼,"发财了?"

"哪能呢?"大春面露尴尬,"哥儿几个聚聚,到了你就知道了。"

没几分钟,秦南就到了店里。两人一起上楼,进了包间后,秦南就看到几张熟悉的面孔,都是打小在村里穿一条裤衩长大的兄弟。

大家都看着他,却都没有笑容。秦南进门坐下,大春关上门,坐到秦南身边。

秦南扫了众人一眼,从兜里抽出烟来,看着众人轻笑了一下:"看今天哥儿几个的样子,是冲我来的,什么事?"他点了烟,抽了一口,抬眼看向众人,平静地出声,"说吧。"

"就这儿吧。"叶思北找了家咖啡厅,进了包间。这家偏远的咖啡厅人不多,两个人面对面坐下,各自点了东西后,便沉默下来。

赵淑慧想了想,率先开口:"我打听过你,你今年二十七岁,是个大学生,老公开修车店,弟弟刚毕业,父母摆小摊卖早餐,连个店铺都没有。"

叶思北低头看着手里带着温度的水杯:"你想说什么?"

"我三十六岁了,我二十五岁结婚,身体原因,一直怀不上孩子,折腾到二十八岁,才试管生出雯雯。"

叶思北抬眼看她,面前这个女人虽然拿着名牌包,穿着高档衣服,模样却根本看不出只有三十六岁,她比一般人都更显苍老。

赵淑慧笑了笑:"我怀她的时候,打了好多针,吃了好多药,我以后不会再有另一个孩子,雯雯是我人生的全部。

"从出生开始就是我照顾她,她小时候身体不好,我就辞职在家带她,三天两头进医院,我就昼夜不休地陪着,然后她慢慢长大,特别可爱,你看,"赵淑慧从包里拿出一沓照片,看着照片就笑起来,她指给叶思北看,"这是她刚学会走路的时候,建成扶着她走路。还有这个,这是她三岁的时候,我和建成一起去幼儿园参加家长会,老师给我们一家都发了小红花。这是四岁……五岁……六岁……七岁……现在。"

叶思北不敢看那些照片,低头看着杯子,赵淑慧的声音却不停地传进她耳里。赵淑慧似乎也发现了她不看,有些失望地收起照片。

"她很可爱,不是吗?"她认真地看着叶思北。

叶思北低低地应了一声:"嗯。"

"那你知道,如果建成入狱之后,我们家是什么样吗?"赵淑慧声音沙哑地询问。

叶思北不敢回应。

赵淑慧眼泪落下来:"我没有收入,雯雯一年学费就是五万,她没有办法继续在这所学校读书,她也没办法把自己的兴趣班念下去,我不知道我能不能养活她。而且不管走到哪里,雯雯都是一个强奸犯的女儿,周边所有人都会笑话她、辱骂她,等她长大,她的政审记录上就会有一个强奸犯的父亲,她可能考不了公务员,进不了国家单位。叶思北,"赵淑慧抬头看她,"其实有很多解决办法,你可以提你的要求,为什么一定要走最极端的这条路呢?"

叶思北听着她的问话,不敢正面回应,只反问她:"所以,你是相信我说的话,是吗?"

赵淑慧没想到她会问这个,狼狈地低头:"没有,建成不会做这种事,只是我怕他出事。"

她虽这样说着,言语间却已经完全是范建成可能入狱的情况。叶思北看着她自欺欺人,觉得有些悲哀。

"你的丈夫伤害了另外一个女人,背叛了你们的婚姻,你还要维护他?"说着,她突然意识到什么,"这是你第一次做这种事吗?"

叶思北的话像刀一样扎在赵淑慧心上,让她痛苦、难堪,她深吸一口气:"我只是想寻求一个两全其美的方法解决问题,我不是坏人。如果你不同意,"她抬头,盯着叶思北,"你别逼我。"

"我不明白,"叶思北觉得人世荒谬,又似乎的确如此,"明明是一个男人的错,为什么会是我们两个女人的战争?"

"因为我是一个母亲。"

"可你也是一个人。"叶思北看着水杯里自己的影子,"我也是一个人。你的女儿一年学费五万,你的女儿上兴趣班,你的女儿金枝玉叶,"

她苦笑,"那我呢?我从小上最差的学校,我一直活在烂泥里,所以再烂一点也无所谓。可是凭什么?凭什么为了你们的家庭幸福,让我痛苦不堪?"

"我们不是没有付出代价,"赵淑慧着急地出声,"有什么条件,可以谈啊!"

"可我要谈的条件就是你们无法接受的条件!"叶思北提了声,盯着赵淑慧,也不知道是告诉赵淑慧,还是告诉自己,"所有可以谈的条件都在你们接受的范围内,在这个范围内,那个犯罪的人永远不会悔改。"

"但孩子是无辜的,"赵淑慧焦急地落着眼泪,"你为什么一定要选一个牵连无辜的做法呢?!你为什么一定要报警呢?"

叶思北顿了顿,张了张口,却发现她发不出声。好久,她低下头,怕看见赵淑慧的眼睛,轻声回应:"这些话你该对范建成说。"说着,她站起身往外走,"不早了,我先回去了。"

"叶思北!"赵淑慧提声喊了她的名字,她回过头,就看到赵淑慧直直地跪到地上,满脸是泪,"你放过我们一家吧,我求求你放过雯雯,代价我们已经付出了,我求求你,"她磕头,"放过我们吧。"

叶思北不说话,她红了眼,转过头背对着赵淑慧,才找回几分平静。她询问赵淑慧:"如果我是你女儿,你会让我放过他吗?"

赵淑慧愣了愣。

叶思北告诉自己:"你不会。

"我没有你这么好的母亲保护我,所以我得自己保护自己,而我的答案也是这一句。

"我不会。

"我不能放过他。"说完,叶思北走出包间。

叶思北和赵淑慧谈话时,秦南和几个兄弟坐在一桌,秦南问完话后,大家就沉默下来。过了一会儿,大春给秦南倒了杯水:"南哥,咱们兄弟一起长大,你家就你一个,阿伯走之前特意交代过我们,说咱们虽然不是亲兄弟,但也要像亲兄弟一样互相照顾。"

秦南点头:"爷爷的话我记得。"

"那这么说起来,大家都是一家人,"坐在边上的一个稍稍年长的男人开口,他叫王贵,是一群人中年龄最大的,"我也该算是你大哥。"

"贵哥说得是。"

秦南隐约感知到他们要说什么,抬眼看向王贵:"大家要说什么就直说吧,不用兜圈子。"

所有人都看向王贵,王贵也感知到这些话得由年纪最长的他说出口,他组织了一下语言,开了头:"阿南,我没怎么读过书,说错了,你也别见怪。弟妹的事呢,我们大家都听说了,也不知道你具体知道多少,大家想想,觉得不能瞒你,所以还是要和你说一声。"

"您说。"秦南点头,换了敬称。

王贵迟疑着说:"我们都听说,弟妹那个公司也不是什么正经公司,那天晚上就是去陪客户喝酒,喝完了之后出的事。阿南啊,娶妻娶贤,这些大半夜还在外面陪男人喝酒的女人,说出去是要让人笑话的。"

秦南低头,语调没有一点起伏:"那你们觉得,我怎么做妥当呢?"

众人对视一眼,大春迟疑着说:"哥,现在你们还没孩子,你可以再想想。"

秦南抬头看向大春,大春有些尴尬地低头倒酒。秦南看着他:"那天思北去你的厂子找你,你和她说什么了?"

"我没说什么啊。"大春赶紧辩解,只是他一抬头看见秦南的眼睛,就停下声。

秦南看着他,好像什么都知道。

大春想了想,坦然承认:"我让她别耽搁你。"

秦南静静地注视着他。

大春直接开口:"南哥,咱们这么多年兄弟,在我心里,你就是我亲哥。嫂子自己出去喝酒,回头来和你说她被强奸,这事不论真假,以后你就是别人眼里的大王八,你就是要被人笑话。生个孩子回村里,你让大家怎么说?而且嫂子有一次,就没第二次了吗?我是为你着想,话我说完了,你要打要骂我都受着。"说着,大春拍拍脑袋,"南哥,你打,我多说一句我是孙子。"

秦南没说话，抽了口烟。他隐约体会到了叶思北的感觉，那种无力的被全世界围剿着的感觉。他只是个外人，尚且如此，叶思北呢？

那天从水厂回来，她没说过大春一句坏话，她自己一个人在外面默默承受过多少流言蜚语呢？

他觉得胸口像被一块石头压着，抬头环顾了周边一圈。他从小父母在外，由爷爷养大，如今爷爷走了，在场这一桌就都是他的家人，他看着他们，好久，站起身来。

"我还要开车，"他拿起杯子，"以茶代酒，敬各位兄弟一杯，这么多年，多谢各位照顾。"说着，他喝了一口茶，放下杯子后，他想了想，还是开口，"叶思北是我的妻子，她的性格我了解，过去她基本不参加这种酒宴，每天晚上都是我去接她。她不是你们说的那种人。"

满桌的人面露难色，明显是觉得他自欺欺人，又不好开口。

秦南忍不住笑起来："是，她是去酒局，是喝了酒，但那又怎样呢？这是错吗？那今天我们在这里，一众兄弟谁要是喝酒回家的路上被人撞死了，这算谁的错？是不是该骂他喝了酒不谨慎？"

"阿南，"王贵冷下脸来，"这话说得太难听了。"

"那你们的话不难听吗？"秦南看向大春，"思北和我都是受害人，你们不帮着我们，反而要一直质疑我们，你们想过这些话我们听着是什么感觉吗？

"今天我把话放在这里，"秦南扫了一眼众人，眼眶微红，"我家里人没了，你们就是我的兄弟，但叶思北是我的妻子，今天她是受害人，她被人伤害，我作为丈夫，不可能坐视不理。各位当我是兄弟，那就给个薄面，不求各位帮忙，但希望大家都当这件事没有发生过，让我和她能够正常生活。如果大家觉得我脑子有问题，那就当我脑子有问题，这个兄弟走到这里，也就够了。"说着，秦南抓起衣服，转身走了出去。

他开车行驶在回家的路上，死死地抓着方向盘。

他不知道怎么就想起当初他和叶思北说的话——我带你去报警。那时候叶思北对抗、嘶吼，仿佛他在毁掉她的人生。他可以理解，却从没有像这一刻这么真切地感知到这是一条多么艰难的道路。

当初他可以那么轻而易举地说"报警",可这时候他才知道,已经预见未来又一直在勉力承受的叶思北说出"报警"时,对她来说是多么重大又艰难的选择。没有什么感同身受,事情发生的那一刻,才能明白自己真正拥有的勇气有多少。

他突然特别想见到叶思北,想拥抱她,告诉她,他开始感受到她的苦难,他和她一起承担。

他不由得加快了速度,等到家的时候,刚好看到叶思北往楼梯走去。他匆匆停车,叶思北看到他的车,也停下脚步。

他开门下车,叶思北站在他面前。她和以往没有太大区别,单薄的身躯,平静、温和的模样,她站在夕阳里看着他笑,轻声问他:"怎么回来得这么早?"

秦南直直地看着她,一言不发。

叶思北看着站在车边的青年,直觉认为他似乎受到了什么冲击,她压抑着见过赵淑慧带来的所有混乱和茫然,轻轻笑起来:"发什么呆?怎么了?"

秦南没出声,缓慢地走到她面前,伸手抱住她。

他的怀抱厚实又温暖,叶思北愣了愣,她感受着这个人的怀抱,一瞬间,所有的茫然、愧疚都消散开去。

她迟疑着回抱他,秦南感觉到她的触碰,竟有几分眼酸。

"思北,"他声音里带了些鼻音,"你以前是不是过得很苦?"

"或许吧,"叶思北笑,"可从你问这句话开始,可能就没那么苦了。"

18

那天晚上,叶思北睡得不是很好。第二天醒来后,秦南看见她疲惫的神色,多问了一句:"做噩梦了?"

"嗯。"

"梦到什么?"

叶思北顿了一下，片刻后，轻声回答："梦见一个小孩，一直在哭。"

秦南愣了愣，他抬眼看她，想了想，笨拙地问了句："要不我去给你请个符？"

叶思北听到这话就笑了，她伸展着胳膊走到厨房，语调轻快很多："秦老板，要相信科学。"

秦南煮了面条，两人一起低头吃饭。叶思北一面吃，一面想起一件事情，抬眼看他："我打算最近就在家里复习考公。"

"挺好的。"秦南说着，好像突然想起什么，放下碗，打开钱包，取了一张卡放到桌上，推到叶思北面前。然后他又端起碗，继续吃面。

叶思北愣了愣。秦南闷声开口："别把钱又给你爸妈。"

叶思北知道秦南是说她以前的"丰功伟绩"，虽然是玩笑，但还是觉得有些气恼。她瞪他一眼，把银行卡推回去，低头吃面："不要你的钱，我自己能养活自己。"

"哦，"秦南吃完最后一口，抬眼看她，"今天就待在家里？"

"书还没回来，"叶思北想了想，"我去你店里帮帮忙吧？"

秦南一顿。叶思北看见他犹疑片刻，立刻意识到什么，她赶紧笑起来，试图遮掩这片刻的慌乱："我开玩笑的，我还是——"

"去吧，"秦南抬眼看她，"我是担心你。"

叶思北听到这话，心里那点紧张舒缓下来，她低头："总不能在家关一辈子。"

秦南点头。两人吃过饭，秦南洗碗，叶思北擦桌子。等出门时，叶思北换了套运动衣，秦南就悄悄将银行卡塞进了叶思北的包里。

等叶思北换好衣服，两个人一起出门。叶思北一打开门，就看见门口喷着油漆，她茫然地出门抬头，然后愣在原地。

正在换鞋的秦南察觉不对，冲出门来，抬头就看见门口被人用红色的油漆喷着鲜红的大字：婊子。

小区人不多，但大家都探出头来，三三两两地聚在一起张望着。

秦南赶紧拉起叶思北，拖着她进去："你先回屋，我去洗。"说着，秦南把她按着坐在沙发上，自己开车去买清洗剂和油漆。

叶思北坐在屋里，愣愣地想着门外那两个字，手机突然振动起来。一个陌生的号码给她发来短信："才开始。"

从那天起，叶思北每天早上就从清洗油漆开始，每天都收到匿名的恐吓、辱骂信息。

一开始叶思北还报警，但报警后，警察查下去，抓到作案的一些小青年，按照规定道歉、罚款、拘留后，过了几天，又换了一批人来。最后叶思北和秦南就整夜不睡觉，等到凌晨听到声响，秦南和她提着东西冲出去，就看见两个黄头发的小青年正在喷漆。

小青年看见秦南转头就跑，秦南追着冲下去，在一楼抓住其中一个，狠狠一拳揍过去。

另一个见同伴被打，赶紧回来帮忙。

叶思北在后面拿着晾衣杆赶到，看见两个人围殴秦南一个，朝着两个人就是一阵劈头盖脸地打，一面打一面尖叫："抓贼啊！这里有两个贼，快打电话抓贼啊！"

大吼声惊动了楼里的人，灯光亮起来，楼上楼下的人都跑出来。两个小青年一见人多，立刻放开秦南朝外跑去。

叶思北扶住挨了一拳的秦南，急急地出声："还好吧？"

"没事，"秦南倒吸了一口凉气，转头看了一眼晾衣杆，笑了笑，"我改天买个结实一点的晾衣杆。"

小青年被热心的邻居抓住，当夜扭送到派出所。打从那天起，家里没再被喷过漆，但第二天秦南来到店门口，"绿王八"三个大字就喷在了店门上。

周边的人议论纷纷，秦南没说话，上前把清洗剂泼到店门上，快速擦干净，赶紧开张。

这事他没和叶思北说，说了叶思北也没办法，他不能让叶思北晚上一个人在家，也不能把叶思北弄到店里来，和他一起住在店里那个阴暗潮湿的小房间。

油漆虽然不再泼在家里，但对叶思北的骚扰并没有停止。有人会在白天敲她家的窗，她开门又不见人影，每一天都会收到辱骂她的匿名短信，一上微博这些公开的社交平台，就会看到各种辱骂信息。

这些她都没有和秦南说过。他们各自承受着各自的压力，咬着牙往前。

有一天她提着菜走在路上，一群小青年骑着自行车从她身边飞驰而过，其中一个人欢呼了一声，突然就抬手拍了她的脑袋一下，随后那些小青年笑着回头朝她做鬼脸，骑着自行车嚣张而去。

她拿出手机立刻想要报警，然后就看到了手机上的一排报警电话。

这些天，她拨打得最多的就是报警号码。报警，做笔录，立案，抓人，指认，道歉、赔钱、拘留。然后换一批人再来，一次又一次。她犹豫了片刻，最终还是放下手机，提着菜小跑回家。

从那天开始，她把出门的次数减到最低，每一周只有一天会和秦南一起出门买菜，更多的时间就是待在家里，她逼着自己不要多想，努力看书。

林枫刚告诉过她，五个月，她就能得到结果。她只要熬过这五个月，就能得到一个结果。

她找了个本子，开始每天写日记，每天最快乐的时光就是翻过那写过的一页。

过了大半个月，有一天晚上吃饭时，秦南突然跟她提议："要不我们搬家吧？"

叶思北抬头看他。

秦南低着头夹菜："另外租一套房，搬到隔壁镇去。"

叶思北一时有些缓不过神，她的脑子最近转得有些慢，想了片刻后，她才问："那你还回家吗？"

"回来，"秦南抬头看她，安抚地笑了笑，"我去看过了，房子不远，我开一个小时车就到了。"

那一天就是两小时的来回。在另外一个镇居住，这套房就要空下来，他家被泼油漆已经是附近的人都知道的事情，现下这个情况，这套房基本租不出去，这也就意味着，他们重新去租房的钱是要另外支付的。每个月房贷、房租、每天两小时来回的车费……

叶思北快速地在心里把钱过了一遍，她低头吃菜，声音很轻地说："住得好好的，搬家做什么？"

"钱的事你不用管，"秦南似乎明白她在担心什么，迟疑着开口，"我都看好了——"

"我喜欢住这儿，"叶思北打断他，"我住惯了，没事的。"

两人僵持下来。秦南看着叶思北执拗的眼神，过了许久，他低头轻轻应了一声，没有再多说。

晚上睡觉前，叶思北又收到信息："问过你老公最近生意怎么样吗？"

叶思北看着这条信息，死死地盯着，好久，她将手机放在枕头下。

秦南感觉她没睡着，轻声开口："睡不着？"

"秦南，"她看着天花板，不知道为什么说起来，"今年省考时间过了，我得参加明年的省考。"

"嗯，你好好准备。"

"我会多做家务，会好好准备考试，我会努力的。"

"我知道。"

"等我考上公务员，"她闭上眼睛，"我们就搬到省会去，我陪你重新开店。"所以这一年对不起。

后面的话她没说出来，她不知道秦南能不能理解。过了片刻，她感觉有一只手从下方伸出来，握住她垂在床边的手。

他什么都没说，叶思北却骤然有种说不出的心酸升腾起来。她在黑夜里轻轻回握秦南的手，感觉有眼泪悄无声息地从眼角滑落。

南城的天气越来越热，5月底时，叶思北开了风扇，风扇在头顶嘎吱嘎吱作响。她在书上勾勾画画，再次收到了那个熟悉的匿名号码发的信息："赵楚楚辞职了，你不觉得愧疚吗？害人精。"

叶思北看着这条信息，有些手抖。有一瞬间，她想上网，想把这件事闹大，想鱼死网破，可是在这一刻，她又会想起照片上范雯雯灿烂的笑容，想起秦南，想起赵楚楚，想起叶念文。

一旦发到网上，受到审判的不止对方，还有她。她不知道会牵连多少人，网络会如何评论他们，网友会不会对她的家人指指点点，会不会对范雯雯一个孩子评头论足？她不敢去承担这个后果，理智阻止了她的行为。

无力感从心头涌上，她抓着手机，好久，打了电话给赵楚楚。

电话嘟嘟两声后接通，赵楚楚大大咧咧的声音从电话里传来："姐，好久没给我打电话，想我啦？"

"楚楚……"叶思北一开口，沙哑的声音就暴露了她的情绪，她说不下去了。

赵楚楚听着，就明白她要说什么："姐，你是不是找我说工作的事啊？是我自己辞职的，和你没什么关系，你别放在心上。这种公司多危险，我不能继续待下去啊。"

叶思北听着赵楚楚解释，知道赵楚楚是在安慰她。

富强置业在南城算是很好的私企，缴纳五险一金，工资按时发放，还有奖金、福利，赵楚楚在公司的业务部门待遇不低，一直以来，她都很珍惜这份工作。

"他们是怎么威胁你的？"叶思北缓了好久，才终于出声，"我去找他们说。"

"他们没威胁我，"赵楚楚笑，"他们就是想让我劝劝你，我不乐意啊。这是什么垃圾公司，他们不去找范建成麻烦，却一个劲儿地劝你。所以我就直接和他们说，老娘不干了。反正我也要结婚了，他们爱怎样怎样。"

"对不起……"叶思北眼泪落下，"对不起，楚楚——"

"对不起这话吧，其实该我对你说，"赵楚楚站在大街上，红了眼眶，"姐，那天我要是更谨慎一点，不要那么相信别人就好了。"

"这不是你的错——"

"这也不是你的错。"赵楚楚迅速用手擦干脸上的眼泪，"算了，别说这些了，我在大街上，把妆哭花了多难看。工作我已经辞了，明天就去找下一家，反正我这么优秀，这么好看，还愁找不到工作吗？倒是你，姐，"她语调认真起来，"别想太多，既然告了，就告到底，让他们看看咱们的厉害。"

"对不起……"赵楚楚越安慰，叶思北却哭得越厉害，她不知道自己该说什么，能说什么，反反复复，也只有这一句"对不起"。

等挂完电话，叶思北自己坐在家里，蜷缩着哭了许久。

等哭够了，她坐到电脑前，忍不住打开论坛，问了一个问题：如果我被性侵，报警后就会连累很多无辜的人，我还该报警吗？

打完字后，她却没有发表的勇气，她害怕有人说出否定的话语，害怕有人告诉她，她错了。

于是她删除了打下的字，重新翻开笔记本，一字一句重复写下支撑着她走过来的所有话语：

无辜者不应受到惩罚，作恶者必须付出代价。

如果连死都不怕，为什么要害怕活着？

我没错。

她一笔一画地写，写到平静之后，她坐在阳台上，给林枫打电话："林警官，我想问一下，如果有人一直骚扰我，可以立案吗？"

"有人骚扰你？"林枫正在下楼，听到这话，愣了愣。

叶思北回答："公司的人、赵淑慧都来找过我，威胁我，想要我改口。"

"你明天换个新号，到公安局来，你别怕，我们会处理的，这些人简直是无法无天！"

"好。"叶思北应声，"谢谢你了，林警官。"挂了电话，她在阳台抽了根烟。

秦南终于回来，开门看向坐在桌边的叶思北，叶思北回头，秦南察觉到异常，不由得问："怎么了？"

"没什么。"叶思北站起身，朝他抱歉地笑了笑，"我忘了做饭，我先去做饭。"

两人一起吃完饭，叶思北看着手机，想了一会儿后，她把手机卡取出来，转头看向秦南："明天和我去办张新卡吧？"

秦南看了一眼她放进柜子里的手机卡，提醒她："那你得去公安局把联系方式改一下。"

"我知道。"

第二天，秦南带着她去重新办了一张卡，然后一起去公安局。

林枫看见叶思北，吓了一跳："你怎么瘦了这么多？最近怎么了？"

"没什么，"叶思北笑笑，多问了一句，"林警官，进展怎么样了？"

"已经把起诉意见书移交检察院,在等检察院批复。先去做个笔录吧。"

叶思北点头,跟着林枫进了询问室,把最近发生的事都说了。林枫越听越气,张勇倒是很平静。

叶思北说完后,将手机递过去:"这是当时我的录音。"

"带她去做公证吧。"张勇看了一眼林枫。

林枫点头,带着叶思北出去,一面走一面告诉她:"思北,你下次把证据收集好,他们要是还敢来,你就告诉他们,威胁、贿赂证人做伪证判有期徒刑三年,我看谁还敢来。"

"好。"叶思北点头。

林枫看了她一眼,有些担心,想了想,鼓励她:"思北,你别害怕,下次出事就来找我。我们都支持你报警。"

听到这话,叶思北终于有了些笑意。

"其实都是小事,"叶思北想着林枫说的也是客套话,刑警有那么多重案,怎么可能一直盯在她身上,她也就笑笑,"你本来就忙,案子进展顺利就好,其他的不麻烦你了。"

林枫带着叶思北去做了公证,中午,叶思北和秦南一起向林枫告别。

林枫看着他们两个人手拉手的背影,不知道为什么,就像是看见一朵被巨石压着的花。

张勇抽着烟走到她身后:"看什么?"

"师父,我们还能再做点什么?"林枫喃喃出声。

张勇深吸了一口烟:"推进案情,给他们一个结果。"

19

换了号码,叶思北的生活好像就重归平静了。她不出门,不上网,不联络任何人,每天听得最多的就是头顶风扇嘎吱作响的声音。

过了几天,她接到警方的通知,让她去公安局接受赵淑慧、宋明、陶洁等人的道歉。

叶思北到了公安局,陶洁立刻跟她解释:"思北啊,我们绝对没有让你做伪证的意思,我们是让你说出真相,你不要误会啊。"

宋明也板着脸,和她说:"对不起,之前有误会,你不要放在心上,公司一向是公正的。"

叶思北没有理会他们,她的目光落在赵淑慧身上。赵淑慧抬起头,声音平淡:"对不起。"

叶思北点头:"以后不要再找我身边的人麻烦。"

"放心,不会的,"陶洁赶紧做保证,"我们怎么会找你家里人的麻烦呢?这些事都和我们没关系啊。"

叶思北没有多说,她知道陶洁和宋明只是墙头草,而赵淑慧是范建成的妻子,也不会因此就倒戈。

她得到道歉,便起身离开,在出门前,赵淑慧叫住她:"叶思北。"

叶思北回头。赵淑慧抬眼看她:"你不觉得累吗?"

听到这话,叶思北笑起来:"你不累吗?"

谁不累呢?但不管累不累,这条路都得走下去。

赵淑慧看着她,没有说话。她目光疲倦,叶思北一瞬间知道,这些时日,煎熬的不止自己一个人。

被警方教训之后,他们收敛了很多。但叶思北也不敢出门,有一段时间,她每天在家里打扫着屋子,感觉好像什么都没发生过。她甚至有一种感觉,只要她一直活在这个小小的空间里,把自己和世界隔绝,她就可以假装什么事都没发生过。

6月底,她如往常一样起床,和秦南一起吃过早餐,秦南去店里,她在家里打扫屋子,打扫完家里,她翻开书,开始做题。

那天和平常没有什么区别,只是晚上秦南提前一个小时回来,和她一起做饭。

"我听念文说案子有进展了,"秦南往汤里撒了盐,回头看她,"就想着回来和你一起庆祝。"

"什么进展啊?"叶思北切着菜,没有回头。

秦南语气里带了几分轻松:"听说昨天案子移送检察院了。"

叶思北切菜的动作一顿,故作镇定道:"有进展就是好事。"

刚说完,叶思北放在餐桌上的手机就振动起来,她放下菜刀,在围裙上擦了擦手,走到桌边拿起手机。发现是叶领的号码,迟疑片刻后,她才接起来,就听见叶领激动地叫她:"思北,你快回家里,你妈……你妈出事了!"

叶思北一听,匆匆忙忙关上火就往外跑:"她怎么了?"

"她病了,你先过来吧。"

"那你送医院啊!"叶思北急急地开口,"你把人放家里做什么?"

"你过来!"叶领语气难得强硬,猛地挂了电话。

"怎么了?"秦南抬眼看她。

叶思北有些拿不定主意:"我爸说我妈病了,但他没送医院,我担心她,又觉得不对劲儿——"

"我陪你去。"秦南果断地开口。

叶思北转头看他,稍稍冷静,终于还是点头。

两个人小跑下楼,直接开着车到了叶家外面的大街。

秦南先去停车,叶思北穿进巷子,走进大院。

叶家在一个传统的教师大院里,房子是当年叶领还是老师时买下的,周边都是熟人。她一进去,周边的人立刻停下手里的动作,大大小小都凑过来,频频张望。

叶思北低着头,一路疾行到叶家,冲进家里,就看到叶领和叶念文各自坐在沙发上,似乎刚吵过架。赵楚楚在厨房里忙活,见她来了,小心翼翼地喊了声:"姐。"

叶思北朝赵楚楚点了点头,扫了一眼,没见到黄桂芬,不由得提了声:"妈呢?"

听到这话,叶念文突然站起来,上前推她:"你先回去。"

"站住!"叶领叫住叶思北,语气少有地强硬。

叶思北一愣。叶念文推着她:"走。"

"叶念文,你反了!"叶领站起来,冲上前来,拉开叶念文的手,"让你姐进去,"说着,他抓住叶思北,拖着她往房间里走,"你来看看,你看看你妈。"

叶思北被叶领踉踉跄跄地拉到主卧，就听到他颇为激动地说："看看你妈，为你的事成什么样子了！"

叶思北停在门口，愣愣地看着房间里面。

黄桂芬和叶领的卧室很狭窄，昏暗无光。黄桂芬坐在床上，看着卧室里被报纸糊着的窗户，目光没有焦距，也不知道是在想什么。

一个半月没见，黄桂芬清瘦许多，一向气势汹汹的人似乎失去了方向，头发花白，好像老了十几岁。

"这是……"叶思北不敢多看，挪开目光，看向叶念文，"这是怎么了？"

"念文工作没了。"叶领声音沙哑地开口，"你妈这些日子每天不吃不喝，门也不敢出。楚楚丢了工作，现在念文工作也没了，房子才刚买，拿什么还呀……"

叶思北听着，嘴唇轻颤。

旁边叶领继续说着："你妈受不了了啊。思北……家里熬不住了，真的熬不住了啊。"

叶思北没回应，她转过身朝外走，拿出手机，快速翻找出之前的陌生号码，拨打过去。

这个号码已经许久没给她发过信息了，可能是不知道她换了手机号，又或者是因为上次警方的训诫。她站在门口，听着电话铃声一声一声地响，过了一会儿，电话接通。

没有人说话，叶思北径直开口："赵淑慧，是不是你？"

"什么？"赵淑慧声音很平静，仿佛已经预知到她要说什么。

"我弟的事，"叶思北咬牙，"是你干的对吧？"

"我没有啊。你弟是谁？他怎么了？你给我打电话做什么？我是被告的家属，咱们不该有联系。"赵淑慧滴水不漏。但从语调中，叶思北莫名地听出几分嘲讽。

"你是在报复我是吧？"叶思北握起拳头，"上次警方和你说的还不够吗？！"

"够了啊，"赵淑慧漫不经心，"我不是没再联系你了吗？"

"那我弟为什么会被开除?"

"你问你弟啊,"赵淑慧说得理所当然,"你问问你自己,你们做错什么了,为什么他会被人开除啊?"

叶思北没说话,听着赵淑慧的声音,有那么一刻,她脑子里所有的底线、所有的原则都近乎崩溃,她握着手机,一句话都说不出来。

秦南走到她身后,取走她手里的手机,声音很轻地说:"先去看看妈吧。"

叶思北缓了片刻,才冷静下来。她转身进了家门,一进去就听见叶领在和叶念文算账:"家里买房花得干干净净,你每个月要还房贷、还你姐的钱,爸妈又没什么退休金——"

"你别说这些,我会想办法,我又不是废了!"

"你是没吃过丢工作的苦!当年我丢了工作……"

叶思北假装没听见,穿过客厅,走进主卧,搬了个凳子坐在黄桂芬身边。"妈。"她轻唤。

黄桂芬看着窗户,低低地开口:"把门关上吧,太吵了。"

叶思北点头,起身关了门,叶领和叶念文吵架的声音瞬间小了很多。她坐下后,也不知道该和黄桂芬说些什么。过了好久,她才开口:"你今天怎么了,怎么不去医院?"

"就是有点晕,"黄桂芬避重就轻,"躺一会儿就好了。"

"你别省钱,去检查一下吧。"叶思北说着,就想,劝人别省钱,那得她出钱,可她现在也没收入,也不好拿秦南的钱来带黄桂芬看病。方才劝说的话,一时就变成了站着说话不腰疼。

叶思北低头,颇有些狼狈。黄桂芬想了想,声音很轻地说:"你啊,不当家不知盐米贵,大手大脚的。"

黄桂芬不知道是因为没力气,还是其他,说话异常温柔。叶思北抬眼看她:"妈——"

"最近啊,我总在想,我怎么就生了你这么个女儿呢?"黄桂芬没理会她的呼唤,声音里带着感慨,"从小就不听话,什么都要和念文争,口口声声说我们不公平,长大就往外跑,把你带回来,还恨我们。你不知道,我一直就盼着你长大,想着你长大了,就懂事了,"说着,她转眸看向叶思北,"可你一直没懂事过。

"你总觉得我不爱你,我要害你,"黄桂芬苦笑,"但我从来没这么想过,我只是不明白,你一个女孩子,到底要怎么爱呢?

"我、你姨妈、你姥姥,我们过得比你惨多了,可我们从来不觉得不公平,所有女人都是这么过的,怎么就你要求这么多呢?"

听着这话,叶思北苦笑:"不说这些,说这些气着你,不好。"

"你说啊,"黄桂芬抬眼看她,"你告诉我,我做错什么了?"

叶思北不说话,坐在原地,耳边是叶念文的大吼:"那把房子卖了!我不要房,我不结婚,我就陪姐把官司打到底!"

"那也是我的钱!"叶领喊得歇斯底里,"轮不到你说卖不卖!"

她听了一会儿,见黄桂芬还直勾勾地看着她,她垂眸想了想,轻轻笑了一声。

"我也不明白,"叶思北抬头,勉强堆着笑,"这么赤裸裸的不公平,为什么你会觉得没错?你不读书,供舅舅读,你养姥姥,但财产都是舅舅的,"她耸耸肩,"你真的没有一点不甘心吗?"

"我没——"

"你有。"叶思北打断她,认真地看着她,"但所有人都告诉你,这是自私,是不大度,你被迫这么过了一辈子,所以你觉得我也得这么过一辈子。你爱我,"叶思北无意识地搓着拇指,点头,"我知道。但你对念文的爱和对我的爱不一样,你对我的爱里不仅有爱,还有嫉妒。"

黄桂芬轻轻摇头:"我没有,我嫉妒你什么——"

"你不能接受我不像你一样活着,"叶思北苦笑,"因为这是在否定你的人生。你总说是在为我好,但有时候,你不知道什么是好,什么是坏。"

"你不懂,你还小。"

"可你老了。"叶思北低头,"妈,时代在变。我知道你为什么不让我报警,可是你看,楚楚支持我,念文支持我,秦南支持我,世界变了,不懂的是你。"

"如果真的变了,"黄桂芬眼睛有些湿,"为什么我会躺在这里,我们家会在这里吵吵嚷嚷的呢?"

这个问题，叶思北无法回答。因为她也不知道。

她可以在面对陶洁时激昂地反驳，在面对赵淑慧时冷静地拒绝，但黄桂芬的质问像是将她从编织的美好梦境里生生拖了出来。不是只要下定决心，世界就会如你所愿。

黄桂芬看着叶思北，犹如看一个孩子，她伸出手，轻轻放在叶思北手上："可能你说得对吧，我没有办法像爱念文一样爱你。"

叶思北听着，眼泪直直地坠下来。

黄桂芬握着她的手："所以我知道你可能是对的，我也知道这对你不公平，但是思北，"她声音顿了顿，好久，才开口，"去找范家，谈一笔钱，就算了吧。"

叶思北不说话，眼泪扑簌而落，房间里寂静无声。

两人僵持之间，外面突然传来急促的拍门声，随后秦南的声音响了起来："思北，出事了，赶紧出来。"

叶思北慌忙擦了一把眼泪，急急地起身，就看到秦南已经拿好东西，在场所有人都紧张地看着她。秦南拉过她的手就往外走："林警官刚才给我打电话，说记者到公安局去采访，现在可能来堵我们了，我们赶紧回家。"

一听有记者，叶思北就蒙了，她还来不及反应，就被秦南拖着出了房间。秦南跟叶念文打招呼："我们先走，你们赶紧关门。"

秦南拉着叶思北一路往外小跑，刚跑出院子，就看见一群人从小巷由下往上走，看见叶思北和秦南出来，也不知是谁眼尖，先喊了一声："就是她！"

话音刚落，扛着摄像机的记者便蜂拥而上，闪光灯在黑夜里亮成一片。秦南将手里的外套往叶思北头上一盖，抓着她就往回跑。

一群人追在两个人身后，焦急地叫着他们："叶女士，我们没有恶意，我们只是采访一下。"

"叶女士，听说您就是富强置业性侵案的受害者，能问一下具体情况吗？"

"叶女士……"

那些人毫无顾忌地重复着她遭遇的事，在小巷里追逐着她和秦南。

叶思北被秦南抓着跑，刚跨过台阶跑上高处，她就看见一些人分流冲向了自己家里。

"他们去我家了——"叶思北紧张地开口。

秦南抓着她,轻呵了一声:"别回头!"

话音刚落,闪光灯便亮起来,叶思北吓得赶紧低头,跟着秦南狂奔。他们像过街老鼠被人喊打喊杀一般在巷子里乱窜,手拉手一路狂奔,小巷在夜里没有多少人,只有破旧的路灯挂在两侧,落下昏黄的灯光。

叶思北听到自己的呼吸,感受到急促的心跳,她死死地抓着秦南,眼前一片模糊。她想号啕大哭,她觉得自己被全世界围追堵截,没有前程,也没有归路。她像溺水之人,唯一的稻草只有面前这个抓着她跟着她一路狼狈地逃窜的青年。

秦南带着这些记者绕路跑,跑到路边,他们不敢开车,怕记者记下车牌号,只能沿着路边奔逃。

好在他们跑了几百米后,一辆粉色的小车突然停在他们面前,林枫喊了一声:"上车!"

两人立刻拉开车门跳上车,叶思北还没缓过气来,她低着头,紧张地抓着手机。秦南往前探身,问坐在副驾座的张勇:"现在去哪儿?"

"先兜几圈,我们送你回车边,然后去你家看着,等记者没了,我给你打电话。"

"行。"

秦南和张勇说着话,叶思北缓了片刻,吸了吸鼻子,就给叶念文打电话。叶念文不接,她干脆就打了家里的座机。

家里的座机响了好久,叶领接起来,他声音有些慌乱:"思北?"

叶思北急忙问:"爸,你们那边是什么情况?"她一面问,一面听见电话里的杂音。

黄桂芬在哭,一面哭一面喊:"你们干什么啊?你们都是些什么人啊?"

叶念文似乎在和人吵架,大吼着:"她不是!她不是我姐!"

"你别管了,念文报警了,和你妈在赶人,"叶领说着,回头又暴喝了一声,"你们别进来!"说着,他转过头,"他们把楚楚当成你了,楚楚现在躲在家里不敢出去,你顾好自个儿吧,我去帮你妈。"

叶领音落,就挂了电话。

叶思北整个人乱作一团,她想回去帮忙,却也知道这个时候回去,只会让情况更加混乱。她低着头,紧握着手机,闭着眼睛不说话。

过了一会儿,她稍稍冷静,在网上输入自己的名字,才发现早已到处都是帖子。她仔细看了许久,大概看明白,应该是之前她被人泼油漆的事情被人放到了网上,有好心人士在网上说她的遭遇。

性侵、底层、压迫……一个个关键词下来,经过一轮又一轮发酵,终于在一个大V质问当地警方,得到警方"本案已移交检察院"的回复后,舆论彻底爆炸。

许多记者敏感地察觉到素材的到来,连夜坐车赶到南城,只为抢到第一手的消息。多少人想等一个曲折的故事,多少人想看一看女主角是怎样貌美。

叶思北看着网上那些评论。有支持她的,有怀疑她的,有单纯只是在开黄腔的,她一一划过,手不由得颤抖起来。

秦南在旁边注意到,伸出手,拿过她的手机:"别看了。"说着,他一把揽过她,安抚着颤抖的她,"没事的,别害怕,没什么。"

林枫带着他们转了两圈,按照秦南的指挥到了他停车的地方。记者不知道这里,秦南和叶思北下来,跟林枫、张勇道谢,然后一起上了车。

等上车之后,秦南扭头,看见叶思北还在轻轻发颤,似乎是完全茫然。秦南注视着她,过了片刻,他伸出手,环抱住她。他们中间隔着车的操作台,他和她额头相触,用自己的温度染上她的温度。

"叶思北。"他唤她的名字,低声告诉她,"咱们都准备好了。"

听到这话,叶思北神奇地平静下来。这个人的话像某种咒语,在她混沌的世界里成为唯一的指令。

"不要看手机,不要看新闻,他们现在做的所有一切都是为了阻止你。"

"阻止我做什么?"

"他们想要你翻供,想要你停止追究,因为做这些会伤害他们,会让他们为自己的所作所为付出代价。思北,你让他们害怕了。"

叶思北没说话，闭上眼睛。

她不敢告诉秦南，她怕秦南因为她的反复、她的软弱、她的茫然感到厌烦。害怕的不只是他们，她也怕了。

只是大家都走在一条不能回头的绝路上，无论是她还是赵淑慧，范建成还是秦南，他们没有一个人可以回头。

20

叶思北和秦南在车里待了一会儿，她的手机就急促地响起来，她低头看了一眼，是赵淑慧的号码。

她接起电话，就听到赵淑慧有些尖锐地询问："是不是你找的媒体？"

"不是。"

"是你上网发的帖子，是你上网说的这些对吧？！"

"不是我。"叶思北听着赵淑慧焦躁的声音，反而平静下来，"你们泼油漆的事情被人曝光在网上，和我没有关系。"

"怎么会没有关系？肯定是你！叶思北，你报警也报了，罚款我交了，拘留所我待了，你还想怎样？我没把你往绝路上逼吧？"

"你没有吗？"叶思北觉得荒谬，"你让人往我家泼油漆，让人骚扰我，给我发短信，你让人开除了赵楚楚，害我弟弟丢了工作，你这不叫把我往绝路上逼叫什么？"

赵淑慧沉默下来。好久，她才开口："赵楚楚是自己主动辞职的，你弟也是。"

"你们给一个不可能做的选择，这叫主动辞职吗？！"

"这和我没关系！"

"今天这些记者，"叶思北一字一句地强调，"也和我没关系。"

这话出来，没有人再开口，静默间，叶思北转头看着穿梭的车流。好久，赵淑慧开口，语调喑哑："叶思北，不是只有你付出了代价，这些日子我们家也很难，走到这一步，你真的没有觉得自己做错过吗？"

叶思北看着车窗外，沙哑地出声："没有。"说完，她直接挂了电话，把手机扔到一边。

秦南转头看她，伸出手，握住她的手。

这个小小的动作让她像是抓住了一根浮木，她坐在座位上，一言不发。

回到家后，他们不敢开灯，怕记者去而复返，就躲在家里用手电筒照明洗漱。

折腾了一整天，秦南有些疲惫，他躺在床上想要休息一会儿，没想到一沾枕头就睡了过去。

叶思北摸索着洗完澡出来时，就看见秦南躺在床上熟睡。她犹豫片刻，上前轻轻给他盖了被子，然后躺到被窝。

躺上去后，她睁着眼，看着他睡在她身边，好久后，她伸出手，轻轻握住秦南的手。

秦南察觉到叶思北的动作，勉力睁开眼睛。叶思北在黑暗中看着秦南，他们俩静静地对视，秦南突然开口："害怕吗？"

"怕。"叶思北坦然承认。

秦南侧过身，看着她："怕为什么不主动说呢？"

"已经给大家添了很多麻烦了，"叶思北低头，"不想再让你们担心。"

他们俩在床上面对面拉着手，秦南有些不知道该做什么，好久，他轻声询问："我可以抱你吗？"

叶思北抬头，注视着这个人的眼睛，从他眼里汲取力量，她感知到有一个人一直在她身边，无条件、无理由地支持她。她眼里带着水汽，忍不住笑了，哽咽地反问："我可以抱你吗？"

秦南一把将她拉进怀里，用力抱住她。

他们两人在黑夜里相拥，叶思北过于用力地抱着这个人，以致手都开始打战。她轻轻低头，将额头抵在他胸口，低低地呜咽出声。

这一夜不仅叶思北没有睡着，赵淑慧也没有睡着。

范家住在南城高档小区，大门卫守在外面，记者进不去，就给赵淑慧打电话。赵淑慧接了两个电话后，把手机关了，然后她打开电脑，开始搜索相关的关键词。

微博上已经有了这件事的话题，许多正规媒体参与的话题叫"南城高管职场性侵"，但冲得最快的则是"强奸还捂嘴""强奸报警遭追打"之类更情绪化的话题。

赵淑慧随便点进一个话题，看见第一条就是一张照片，这张照片似乎是转发的，博主发了两个"哭"的表情，然后写着：怎么办？看到这张照片，我已经哭出来了。

赵淑慧把目光放在照片上，认出这是叶思北的家。

叶思北穿了围裙，用布把头发包裹着，背对着画面，踮着脚刷墙。"婊子"两个字已经被她刷干净一个"女"字旁，鲜红的"表子"在她单薄的身躯旁显得刺眼又恶毒。

赵淑慧往下翻，看见各种各样的微博，明显是有南城的人整理了这次事件，他们甚至梳理了时间线，从叶思北受害、报警，到家里被泼油漆，一一发上去。

有很多人说：

"我要给小姐姐捐款，我要支持小姐姐！"

"我的天，是我就坚持不下去了，小姐姐是怎么做到的啊？"

"受害人无罪，不需要问责！"

"官方立案了吗？起诉了吗？绝对不能放过那个狗贼！"

除了这样温和的言语，也有很多激进骂人的话：

"那个强奸犯是什么垃圾，他有女儿吗？他不怕自己女儿未来也被人搞吗？"

"是什么样的家庭，才能养出这种人渣？"

"他结婚了吗？他老婆是垃圾回收站吗？他老婆都不出来道个歉吗？"

赵淑慧一条一条往下翻，她不知道为什么，自己眼里越来越多看到的就是各种辱骂、各种羞辱，有人扒出了范建成的名字、范建成的长相、范建成的工作，然后找到了他们家的照片。

"他居然还有女儿？这种人也配有女儿？"

"终于知道他老婆为什么能接受这种人了，心丑，人也丑。"

"他住的房子这么好，是不是有猫腻啊？快查一查。"

…………

辱骂之词纷纷而来，赵淑慧在夜里抱住自己，痛哭出声。

范建成的母亲发现客厅凌晨了灯光都不灭，她从房间里走出来，想要训斥儿媳，却看见赵淑慧满脸是泪，她不由得慌了："怎么了？建成出事了？"

赵淑慧摇头，说不出话。

范母急急上前，拉住赵淑慧："你说话啊，你哭有什么用？"

"妈，"赵淑慧终于崩溃，抬起头，哭着询问，"建成不会的，不会的对不对？他是那么好的人啊，"她抓着范母，"他怎么可能这么坏呢？我没有那么坏，我也是被逼的，我没有办法啊——"

"别哭！"范母红了眼，训斥她，"别吵醒雯雯。"

赵淑慧听到这话，咬住下唇，压抑着不出声地落泪。

这一刻，她想念她的父母，她想，如果她不是范建成的妻子、范雯雯的母亲、范家的儿媳，只是赵淑慧，她的母亲一定会抱着她，告诉她，怎么样才能走一条正确的路。可身份已成枷锁，她难以做回自己。

赵淑慧在家中痛哭时，叶家的人也没有睡下，赵楚楚一个人坐在叶念文的房间，叶家三口坐在客厅。

明明有人在，家里却没有一点声音，他们不敢开灯，不敢出声，安安静静地坐着。好久后，叶领叹了口气："思北怎么这么倔？她要是愿意低头，去和范家谈一谈，这些事就完了。"

"你还不明白吗？"叶念文有些疲惫，"如果能低头，姐早就低头了。就是因为没低头，才走到现在。如果她不告，范家就不会来和她谈条件，现在范家来和她谈条件，无论给多少钱，姐都会一辈子背着诬陷的罪。爸，"他抬头看着叶领，"你这是把姐往绝路上逼。"

"怎么就是往绝路上逼了？"叶领急了，"人活一辈子，谁不受点委屈？"

"这是委屈吗？"叶念文看着叶领，"自古含冤就是六月飞雪，你怎么能说这只是一点委屈？如果换作你，"他压抑着愤怒，"你能忍吗？"

"我能！"叶领强调，"我什么不能忍，我为你们姐弟忍得还少？这两个月我说一句话没？现在是没办法，是家里要等着米下锅，你怎么办？你能变出钱来？！"

"我说了,"叶念文低头,"把房子卖了。"

"卖房,你问过楚楚没?"叶领抬手指向卧室,"你就打算这么委屈人家?"

叶念文不说话。叶领看向黄桂芬:"桂芬,你说句话啊!你就这么坐着看儿子犯傻啊?!"

"外面记者走没?"黄桂芬没接叶领的话,疲惫地看了一眼外面。

叶念文站起来,将窗帘拉开一条缝,看见没什么人后,转头回了黄桂芬:"夜深了,他们应该也去休息了。"

"你先送楚楚回去吧。"黄桂芬站起身来,"我去睡了。"

"不是,"叶领急了,"桂芬,你说说念文啊——"

黄桂芬麻木地走进房间,啪一下关上门。

叶领愣愣地站在门口。

叶念文敲门:"楚楚。"

赵楚楚坐在床上,听到叶念文的声音,站起身,拉开门。

叶念文朝她疲惫地笑了笑:"夜深了,我送你回去。"

赵楚楚笑着点头。

夜里没有公交车,叶念文拦了出租车。两人在车上一直没说话,等到了赵楚楚家,叶念文送她到小院门口,她终于出声:"就送到这里吧。"

"嗯。"叶念文点头,赵楚楚转身回家,叶念文突然叫住她,"楚楚。"

赵楚楚顿住步子。叶念文低下头,眼里带了眼泪:"我想……把房子卖了。"

赵楚楚没说话。

叶念文说得异常艰难:"对不起,楚楚,我没什么本事,我不知道什么时候才能稳定下来,我家已经是这样了,我不想带着你受苦。楚楚,"他一边说,一边抬头,他眼前被眼泪模糊,声音一直打战,"我们……我们——"

"叶念文,"赵楚楚回过头,看着面前这个哭得停不下来的青年,红了眼眶,"你喜欢我吗?"

叶念文说不出话,他不敢说喜欢,怕说出口,这个人就舍不得走。可他也舍不得让她留。

赵楚楚看着他的样子，觉得有什么溢满自己内心。

"你喜欢我、心疼我，"赵楚楚站在台阶上，伸手抱住他，"就可以了。

"其实我没那么在意房子，我在意的是你的心意、你的人。钱我们可以一起赚，没关系，我们还年轻。"

赵楚楚开口，叶念文一瞬间便溃不成军。他靠在她怀里号啕大哭。

赵楚楚吸了吸鼻子，拥抱着他："你长大了，你很好。你只要永远记得，不管怎么样，叶念文喜欢赵楚楚，赵楚楚喜欢叶念文。"

叶念文拼命点头："我记得，我一辈子都会记得。叶念文喜欢赵楚楚，赵楚楚喜欢叶念文。"

做好决定后，第二天叶念文就去找了开发商，和对方达成协议，开发商收他们三万块手续费，帮他们把房子挂在自己公司这边再次售卖。然后他就开始在网上到处发帖子、点咨询、找业务。

叶思北则不再出门，每天待在家里，秦南在的时候，她就和他做家务、聊天、看电视剧、打游戏；秦南不在时，她就忍不住上网，不停地看着网上的消息。

网上的人和现实有很大的差别，没有那么多利益牵扯，他们对于善恶更简单，也更纯粹。大多数人都在谴责范建成，辱骂他。

这件事中最让人愤怒的，不单是范建成利用职场优势性侵，还有事后泼油漆等一系列试图仗着权势让受害者闭嘴的行径。这让网友愤怒至极，试图竭力扒下这一家人的皮，他们辱骂、人肉，寻求范家所有道德沦丧的可能性。

叶思北看到一个视频，标题写着"强奸犯的妻女"，浏览量极高。她打开视频，发现是在小学门口，赵淑慧抱着范雯雯挤在人群中，一位老太太冲上来打拍摄者的手机："你拍什么？把手机拿过来！"

周边的人都在看赵淑慧，范雯雯在她怀里哇哇大哭。赵淑慧低着头，抱着范雯雯急急地往前走。

相较范家的狼狈，叶思北好上很多，网上的人将她描述成了一个完美无缺、悲惨可怜的圣人，说她善良、勇敢、努力、勤劳。看着那些人对她的夸赞，她开心又害怕。因为她知道，自己没那么好，可是又忍不住沉溺于这些夸奖。

有大V问责，有媒体推波助澜，舆论发酵得很快，一时间，叶思北的微博被好多人挤满，许许多多的人给她发私信，都在鼓励她，让她加油。

除了鼓励，每一条相关报道的微博下都夹杂着一些奇怪的声音。诸如：

"唉，太可怜了，女孩子还是要学会好好保护自己。"

"君子不立危墙之下，大家要引以为戒，谁要是让你喝酒，你就辞职。"

一百句安慰，似乎都没有这几句平淡的话语给当事人带来的冲击更大，因为这些平淡的话语下，似乎隐隐约约和这个世界一贯的传统相互呼应，疯狂地动摇着她好不容易才下定的决心。

甚至有些不入流的自媒体放出了当天拍到的她的照片，虽然很多人抨击这些媒体暴力采访、曝光当事人，但实际上配上"南城性侵受害人照片曝光，难怪男人把持不住"等标题，流量比正儿八经的报道大得多。

而在这样的报道下，评论也不堪入目得多。

除了叶思北和范建成、赵淑慧等密切相关的人，媒体也在第一时间爆出了案件具体经过，大家在网上断案，纷纷揣测着那一天到底发生了什么。

最关键的证人赵楚楚被大家扒出来，她被媒体拍到的照片和叶思北的照片一起被四处传播。相较叶思北，赵楚楚长得更为艳丽，打扮更加潮流，而她是那天晚上将叶思北留在车上最后见过叶思北的女性，于是各种揣测和言论纷沓而至。

"她是不是故意的啊？怎么会有人把一个意识不清醒的朋友放在一个男人的车上呢？"

"大波浪、高跟鞋、丝袜，哇，这女人上道啊。"

"不要随便点评女性的长相，她是长得艳丽一点，但这不代表人品……"

还有吸血鬼叶念文、卖女求房的黄桂芬、超生吃软饭的叶领……出现在网上的每个人身上仿佛都带着原罪，他们脑袋上都贴着一个标签，以供网友点评。

那些天，不仅是叶思北，赵楚楚、黄桂芬、赵淑慧等所有相关之人每天都在网上刷着消息，看着与自己有关的信息。

黄桂芬看着网络上的人对她的指责，分析着女人的苦难、叶思北的艰难、她作为母亲的不称职，一夜一夜难以入眠。

赵楚楚看着网络上的人对她扔下叶思北的质疑、辱骂，以及对她长相、打扮的抨击，躲在房间，不敢出去。

叶思北、黄桂芬、叶领、叶念文、秦南……

那些信息一层又一层地压下来，像是把人当成一根皮筋，抓住两头往边上拉扯，越扯越紧，越扯越细。

所有人都煎熬着，等了几天之后，叶思北就接到了检察院的通知，让她去确认笔录。

她应下声，挂了电话后，她取了根烟，站到阳台，看着夜色中的城市，满脑子都是网上的评论，以及赵淑慧抱着孩子被人包围着往前冲的视频。

秦南做好饭，发现叶思北不在客厅，他找了一圈，到了阳台，看见叶思北在抽烟，他走到她身边："怎么了？"

"检察院让我明天过去。"

"这不是好事吗？"秦南不明白。

叶思北低下头，沉默着，好似在挣扎。好久，她声音很轻地说："秦南，我害怕。"

"走到这里，还有什么怕的？"秦南笑了笑，"我看见网上有好多支持我们的人，有这么多人支持你，该害怕的是范建成才对。"

叶思北低头，好久，她呢喃地询问："如果有一天，他们发现我不是他们所想的样子呢？"

"什么？"

叶思北深吸了一口烟，吐出烟圈，抬手将烟碾灭在烟灰缸中："回去吧，吃饭。"

去检察院确认笔录的消息同时也传到了叶念文这边，叶念文接了电话，正打算和叶思北确定明天的路线，就听到在旁边坐着的黄桂芬突然开口："明天要去检察院吗？"

"嗯。"最近黄桂芬很少说话，基本都守在电脑边，一直搜索叶思北的消息，她问话，叶念文也就回复了她，"要去确认一下之前的笔录。"

"她一个人吗？会有很多记者吧？那些记者会不会又断章取义，乱七八糟地写？"

"我和姐夫一起送她。"叶念文避开那么多问题，只回答了最关键的一个。

黄桂芬低着头。叶念文往自己房间走，刚一迈步，就听到黄桂芬声音沙哑地开口："我也去。"

叶念文愣了愣。黄桂芬声音很轻地说："我和你爸都去。"

叶领茫然地回头。黄桂芬抬眼看向他，坚定地开口："一起去。"

相比叶思北和叶念文接到电话通知，赵淑慧则是从律师那里得到的消息。她聘请的律师孟鑫是南城最好的刑辩律师，也是叶念文律所的主任。

孟鑫坐在范家，将情况大致和赵淑慧说了一下："叶思北和其他证人明天都会去检察院确认笔录，范先生一直没有认罪，案情还有需要补足的地方，检察院申请了延长拘留时间，暂时还不能保释。"

赵淑慧有些恍惚，她手边放着一张纸，是刚才进门时她从门上取下来的，上面写着"强奸犯之家"几个字。

孟鑫看着她的样子，低下头，似有几分不忍："你女儿最近还上课吗？"

"不上了，"提起范雯雯，赵淑慧才终于有了些反应，"前几天在学校里和同学打架，之后我就让她在家里休息了。"

"你这边的事，我也和范先生说了，他在拘留所哭得很厉害，他说对不起你和你们女儿。"

赵淑慧低着头，没有多说。

"哦，他还有一件事拜托你，"孟鑫想起来，"他说，让你多拜拜家里的菩萨，给你和雯雯求个平安。"

赵淑慧听到这话，愣愣地抬头。孟鑫见她情绪不对，又安慰了几句，才终于离开。

赵淑慧送走孟鑫，呆呆地看向客厅不远处供着的菩萨像。这尊菩萨是范建成的母亲供奉的，范建成从来不信菩萨，怎么会突然让她拜菩萨？

孟鑫虽然是他们找的律师，但也只会传达一些生活琐事，案子的关键信息，他从来不会透露。范建成如果要给她递消息，只能用更委婉的办法。

菩萨？

赵淑慧走到佛龛前，开始到处摸索。

在范建成被抓的第一天，警方就已经把家里翻了个遍，她摸索的所有地方都没有异常，最后她把目光放在菩萨身上。

她小心翼翼地上前，双手放在菩萨金身上，犹豫了好久，她颤抖着抱起菩萨。她不是信佛的人，却在这一刻也感到了害怕，她举着菩萨像，许久后，还是将菩萨像狠狠地砸到了地上。

在卧室里的范母听见，冲出门来，大骂着赵淑慧："你做什么？！连菩萨都砸了，你疯了吗？！"

赵淑慧不说话，愣愣地看着金色菩萨砸到地面，碎裂成块，碎屑飞溅而起，在金器碰裂声中，露出人心最丑恶之处。

佛说，苦海无边，回头是岸。可在苦海中挣扎的众生或许已连神佛善恶都忘记了。

21

叶思北第二天早上起来，有一些疲惫，秦南张罗着一切，他提前和林枫联系好，两人戴着口罩和帽子下楼，上了林枫准备好的面包车。

叶念文、黄桂芬、叶领已经提前到车上。叶思北上车后见到他们，愣了愣，就听叶念文解释："爸妈不放心，一定要跟着我过来。"

叶思北把目光放到黄桂芬脸上，停留片刻后，点了点头，坐到位子上。

一家人一路无话，到了检察院，就看见许多人挤在门口。那些人不知道是从哪里得到的消息，一看见秦南和叶思北下车，立刻蜂拥而至，挤得水泄不通。

叶念文、叶领、秦南和几个警察赶紧上前,将叶思北、黄桂芬两个人护在中间,硬生生地从人群中挤出一条路来,往检察院门口走去。

叶思北被秦南环抱着,周边都是人,她感觉自己都不是自己了,完全是被人推着走。她耳边都是记者的问话,大声询问着她:

"叶小姐,犯罪嫌疑人和您之前有过私下的联系吗?"

"您和嫌疑人保持关系这么久,为什么突然告他强奸?"

"据说您之前借了很多钱,是犯罪嫌疑人借给您的,是真的吗?"

…………

半真半假的问题铺天盖地而来。秦南叱喝出声:"滚开!胡说八道什么?!"

记者立刻察觉到秦南的身份,开始追问秦南:

"您是她丈夫吗?您对她受害有什么看法?"

"您真的相信她是被迫的吗?"

"听说您打算和她离婚,是因为这件事吗?"

叶思北听着这些话,克制不住地颤抖。黄桂芬察觉到叶思北情绪不对,她一把推开旁边的人,开始撒泼,骂人。

就在她骂人时,人群中爆发出一个女人尖锐的辱骂声:"贱人!"

叶思北一回头,就看到秦南一把抱住她,将她拥在怀里,秽物基本都泼在秦南身上,人群惊叫着散开,刺鼻的臭味弥漫在周边,隐约有一些液体溅在她脸上。

叶思北还没来得及反应,就看到黄桂芬疯了一般冲出去,大喊:"拦住她!警察,拦住她!"

随后就听到人群中有人厮打起来,记者虽然不少都围着叶思北,但一部分人还是分开往另一个方向跑。

"走。"秦南推搡着她,语调平稳又冷静。

叶思北被他推着,她扭过头,目光穿过人群看过去,发现是赵淑慧,赵淑慧好像疯了一般,被人拖着往后走,可赵淑慧还是挣扎着,朝她的方向叫骂着要冲过来。不远处站着范雯雯,一位老太太拉着她,她号啕大哭。

残留着秽物的蓝色塑料盆滚落在地上,赵淑慧玩命一般和警方厮打,死死地盯着叶思北,满脸是泪,仿佛是抛开一切,疯了一般要往她的方向扑,犹如喊着台词一般大声哭喊:"叶思北,你勾引我老公,你陷害他,你不要脸!你没工作是他给你找的工作,你有困难都是他帮你,你居然为了钱这么陷害他!这么害他!"

"趴下不要动!"警方将赵淑慧控制住,按在地上。

叶思北没有停留,继续往里走。

赵淑慧被按在地上,大声哀号:"叶思北,你忘恩负义!你丧尽天良!大家听听,这是强奸吗?是强奸吗?!"

话音刚落,不知道她是按下了什么,整个院子里都回荡着叶思北"嗯嗯啊啊"的声音。那声音里带着哭,带着可怜和恐惧,但更多的还是女性学习讨好人时发出的声音。

那声音和孩子的哭声、女人的叫骂声混杂在一起。叶思北停住脚步,愣愣地站在人群中,看着那爬都想要爬过来打她的女人。

她号哭着叫骂:"叶思北,你当小三,你破坏别人家庭,你丧尽天良,你不得好死啊!!"

听着自己的叫声、那个女人的叫骂、孩子的号哭,一瞬间,叶思北仿佛坠入了冰窟。周边的声音都抽离开去,她只觉得冷,像是死亡突然到来,冷得让她无法动弹。

她突然像回到第一次做笔录那天,张勇冷静地问她:"他说了什么?"

"他和我说'还装?',然后他逼着我跪下,和我说'叫,不然我杀了你'。"

"后来呢?"

叶思北听着这样的话,静默了很久。最后,她平静中带了几分绝望,又带着倔强地开口:"我叫了。"

那样羞于启齿、甚至连秦南都没有被告知过的过往突然被撕扯开,不留任何余地地展示在人前。

那声音告知着所有人那段过往。她没有全力反抗。她没有用性命去维护自己的尊严。她在无人处配合了那个罪人。

她整个人开始颤抖，周边短暂地惊诧后，记者瞬间知道这是一个巨大的新闻反转，每个人都想拿到头条。

记者的话筒纷纷对准了叶思北："叶小姐，这段音频中的人是您吗？是性侵现场时的声音吗？"

"叶小姐，对于这段音频，您有什么解释？听上去您似乎并不痛苦。"

"您对受害人妻子认为您是小三的指控有什么回应？"

"走！"秦南把叶思北整个人护在怀里，大喝了一声，"往前走！"

"愣着干什么？！"黄桂芬拉着她大骂，"走啊！"

叶思北整个人都在抖，她眼前模糊了，根本看不清前方。周边无数人拥来，叶领、黄桂芬、叶念文、警察、秦南，他们都在努力护着她一个人。

她没办法。她就算什么都看不清了，什么力气都没了，还是得跟随着他们，拨开人群，奋力前行。

她感觉这条路像是走了一生。

好不容易挤进检察院大厅，警卫关上大门，所有人都歇下来。秦南抱着叶思北，轻抚着她的背："好了，没事了，别怕了。"

她站着不动，整个大厅都被他们身上的臭味熏染。

张勇递了一件衣服给秦南："先换一身吧。"

"谢了。"秦南接过衣服，和叶家人一起整理着自己的仪容。

秦南最严重，干脆去厕所脱了衣服，用水管冲洗了一遍。

叶思北站着不动。黄桂芬走上前来，用湿纸巾擦干净她身上溅到的东西，低骂了一声："屎落在脸上都不擦，你是被骂傻了吗？！"

"音频……"外面的声音已经没有了，警察似乎是把赵淑慧带走了，那些恶心的声音也早已不见，叶思北却总觉得，那些声音一直回荡在她耳边，她喃喃，"我不是……我没有……"

"姐，"叶念文察觉到叶思北情绪不对，走上前，安抚她，"你别担心，警方会把那音频处理干净，她不敢放上网，放上网后点击量大起来，传播色情淫秽是入刑的，她不敢的。"

叶念文这么说，心里却没底，他不确定在场有没有人录下那段音频，不确定会不会有人、有多少人，会以更隐蔽的方式在网上传播。可他必须这么告诉叶思北，他认真地看着叶思北："姐，不会有事的。"

叶思北颤动着唇，说不出话。她满脑子都被音频占据，甚至不敢看周边任何一个人。

他们都知道，都知道了。她没有反抗，她配合了。

还有人相信她吗？她会赢这场官司吗？还有秦南，他内心深处真的不会介意吗？

一瞬间，她感觉自己赤身裸体地行走在这世间，声音、画面、言语、各式各样的网络评论一瞬间涌入脑海，疯狂地塞满她的脑子。

她感觉眩晕，想要呕吐，呼吸急促起来，完全忘记了自己在哪里，要做什么。她只想跑，只想逃，只想去一个没有任何人认识、没有人会评论她的地方。

黄桂芬看她的样子不对劲儿，有些慌了，伸出手去拉她，想要安慰她："思北……"

然而在她触碰叶思北的那一刻，某根弦猛然断裂，叶思北一把打开她的手，转身就往外跑。

"姐！"叶念文手疾眼快地抓住她，"你要去哪儿？"

"我要回家……"叶思北颤抖着，她眼神涣散，仿佛什么都听不进去，一个劲儿地念叨，"我要回家……我想回家……"

她想回家，想去一个安全的、谁都看不到她、谁都不认识她、谁都不会评论她的地方。

"思北，你冷静，思北。"叶领听到这话，也冲上来，拉住叶思北，"你现在跑了也没用了啊，你冷静一点，思北。"

"我要回家……"叶思北不断地摇着头，"我要走，我要回家，我——"

话没说完，黄桂芬便冲上前来，一把抓住叶思北，狠狠一耳光就甩了上去！

啪的一声响，所有人都愣了。

秦南察觉外面不对劲儿，水都没关就冲出去，眼睁睁地看着黄桂芬打那一巴掌后,他猛地拉扯过叶思北,挡在叶思北前面,盯着黄桂芬:"你干什么?"

叶思北愣愣地抬头,看见黄桂芬站在她面前,红着眼,握紧拳头:"说要报警的是你,说能承受的是你,现在全家人陪你走到这里,你说你要回家?!

"我告诉你,今天谁都回不去!

"这条路你选了,你就算爬也得给我爬到底!"

叶思北说不出话,看着面前头发斑白的母亲。她比同龄人更沧桑的脸上全是眼泪,看到叶思北看她,她流着泪迎着叶思北的目光:"你知道我费了多大力气才决定陪你来吗?

"你知道我为你被人骂了多少次,被人戳脊梁骨戳了多少次吗?

"叶思北,你的人生是人生,别人的都不是吗?"说完,黄桂芬自己扭头冲到一旁的长椅上坐下,用手撑着头,低声哭泣。

叶领过去陪着她。叶念文上前,低声劝着叶思北:"姐,就是最后确认一次,没事。"

叶思北低下头,含着眼泪,平静了许多。黄桂芬说得对,走到这里,她不能退。消息都已经传出去了,她跑了,就一辈子都洗不清了。

她闭上眼,朝着叶念文点头:"我明白,对不起。"

"我们走吧。"林枫见叶思北情绪稳定得差不多了,领着她和秦南、叶念文一起上楼。

到了门口,林枫让三个人先坐下等,自己进去和检察院的人确认情况。

坐在长椅上时,叶思北一直在轻颤。她克制不住自己的胡思乱想,那段录音一直在她耳边回荡。

如果范建成只录了中间她被迫主动的那一段,官司还能赢吗?今天之后,她说她不是自愿的,还有人信吗?

大家会怎么看?一个诬陷他人的小三?甚至她开始怀疑,没有从头到尾反抗的强奸算强奸吗?其实,她是不是默许了范建成的强奸呢?

这些念头将她包裹,如果不是脸上的疼痛提醒着她,她可能已经起身走了。

秦南察觉到她的挣扎，站起身，半蹲在她身前。

"思北，"秦南深吸一口气，把着她的肩，逼着她朝向自己，"你看着我。"

叶思北抬头看他。他的目光很平静，像是扎根在土里的大树，风雨不动。这双眼睛吸引着她，让她慢慢平静。

"你已经走到这里了。"他开口，"你想想自己是怎么走过来的。"

她是怎么走过来的？

她曾经已经走到死亡门前，她无数次质问自己对错，她夜夜拷问自己的行为，然而每一次的答案都告诉她，她得来这里，得来揭发这个恶行，来让应该付出代价之人付出代价。

于是她求死后又求生，和父母对抗，和弟弟争执，一遍一遍地口述自己的经历，遭受所有人的议论、窥视，被犯罪之人骚扰、威胁，她一家人都失去了工作，为此饱受羞辱。她走得如此艰辛，才走到今天。

"你没错。"他看着她，一字一句地告诉她，"他有罪。

"把有罪之人送去接受惩罚，让他跟你道歉，对你说对不起，这才是你应该做的事。

"任何音频、照片、视频、人言都掩盖不了真相。

"叶思北，他有罪，你没错。"

两人静静地对视，叶思北眼泪落下来。

"叶思北，"会议室里突然传来一个女声，"麻烦您进来一下。"

叶思北听到这声呼唤，低下头，整理了一下情绪。

秦南重重地握了一下她的手。她点头。

"我可以。"她不知道是告诉秦南，还是告诉自己，"我可以的，你别担心。"说着，她站起身，走进会议室。

会议室里有很多人，张勇跟叶思北介绍，这些都是审查她案件的检察院公诉部门的人。

叶思北点点头，坐下来。对方拿着笔录跟她一一核实，最后再一次问她："叶小姐，你确认是对方强迫你，你要起诉是吗？"

听到这话,叶思北吸了吸鼻子,点头。点头后,她又怕对方不理解,抬起头,再次确认:"对,我要告他。"

跟检察院核实完所有相关证据,确认自己的意愿后,叶思北和来时一样,由警方护送着回去。

叶念文带着黄桂芬和叶领从后门上车回家。上车之前,黄桂芬抓住叶思北的手,想说点什么,又笨拙得不知如何开口。

叶领催促她:"走吧,思北还要回去休息。"

黄桂芬深吸一口气,重重地握了叶思北的手一下:"走到这里,就不能退了。"

"思北,"黄桂芬抬眼看她,"其实你说得也没错,现在和以前不一样,你和我不一样,你可以走下去的。

"熬一熬,"黄桂芬抬手拨开落在叶思北眼前的发丝,她可能是在场所有人里最能体会叶思北痛苦的人,她含泪看着叶思北,"思北,熬一熬,就过去了。"

叶思北不断地点头,哽咽着,说不出话。

黄桂芬伸出手去,紧紧地抱了一下她,转身上了车。

车往外面开去,记者纷纷追逐着面包车。叶思北和秦南在后面上了张勇的车,张勇带了一个同事,看见记者少了,赶紧开着车带着两个人出去,一路开回两人家里。

他们家门口也围了记者,张勇和同事一起把两个人送上楼梯,然后堵在楼梯口。同事打电话让派出所派警察过来帮忙,张勇站在楼梯口大喊:"你们记者为了点新闻疯了?谁再上来老子抓谁!"

"这位警官,你说这话是什么意思?我们做新闻报道,你还要抓人?"

"你做新闻报道?你这叫骚扰当事人,叫袭警!"

"真相只有被验证才叫真相,"一个记者高喊出当初张勇也这么认为的话,"你们警方应该安排一个发布会,把事情说清楚,我们也不用这么蹲啊!"

警方和记者在楼下吵吵嚷嚷,叶思北被秦南拉着进门。

他们一进门,狭小的空间就被他们身上秽物的味道填满。

叶思北在路上已经平静下来，她好像让自己和外界彻底断绝了联系，周边的一切和她都没有关系，他拉着她往哪里走，她就往哪里走，他让她做什么，她就做什么。

"先去洗一下吧。"秦南转头看她。

叶思北站着不动。秦南有些难受，他没多说，搬了把椅子来，让她坐下，帮她脱了鞋，换上拖鞋。

叶思北垂眸看这个半跪在自己身前做事的男人，她注视着他，审视着他。

秦南帮她换了拖鞋，就去房间里为她找换洗的衣服，挂到浴室后，他走出来，看见她还坐在椅子上，他走到她身边，拉着她起身。

她像游魂一样被他带到浴室，他拿下花洒，低头调整水温。花洒里的水喷洒在他手掌上，热气升腾起来，整个浴室被水汽晕染，她站在不远处，隔着水雾看这个人。

"听录音的时候是什么感觉？"叶思北突然出声，秦南僵住，水声哗啦啦作响，却不能遮掩她的声音半分，"恶心吗？"

"没什么。"秦南缓过神，找回理智，"我没觉得有什么。"说着，他把花洒挂上高处，有些狼狈地低头，"你先洗吧。"

"你没怀疑过我吗？真的一点都没介意过吗？"叶思北固执地询问。

秦南低头不说话，似乎在极力克制某种情绪。

叶思北走向前方，走向他，在他面前停下。水落在她身上，淋湿她的头发、她周身。她慢慢仰起头，看着秦南。"你真的会爱我吗？"她问。

秦南控制着隐约颤抖的肌肉，艰难地抬头，他看着她，水已经浸透她周身，她和他一样，被恶臭包裹，被黑暗笼罩，满身污秽，犹如烂泥。

她是在问他会爱她吗？

秦南眼睛里有了水汽，他看着这个人，清楚地知道，她不是在谈爱情。她是在求证，求一个答案告诉她，哪怕发生了这一切，她都可以像一个普通人一样，爱人，被爱，平静地度过余生。

秦南试图开口，唇轻颤着，想要给她答案。可那个字太沉重，他始终说不出口，他不知道这个答案他能不能给。

他一瞬间仿佛看到自己的少年时光。

他看着自己背着书包走出学校，杨老师在后面追着他："秦南，你会后悔的，你留下来啊，留下来啊！"

他躺在车底，费力拧着螺丝。他浑身被泥污沾满，在夜里偷偷拨通从老师那里打听到的电话号码。

女孩子清脆的声音响起来："喂，你好。"

他不说话，对方就会多"喂"几声，接着就有人叫她的名字："叶思北，上课啦。"

他才终于开口："不好意思，打错了。"

那时候他以为，他身在泥潭，就可以高举明月。可是他费尽心机，也连明月都举不住。

秦南在水雾里红了眼，叶思北笑，在她荒凉又讽刺的笑容落入眼中那一刻，他猛地上前，一把捧住她的脸，狠狠吻了下去。

水从头顶喷洒下来，将所有污垢清洗，他们紧贴在一起，温热的水从头顶拍打下来，浇灌他们周身。

他们拥抱，接吻，饿狼一般撕咬对方，脱下对方衣服，好像要把对方揉入骨血。所有动作都会让她想到那一刻，屈辱、恶心、疯狂。可是她死死抓着他，不放手。

她像是一只被困在牢笼中的巨兽，用尽全力和这个世界抗争，于疯狂中沉沦，于苦痛中爆发。

直到一切终结，她坐在洗手台上，与他静默相拥。

"思北，"他握着她的肩膀，低声告诉她，"性有时候表达的是凌辱，但有的时候，它也表达爱。"

听到这话的一刹那，那些压抑的、恐惧的、对这件事的羞耻与惶恐倾泄而出，叶思北大声哭号。秦南用额头抵住她的额头，他的温度从额头抵达她的额头，他声音很轻，带着少有的温柔和沙哑："我爱你，叶思北。"

也许你我一生都不会知道这份爱从何而来，但没有关系。世界或许荒诞、无常，但你在这里，我就在这里。

我爱你，这是无能的我，在这个世界唯一能给你的东西。

22

"那时候我很害怕，我看不见，我脑子都是乱的，我就想着，我一定要活下来。"所有一切结束后，叶思北和秦南一起坐在床边的地毯上，她身上盖着被子，看着外面半落的太阳，说着那些难堪的过往，"所以他叫我做什么，我就做什么。"

像是把伤口从里撕开，露出鲜血淋漓的里面，然后用镊子探进去，翻搅着，把当中最大的砂子夹出来，她详细地描述所有经过。

他的手放在她肩上，安静地听着，表情没有半点波澜。

当说完那一刻，她转眼看他，看见他疑惑地抬眼，她才发现，原来疼痛真的会慢慢痊愈。

她看着太阳落到谷底，不由得询问："秦南，如果一开始我不起诉，我拿到钱，会更好吗？"

"如果你不报警，他们不可能和你谈钱。"

叶思北垂眸，声音很轻地说："如果呢？"

秦南看着夕阳，好久才说："以前我爸是个很软弱的人。我们家人少，村里谁都欺负我们。有一年过年，我爸妈回来，我妈和村里一个恶霸起了冲突，我爸被他家四个儿子打断了一根肋骨。我当时就在边上看着我爸被打，"他比画了一下，大约一米的高度，"就这么高。"

"报警了吗？"

"报警？"秦南低头笑，"我爸没敢，怕他家以后报复，就拿了钱，没报警，没声张。

"打从那以后，我爸越过越窝囊，他害怕很多事情，我妈骂他，他就听着，后来我妈找了一个男人，他知道，一直装不知道，我高中的时候，他死在工地上。

"然后我就一直记得这件事，好多年，一闭眼，就感觉自己还是个孩子，站在我爸旁边看他被打。

"所以思北，"秦南转过头，看着叶思北，"报警，是快刀斩乱麻；不报警，就是一点一点消耗你的人生。你得报警，得赢，不然你就会像我一样，一辈子困在那一刻。"

叶思北听着他的话，从他的眼里隐约感知到，这一场判决影响的不只是她的人生、她的未来，还有他。他或许一生都停留在屈辱的年少时，一生都在质问这个世界的法则，只有她赢了，才能给他一个他想要的答案。

她轻轻点头："我知道。"

"我们会赢的。"他看着她，像是看着烛火，看着希望，"会赢的。"

从那天起，叶思北不再出门，不再上网。秦南店铺也全部交给了陈俊，除了购置必要的生活用品，不再出去。他们两个人就在狭小的房间里不分昼夜地生活。

叶念文会时不时给他们打电话，告知他们外面世界的变化、案情的进展。

听说赵淑慧又一次被拘留，她那录音作为新证据提交，检察院延迟了提起公诉的时间，继续侦查。

听说网络翻天覆地，叶念文特意嘱咐她不要上网。她也不敢。

生活对他们来说只剩下了一件事——等待。一日又一日，他们看过了不知多少日落，苦熬着生命。

每天叶思北都告诉自己，等吧，等到判决，就走到尽头了。

等到审判结束，她会得到一个公正的裁决，或许未来的人生还需要继续面对流言蜚语，但至少，她心里那个伤口，那份摇摇欲坠的对世界的认知，可以得到修补。能有一个结果告诉她，她赢了这一次，她的人生可以赢。

她犹如乌龟一般躲在龟壳时，网上早已吵翻了天。

有人骂她玩仙人跳，有人骂范建成泼污水。也有很多人注意到了把叶思北丢在车上的赵楚楚。

赵楚楚打小性格骄纵，容貌艳丽，得罪的人不少，于是出事之后，网上关于她的照片和传言层出不穷。

网民们东拼西凑，大概描绘出了赵楚楚的形象——年少不好好读书，初中就开始谈恋爱，考了个大专，在学校里性格张扬跋扈，毕业后攀附上一个法律系高才生，逼着对方买房，对方卖姐求妻，两人一起啃老啃姐。

而在叶思北的案件中，她的形象更是有各种各样的说法。

有的说她其实是拉皮条的人，帮着范建成害了叶思北；有的编出一个离奇故事，说本来她才是受害人，但她为了保全自己卖了叶思北；有的说她和叶思北一起串通玩仙人跳骗钱，为了解决她的房子问题……

她每天都收到各种各样的信息，骂她的长相，她的打扮，她过去的举止，她从初中开始谈恋爱，她不检点，她张扬。

同时，不同的人都在问她一个问题：为什么那一天她会抛下叶思北？

她渐渐不再出门，把自己关在房间里，快速消瘦下去。

好几次叶念文去看她，就看到她坐在窗户边，看着院子发呆。叶念文知道她在难过什么，轻轻揽过她，安慰她："别难过，我是信你的。"

可在他抱着她的时候，她满脑子都是网友的话。

"要是那个赵某人真的是在叶思北意识不清的时候把她扔在车上，就是那个强奸犯的帮凶，叶思北她弟弟真的能不介意吗？"

"她要是真的丢下叶思北，那就是个罪人，该死。"

"明明就是叶家一家人串供下套啊，说什么强奸，要真是强奸，弟媳把喝醉了的姑子扔在车上，这是什么人啊？"

"念文。"赵楚楚张口，想把自己内心深处最煎熬的问题问出来，可在叫出对方名字的一刹那，她突然又失去勇气。

"怎么了？"

"没什么，"赵楚楚额头抵在他身前，"就是觉得好累。太累了。"

所有人都在等待，在煎熬。

不知道到底过了多久，就看见夏天的绿叶变成秋天的黄色，天气也开始转冷，街上的人穿上薄毛衣，直到这时，叶思北终于接到了法院的传票。

那天晚上，秦南煮了牛肉，两人吃饱饭，站在阳台上抽烟。

秦南不知道是怎么想的，突然开口跟她说："等打赢了官司，我们一起戒烟、戒酒。"

听到秦南的话，叶思北转头看他，有些茫然。秦南笑起来："想活久一点。"

"活久一点做什么？"

"看一看这个世界，"秦南想了想，"会变成什么样子吧。"

两人近乎一夜未眠，凌晨时，才睡过去，睡了三四个小时，便被闹铃叫醒。

他们一起起床洗漱，秦南和叶思北一起站在镜子前，他看着镜子里叶思北穿着的运动衣，忍不住建议："要不穿条裙子吧？"

"我还不敢。"叶思北勉强笑了笑，"会紧张、害怕。"

"那你答应我，"秦南双手放在她肩上，"如果今天赢了，我给你买条裙子？"

听到这话，叶思北莫名地觉得有几分开心，好像赢了之后的未来近在眼前。她抿唇一笑，认真作答："好。"

洗漱完毕，两人一起下楼。叶思北坐上副驾座，看着秦南戴着墨镜坐在旁边的模样，她生出几分是去郊游的错觉。她不由得抿唇，从包里取出一个在家里闲着无事编织的中国结，挂在车中央。

秦南看着她挂上的中国结在车里轻轻摇晃，移开视线，放下手刹："走了？"

"走。"叶思北点头。

车开起来，叶思北看见秋日的阳光落在车里，突然想起来什么："这车是你什么时候买的啊？"

"刚认识你不久时。"

"不是有摩托车吗？"叶思北转头看他，有些埋怨，"非得多花钱。"

"因为怕你不敢骑摩托车。"秦南平和地回应，又笑起来，"而且，想着要成家了，总得像点样子。"

叶思北静静地听着，突然才发现，其实从一开始秦南对这段婚姻就不是将就。

两个人开车到了法院，门口已经等了许多媒体。因为他们不是第一次，倒也没有上一次到检察院时的冲击感。

叶思北和秦南一起挤进法院,到了法庭外,就看见范建成的家人和一位看上去颇为年长的律师正在殷切地谈着什么。赵淑慧拉着孩子,红着眼睛,一直点头。

叶念文带着父母和赵楚楚一起走进来,到了叶思北旁边。叶思北将目光从赵淑慧脸上移开,第一眼就看到赵楚楚。

她穿着最普通的休闲衣,剪了短发,素面朝天,看上去疲惫又憔悴,一贯亮晶晶的眼睛也失了神采。

她瘦得厉害,叶思北一眼就知道,她大概经历了什么。因为她也一样。

她不忍多看,朝着赵楚楚点了点头。赵楚楚轻唤了一声:"叶姐。"

"辛苦了。"叶思北安抚了一句,看向叶念文,"她出来了?"

叶念文知道"她"说的是赵淑慧,便解释:"按治安管理条例拘留了十五天,早就出来了。"

叶念文说着,看了赵淑慧一眼,注意到她旁边的律师,他有些僵硬地移开目光:"不用管她。"

叶念文说不管他们,对方却发现了叶念文,那位看上去年长的律师笑起来,走到叶念文面前,颇为熟稔道:"哟,念文。"

叶念文板着脸。对方看了一眼叶思北:"帮你姐当附带民事律师?"

"是。"叶念文抬眼看向对方,"孟律师还是接了这个案子?"

"总得有人为被告辩护,"说着,孟鑫抬手拍了拍叶念文的肩,"官司打完了,请你们一家吃饭,算是赔礼,理解一下。"

"还说不定呢。"叶念文听出孟鑫的暗示,撑着场子,"说不定得我请孟律师吃饭,给孟律师赔罪。"

听到这话,孟鑫摇头笑笑,没有多说,转身离开。

等他转身,叶思北看向叶念文:"这是谁?"

"孟鑫,"张勇走过来,替叶念文解释,"南城最好的刑辩律师,你弟的前老板。"说着,张勇转头看叶念文,"你是什么时候被开除的?"

叶念文不想回答这个问题,转头看了一眼法庭大门。

大门被工作人员打开,孟鑫安抚过范家人,带着自己的助理先进了法庭。

"你既是原告,又是证人,因为检察院替你提起公诉,你的证人位置不可替代,所以等一会儿你会作为证人在庭外等候传唤。"叶念文和她大致说了庭审程序。

叶思北认真地点头。

过了一会儿,他们就看到几个身穿检察院制服的人拿着文件从另一边走过来。

"他们就是你的公诉人。"叶念文靠近叶思北,小声地告诉她。

叶思北远远地看着他们走过来,像是看到自己的希望,她不知道为什么眼睛就带了几分酸。

检察院的人走到法庭大门前,看见叶思北和叶念文,微微颔首,算作招呼,就往法庭走。

叶思北下意识地抓住了其中一个女公诉人的袖子,对方转过头来,看见叶思北满是期盼地看着她。

"一定要赢。"叶思北声音沙哑地开口。

女公诉人愣了愣,随后抬手拍了拍她的手:"你放心,我们会按照法律行事,将凶手绳之以法。"

叶思北不断地点头,却不放开手。

对方平静又坚定地看着她。

叶念文走上前,轻轻拉开叶思北的手:"姐,先让公诉人进去吧。"

叶思北被叶念文拉开手,看着一个个代表着正义的公诉人走进去,然后工作人员纷纷进去。

叶念文看时间差不多了,轻声告诉她:"姐,我也进去了。"

"嗯。"

"姐,"叶念文抬手放在她肩上,让她看着他,"这场官司,你不是一个人。我一直在庭上,你别怕。"

"嗯。"叶思北点头。

叶念文伸出手,握成拳头。

小的时候,他们姐弟一起干了坏事,成功后,就会这么碰拳。叶思北看着,噙着眼泪笑了一声,抬手握成拳头,轻轻和他的拳头碰了一下。

叶念文笑起来，转向法庭，收起笑容，认真整理了衣衫，庄重又冷静地走了进去。

叶思北看着法庭大门缓缓地合上，然后听见有人叫她的名字："叶思北？赵楚楚？"

叶思北转过头去，看见有一个工作人员在招呼她们："证人先到这边来等待传召。"

"好的。"叶思北应了声，回头看向一直站在一旁的秦南。

"我等你。"秦南笑，"给你买裙子。"

叶思北笑起来，重重地点头，然后和赵楚楚一起朝着工作人员走去。

和赵楚楚独处，她才终于有了机会，她看向赵楚楚，轻声告诉赵楚楚："今天就结束了。"

赵楚楚抬眼，有些呆滞的眼看着叶思北，好久，才轻轻点了点头："今天就会结束了。"

两人被工作人员分开，叶思北跟着工作人员到了法庭外的小房间。她一个人在狭小的房间里，打量着周遭的环境，慢慢坐到椅子上，犹豫了片刻后，她转头看向旁边的小门。

这时，法庭上，由书记员宣读法庭纪律后，审判长重重地敲下法槌，宣布开庭。

2018年9月3号早上9点33分，范建成涉嫌性侵案一审，正式开庭。

23

刑事案件中，刑事部分会由检察院替受害人提起公诉，受害人无须另请刑辩律师。叶念文作为附带民事诉讼律师，坐在公诉人旁边，除了替叶思北要求民事上的经济补偿，更重要的，是为了搞清整个案件的庭审过程。

性侵案作为隐私性较高的案件，一般不公开审理，而叶思北又是证人身份强于受害人身份，如果他不来，那他们一家可能永远不会知道庭审中到底发生了什么。

叶念文听着审判长宣布开庭,然后审判长开始核对当事人及其诉讼代理人的身份,宣布合议庭组成人员及书记员名单,并告知当事人诉讼权利与义务,确认无回避人员后,进入法庭调查环节。

法庭调查先由公诉方提出诉讼请求,描述案件经过及其举证。

坐在首位的女公诉人站起身来,开始冷静地描述案情:"2018年4月9号……"

法庭中案件进入庭审阶段时,法庭外,双方家人各自站在一边,等着最终的结果。

张勇看到秦南靠在墙边,用手肘撞了撞他,看了一眼外面:"去抽根烟?"

"嗯。"秦南直起身。

两人一起走到法庭外,漫步到走廊转角,张勇递了根烟给秦南,按下打火机给他点烟,安抚他:"不要这么紧张,是福不是祸,是祸躲不过。"

秦南靠在白玉石围栏上,抽着烟,看着阴沉的天空。旁边没有其他人,他终于转头询问:"她胜诉的概率大吗?"

"我又不是法官。"张勇笑,给自己点了烟,想了想,终于还是回答他,"一般我们移送案件给检察院,检察院觉得证据不足就会退回侦查,如果他们说不予立案,公安机关可能就得赔钱给被告。他们审查了,觉得这个案子被告的确是犯了罪,才会提交法院,法院要是判他们输了,他们有可能赔钱给被告。"说着,张勇看他一眼,"谁想做赔本买卖呢?"

"那我们会赢是吗?"

"我只能说,"张勇看着秦南克制着期待的眼神,低头掸了掸烟,"我们每个人都为追寻真相拼尽全力,所以我希望你们赢。"张勇顿了顿,抬起头,"不管遇到什么困难,都坚持下去。"

"可有时候,坚持这件事,"秦南低头,"比我想象的难太多了。"

两人待在长廊上抽着烟,法庭内,公诉人代替受害人做完当事人陈述后,律师替范建成提出诉讼请求,最后由范建成自己做当事人陈述。

范建成被带到审问席,他被送进像牢笼一样的方框中,颇有些疲惫地站在原地。他看上去瘦了不少,一贯和善的五官也显出几分尖锐。

"4月9号当天,我接到万福地产副总郑强的电话,说可以和我们谈合作的事。他这个人喜欢热闹,我就叫上当时还在加班的员工,一起去陪他吃饭。这里面包括陶洁、陈晓阳、赵楚楚、叶思北等人。吃饭的时候,叶思北得罪了郑强被灌酒,她嘱咐我,一定要我送她回家,所以等到酒席散了后,我就送赵楚楚、叶思北回家,一路上,叶思北都在说话,说感谢我。"

范建成似乎回忆了很多遍,说得十分流畅:"赵楚楚家近,我先送了赵楚楚,然后送叶思北回家。但接近她家时,她突然和我说,她想去芦苇地,我问她去干什么,她说她老公在那边等她,她得过去。

"我听她的话,就送她到芦苇地,一路上她都在埋怨她老公不好,说她老公穷,夫妻感情不行。等到芦苇地后,她让我停下来,说她有些不舒服,我很担心,就到后座去看,一过去,她就抱住我,说她喜欢我,不想和她老公过了。"范建成说着这些,低下头,似乎是有些羞耻。

叶念文捏紧手里的笔,努力克制着情绪。

"她一边说一边主动亲我,我和她说不要这样,我是有老婆、孩子的人,她说她不在乎,她很感激我一直照顾她,没有人对她这么好过,然后她递给我一个安全套,说我怎么样都行。我一时鬼迷心窍,把持不住,就把她放在后座,我解开她的衣服看,心情有些激动,拿手机拍了照片,她一直很配合,我受不了。我们先是正常的姿势,后来我就用她的丝巾蒙上她的眼睛,她叫得让我很兴奋,我拿手机录了音,想以后多回味一下。等完事之后,我想起我的家庭,心里很害怕,和她说这件事就这么算了,只此一次,下不为例。但她不干,她跟我要十万,说不给十万,她就把事情告诉其他人。

"她这话让我很生气,我觉得她骗我,我不相信她真的会把这种事情说出去,就把她扔在了芦苇地。把她扔到芦苇地后,她给我打电话,威胁我,如果不给钱就告我强奸,我不答应,谁知道后面她就真的报警了。第二天她给我打电话,说她报警了,但还有回转的余地,给我时间考虑,让我自己想好。"

范建成说着，忍不住哭起来："她告就告呗，我不吃这一套，反正我没犯法，我不信法律会冤枉我。"

范建成哭着把整个过程说完。叶念文死死地盯着范建成，恨不得将他吃了。

"审判长，我申请向嫌疑人提问。"一个公诉人站起来，范建成面上露出几分紧张，公诉人盯着他，"警方最初调查时找到你，为什么在第一次的笔录里，你没有提及任何关于叶思北和你之间发生性关系的事？反而是说把她送回了家，直到警方确认叶思北衣服上的精斑、指甲中的皮屑与你的生物特征均吻合，你才说叶思北主动勾引你。"

"因为这种事本来也不体面，能不说就不说。"范建成答得很自然，面带愧色，"我毕竟是有家庭的人，没有抵住诱惑是我的问题。"

"案件移交检察院后，你的妻子赵淑慧提交了一份录音证据和几张性爱照片，这些证据明明对你更有利，为什么一开始不主动提交？"

"我……我不想让人看到这些东西，"范建成低头，"谁都有羞耻心，不到万不得已，我不想把这种东西展示给别人看。"

"哪怕坐牢都不愿意吗？"

"我不相信我国的司法体系，"范建成抬眼看向公诉人，"连一个真相都查不清楚。"

公诉人死死地盯着范建成，范建成神色平静，片刻后，公诉人看向桌上的文件："你说叶思北主动勾引你，屡次威胁你，你既然已经遭到第一次威胁，那为什么后续不录音、不保留证据？"

"发生这种事，我觉得我毕竟是个男人，我没想到她真的会报警，也没想过要起诉抓她。"

公诉人点头，转头看向审判长："审判长，我没有其他问题了。"公诉人打断他，朝审判长点头，然后坐下。

范建成陈述完毕，到了证人做证环节。

审判长拿着笔录，叫出了第一位证人："请证人张翠出庭。"

听到张翠的名字，叶念文皱了皱眉，过了片刻，就看到侧间走出来一位五十岁左右的老妇人，她穿着白衬衫，看上去有些紧张。

她站到方才范建成站的位置后,磕磕巴巴地介绍起自己:"我叫张翠,四十九岁,籍贯是南城,是富强置业的清洁工。"

张翠重复了一遍自己的证词,她的证词非常简单:"那天早上,叶思北来得很早,看上去很忧愁。我不小心撞掉了她的包,想去帮她捡东西,她想拦我,我不知道为什么,但蹲下去帮她捡的时候才发现包里装了那种……"张翠说着,似乎才想起来是在法庭上,颇有些嫌弃地开口,"装了安全套。我赶紧就走了。"

听到安全套,叶念文心里咯噔一下,然后他就看见孟鑫站起来,向审判长申请质询。

"你看见的安全套是什么样的?"他先提问。

张翠有些不好意思,但还是回答:"就……是个紫色的。"

"确定吗?"

"确定,"张翠点头,"那颜色挺特别的。"

"是这个吗?"孟鑫拿出一张照片,照片上是一个紫色打底、印着银色纹路的安全套。张翠辨认了片刻,点头:"是的。"

孟鑫朝着所有人把照片转了一遍,确认大家都看到照片,随后又拿出一张照片。

那张照片是公安局当天拍摄的第一现场照片,照片是芦苇地夹杂着石子的地面,地面上有一个撕开的安全套壳子,虽然撕开了,但还是可以看出,和之前孟鑫给的安全套照片一致:"你再看看,是这个吗?"

张翠出于谨慎又看了一遍,点头:"是,就是这个。"

"我没有其他问题了。"孟鑫笑了笑,坐回自己的位子。

叶念文和公诉人的脸色都不太好看,叶念文立刻明白了孟鑫的意图。他在试图证明,那天范建成使用的安全套是叶思北给的,而这和范建成的供词刚好吻合。

等张翠走后,审判长传召陈晓阳入庭。

"叶姐在公司是平时不太爱说话的那种人,对大家挺好的,人也很保守,以前我对她的印象一直不错。

"她老公每天都会来接她回家,但出事前的一阵子突然就不来了,我听陶姐说,是因为她贷款给自己弟弟买房子,她老公很生气,打算和她离婚。

"4月9号那天,范总突然让我们在场所有人一起参加酒局,酒局上,因为叶思北在敬酒的时候没有喝完,惹得郑总不快,郑总罚她喝了六杯,她喝得太急,喝完就去吐了,回来就歇了一会儿,又来说了几句,后面大家都尽量帮她挡着,挡不过去的再喝两杯。她看上去兴致很高,范总怕她喝多,就让赵楚楚带她去休息,她就和范总说,一定要让范总送她和赵楚楚回家。后来酒局散了,赵楚楚和她一起往外走,我就问她要不要我送她回去,她说不用,谢了,她让范总送就行了。所以我就送陶姐和另外两个女同事一起打出租车回去了。"

"审判长,我有问题。"孟鑫站起来。

所有人都看向孟鑫,审判长孟鑫点点头。孟鑫看向陈晓阳:"那么当天,叶思北一共喝了多少杯酒?"

"大概……"陈晓阳想了想,"十杯。"

"那叶思北平时参加过公司的酒局吗?"

"参加过,"陈晓阳点头,"年会、聚餐,都去过。"

"她的酒量你了解吗?"

"她喝酒一向比较谨慎,我没有见她醉过,不清楚她具体酒量是多少。"

"那以前的年会上,她一般喝多少酒呢?"

"我见过最多的一次,大概是53度的茅台,就那种10ml的小杯子,她喝了有十几杯。"

"具体多少?"

"十五到十七杯吧。"

"那她喝完能流畅地说话,表达自己的想法,意识清醒吗?"

"这个肯定清醒,"陈晓阳肯定地回答,"叶姐不会让自己喝到不清醒的,她是个自我保护意识比较强的人。"

"她指名要嫌疑人送她,这是你听见的,还是别人说的?"

"我听见的。"

"那当天,其实除了嫌疑人,你们有其他人可以送她的是吗?"

"对,"陈晓阳点头,"我也可以送她,只是她不要。"

"好的,"孟鑫点点头,"谢谢。"

孟鑫问完后,公诉人又站起来提问:"那天郑强对叶思北劝酒时,嫌疑人是阻止还是配合?"

"一开始范总是想帮忙的,"陈晓阳回忆着当时的情况,露出几分无奈,"大家都想帮一帮她,但郑总态度比较强硬,为了公司的单子,范总只能暗示叶姐了。我们也是,"陈晓阳似乎是有些难堪,低下头,"大家都是为了工作,我们都是这么喝的,所以也就多劝了两句,希望不要得罪郑总。"

陈晓阳说完后,审判长又请了郑强。郑强大概说了一下那天的情况,和陈晓阳说的没有太大的出入。

在公诉人提问为什么劝酒时,他面露懊恼:"我就是觉得喝酒有气氛,我在哪儿都是这么喝,我喝一杯,你喝一杯,这是互相尊敬,喝开了,才热闹,要是大家都端着,这酒局有什么意思?那姑娘是个年轻员工,就偷奸耍滑地想赖酒,这是不给我面子啊。"

叶念文听着这话,有种想跳过去狠狠砸在郑强脸上的冲动。

他隐约明白,郑强劝酒,劝的不是酒,他是在享受那种上位者的权势感,享受对方不得不低头时那份优越感。而这份优越感是以欺辱叶思北建立的。

郑强说完之后,就到了林枫,这个到达案发现场第一个见到叶思北的女警。

"4月10日清晨六点,我们接到报案,报案人说,她被困在芦苇地,需要一件风衣。我先赶了过去,发现她躲在芦苇地,面色苍白,整个人一直在抖,根本不能正常交谈。我意识到情况不对,立刻给我的同事打了电话,要求刑事立案,然后带叶思北到医院做检查,但检查到一半时,叶思北母亲到达医院,她们母女谈了一会儿后,就决定离开。因为叶思北没有主动表明自己遭遇性侵,我们不能立案,但我还是保留了当时的证据,等到了叶思北二次报警。"

"审判长,我申请提问。"孟鑫再次站起来,林枫面不改色,孟鑫拿着林枫的笔录,"据你所说,当时叶思北报案的内容是'需要一件风衣',并没有直接报强奸,对吧?"

"是。"

"你拿走了叶思北的外套,提取了生物证据,也做了强奸相关检查,为什么不做血液检查?"

"因为一开始没有确认她到底遭遇了什么,所以第一时间做的是身体相关检查,确认她有没有受伤,当她自己主动要求做强奸鉴定时,我才确认她是遭遇了性侵。后来她母亲来带走了她,就没来得及让她做血液检查。"

"叶思北当时身上有外伤吗?"

"没有。"

"你说'她主动要求做强奸鉴定,才确认她是遭遇了性侵',"孟鑫不知为何突然转回刚才林枫说的话,林枫愣了愣,随后就听到孟鑫询问,"这个确认是在检查结果出来后,还是你当时就这么认为?"

孟鑫这个问题出来,林枫马上意识到他想证明什么,她脸色有些难看:"当时,我就是这么认为的。"

孟鑫总结:"所以你从一开始就已经做出性侵判断,一直是以我当事人有罪的前提在侦查这个案子,是吗?"

林枫闻言就急了,慌忙回答:"当时叶思北的状态明显——"

"是,还是不是?"孟鑫打断她,一双眼带着审讯看着她。

林枫看着孟鑫,好久,她声音沙哑地开口:"是。因为我骗不了自己的良心。叶思北是没有外伤,可她当时的状态,是个人就能看懂是什么情况。"

孟鑫笑了笑:"好的,谢谢。"说着,他转头看向审判长,"我的问题问完了。"

审判长点头,转头看向公诉席:"你们有问题要问吗?"

"没有。"

审判长低头看向证人名单,平静地传召:"请受害人叶思北上庭。"

叶思北在小屋里一直等着。她听不到庭审的内容,也接触不到外界,好在等待已经成为她的一种习惯,她在小屋里漫无目的地想着未来。

她不敢想那些不好的东西，走到这里的路太难了，她不敢想失败后会怎样，她就只能想想秦南说的。等官司赢了之后去哪里呢？

赢了之后，媒体通报了结果，那些怀疑她陷害的人就应该闭嘴了吧？她应该可以证明自己没有错，不是个坏女人了吧？

她想重新考一次公务员，这次不想考南城的公务员了。她好像又有了离开的勇气，想到省会去，虽然那里房价贵一点，东西也贵一点，但是可以做的事情也会多很多。

大学时吃的日料，她好久没吃过了。她记得寿司最便宜的是八毛，肉松的，饭粒有些酸，外面包裹的紫菜有点甜。

她想着想着，就听见了通知声，她心跳快起来，知道是轮到自己了。

她由工作人员引着到了法庭上，站到所有证人站过的位置，整个法庭虽然人不多，但所有人的目光都集中在她身上，这令她不由得有些不安。

她深呼吸，想着进来之前工作人员给她的引导，磕磕巴巴地介绍着自己："我叫叶思北，二十七岁，籍贯是南城，原是富强置业财务部的一名会计……"

已经重复过太多次，早就磨去了她对这些内容的羞涩感，但是因为第一次在这么多人面前说，她紧张得磕磕巴巴。

"那天下午，范建成突然要我们所有人一起去陪客户吃饭……

"他送我回家……

"醒过来的时候我被蒙着眼睛，我害怕……

"他把我从车上扔下来，逼着我往前走……"

叶思北说得很细致，远比范建成描述的要可怕。

范建成说着一个女人主动勾引敲诈未遂的艳情故事，而叶思北说的是一个女人从死亡边缘逃离的刑事案件。

叶念文看着叶思北，他的姐姐，他第一次听她说这些，还是当着这么多人紧张又麻木地重复着当时的事情。

等叶思北说完，孟鑫再一次站起来："叶小姐，你从小是个很守规矩的女孩子，是吗？"

叶思北点头。孟鑫继续发问："那在此之前，有没有人告诉过你，女孩子晚上喝酒是很危险的?"

"有。"叶思北如实回答。

孟鑫露出疑惑的表情:"那么,一个很保守的你,在明知有危险的情况下,为什么还会做这件事?"

"我不知道,"这个问题叶思北难以回答,"当时那个场景下,我感觉压力很大,所有人都看着我,我觉得我不喝,是给大家带来麻烦,而且也没觉得多么危险,所以我喝了。"

"你在下车后给嫌疑人打过电话吗?"

"没有。"叶思北摇头,"我被蒙着眼下车,他让我往前走,数到一千,不准回头,不然就杀了我。我太害怕了,只能往前走,数到一千后,我解下眼罩,发现自己在一片芦苇地里。"

孟鑫敏锐地询问:"眼罩?"

"不,"叶思北才想起来,"是丝巾,公司制服配套的丝巾。"

孟鑫点头,看着卷宗:"你在事发后报了警,为什么和警察说没事?"

这是她预料中的问题,做笔录时也被问了很多遍。

"因为我妈和我说,不报警对我伤害更小。"

"你在报警当天下午给嫌疑人又打了一通电话,内容是什么?"

"我请假。"叶思北低下头,有些不安,"他是我上司。"

"你有每天携带安全套的习惯吗?"

叶思北愣了愣,"安全套"三个字对她而言有些过于敏感,她下意识地摇头:"没有。"

"那么,那天你为什么会带一个安全套在包里呢?"

这话让叶思北愣了愣,回忆片刻后,才想起来他说的是什么。

"我……我丈夫前一天晚上想和我离婚,说他不会再来接我了,我又听到最近发生了案子,心里很不安,一个同事告诉我说,把安全套放在包里,遇到歹徒的时候主动给他,可以增加生还的概率,所以那天早上我带了……"叶思北拼命思索着当时的心情。

孟鑫点点头:"理解,那……是谁告诉你,安全套能增加生还概率的?"

叶思北犹豫了片刻,她知道这种话私下说是玩笑,在公开场合说,对一个女性来说,就是一种声誉上的贬低。她挣扎了很久。

孟鑫继续道:"叶小姐?"

"赵楚楚。"叶思北最终还是说了实话。

孟鑫点头:"那在嫌疑人对你实施性行为前,你把安全套给他了吗?"

叶思北摇头:"没有。我醒来已经在进行了。"

"你看见过他的样子吗?"

"没有。"

"你全程被蒙眼,确认不知道他是谁对吧?"

叶思北继续摇头。

孟鑫拿出一张照片,带到叶思北面前:"你能不能解释一下,这张照片是怎么回事呢?"

照片上,叶思北被剥得干干净净,睁着眼睛,平静地看着镜头。

叶思北睁大眼,震惊地看着这张照片,摇头:"这不可能,这……这不……"

"你眼睛没有被蒙着,"孟鑫强调,"你是清醒的,对这张照片,你有什么解释吗?"

"我不记得。"叶思北盯着照片里的自己,眼泪涌上眼眶,她拼命地摇头,"这不是我,我没有印象。"

孟鑫收起照片,乘胜追击:"整个过程中,他打过你吗?"

"没有。"叶思北预感到什么,她的眼泪停不住地落下来。她竭力让自己不要哭,可还是忍不住。

孟鑫似乎预料到她的态度,追问:"那你反抗过吗?"

"我抓了他,我也呼救过。"

"你在过程中叫床了对吗?"

"对,但那是他让我叫的。"

"你过程中高潮过吗?"

"没有!"叶思北近乎崩溃。

"审判长,这个问题与本案无关。"公诉人猛地起身,和叶思北同时开口,打断孟鑫的询问。

审判长点头:"不得询问与本案无关的问题。"

孟鑫做了一个"抱歉"的表情,随后接着询问:"你爱你丈夫吗?想和他过一辈子吗?"

叶思北含泪点头。

"你每个月工资三千五百是吗?"

"是。"

"你一个月工资三千五百,借了信用贷五万,三年还清,每个月还款两千四百,剩下一千一百用来生活。而你们家自己的房贷都没还清,你丈夫开一家汽车修理店,日子也并不宽裕,你爱他,你想和他过一辈子,就一点没考虑过未来吗?"孟鑫似乎难以理解,"还是说,你有其他办法?"

"审判长,孟律师的问题似乎已经超出本案范围。"公诉人再一次反对。

可大家都知道孟鑫在证明什么。他在证明叶思北撒谎,在证明叶思北拥有诬陷范建成的行为动机,在证明叶思北就是图钱。

叶思北站在原地,流着眼泪,颤抖着身体,已经完全说不出话来。

"我问完了。"孟鑫见好就收,略带歉意地看了叶思北一眼,也不再多问。

而这时候的叶思北已经彻底崩溃。她预感到什么,抬起头看向孟鑫,她死死地盯着孟鑫。孟鑫低头,错开叶思北的目光。

"请工作人员带受害人离场,"审判长垂眸看向文书,继续宣告下一个证人,"请证人赵楚楚出庭。"

24

叶思北一直盯着孟鑫,她几乎是被工作人员拖着离场的。

离场后,她坐在证人待的房间里,开始新一轮的等待。但这一次,她开始害怕,开始颤抖,因为她明白,孟鑫想要得到的、证明的到底是什么。

叶思北等待时,秦南和张勇在长廊上继续聊天。

"在我最初意识到受害人是她的时候,其实我对她是有怨言的。"秦南抽着烟,看着宽阔的广场,声音有些茫然,"我觉得她太软弱了,被人欺负成这样,都不知道吭一声。报个警,她怕什么?"

"理解,"张勇笑笑,"我刚当警察时也这样。"

"好在当时我从视频里听到了她说的话,我意识到她可能有很多我不知道的苦难,我就觉得,我该多了解她一点,不管她是软弱还是窝囊,我都该多给她一点包容,我不能总是和她说你坚强一点,你努力一点,然后什么都不做。所以我没有表现出对她的责备。"

"后来呢?"

秦南吸了口烟,面色有些疲惫:"后来,走到现在,我突然明白,她不报警,不是她软弱,是我无知。"

秦南轻轻仰头,看向阴沉的天空:"我根本不清楚前路会有什么。

"在我真的和她一起经历这一切,被人议论,看着网上那些乱七八糟的话,被人劝阻,现在还要忐忑不安地想会不会赢的时候,我才发现,"秦南嘲讽地一笑,"如果我当初知道未来是这样,可能我也没有勇气报警。可她是明知未来可能会这样,"他顿了顿,克制住语调,"最后还是报了警。"

"后悔吗?"张勇看了他一眼。

秦南没说话。

他不知道。他可以坚定地告诉叶思北不用后悔,是因为他知道叶思北已经无路可退。可如果扪心自问,问一句后不后悔,他不知道。

他不是神,甚至算不上一个很好很好的人,他有自己的懦弱、胆怯、惶恐,只是一切,他不愿意让叶思北看到。

"有时候我会不知道,"秦南声音有些哑,"坚持的意义到底是什么?如果这个案子输了,"他转头看向张勇,"我们经历这么多,到底有什么价值?"

张勇没回答,看着乌云越来越重。

"以前有过一个案子。"不知道为什么,张勇突然说起一个无关的话题,他深吸了一口烟,平淡地描述,"这个人犯罪时间从 1993 年开始持续到

2009年，这期间，他抢劫91起，盗窃23起，强奸妇女过百，你知道他胆子为什么这么大吗？"

"为什么？"

"他和律师说，"张勇嘲讽地一笑，带了几分克制着的愤怒，"作案过程中没有人敢反抗，也没有人会报案。你想，在一个所有人对犯罪者沉默、问责受害人的地方，这些罪人会害怕吗？

"他不会。"张勇凑近秦南，肯定地出声，"你不能指望坏人有一天幡然醒悟，放下屠刀，对犯罪不做约束，他们只会肆无忌惮。

"叶思北报警了，她坚持了，"张勇看着秦南，"这就是对那些在黑暗处自以为不会有任何代价的人最大的威慑。

"你们做的一切不是没有意义，正义永远不该缺席，尽管，"张勇迟疑着，说得有些艰难，"这一路，可能走得不那么容易。"

"我叫赵楚楚，原是富强置业业务部的一名员工。"

赵楚楚上庭后，叶念文心中稍定。他想，她的证词是会偏向叶思北的。他看着她低着头陈述了当天晚上她看到的事情经过。

等她说完后，孟鑫再一次站起来发问："你的未婚夫是叶思北的弟弟是吗？"

"是。"赵楚楚点头。

孟鑫继续："你那天晚上醉了吗？"

如果她醉了，她的证词力度就会大打折扣，她果断地摇头："没有。"

孟鑫点点头，继续："那当天晚上，叶思北醉了吗？"

"醉了。"

"醉到什么程度，能辨认人吗？"

"她能认人，也一直在说话。"赵楚楚如实回应。

"那你们分开时，你的证词说的是她意识模糊，这个意识模糊，模糊到了什么程度？"

赵楚楚听着孟鑫的话，有些恍惚。这一刻，她满脑子都是网络上的人对她的问责。

"叶思北都没意识了，她还能把人丢在车上，是什么人啊。"

"垃圾，她是存心的吧？"

……

她不能把没有意识的叶思北扔在车里，叶思北这么信任她。如果是她导致叶思北出事，那这个责任就马上要由她来承担。

她在必须回答孟鑫提问的这一刻，清晰地认识到，在叶思北和她之间只能选一个人。要么她承认把意识不清的叶思北扔在车上，证明叶思北的清白，而她受千夫所指，要么她否认叶思北意识不清，她干干净净，叶思北却有败诉的可能。

她不敢回话，内心在天人交战，许多声音在她内心回荡。

孟鑫观察着她，再次唤了一声："赵楚楚？"

"赵楚楚，"审判长也察觉到她过久地沉默，关心地询问，"你是否身体不适？"

赵楚楚闭上眼睛，心里做出决定，原本的打算在这一刻彻底粉碎。

她为叶思北做得够多了。她告诉自己，她为叶思北丢了工作，为叶思北受这么多人羞辱、唾骂，她也有自己的人生，她没有勇气，也不敢，为了叶思北去承担这个世界的指责和嘲弄。

"我在回忆。"赵楚楚睁开眼，抬头看向孟鑫，"当时的情况，我现在记得不是特别清楚了，我就记得，她在说胡话。"

"能认清楚人吗？"

"能认人，说话只是说她平时不说的话，但逻辑很清晰，也能清晰地打电话。"赵楚楚低下头，"所以我才留她在车上，走之前约好，让她到家了给我打电话。"

能认人，能清晰地打电话，也就是说，在她和叶思北分开时叶思北是清醒的。这是对叶思北极为不利的证言，尤其是证人是理应偏向叶思北的亲友，证词力度更大。

叶念文死死地盯着赵楚楚，呼吸都重了几分，赵楚楚完全不看他。而公诉席上，公诉人都皱起了眉头。

"叶思北在整个醉酒过程中，你感觉她醉酒的程度是加深状态吗？"孟鑫继续发问。

"不是，"下定决心后，赵楚楚答得很流利，"她吐过以后，我扶她坐到旁边，她有些兴奋，一直说话，但一直是那样，没有加深。"

"她以前喝酒后就是这个状态是吗？"

"对。"

"她一般能喝多少？"

"二两左右。"

"当天喝了多少？"

"不到二两。"

"也就是说，其实这不是一个能让她彻底丧失意识的饮酒量？"

"我不知道。"

"那，"孟鑫问出最后一个问题，"是你告诉她，主动带安全套在身上，能增加被强奸时的生还概率吗？"

听到这个问题，赵楚楚沉默。

这话她对叶思北说过，只有叶思北和她知道，孟鑫会问这句话，必然是叶思北告诉他的。

她最近在网上的风评叶思北不是不知道，她经历了什么，叶思北也不是不知道。这句话是她说出口的事情，一旦在公众场合被别人知悉，对她的声誉会有多大的影响，叶思北不是不懂。可叶思北还是说出来了。

她感觉自己和叶思北就像是被放进狭窄笼子里的两只小兽，旁人逼着她们，告诉她们，她们之间只有一个能活。于是她们互相出卖，互相维护自己的权益。

赵楚楚笑起来，她眼里有了水光。

"没有。"她沙哑地出声，"我没有说过。"

叶念文抓着笔的手轻轻颤抖，他盯着赵楚楚，不敢相信，赵楚楚最后的证词是这样的。

问到这里，也没什么好再问的，孟鑫点头，示意自己问完。他坐下后，公诉席上的一位公诉人申请提问。

"你在做笔录时，清楚地说过，你下车时，叶思北意识是模糊的，为什么现在又改口说她能认人，能清晰地打电话？"

"我以为停不下来说话就算意识模糊。"

"那你说的说胡话到底具体指什么？"

"就是平时她不会说的一些话，她都会说出来。比如说她的家庭情况，她心里难受之类。"

公诉人点头，皱着眉坐下。

双方询问完毕后，赵楚楚被带下去，她走的时候，没敢抬头，甚至没敢再看叶念文一眼。

证人质询完毕后，开始一一出示各项证据。整个法庭调查环节结束，进入法庭辩论环节。

强奸案发生在密闭空间中，除了客观上的生物证据，更多关于当事人的意愿，则是根据双方口供、证人证言，以及各种常理推断。

这个案子陷入的僵局在于，在被害人和嫌疑人完全两个方向的陈述中，双方都没有足够的证据去证明自己的言辞。

范建成没有证据证明叶思北对他的示好、威胁。

叶思北被非常规性地劝酒，也的确醉酒，可能会形成意识不清的状态。

案子发生的环境属于密闭空间，足以造成叶思北受胁迫的可能。

林枫的证词又证明叶思北当时的精神状态并非范建成所说的勒索未遂。

叶思北在第一时间报警，叶思北和范建成之前并无情侣等可能发生性行为的亲密关系，从常理上可以推断出这极有可能是强奸。

可与此同时，叶思北缺钱、主动带安全套、过程中完全配合、反复报警，以及口供与照片、录音等客观证据有差异等违背常理的行为也令人怀疑。这也的确可能是一场她自编自导自演的仙人跳。她骗过了林枫，给范建成刻意设套。

"她整个过程中没有任何反抗迹象，甚至主动配合。她说自己反抗了，但实际上她的抓痕位置在我当事人的左肩，那个位置及抓痕方向，拥抱是最有可能导致这种抓痕产生的，这不仅不是反抗，甚至可以说是主动配合。"孟鑫提出自己的疑点。

"按照受害人口供，这完全是受胁迫所致，不反抗、主动配合都没办法证明受害人是自愿的。相反，嫌疑人在性关系可能性极低的身份关系中将醉酒当事人带到一个不能反抗的密闭空间进行性行为,从常理推断,强迫的可能性远大于自愿。"

"如果叶思北说的是实话,为什么对案情描述与物证矛盾这么大?她说自己只打了一次电话,实际显示是两次,她说自己没有看见嫌疑人,但事实是有一张照片她是睁着眼睛的,她不是全程被蒙眼,她的口供与物证是完全矛盾的。"

"第一通电话可能是范建成自己拨打后删除了,照片可能是在受害人醉酒后意识不清时拍的,"公诉人反驳,"如果当时电话是叶思北打的,叶思北意识是完全清醒的,她知道自己打电话,她睁着眼看着范建成拍照,又怎么可能不知道这通电话、这张照片的存在?她应该撒一个更好的谎。应该说,这张照片恰恰是证明被害人当时意识不清的关键证据。"

"她平时酒量是二两,所有证人,包括她自己所陈述的当天的饮酒量,不可能让正常人达到她所说的意识完全丧失的程度。而赵楚楚也做证说,在她们分别时,叶思北的意识能够完整地辨认人、打电话、有逻辑地说话,她正常情况下不可能达到检察院所认为的意识不清的地步,检察院推测的可能性是不具有客观基础的猜想。"

"那没有任何直接证据证明受害人要挟过嫌疑人,那只是嫌疑人单方面的口供,甚至我们有追加的音频证据,证明受害人在面对公司贿赂时仍旧坚持起诉,如果她是为了钱,早就翻供了。"

"那段音频是受害人自己录下的,这证明她有极强的法律防范意识,这反而佐证,如果她真的打算违法要挟我的当事人,就不会给他保留证据的机会……"

双方你来我往,围绕着证据、证人证言、口供疯狂地开战。双方都没有铁证,只能在证人证言中寻找破绽。

相比范建成,叶思北的口供和物证对比矛盾更大。

她说只打过一次电话,实际有两次通话记录。她说她反抗了,但其实唯一一次反抗痕迹更像是亲密接触留下的。

她说她完全没有意识,睁开眼时是被蒙着眼睛的,实际她的饮酒量几乎不可能达到完全失去意识的程度。而赵楚楚临时补加的口供,更进一步证明，她整个过程应该是清醒的，不太可能达到她所说的有一段时间彻底断片的程度。

她的口供中没有任何关于安全套使用的内容，但实际上现场是有安全套外壳存在的。她说安全套是赵楚楚叫她携带的，赵楚楚却对此矢口否认……

案子进行到最后，双方各自做最后的总结。

公诉人先站起来："本案中，嫌疑人与受害人为上下级关系，在案发之前，从无暧昧言行，不具有发生性关系的常理性。案发当日，酒桌上存在不正常的劝酒现象，嫌疑人作为上级，不加制止，放纵劝酒发生，有犯罪预备的可能。监控、证人证言证明当事人当时存在醉酒现象，嫌疑人单独带醉酒的受害人行至城郊芦苇地，对受害人构成绝对压倒性的密闭空间，足以造成受害人感知生命危险，陷入被胁迫状态，违背自己意志，配合嫌疑人完成性侵过程。案发后，受害人第一时间报警，主动提出做强奸鉴定，可见意志坚定，虽然受社会阻力改口撤案，但也属于常理。结合精斑、皮屑等生物鉴定，我院认为，嫌疑人范建成以胁迫手段，违背受害人意愿，强行发生性交关系，其行为触犯《中华人民共和国刑法》第236条，犯罪事实清楚，应以强奸罪追究其刑事责任。"

公诉人说完后，孟鑫站起来："本案中，受害人在案发前为了给弟弟买房，曾借助我当事人在公司的地位，虚开工资证明，后因贷款被丈夫发现，受害人与丈夫的婚姻产生间隙，由此可推断出，受害人与我当事人过往有一定的私交，并且处于极其缺钱的状态，具有诬告我当事人的客观动机。案件中，被告口供与物证基本一致，没有瑕疵，而受害人的口供与证人证言、物证均有出入，有力证人林枫本身对此案抱有偏见，证词可信度降低。检方对我方当事人定罪并无直接证据，更多源于常理推断，但从常理来看，受害人在案发当天主动携带安全套，饮酒量完全不足以达到意识丧失的程度，却自称毫无意识，醉酒后在明知赵楚楚与自己住所路线，两人一路时自己必定会落单的情况下，指明让我当事人——一位年长的异性送她回家，事发后虽然报警，却并不直接说明性侵，等过了好几天才二次报警，种种行为，都并不符合常理，反观我当事人口供，与物证更为贴合，逻辑更为清晰。因此，我方认为，此案证据不足，事实认定有误，对于我方当事人应予无罪释放。"

孟鑫说完后，终于轮到叶念文发言，而这时候，叶念文已经大概知道结局。

他站起来，不知道该说什么，检方已经做出最大努力，他作为附带民事诉讼律师，也提不出太多有利的观点。他站着，红着眼，好久，才声音沙哑地开口："叶思北是我姐姐，她一直是个很小心的人。"

所有人都看着他，他抬起头，缓慢地说出这个在法庭上已经被理性争论了一早上的女性最柔软的一面。

"她爱美，但连手臂都不敢露。她喜欢化妆，但从来不敢化艳丽的妆。她几乎不在晚上出行，大多数时候，都要我爸、我姐夫接送。她受害时穿的那件西服是公司制服，她一直很介意，每次去公司，哪怕夏天，都要穿一件风衣。所以报警那天，她和警察说，她要一件风衣，是因为，这件风衣对她而言就是对性的一种安全防护，风衣没有了，她和警方要，其实就是她的求救。"

叶念文说着，眼泪止不住地落下来。他知道，他一个已经二十多岁的人，一个律师，不该当众如此失态。可他停不下来，他声音颤抖，带着哭腔。

"她报警了，我妈拦住她，我也拦住她，因为作为律师，我深知这种案件对于当事人的伤害，所以她报警，又否认自己出事。可我姐姐最后还是决定二次报警，不是因为钱，也不是想要勒索，只是想求份公道。

"审判长，"叶念文流着泪，恳求地看向审判长，"对一个普通女性而言，能起诉已经是极大的勇气。我想，正义不该让这种勇气泯灭，她应该得到一份公正。"

审判长静静地看着叶念文，似有动容，然而好久，他才开口："正义不该让任何勇气泯灭，也该尽量让所有人得到公正。可法官不是神，我们只能依靠法律尽最大努力给大家公平。"

审判长说完之后，宣布休庭，所有审判人员进入评议室，商量一个最终的结果。

秦南和张勇也走回法庭门口，张勇面上很轻松："等审判结束，你打算留在南城，还是去其他地方？"

"看思北吧。"秦南笑了笑。

张勇有些奇怪："其实我特别好奇。"

"嗯？"

"如果不是叶思北嫁给你，换其他人，你也对她这么好吗？"

秦南似是有些不好意思地笑了笑："怎么可能？"

"结婚一年多，就这么深情厚谊？"张勇想了想，"不会以前认识吧？"

"没有。"秦南摇头，"没见过。"

"真没见过？你是几中的？"

"七中。"

"好吧，"张勇叹了口气，"还想着你们有没有可能是校友呢。二中离七中很远吧？"

"对。"

两人说着话，周边的人声多了起来。秦南听见不远处有人走出来的声音，他转过头，看向声源，才发现证人被逐一带出来，叶思北在其间，她红着眼，疲惫地站在不远处。

秦南静静地看着她。她勉强笑了笑，正想走过去，就看见法庭大门突然打开。

法庭里的人一个个走出来，人群把他们隔在中间。

最先走出来的是孟鑫，他面上不太好看，一片冷漠。他身后的范建成满脸喜色，急急地冲到门外的妻子面前，拥抱住妻子、孩子，跟一起来的其他家属激动地说着什么。

赵淑慧似乎极为高兴，最后在范建成的安抚下，低低哭了出来，然后转头冲出法院，冲着外面的记者大喊："无罪！"她喊得声嘶力竭，一面哭一面嘶吼，"我老公无罪！听到了吗？我老公无罪！"

叶思北一瞬间蒙了，然后就看见公诉人走出来，他们站在她面前，低头说了声："抱歉。"

叶思北愣愣地看着他们，说不出话。公诉人见她不语，沉默好久，终于离开。

秦南和叶思北的父母都走过来,到叶思北身后,等了好久,叶念文红着眼走出来。

黄桂芬急切地上前:"怎么样?什么结果?"

叶念文不说话。黄桂芬一时急了,一把抓住叶念文的手臂,哭着大喊:"说话啊!说话!"

"你别急啊!"叶领拉开黄桂芬,大吼,"你让他缓缓!念文,"叶领关切地看着叶念文,"赢了,还是输了?"

"对……"叶念文一开口,就号哭出声,"对不起……姐……对不起……"

叶思北静默。她感觉自己像是突然被按进了水里,就是她无数次梦见过的那具棺材,水灌进来了,这一次,她连逃都逃不掉,好像有人连棺材盖都盖上,敲死。

"先回去吧。"秦南最先反应过来,"人太多了,先回去。"

"对,"听到秦南的话,张勇也过来,他相对冷静很多,"叶思北需要缓缓,我送你们先走吧。"

叶领听到这话,深吸一口气,扶着整个人都蒙了的黄桂芬点头:"先回去。"

一家人搀扶着走出法院,一出门,细雨就拍打在脸上。

穿着雨衣的记者蜂拥而来,采访着叶思北:"请问您还会再上诉吗?"

"您对范先生无罪这个审判怎么看?"

"您诬陷范先生是为了钱还是另有隐情?"

"网上有人爆料您是小三上位不遂报复,您怎么看?"

…………

无数令人羞恼的问题冲击过来,叶思北被秦南护在怀中,麻木地往前。

不远处,范建成的妻子正高调地对记者叫喊着:"我就说她是为了钱勒索我们家建成,我们家建成一直是个好丈夫、好爸爸,对谁都好的。"

听到这些话,黄桂芬突然停住了步子。

叶思北茫然地抬头,就看到黄桂芬尖叫了一声,猛地扑了过去:"我撕了你!"

年迈的女人挤开人群，一把抓在范建成妻子的头发上，她迟钝的身躯略显肥胖，对方立刻尖叫着和她推搡起来。

赵淑慧旁边的一个男人去推黄桂芬，叶念文大吼："别碰我妈！"

叶念文一上，范家的男人立刻动手，叶领跌跌撞撞地冲上去，秦南也冲了过去。人群尖叫成一片，两家人扭打在一起。

雨越来越大，天空黑压压的一片，叶思北麻木地看着这一切。

她看着她一贯懦弱年迈的父亲被人推倒在地，看着她高血压、高血脂、头发半白的母亲和赵淑慧扭打在一起，看着她从小到大都没动过手带着书生气的弟弟被人按在地上一拳一拳地揍，看着秦南像一只孤立无援的雄狮被众人围着，奋力地嘶吼、挣扎。他们都像是被困在牢笼里的野兽，奋力做着困兽之斗。

雨水拍打在她脸上，她颤颤地抬起头，看见人群中的范建成。

他带着好几个男人跟秦南扭打在一起，他一拳打在秦南脸上，好似终于发泄了自己的恨意，嘴里叫骂着："妈的，看老子今天不打死你。"

他好好的。他没有受到任何惩罚。她一路付出心血，几乎是毁了自己，都做不到玉石俱焚。

这像她人生无数次反抗、无数次斗争。过去她可以告诉自己，是因为自己不够努力，不够勇敢。可如今呢？她努力了，她抗争了，她奋斗了，她如所有人所说，逆流而上，奋力对抗，结果呢？

为什么，她从未做错什么，要遭此劫难，而那个作恶之人还可以这样高高在上地活着？

有什么在她心中轰然坍塌，她看着滂沱大雨里的家人，终于彻底丧失了理智，她尖叫了一声，抓着手里的雨伞冲过去，狠狠地打在范建成头上！

范建成回头一巴掌抽过去，她一口咬上范建成的手。

叶思北像是拼了命，眼中凶悍的光惊得范建成下意识地想退，然而手上的剧痛令他愤怒，他朝着叶思北一拳砸去，秦南整个人扑过去按住范建成。也就是这时，警察终于赶到，扯开他们。

叶思北被人生生地扯开，刚退后半步，稍一松手，她就拼了命地向前冲。

几个男人都拦不住她,谁拦她她就打谁、咬谁。她死死地盯着范建成,疯了一般去抓他。

"放开我,我杀了他,我杀了他!"她努力推搡来阻止她的警察,眼里什么都不剩,她只想着,她要去地狱,要拖着那个人一起去。不公必须有偿还,伤害必须有弥补。

"放开我!放开我!我要份公道,我只是要份公道啊!"她拳打脚踢,奋力挣扎。

她跌倒又站起来,后退又往前冲。她横冲直撞,叫骂嘶吼,没有人见过她这样凶狠的模样,她像一只狼、一头狮子,她眼里什么都没有,就死死地盯着范建成。

周边的警察来拉她、拦她,直到最后,有人从背后一把抱住她。

"思北,停下吧。"他由着她又打又踹。

她根本没看是谁,拼命地挣扎:"放开我,放开我!"

"思北!"那人大喝一声。她意识到是谁,终于有了几分清醒。

那人和她一起跪在地上,从背后死死地抱着她,似乎要将她嵌入生命中。

黄桂芬、叶领、叶念文还试图往前冲,好多人拉着他们,好多人挡在他们面前。周边是人山人海,他们围在这一家人周遭,阻止着他们疯狂的行径。

叶思北被滂沱的大雨拍打着,看着这个似乎要埋葬他们的世界。她由秦南抱着,号哭着,佝偻了脊梁。

"啊!!!!

"啊啊啊啊啊!!!"她看着范建成被人护送着远离的方向,一声声尖叫,一声声哭喊。

她第一次感觉,自己终于被这个世界彻底击垮,不会再有什么期盼、什么希望、什么美好、什么抗争。灵魂里那一盏在黑暗中摇曳着的烛火,终于在一阵狂风后彻底熄灭。

25

雨停的时候,所有人也差不多都冷静下来。

双方家属都被带到派出所,警方口头训诫后,鉴于没有什么伤,双方又达成和解,也就没有做其他处理。

范家人先行离开,叶领签完字,回到大厅,看到所有人都坐在长椅上。黄桂芬靠着叶思北哭,叶思北、秦南、叶念文三人都低头坐着,一言不发。

叶领好像突然老了十岁,他走到他们面前,轻轻叹了口气:"回去吧。"

一家人从派出所走出来,已经是晚上。

林枫和张勇站在门口,林枫似乎是哭过。看见叶家人走出来,林枫走上前,站在叶思北面前,她沉默很久,才控制住情绪,沙哑地出声:"案子我会继续查,有新证据我会通知你,还可以上诉。"

叶思北不说话。秦南替她回应:"谢谢林警官。"

叶思北好像听不见外界的所有声音,转过身,朝着停车场走去。

这个反应让林枫有些难受,她觉得愧疚,又说不出口。

叶家人像是一群亡魂,悄无声息地离开,等走远了,张勇才到林枫身侧来:"别太难过了,你是警察,别对一个案子陷太深。"

"我是警察,"林枫抬眼看向张勇,红着眼,"可是张队,我也是个人。是个人,他就会有良知。"

张勇低下头,好久,他才开口:"刚才我去问了高法官最后判定无罪的理由,他说虽然情感上他非常偏向叶思北,但是他不能依靠感情来断案。

"他说,他的前辈1996年办过一个案子,当时一个女性指控对方强奸,证据链上虽然有瑕疵,但大致也能推断出应该是那个男性做的事,加上那个年代重口供,女人也的确哭得凄惨,于是判了那个男人十二年。十二年后他出狱,就一直上诉,前后奔波好多年,直到一个一直在逃的犯人自己认下了当年的案子,他才洗刷冤屈。谁都不相信,当时竟然那么巧。

"十二年刑期,后面八年苦求清白,人生大半辈子就耗在这件事上。高法官说，"张勇的目光很平静，"我们要理解，一旦触犯法律，无论受害者得不到公正，还是无辜者受到冤枉，都是巨大的苦难。我们不是神，我们的眼睛看到的也不是真理，所以我们能做的，只有在法律的约束下探索最接近真相的事实。"

林枫一时没有说话，好久后，她苦笑："当法官好难啊。"

"还不是要有人当？"张勇抬手拍拍她的肩，"走，回去吧，你真有心，"他目光有些冷，"就把这个案子继续查下去。这个案子，"他往范建成离开的方向看了一眼，"它还没完。"

秦南先送叶领、黄桂芬等人回叶家。

到叶家巷子口的路边，叶念文扶着黄桂芬下车。叶领看了看时间，招呼秦南："一天没吃东西，先到家里吃吧？"

秦南转头看叶思北。叶思北面上没有任何表情，她看着车窗外又下起来的小雨，好像一切与她无关。

秦南想了想，考虑到叶思北的身体，终于还是劝她："思北，先去吃点东西吧。"

叶思北转头看他，他正想多加几句劝解的话，就看到叶思北点点头，平静地推开车门，走进雨里，跟着叶家人一起往里走。她好像突然变得异常理智，好像一切都没发生过，和过去没有任何不同。

秦南去停车，一家人走进小巷，往家里走。

细雨让院子异常冷清，大家都躲在自己家中，看电视、炖汤、午睡。

一家人疲惫地走到门前，叶领上前开了门，一家人走进去。叶领招呼着黄桂芬回床上休息，自己进厨房炒菜，叶思北和叶念文就坐在位子上，一言不发。

"姐，"叶念文看了一眼叶思北，"你先去我房间歇会儿吧？"

叶思北点头，起身进了叶念文房间。她脱了外衣，木然地躺在叶念文床上，看着挂着蛛网的房顶，脑袋一片空白。

叶思北进了卧室，叶念文才有勇气打开手机。

媒体抢新闻总是很快，早上庭审结束，现在新闻稿已经到处都是，谁都怕输在这一场信息争夺战里。这些媒体没有办法进入庭审现场，却无孔不入，不知道从哪里打听出了现场情况，甚至试图复盘整个庭审内容。

所有相关新闻里，热度最高的，除了最开始通报庭审结果的新闻，就剩下另一条——《关键证人首度发声，"分开时受害人意识清醒"》。

叶念文点开新闻，发现这是一则对赵楚楚的专访。地点是一家咖啡馆，赵楚楚戴着口罩，脸被打了马赛克，只录下声音。声音被整理成文档，成了这篇专访。

记者："当天情况大概是怎样？"

赵楚楚："我和她都喝了酒，然后两个人一起回家，我家只有十分钟路程，就先下车，下车后我告诉她回家给我打电话，然后我就回家了。"

记者："下车时受害人意识是清醒的吗？"

赵楚楚："下车前她还在和我聊天，我们两个人差不多。"

记者："你们聊什么？"

赵楚楚："她说人生太苦了，我说再苦也得坚持往前走。"

记者："也就是说，你并不是把她'扔下'了？"

赵楚楚："那天就我和她，我们俩差不多情况，不是她就是我，按照你们的说法，如果我家更远一点，就是她扔下我是吗？我们两个人不是她有罪，就是我有罪？"

记者："那她后来和你联系了吗？"

赵楚楚沉默，片刻后，说："我只能说，我是确认她安全了才睡下的。不过这个问题我不想再回答了。"

记者："那网上说受害人贷款是为了给你和她弟弟买婚房，这件事你提前知道吗？"

赵楚楚："不知道。我们两家决定结婚，我爸和他们家说要聘礼和婚房，他们家和我们家商量，说条件不好，聘礼给不了，就买一套房，写我和他的名字，我们一起还贷款。我一直以为这套房是他父母凑钱买的，如果知道受害人也出了钱，我不会要的。现在为打这个官司，房子也卖了，我和他家没什么关系了。"

…………

叶念文看着赵楚楚的回话，听着房间里的炒菜声，他握着手机，深呼吸着,想把眼泪逼回去。

他心里有无数疑问,他不断地回想着赵楚楚在法庭上的模样。他不懂,左思右想,他抓着手机起身,狂奔出门。

他一面跑一面打开亲友定位,从手机上看见赵楚楚的位置。她正朝着自己家里移动,叶念文拦了出租车,直接赶往她家。

叶念文往赵楚楚家赶时,秦南停好车,回到叶家。

叶领听见有人进来,往外看了一眼:"秦南?"

"爸。"秦南点了点头,看见屋里空荡荡的,"思北、念文呢?"

"可能在休息吧,你找找。"叶领扯着嗓子喊。

秦南直觉不对劲儿,房子里就两个房间,黄桂芬在主卧休息,叶思北和叶念文不太可能在一个房间。

他到叶念文房间敲门,叶思北起身开门。秦南扫了一眼房间,皱起眉头:"叶念文呢?"

叶思北愣了愣,茫然地看了一眼房间。

秦南反应过来什么,赶紧拿出手机,稍微一搜索,便看见了那篇关于赵楚楚的专访。他脸色大变,立刻安抚叶思北:"我出去找他。"

"我也去。"叶思北立刻拿了外衣,跟叶领打了声招呼,就和秦南跑了出去。

等坐上车,叶思北拿出手机,就打算搜索信息。秦南看见她拿手机,一把抢过去:"你别看。"

叶思北呆住。秦南起身给她系上安全带:"我们接着上诉,胜诉之前,你什么都别看。"

叶思北没说话。秦南启动车,等车开了,叶思北才想起来询问:"你去哪里找念文?"

"赵楚楚家。"

听见赵楚楚的名字,叶思北慢慢反应过来,扭头看向秦南:"她说了什么?"

秦南不说话。叶思北大吼出声:"她说了什么?!"

赵楚楚是最关键的证人,叶念文在这时候去找赵楚楚,秦南看一眼新闻就知道叶念文找的是赵楚楚,那一定是因为赵楚楚做了什么。

为什么案子会败诉?

证据不足,不足在哪里?

为什么叶念文要去找赵楚楚?

叶思北满脑子都是各种各样的疑问,她伸手要去秦南裤兜里抢手机。秦南终于开口:"她说你是清醒的!"

叶思北愣了愣,抬眼看秦南:"什么清醒?"

"她说她和你分开的时候,你还在和她聊天,你还能认人,你没有到意识模糊的程度。她走的时候还和你说让你回家给她打电话,她是确认你安全了才睡觉的。"秦南把从新闻上看到的内容告诉她。

叶思北听着,脑海中有些恍惚。

她回忆起那天晚上,她看着赵楚楚离开的背影。但不知道为什么,突然又多了个影子,赵楚楚半弯着腰,在玻璃窗外,用手做了个打电话的动作,告诉她:"回去跟我报个平安。"

她挥了挥手:"好。"

她一瞬间不知道到底什么记忆是真的,茫然地坐在车上,不断地回忆着过往,想了好久,她还是从秦南那里拿了手机。

"没事,"她声音平静,"我就看看到底发生了什么。"

叶思北、秦南往赵楚楚家赶过去时,叶念文先到了赵楚楚家门口。他坐在路边,不断地想着等见到赵楚楚后要问她的问题。

他感觉等待的时间异常漫长,好像当年他跟她表白的那一天。那天他凌晨五点起床,特意用啫喱水喷了头发,躲过黄桂芬的探查,悄悄出门,也是等在这里,等到女孩子背着书包和父母告别,蹦蹦跳跳地出了院子,下了台阶。

他坐的位置就是当初赵楚楚站的位置,他记得那么清楚,一点都没忘。

不知道过了多久,他终于看到一辆出租车停下,赵楚楚开了车门,有些疲惫地下车。然后她就看见灯光下坐着的青年,他仰头看着她,含着水汽的眼里满是质问和敌意。

赵楚楚关上车门,叶念文站起来。

赵楚楚愣了愣，片刻后，她仿佛是预料到什么，站在原地，看着叶念文。

出租车朝着前方行驶离开，下着小雨的大街上空无一人。

赵楚楚轻轻一笑："你来了？"

"为什么撒谎？"叶念文声音沙哑地开口。

赵楚楚神色平静："撒什么谎？"

"在法庭上，"叶念文克制着情绪，"在法庭上，你撒了谎！"

赵楚楚目光扫过叶念文周身，语调没有半分波澜："把手机和录音笔都拿出来。"

叶念文睁大眼，难以置信地看着赵楚楚。赵楚楚抬眼迎向他的目光："我了解你，拿出来。"

"你当我是什么人？！"叶念文猛地冲上去，一把抓住赵楚楚的领子，将她半提起来，"不用拿出来了，"他死死地盯着她，"我抓着你的领子，我威胁证人了，就算录音也不作数，你放心了吗？！"

赵楚楚见叶念文失态，眼眶微红："放心了。"说着，她把叶念文的手拉下来，"先进去吧，这里不方便说话。"

她转身踏上台阶。叶念文缓了片刻，跟着她上了楼梯。

赵楚楚家是一栋自建的两层平房，她带着叶念文进门，和父母打了声招呼，便往二楼自己的房间走去。

两人一前一后进屋，赵楚楚放下包，疲惫地招呼叶念文："把外衣脱了，手机拿出来，口袋掏空。"

叶念文深吸一口气，按照她说的把外衣砸到地上，把口袋里的东西全拿出来，啪一下砸在桌面。

赵楚楚低头从桌上的小保温壶里给自己倒水，喝了一口温水后，她稍稍平静些，正想说话，手机就响起来，里面传来她爸的声音："楚楚啊，叶思北和秦南来问我们你在哪儿，怎么说啊？"

"让他们上来吧。"赵楚楚垂眸，"没事。"

挂完电话，她背对着叶念文，缓了缓后，声音很轻地说："想问什么就问吧。"

叶念文没说话，他脑子有些乱。过了一会儿，他终于整理出最关键的问题:"你为什么撒谎?"

赵楚楚低头,没有半点迟疑:"在法庭上,除了安全套那件事,其他的我没撒谎。"

叶思北和秦南走上二楼,停在赵楚楚门前。

门开着,赵楚楚和叶念文听见外面的声音,一齐看过去。

赵楚楚看着叶思北,神色如常:"我没撒谎。"

叶思北注视着赵楚楚,听到她有些疲惫道:"那天晚上,郑强一直在找人喝酒,他太能喝,我陪了一会儿有点撑不住,范建成就让我借着照顾叶姐的名义,和叶姐一起能躲就躲,所以那天我特别相信他,我觉得他是个好人。

"其实你那天吐完之后就好了很多,和平时没太大区别,只是情绪不稳,话多,但认人、说话都是很清楚的。"赵楚楚靠在桌边,转头看向叶思北,叶思北知道,她是说给自己听,"你走之前,还在和我聊天,问我人生怎么这么苦,我告诉你,人生的困难是没有尽头的,我们只能一直走。"

"我记得。"叶思北没有否认。

赵楚楚垂眸:"我让你回家给我打电话,我回到家觉得困,给自己设了个一小时的闹铃,便倒头睡了,等我醒过来,就看见你给我发了信息,说你到家了,我没多想,就睡了。"

"信息给我看一下。"叶念文站起来,急急地伸手。

赵楚楚低头拿出手机,翻找出微信里的信息,递给叶念文。

4月9号夜里十二点零七分,叶思北给赵楚楚发了信息,带着她家的定位,留了一句:"到家了。"

叶念文愣愣地看着,秦南走上前,也看了信息,他拿过叶思北的手机,输入密码,熟练地打开微信,翻找出当天的记录。

没有记录。

"肯定是范建成……"叶念文握着手机喃喃地分析,"他开车带着我姐到了小区门口,然后用我姐的手机发了信息再删除,电话也是,也是他打了又删了!凌晨的时候,我姐已经没意识了。"

"信息我没给警方看。"赵楚楚垂眸,"我一开始就想,叶姐怎么说,我就怎么说。她说没意识，那就没意识。"

"那你为什么改口？为什么说安全套的事不是你告诉我姐的？"叶念文不愿相信，他盯着赵楚楚，"你撒谎，你肯定在撒谎！"

"我最近总在做梦，"赵楚楚没理会叶念文，看着叶思北，她想，这大概是这里唯一能理解她的人，"我梦见我们被关在一个笼子里，有好多人用棍子、利刃在外面戳着我们，让我去咬你，让你来咬我，他们说我们都是罪人，犯错了，所以要受到惩罚。"

赵楚楚神色有些恍惚，叶思北注视着她憔悴的面容。赵楚楚并不是这件事的受害者，却和她一样，剪了头发，洗干净指甲，穿着长袖长裤，素面朝天。

"我总在想我做错了什么，我不该当销售员，不该去酒局，我该给家里人打电话，该把你留下来。我每天都在问，我为什么没这么做？

"我为什么会相信别人，为什么害怕给家里人打电话，为什么想多挣一点钱去当个销售员，为什么把你丢在车上，为什么不能坚持到最后？

"我怎么能这么坏？"

赵楚楚湿了眼眶："可我真的没有勇气当个好人。在这个世界当个好人太难了，我做不到。我自私，我放纵，我丧尽天良，"她低下头，"可至少这样我能活得好一点，大家都这样，我也就这样吧。"

"所以，"叶思北看着她的眼睛，"那天晚上，其实我不该没有意识。"

赵楚楚点头："你喝得不多，分开的时候，你也只是话多、兴奋。"

"你为什么不觉得我撒谎呢？"叶思北反问，赵楚楚没说话，叶思北了然，只说了声，"谢谢。"

赵楚楚扭过头，克制着眼泪，不敢看叶思北。叶思北想了想，说："还有一些事，你不说出口，是打算一辈子都不说了吗？"

赵楚楚身子一僵，好久，她僵着声道："对不起。"

叶思北明白她的意思，点点头，转头看向旁边的叶念文："走吧。"

"还有事没问清楚——"

"不用问了。"叶思北打断叶念文，"就这样吧，走吧。"

说着，叶思北轻轻拉过秦南，准备离开，但走之前，她还是回头看向靠在桌边低头抱着自己的赵楚楚。

"楚楚,"叶思北声音很轻,赵楚楚茫然地抬头,叶思北看着她,神色好像当年假期回来时教导着她的那个大姐姐,温和地告诉她,"你不是个坏人,也永远别当个坏人。"

眼泪从赵楚楚眼里流下来。叶思北解释:"在法庭上,我以为是不公开审理案件,不会有太多人知道,当然,我也的确有自己的私心,没为你考虑太多,你不要介意。"

赵楚楚愣愣地看着叶思北。叶思北笑了笑:"再见。"

她朝着赵楚楚轻轻颔首告别,拉着秦南转身下楼。叶念文收拾好东西,一刻也待不住,跟着叶思北匆匆跑出去。

赵楚楚愣神片刻,突然反应过来什么,慌慌张张地跑下楼梯,追着叶思北跑出门。

"姐!姐!"她冲出小院,一把抓住叶思北的手,"不要再追究了。"

她哭着看着叶思北,眼泪盈满她的眼眶,她喘息着,眼里全是乞求:"我给你钱,我把我的存款都给你,你去省会吧,你去考公务员,你去买套房,你好好生活,不要再追究了。"

她死死握住叶思北的手,整个人哭得停不下来:"对不起……我对不起你……对不起……太难了,姐,算了吧……"

叶思北看着赵楚楚,眼眶微红,她抬手,拍了拍赵楚楚的肩膀。

"我明白,"叶思北安抚着她,"我不怪你。我知道,不管怎样,你都不是有心的,别想太多了,以后好好生活。"

叶思北说着,拉开赵楚楚的手,赵楚楚抓着她哭,不肯放手。赵家夫妇看这情况上前,拉过赵楚楚,跟叶思北道歉:"对不住啊,最近楚楚情绪一直不太稳定……"

"好好照顾她,"叶思北嘱咐赵家夫妇,"给她缓一缓的时间。"

赵家夫妇点头,连连道谢。

叶思北终于脱身,她听着背后的赵楚楚一直叫她,平静地往外走。

赵楚楚看着叶思北的背影,这一刻,她清楚地意识到,当她以为世人把她们一同关进笼子,逼着她们自相残杀时,她对面那个人并没有遵守这个世界的规则。

有人挥刀向弱者以求生存,有人满身伤痕与世界抗争。

赵楚楚被父母拉着,看着叶思北走远,最终软了双膝,跪在地上,号啕大哭。

叶思北和秦南、叶念文走出来,叶念文终于问出声:"为什么不问下去?"

叶思北回头看他。他盯着叶思北:"她撒谎,她还有话没说。她说为你做伪证你就信了?既然她做好做伪证的打算,为什么不跟你提前串供,为什么不告诉我?"

"她撒谎,"叶念文固执地开口,"她害了你。这个官司不该输的。"

"害我的人,"叶思北清晰地出声,"是范建成。"

"她是最关键的证人!"叶念文大吼出声,"她不为你做证,你就算知道害你的人是范建成又怎样?!"

"对不起。"叶思北开口,叶念文愣了愣,叶思北看着他,"是我耽误了你们。"

叶念文一时缓不过来,有些慌乱:"姐,我不是——"

"大家都已经付出太多了,"叶思北低下头,"就到此为止吧。"

叶念文一愣。

叶思北神色平静:"我一开始就不该选择这条路。你看,楚楚为我差点做伪证,家里也搞成这样子。范家家大业大,咱们不能一直耗下去。从这件事中我已经获得很多了,现在我有秦南,"她看了一眼秦南,面露微笑,又回头看叶念文,"有你,有家人,知道你们对我好,我就觉得有勇气面对人生很多事情。我不想追究了,我累了。"

叶思北仰着头,笑着看着叶念文:"我打算到省会去,找份工作,在那里好好过日子,你别担心,我们都会走出来的。"

"姐……"叶念文心里有种莫名的不安,他有些害怕,"我们还可以上诉。"

"不上诉了。"叶思北摇头,"太累了,牵连的人也太多,我没有力气了。"

叶念文反驳不了,呆呆地看着叶思北。叶思北看了看时间:"好啦,回家吃饭吧,是我和你姐夫一起送你,还是你自己回去?"

"你不……不一起回家吃饭吗？"叶思北把话题转过去，叶念文也强求不了。

叶思北摇头："不了，太晚了，我回家煮点面条吧。"

叶念文点头："那我自己回去就行了。"

"嗯，"叶思北应声，"我不送了，我先走了。"说着，她和秦南一起离开。

叶念文看着他们走远，上车，才终于卸下所有伪装，他站在原地，好久，才回头看向赵家的方向。

叶思北和秦南一起走到车边，一路上，秦南都握着她的手。

他们俩一起上车，叶思北系安全带时，秦南的手放在方向盘上，看着前方细雨里的路灯，想了想，终于还是询问："真不上诉了？"

"不了。"

"甘心吗？"

"有什么不甘心的？"叶思北头靠在侧窗玻璃上，闭着眼，面上毫不在意。

"都走到这里了——"

"已经走到这里了，"叶思北听着这话，慢慢睁开眼睛，看着秦南，"你不累吗？"

秦南没说话。叶思北想了想，伸出手，轻轻握住他放在变速挡上的手："这一路我获得很多了，我觉得结局已经很好了。这件事会过去的，你陪着我，我们一起走过去。"

秦南抬眼看她。

叶思北像哄一个小孩子："人生路很长的，嗯？"

"好，"秦南终于点头，沙哑地出声，"不管你去哪里，我都陪你。"

"这么喜欢我？"叶思北挑眉，随后笑起来，拍了拍他，"行，有你这句话，我觉得足够了。"说着，她放开他的手，靠回侧窗玻璃上，"回家吧，困了。"

秦南低头，想了想，还是忍不住道："可得不到一份公道，你不觉得——"

叶思北闭着眼，好像已经睡过去。

秦南想了想，没有再说下去。他启动车，放下手刹，轻柔地开出停车位，仿佛是怕惊扰那个浅睡的姑娘。

而那个浅睡的人脑子里全是各种各样的假设：

不能立刻动手，会因为寻仇马上被警察发现。

他们体格相差太大，用蛮力容易被反杀。

要摸清他的行动路线，最好是能制造成随机现场。

……

想着这些，她内心一片平静。

公道吗？叶思北慢慢睁开眼，看着车水马龙、灯光斑斓的大街。如果这个世界不给她，她就自己给自己。

26

72 平方米的房子，两室一厅，电视机打开，声音就能传遍整套房子。切菜声和电视机的声音混合在一起，充斥在整套房子里。

"欢迎来到《真相冲冲冲》，今天我们有请到'南城性侵案'的当事人范先生，以及当事人的律师孟鑫先生，为我们详细展示'南城性侵案'始末。"

电视机里传来范建成温和熟悉的声音："大家好，我叫范建成，是'南城性侵案'里的被告。"

"大家好，我是律师孟鑫。"

叶思北把猪肉剁好，放到一边，搅拌调味。

"2018 年 4 月 10 日，G 省南城，一位女子衣衫不整地躲在芦苇地中，向警方报警，但报警后不久，她又不知所终。时隔数日，这位女子再次现身公安局，报警说受人侵犯，警察连夜侦查，锁定目标，将其上司范某作为第一嫌疑人抓捕，DNA 鉴定后，确认范某就是犯罪嫌疑人，然而四个多月后，范某又被无罪释放。这背后到底有着什么样的隐情？这中间到底有什么纠葛？女子与范某到底有着怎样的关系，她为什么要用这样的罪名诬陷她的上司？欢迎来到今日的《真相冲冲冲》，让我们为你一一揭开真相的面纱。"

一段听上去颇为瘆人的前情回顾后，接着就是热烈的掌声。

叶思北把猪肉调制好，捏成肉丸子。

"其实这个事情并不复杂，叶小姐是我一手招进来的员工，我对她一直不错，那段时间她缺钱……"

范建成又开始说他一贯的言论，他说完后，孟鑫又简单地说了一些案情上法律相关的内容。

节目到互动环节，主持人拿着问题卡问向孟鑫："孟律师，现在网上出现了一个词，叫'叶仙人'，代指为勒索钱财设计仙人跳诬陷男性的女性，常用于调侃他人，比如对炫富的男性说'小心叶仙人来找你'，或者对提出自己受侵害的女性说'看，又一个叶仙人来了'，请问孟律师对这样的现象怎么看？"

孟鑫听到这话，沉默了好久，才出声："我认为，胜诉不代表真相。胜诉有可能只是证据不足，作为旁观者，我们既不该辱骂嫌疑人，也不该辱骂受害者。控制好自己的言行，尽量减少伤害。"

孟鑫话刚说完，门便被打开，叶思北回头，看见秦南进门，她笑起来："回来这么早？"

秦南穿着毛衣，看了一眼电视，看见电视里的人，直接上前，把电视换了台。

"少看这些。"秦南嘱咐，回头把包挂在衣帽架上，关上门。

"就是随便放的节目，"叶思北背对着他，将菜放进锅里，翻炒着，"也不碍着什么。今天事情处理得怎么样了？"

"陈俊借到钱了。"秦南走到叶思北边上，帮她把水池里的菜洗了，"他的亲戚给他凑了十万，零头我不要了，他跟我这么久，让他三万吧。"

"好。"叶思北满不在意，说着自己今天的行程，"白天去中心区逛了逛，买了点菜，我给省会那边招聘的公司发了简历，工作还没找到。"

秦南点头："没事，你就在家备考公务员吧，我找到了一份工作，月薪一万二，等我把店铺和陈俊交接好了，下个月就过去。"

"工资好高啊，"叶思北回头看他一眼，笑了笑，"你说我这大学是不是白上了？"

"我可是老师傅了，"秦南听她夸赞，忍不住笑，"你不能和我比。"

两个人说说笑笑，把菜做好，做完饭后，就一起吃饭。

吃饭时，叶思北时不时看一眼手机，她用了防窥膜，秦南看不到她在看什么。秦南假装没注意到，和她继续聊着天。

自败诉以来，叶思北就好像变了个人，那件事情似乎彻底从她生命里抹去，从来没存在过。她每天都出去，有时候要到夜里十一二点才回来，秦南不知道她去哪里，问她她就说自己去散心。她换了手机密码，秦南打不开她的手机，也不知道她在做什么。

网上早就已经是风风雨雨，虽然有少部分网友还肯体谅她，更多网友则是近乎一面倒地骂她。

相比犯罪，网友似乎更憎恨欺骗，说她消费公众的同情心，消耗公众资源，骂她诬陷，骂所有支持她的人。

还有很多人提出各种各样关于女性污蔑男性该如何保护自己的疑问，给她取了个"叶仙人"的外号。谁要是反驳，他们就说："怎么，你也想当叶仙人？"

"叶仙人警告。"

"叶仙人这种人就该千刀万剐，以儆效尤。"

这一场反转，简直是网络的巨大狂欢。

相比上一次，叶思北却显现出了一种超常的淡定，她可以平静地看所有的言论。有时候秦南发现她在刷帖，抢了她的手机，她就抬头安抚他："没事，我就看看。一群耍嘴皮子的，我见得还少吗？"

这样的叶思北让他害怕又无措。他不敢开口问她什么，又不敢不管，只能悄悄地观察她，怕她做出什么傻事。

他有些看不明白叶思北在想什么，又隐隐约约能感知到。

两人一起吃过饭，叶思北找了档综艺节目，她靠在他肩头，和他商量着去省城的具体日子。

"11月1号吧？一个月刚开始，吉利。"叶思北说。

秦南应声:"好。"

"我这两天先租好房,陆陆续续开始收拾东西,到时候把所有东西放在车上,开车就走。"叶思北说起来,声音里带着向往,"到了省城,你工作,我备考,你养我吧?"

"当然。"

两人商量好,看了一会儿电视后,秦南就觉得困,他起身去洗澡间洗澡,出来就看见叶思北热了牛奶:"喝点牛奶,睡得好一点,你最近睡眠都不好。"

"嗯。"秦南点头,看了看浴室,"你不去洗澡?"

"洗。"叶思北进去洗澡。

秦南低头看着牛奶。叶思北从来没在睡前主动给他倒过牛奶,想了想,他拿着杯子到了厨房,直接倒进水池,冲洗干净水池后,拿着牛奶杯,放到床头,然后睡下。

叶思北洗完澡出来,看见床头的牛奶杯,稍稍安心。她关了卧室的灯,走到客厅,打开客厅书桌上的台灯,然后翻开一个本子,打开手机。

败诉第二天,她就网购了一个GPS定位器,粘贴在了范建成车下,她每天都用手机定位他的位置,两个星期就摸清了他的生活轨迹。

她挑选出了一些他常去的地方,然后找时间,一一悄悄跟过去,确认他是去做什么,几个人,在哪里,是什么环境。

范建成每天下班,走昌仁路回家,周一会去公司不远处的宾馆,她跟着去了一次,发现他是和陶洁在一起,她偷偷拍了照片。

范建成每周六会去一次水浴中心,一待就是一下午,那是他放松的时间。他周日会送孩子去上补习班,范雯雯要去好几个补习班,一去就是一天。

叶思北一一跟过他去的地方,然后发现了今晚这个位置。

每周二范建成都会出城,在城郊一个极为偏僻的地方,叶思北没跟着他去过,但范建成这几个星期每个周二晚上都去,六点半出发,半个小时车程,第二天凌晨才会回来。

她前些天按照地图白天去了那里,发现都是些烂尾楼,根本不见人的踪影,她不知道范建成晚上去那里做什么,但她想,可能得在那个时间去,才会明白范建成到底在做什么。

她在本子上勾勾画画，用符号梳理自己的思路。

等了一会儿后，她看了看时间，关上台灯，走进卧室。秦南打鼾的声音响彻房间，叶思北小声唤了一声："秦南？"

秦南没回应，叶思北放下心来，她猜想，是牛奶里的安眠药起了作用。

她从床头悄悄拿走车钥匙，取了雨伞，蹑手蹑脚地出门。在她轻轻合上门那一刻，秦南睁开眼睛，快速起身，看着她下楼。他想了想，从房间里翻找出雨衣，套在身上，就急急地冲了下去。

外面下着雨，10月份的雨细密缠绵，一下就没完没了。叶思北撑着伞下楼，走到秦南车边，打开车门坐进去。她小心翼翼地开着车出去，秦南穿着雨衣，急急地赶下楼，骑上摩托车，就跟上了叶思北。

两人一前一后穿梭在雨里，秦南看着叶思北前去的方向，心中满是疑问。她到底要干什么？都已经决定不上诉，说好了要放弃，说好了要离开这座城市，大家一起重新活过这辈子，她还想做什么？

他不敢想，细雨如针，摩托车加速后，迎面吹来，更觉得细细麻麻地疼。

叶思北车开得小心，半个小时车程，她开了快五十分钟，才终于来到白天曾看到的地方。她不敢直接开着车过去，那个地方她知道，车在晚上过于醒目，很快就会被人发现。她远远地停下车，冒着雨步入一人高的草丛，拨开草丛往里走。

秦南停下摩托车，远远地跟在她后面。

两人拨着一人高的草，一路艰难地前行，离定位的地方越来越近后，叶思北来到草丛边缘，先看到的就是范建成的车。

这里到处都是车，有本地的，有附近好多城镇的。烂尾楼在夜里寂静无声，只在远处隐约有些灯光。

叶思北咬咬牙，从草地里出来，就往灯光处狂奔过去。秦南跟在后面，和她一起穿过烂尾楼的一楼，离灯光越来越近，老远就听见人声："开！开！开豹子！"

听见声音，叶思北不敢再上前。她猫着腰，爬上烂尾楼的二楼，从高处往下看,就看见最远处的一个小院子,那个院子白天空无一人,此刻却灯火通明。有很多人聚集在里面,骰子声、叫骂声、男人女人的嬉笑声混杂在一起,犹如鬼城打开,到处都是魑魅魍魉。

叶思北隔着老远静静地看着,秦南在另一栋楼里看着叶思北的背影。

两人等了好久,到了凌晨两点,小院门打开,范建成和一个光头男人言笑晏晏地走出来,范建成摆摆手,先行离开,男人大声招呼他:"范总,下次再来玩。"

"大,押大!"有人激动的喊声从房间里传来。

叶思北隐约明白,这大概是个地下赌场。

她看着范建成回去,从这个小院走到停车的位置,大约有五百米的距离。范建成车停得更远些,他甩着车钥匙,哼着小曲走到车边。

有那么一瞬间,叶思北想就这么扑过去,狠狠咬上他的脖子,看他鲜血直流,抽搐着倒在地上。可她终究还是没有,她静静地看着他,看着他上车,驱车离开。

等范建成走了,叶思北才下楼,回到自己车上。她缓了缓,把眼泪憋回去,开车回家。

秦南确认她安全,立刻回到自己的摩托车上。叶思北开车慢,他一路狂奔,提前回家,清理好衣服,吹干头发后,关上灯,躺回床上。

他在床上闭着眼睛,手却忍不住轻颤。他知道叶思北要做什么了,他早就该知道,她放不下,也不可能放下。

她已经对这个世界绝望,她不相信人,不相信法律,不相信神佛。她只信她自己。

秦南觉得有什么哽在自己心口,疼得他连呼吸都觉得艰难。

过了好久,他听见轻微的开门声,叶思北重新走进来,她在黑暗中处理好自己的衣服,擦干自己有些潮湿的头发,然后带着深秋的寒意悄悄进入被窝。

秦南翻过身,装作刚刚睡醒,伸手抱住她。

"怎么这么凉?"他含混地开口。

叶思北埋在他胸口,声音很轻地说:"刚才看书,衣服穿得太少了。"

说着，她伸出手，轻抚着他的背，"睡吧。"

秦南没说话，闭着眼，他有很多想说的、想劝的，可是，他一句话都说不出口。他只能抱着叶思北，声音有些喑哑："思北。"

"嗯？"

"下个月，我们就离开这里，在省会，我们重新生活，会有很好的人生。"

"我知道。"叶思北抱住他，"你、我，我们都会有很好的人生。"

27

叶思北和秦南相拥而眠时，范建成哼着曲回到家。他一开门，就看见客厅灯火通明，赵淑慧坐在沙发上，不知道想着什么。

范建成一愣，有些心虚："还没睡啊？"

赵淑慧抬眼看他："你去哪儿了？"

"公司忙，"范建成脱下外衣，漫不经心道，"加班。"

"你以为我还会信你这种话吗？"赵淑慧猛地起身，走到范建成身边，她抓着范建成脱下来的衣服仔细检查，又闻又看。

范建成漫不经心地换鞋，解开领带，转头嗤笑了一声，对妻子这种行为报以嘲讽。

赵淑慧听到这笑声，回头，一把抓住范建成的领子，面露激动："你去哪儿了？你到底去哪儿了？"

"我说你差不多得了，"范建成抓住她的手，"我就去赌个钱，你别太敏感了。"

"我太敏感？"赵淑慧震惊地看着他，"你还好意思说我敏感？你自己做过什么你心里没数吗？！你还好意思上节目，现在所有人都知道你出轨了，你为雯雯想过吗？你还要脸吗？！"

"我不上节目大家就不知道我出轨吗？"范建成靠近她，"我这叫洗刷冤屈，而且又上电视又给钱，这待遇我还没有过呢。"

看着妻子愤怒又担心的眼神，范建成安抚她："出轨而已，我又不是女人,这多大点事啊。天底下哪个男人不出轨,你都不追究,其他人管个屁啊?"

赵淑慧难以置信地看着他,完全没想到,有一天,范建成会和她说这种话。

打从判决下来,范建成仿佛完全没有了约束,再也没有以前在她面前时伪装的好好先生模样。她窥见了他最黑暗的一面,并且选择包容,对他而言,便是清晰地知道了她的底线在哪里。

范建成拉开她的手,小声哼着曲子往卧室走去。

赵淑慧看着他走进主卧,突然忍耐不住,往主卧冲去,猛地扑上去,抬手就疯狂地打他:"王八蛋!你这个王八蛋!"

"你疯了?!"范建成一巴掌反抽到赵淑慧脸上,赵淑慧被这力道甩到床上,范建成摸了一把脸,触碰到被赵淑慧划的伤口,他轻轻"咝"了一声,"你干什么?"

"你把钱都转到我账上,房子全都过户到雯雯名下,"赵淑慧抬起头,捂着脸,面露激动,"不然我就去举报你。"

听到这话,范建成满不在意,他解开扣子,抬手一巴掌狠狠地扇了过去,赵淑慧惊叫出声。范建成一巴掌按住她的头,把她压死在枕头上:"你脑子是不是有包?"

赵淑慧感觉自己无法呼吸,拼命挣扎着,声音被枕头压住,只听到"呜呜"的叫唤声。

范建成按着她的头,提醒她:"这个家,是我在赚钱,没有我,雯雯和你吃什么?喝什么?你自己好好想想,你为这个家庭做过什么。我在外面经受风吹雨打,你在家做你的安稳太太,我压力这么大,我在外面释放一下压力,"他抓着她的头发把她拉扯起来,凑近问她,"你在这儿瞎折腾什么?"

"证据在我手里,"赵淑慧颤抖着身子,喘息着,"范建成,你别过分。"

"你他妈威胁我?"范建成听到这话,不由得气笑了,他温柔地抚过赵淑慧的脸,"赵淑慧,你搞清楚,你要是举报我,你也跑不掉。到时候就不是我一个人进去,雯雯可就爸妈都没了。"

赵淑慧愣了愣，范建成抱起她，让她背对着自己，将她抱在怀里，梳妆台上的镜子里映出两个人的模样，她脸上带伤，满身狼狈。范建成的脸和她的脸靠在一起，他温柔地抱着她："我有罪，你就没有吗？闭嘴吧，你已经得到很多了。像以前一样什么都别问，咱们继续相安无事，不然，"范建成捏着她的脸，逼着她转头看他，"谁都别想好过。"

赵淑慧说不出话，看着镜子里身影扭曲的两个人，她轻轻颤抖着，想哭，又不敢出声，怕惊醒了还在熟睡的孩子。

她想起他们结婚那年，范建成腼腆地告诉她，以后会对她好一辈子。

她想问他，说好会对她好一辈子，怎么就变成现在这样了呢？范建成，你还记得你说过什么吗？

那天晚上雨下了一夜，叶思北第二天早上醒来，在床上窥见碧空如洗，她懒洋洋地趴着，听着厨房里叮叮当当的声音。

她缓了一会儿，起身到厨房，就看见秦南正在做饭，她歪着头靠在门边看了一会儿。秦南发现她起身，朝她笑了笑："起床了？"

"不去店里？"

"给你做完早餐，我就去。"说着，秦南将米线捞进碗里，撒上葱花。

两个人一起吃着饭，秦南似是漫不经心地说起来："月底就走了，你有什么要做的没？"

叶思北想了想，说："也没什么吧，"她又思考了一会儿，"走之前，打算去看看奶奶和其他亲戚，再去看看杨老师。"

秦南动作顿了顿，随后吃了口米线，假作不认识一般："杨老师？"

"我高中的班主任，叫杨齐羽，人很好。"叶思北一面吃，一面漫不经心地说着以前，"高三那年，我差点就读不下去了，就是他告诉我，说有一个捐赠项目，他给我申请了名额，点对点捐赠两万，让我一路读下去。"

"那他人很好，"秦南点头，"该去好好谢谢他。那个好心人呢？"他抬眼，"你知道是谁吗？"

叶思北摇头："不知道。"说着，她想了想，"要是知道了，是该好好感谢人家。不过，"她迟疑了一下，"还是以后吧，我自己现在什么都没有，要感谢也给不了什么。"

"那就以后,"秦南点头,"我多赚点钱,咱们去好好谢谢人家。"

两人一边说一边吃,等吃完米线,叶思北赶着秦南去店里,自己在家洗碗。

她一边洗碗,脑子里一边思考着。下个星期二,10月19号,那是她最好的机会。

范建成一死,她一定是第一嫌疑人,所以她必须有一个完美的不在场证明,把罪名彻底洗脱。能活下来最好,她就可以和秦南远走高飞;要是没有活下来……也没什么。

叶思北满脑子都是这些,把碗洗好后,她就走到书桌边,打开了购买车票的页面。她拿出本子,不断地计算时间点。

从南城到G市,慢火车需要二十四小时,下午五点发车,第二天下午五点到达,但如果是长途汽车跑高速,则只需要十个小时。

如果她买一张南城到G市的票,从南城上车,下午五点半在第二个站怀水下车,从怀水到达赌场附近,七点见到范建成,处理干净一切后,坐十个小时长途汽车直接到达G市前一个站云文,在下午三点半用别人的票入站,最后在五点,用自己的票从G市火车站出来。

这样,南城和G市的火车站就会有她的监控,但只要他们没有查到中间怀水、云文两个站的进出监控,她就有了不在场证明。

风险很大,但也没有更好的办法。

做好决定,叶思北便立刻起身,决定把她计划的路线都走一遍。

她坐火车去了怀水,从怀水下车,找了一个黑车司机坐车到了赌场位置,她一路确认时间,然后留下黑车司机的电话。

从那天起,她每天都趁着秦南不在,戴上帽子和口罩,出去做一切准备,买车票,准备手套、凶器……

有时候她会觉得疲惫,这时候她就会到富强置业门口不远处看一看范建成。每看一眼,她就觉得不累了。

她感觉自己所有注意力都放在范建成身上。她满脑子只有一个念头,她要他付出代价。

其实以前不是这样的,以前,她再麻木,再痛苦,哪怕在事情发生那一刻,这个案子都不是她的全部,她总想逃,总想拥有更好的生活,所以她抗争,她苦苦求生,又痛苦求死。然而现在她什么都不想,她满脑子只有这件事。她要结束这件事,才能往前走。

她做着这些事的时候,秦南就一直跟在她后面,她现在很少能注意到周边的事情,他跟着她,她也没察觉。

她喜欢把思路记录在一个小本子上,用一些奇奇怪怪的符号。秦南会趁着她睡着起来翻看这个本子,基本不太看得懂,但有些数字他看得明白。

他不敢开口,也不知道怎么开口,他知道她要做什么,他不能劝她不做,可是也无法眼睁睁地看着她做下去。

每一次他看着她远远地站在富强置业门口,盯着从里面走出来的范建成时,都感受到一种无能的苦痛,像是年少时看着自己父亲被人打断了骨头在地上哀号时的感觉,眼睁睁地看着一切发生,却又无能为力。

周六的时候,叶思北吃着饭,突然告诉他:"我打算找个时间出去玩一次。"

秦南动作顿了顿,那一瞬间,他预感到什么。他假装什么都不知道地夹菜:"去哪里?我要一起吗?"

"我想一个人走走,打算去 G 市。"

"什么时候?"

"周二下午,"叶思北笑了笑,"票我买好了,你别怪我先斩后奏。"

秦南点头,没说话。叶思北打量着他:"生气啦?"

"什么时候去看杨老师?"秦南没有太多表情。

叶思北见他没反对,放下心来,回应他:"明天行吗?我给他打个电话问问。"

秦南应了一声。

那天晚上,秦南起身,在月光下翻开她的笔记本,看见三张车票,分别是南城—G 市、南城—怀水、云文—G 市。

秦南看了这三张票的时间点,南城—G 市是下午五点出发,第二天下午五点零五到达 G 市。怀水是这趟列车下一个站,五点半到达怀水,而云文是 G 市前一个站,第二天下午三点半到达云文。这些都是叶思北在本子上记录过的。

秦南合上夹着车票的本子,进了洗手间。他坐在马桶上,捂着脸,把所有声音都咽下去。

他意识到叶思北要做什么,可是他也清楚地知道,这个方案风险极大。过程中,一旦范建成超出预料地反抗,或者是警方查到怀水、云文的监控,叶思北就会暴露。

可叶思北还是选择做。他要怎么办?要阻止,还是不阻止?

阻止这一次,叶思北还会有下一次,这已经是她内心的执念,内心的一根刺,不拔出来,它永远存在。不阻止,叶思北会成功吗?就算成功了,这一辈子她的内心就安稳了吗?

他不知道。

他在一开始的时候以为自己能为叶思北遮风挡雨,到现在,他却发现,自己和年少时那个孩子没有任何区别。他保护不了他父亲,也保护不了叶思北。

他这一路,只是站在她身边眼睁睁地看着她去经历一切。他挡不住人言可畏,挡不住范家气焰嚣张,挡不住一审败诉,此刻,他也挡不住她走向这一条绝路。

他能做什么呢?他什么都不能做。

他在黑夜里攥着拳头,无声地落泪,好久后,他听见叶思北一声迷迷糊糊的轻唤:"秦南?"

"哎,"他控制住声音,像平时一样,"在洗手间。"

叶思北没再问话,她似乎就是半夜醒来一下,又闭上眼睛。

秦南在洗手间调整好情绪,才回到叶思北身边躺下。

第二天起来,叶思北就张罗着要带他去见杨齐羽,她给他选着衣服,随意地说着话:"周一我带你去看我奶奶他们,老家人挺好的,不过老思想,要是说了什么不高兴的,你也别在意。周二……周二你有什么想安排的没有?"

"你是去旅游,"秦南低头看面前为他翻着领子的女人,"又不是不回来了,把事情安排得这么满做什么?"

"也是。"叶思北抬头看着他笑了笑,"是我太急了。"

穿好衣服,叶思北带秦南开车到了二中。

杨齐羽住在二中的教师宿舍,秦南在叶思北的指挥下把车停在学校外面,跟着她一起进了学校。

叶思北提前给杨齐羽打了电话,杨齐羽老早便站在楼下,看见叶思北和秦南,高兴地招呼:"思北,这里。"

"杨老师。"叶思北看见杨齐羽,拉着秦南高兴地跑过去。

杨齐羽看见秦南,动作一顿,但很快调整过来,转头看向叶思北:"这是你老公啊?"

叶思北点头,跟杨齐羽介绍:"他叫秦南。秦南,这是我老师,"叶思北跟秦南介绍,"杨齐羽。"

秦南恭恭敬敬地点头,叫了声:"杨老师。"

杨齐羽挤出笑容,看了两个人一眼:"一转眼都这么大个孩子了。"说着,他想起来,"哦,你们师母菜都炒好了,赶紧上楼吧。"

"这哪儿是我们师母,"叶思北跟在杨齐羽后面调笑道,"师母是我一个人的。"

"结了婚,就是一家人,"杨齐羽不接叶思北的话,反而教训起她来,"你的师母就是他的师母。"

三个人一起说着话,进了屋子。师母听见声音,急急地出来,看见叶思北、秦南两人,她愣了片刻,随后赶紧招呼:"来,进来坐。"

叶思北提前和杨齐羽打过招呼,杨家早有准备,菜很快上来,杨家夫妇带着小女儿坐下,和叶思北聊天。

叶思北之前隔一两年就来看杨齐羽一次,倒也不算生疏。

杨家人对最近发生的事只字未提,这让叶思北有种错觉,好像一切都没发生过,她少有地带了几分轻松,话也多起来。秦南就在旁边看着她,给杨齐羽倒酒。

杨齐羽四十岁不到,但很爱喝酒,叶思北随便陪两杯,他就喝上了头。喝多了以后,他红了眼眶,看着叶思北,一个劲儿地叹息:"你这孩子,怎么这么命途多舛呢？"

叶思北听多了这些话，面上不动。秦南立刻给杨齐羽倒酒，叫他："杨老师，别说这些，多喝点。"

杨齐羽愣愣地扭头，看着秦南，过了一会儿，抓住秦南的手，拍着他的肩："你是个好孩子啊。"说着，他转头看向叶思北，"秦南是好孩子啊，你要和他好好过，别辜负他，不管发生什么，都得向前看，发生过的都不重要，没发生的才值得你去想。"

"嗯。"叶思北笑着点头，"老师说得对。"

杨齐羽东拉西扯地说了一会儿，便觉得困了。叶思北也不好意思再打扰，就带着秦南告别离开。

这时是下午，叶思北想了想，转头看他："没来过二中吧？我带你逛逛？"

秦南愣了愣，随后点头："好。"

叶思北拉着他，一起走在二中的教学楼里，她给他指着地方："那边是一教，这边是二教，我以前在二教……这一层。"她遥遥地指着楼层，然后拉着他小跑过去。

教学楼大门是锁着的，秦南看看她："走吧？"

"我有办法。"叶思北拉着他跑到大门后方，后方露出一扇窗户，叶思北够了够，转头看他，"找个凳子？"

说是找凳子，秦南却明白她的意思，他笑了笑，干脆就把她举了起来。叶思北赶紧借力爬到这个和她差不多高的玻璃窗上，直接翻跳过去。

秦南送她进去，自己抓着玻璃窗轻盈地一跃就跳了进去。

叶思北拉着他往楼上小跑，一面往上跑一面说中学的事情。

教学楼重新装修过，但大体格局不变，回字形的结构，长廊纵横其间。叶思北指了指自己的班级、自己的位子："那就是我以前坐的地方。"

秦南没说话，静静地看着那个位子，一瞬间，脑海里想起年少时在课堂上睡久了一睁眼看到的场景。

小姑娘穿着校服，扎着马尾，神色认真地记着笔记。琅琅的读书声里，那姑娘隔着玻璃回头，好似看见他，又好似没有。

"我在重点班,但那边,"叶思北一指自己对面的班级,"就是我们学校最差的班,不过都是杨老师教,杨老师是我们语文老师,是他们的班主任。"

"你歧视差生啊?"秦南转头看她,语气好似玩笑,又有些认真。

叶思北赶紧解释:"绝对没有,我就是怕他们看着这么努力的我,看我不爽。"

"怎么可能?"秦南笑。叶思北拉着他:"上来,我带你去天台。"

秦南跟着她往楼顶走,他们一起走上天台,从楼顶俯瞰这所学校。

叶思北跟秦南介绍着学校的各种建筑,以前是什么样,现在是什么样。

"那边,原来是个升旗台,"叶思北指着塑胶跑道,"每周一,每个班就会选最优秀的学生上去做演讲,我以前就上去过。"

"你讲的是什么?"秦南转头,"好好学习?"

"我当然讲鸡汤啊,"叶思北一点都不害羞,她想起那时候,"我自己写的稿子,杨老师说写得很好,我还记得题目……"她说着,声音有些淡了,但她还是说出了那个题目,"《最美好的永远在未来》。"

下午的微风轻轻吹过,拂过人的脸庞,秦南想了想,询问她:"真这么想?"

"当时这么想。"

"现在呢?"

叶思北想了想,笑起来,转头看他:"等过了星期二,去了省会,应该就会这么想了。"

等她了结一切,要么重新开始,要么彻底结束。

秦南注视着她,他脑海里是那一年他在人山人海中仰起头,女孩子站在高处,声音抑扬顿挫道:"我们奋斗,我们努力,我们抗争,度过最黑暗的时光,美好的未来触手可及。

"没有不可跨越的苦难,没有不可度过的绝望。"

那一刻的姑娘有晨光笼罩,如光明,如神佛。

那一年他离开学校,杨老师问他:"为什么?"

他低头告诉杨老师:"因为,她是我的希望。"

她不是爱情，是他的信仰，是他从这黑压压的乌云里所窥见的唯一的天光。

"思北，"他笑起来，"周二是我生日，能不能一起过？"

叶思北面上一僵，有一些慌乱："我票买好了。"

"那中午陪我过吧？"

叶思北舒了口气，放松下来。

"行，我给你买蛋糕，"叶思北想想，似乎显得很没有诚意，她比画了一下，"大大的蛋糕。"

秦南看着她，缓了一会儿后，他平静地问她："思北，你想没想过，如果没有我，你的人生会是什么样子？"

"你呢？"叶思北反问，"如果没有我，你的人生会是什么样？"

"还是老样子，"秦南神色温和，"开个修车店，好好过一辈子。"

"那我也一样，"叶思北玩笑道，"有没有你，我以后都要好好过一辈子。"

秦南没有接话，走上前，张开手臂，将她抱在怀里。

"那太好了。"他轻声呢喃，"我就喜欢不要把人生托付给任何一个人。"

"毕竟不是小说，"叶思北靠在他怀里，说着这话有几分酸涩，但还是笑着说出口，"哪里来那么多生死相许的人？咱们这样，才是踏踏实实地过日子。"

秦南没有接话。他抱着她，感觉夕阳的温度被风卷过来，温柔地笼罩在他们周身。

后来，叶思北才明白，说着爱情的人，未必是爱情；说着薄情的人，或许是深情。

28

两人一起回家后，周一，叶思北早上带着秦南去看了自己的奶奶和其他亲戚。

下午，秦南就带着叶思北去了自己老家扫墓。他家距离南城不远，开车一个多小时，叶思北和他下午到了老家，他没带她和村里人打招呼，停好车后直接上山。

他父亲和爷爷都葬在山上，爷爷的坟更新，写着秦刚的名字，旁边的坟则有些年头，写着秦富的名字。

秦南带了酒和一些水果，他在地上洒了刚买的五粮液，跟叶思北低声说："我爸和我爷爷都没啥爱好，就喜欢喝酒，不过那时候穷，他们一辈子也没喝过好酒，如果不是去得早，后面可能也要被这些酒害死。"

叶思北看着墓碑上孤零零的"孙，秦南""子，秦南"，不由得问："你爸是在工地上走的？"

"嗯，"秦南低头摆着水果，"听说是在工地上，有个东西砸下来，人就没了。"

"赔钱了吗？"叶思北不由得看他。

秦南上了香："一开始说是他自己的问题，后来又扯，最后是我叔叫了村里人，抬着我爸的棺材到工地去，把尸体放在那儿，风吹日晒地守了十几天，要回了五十万。"

"五十万？"

在十几年前，五十万不是一个小数目。

秦南点头："叔叔伯伯都出了力，人家也不是白替你去的，村里老人家做主，把钱分了，大头倒是留给了我们家，被我妈带走了。"

"你妈真的是——"叶思北听到这话，略感震惊。

秦南摇头："她也不容易，算了。"说着，秦南给她递了香，"来，拜一拜吧。"

叶思北拿过香，拜了拜。

按照南城的规矩，给这些已故的老人家磕头时，若是心中默念愿望，或许老人家在下面就会听见，庇佑子孙。

秦南看着叶思北跪在地上，双手合十，她穿着褐色的风衣，秋日的阳光因这个颜色显得异常温暖。

叶思北磕过头，秦南上前磕头，他磕完头，两人一起收好东西，秦南让她先走。他确认好周边没有任何火星后，抬头看向那两块墓碑，过了一会儿,他走到秦富的墓碑前,抬手轻轻放在墓碑上。

"爸,"他轻唤,又抬头看向一旁的秦刚的墓碑,"爷爷,这就是思北了。"他说完,笑了笑,转身拿着东西离开。

两人回家后,在家里随便热了点剩菜。等到晚上,叶思北故技重施,让秦南喝了带安眠药的牛奶后,在半夜又悄悄出门。

秦南跟着她出去,看到她从家里拿出一个背包,到了赌场周边,她把背包藏在了烂尾楼的一个角落里,用一些剩下的木头、蛇皮口袋之类的盖上,然后又离开。

秦南等她走了,上前翻开这些东西,在里面看到了手套、刀、防狼喷雾等一系列东西。

他低头看着这些东西一会儿,最终还是把背包拿走,骑着摩托车回去,回家的时候,他沿路把这些东西分散着扔进垃圾桶。叶思北认识的人不多,这些大多是从网上买的,都会留下记录,现场不能和她有任何关系,所以他得把东西都处理了。

把东西扔完,秦南回到家,和之前一样,伪装好,躺回床上。

而叶思北过了不久也回到家中,她悄悄钻进被窝,过了片刻后,伸手揽住秦南。

第二天,10月19日,周二。这天天气不错,天亮的时候,城市崭新如洗,空气中寒意夹杂着水汽侵袭,南城人来人往,大家都感觉寒冬将至,深秋即别。

叶思北早早起床,给秦南做早餐。秦南起来,看见叶思北在忙活,不由得笑了一声:"我今天待遇这么好?"

"你生日嘛。"叶思北回头看他,"给你做顿好的。"

"刚才你妈打电话过来,说那儿还有些你中学时的东西,问你要不要带走。"

"让她帮我打个包,"叶思北低头切菜,"搬家的时候,咱们一起带走。"

秦南靠在门边看她,笑着没有多说什么。

过了一会儿,秦南转身告诉她:"我去外面抽根烟。"说着,他穿上拖鞋,走出门。

他顺着楼梯往上走，走到天台，他看着手机，迟疑了很久，终于打通了林枫的电话。

"林警官，"秦南垂眸，"我有情况想反映一下。"

秦南在天台打完电话，和林枫约定好下午的事情后，便回了家。

叶思北做好饭菜，两人一起吃过早餐。

等到中午，叶思北订了一个蛋糕，配送员送到她家楼下，叶思北自告奋勇地去取，拿到蛋糕时，配送员忍不住多看了她几眼，叶思北假装不知道，低头签收着蛋糕。等她拿着蛋糕转身上楼，就听见配送员给朋友打电话，颇为激动道："天啊，你知道今天我看见谁了吗？叶仙人啊，我第一次看见本人！"

叶思北提着蛋糕顿了顿脚步，她抓紧蛋糕绳子，过了片刻，才重新高高兴兴地跑上楼："蛋糕来啦。"

两人一起准备了一顿丰盛的午餐，还颇有情调地倒了点红酒。

酒是临时买的，不算好酒，家里也没个高脚杯，就翻出两个玻璃杯来，倒上红酒后，两人都觉得有些好笑。叶思北看见秦南低头打量红酒，她清了清嗓子："来，我祝你，"她举起杯子，面带认真，"生日快乐。"

叶思北和秦南吃着他们二人的生日宴时，叶家正忙忙碌碌地开始整理东西。

老人家吃饭早，午饭不到十二点吃完，他们就开始把叶思北的东西搬出来，放在太阳下晒一晒，按照叶思北的话，整理好，方便她带走。

东西都是些旧物，习题册、书本、相片集……这些东西都被黄桂芬藏在角落里，蒙了一层灰。叶念文搬出来时，灰尘呛得他不停地咳嗽。

叶念文回头颇为埋怨道："妈，你把东西放这么高做什么？灰都比书厚了。"

"不放高点，家里有地方放吗？"黄桂芬的声音从房间里传来，"好不容易买套房，你又拿去卖了，你要是别卖，咱们家借点钱，现在房价都上涨……"

黄桂芬一说话，总能让人瞬间不开心，叶念文不想搭腔，搬着东西放到门口。书上面放着一张长照片，叶念文低头掸着照片上的灰，灰尘从照片上簌簌落下。旁边传来脚步声,叶念文抬头看了一眼,就看见了张勇。

"张队长?"叶念文看见张勇,心里颤了颤。

张勇低头看了看他手里的照片:"有时间吗?"

叶念文听到这话,便知道张勇是有话要说。他看了一眼门内,立刻道:"我换件衣服,马上。"说着,他便放下照片,转身回卧室去换衣服。

张勇闲着无事,低头拿起那张长照片,上面写着"南城二中2006级高一合影"。张勇猜出这是叶思北中学时的照片,随意地扫了一眼。

中学时的面容略微有变化,但张勇仍旧凭借着自己敏锐的观察力快速找出了中学时的叶思北。

照片上的女孩笑得极为灿烂,和现在死气沉沉的模样截然不同,张勇看了片刻,低头一笑,正打算移开视线,突然就发现了叶思北身后一个个子稍高的男孩。明明是合照,男孩却没有看镜头,侧脸低头,看向前一排的叶思北。

那个男孩很瘦,穿着校服,和现在精壮的模样完全不同,但张勇依旧从五官之间辨认出这个人——秦南。

他脑海中骤然闪过一审那天他问秦南的话。

"不会以前认识吧?"

"没有。没见过。"

"真没见过?你是几中的?"

"七中。"

他明明是二中的学生,却说自己是七中的。他明明见过叶思北,认识叶思北,甚至从这副神态上看,当年对她应该有过感情,却说自己没见过她。为什么?

张勇内心满是疑问,直觉告诉他,这件事应该是一件需要探索的事。

叶念文换好衣服,从房间里跑出来:"张队长,走吧。"

张勇笑了笑,放下照片,和叶念文一起走出去。他故作无事地闲谈:"话说,你姐夫是怎么和你姐认识的?"

"相亲啊。"叶念文说,"听说是我姐相亲,没跟人相上,刚好就遇见姐夫,两人见面一说话,就对上眼了。当时我爸还不同意呢,觉得姐夫学历低,但我姐就认定他了。"

"一见钟情?"

"大概是吧。"叶念文以为张勇说的是叶思北,"我姐那时候歪瓜裂枣见得多了,我妈天天在家里骂,她怕死了。"

"我记得秦南是南城人,他上哪个中学啊?"

"这我就不知道了,"叶念文和张勇一起进了一家咖啡厅,两人找了个包间,叶念文走在前面,"也没听他说过。"

张勇没说话,左右打量着咖啡厅。两个人坐下后,叶念文点了东西,他有些紧张,左思右想了一会儿,迟疑着开口:"是不是……我姐的事……有进展了?"

张勇抬眼看叶念文,其实他听说了,叶念文最近总在找事发时在场的人,从保洁阿姨到富强置业的员工,好几次人家都打了报警电话,警察警告叶念文,警告完了,叶念文又继续。

有人和他说,叶念文已经疯了。他不找工作,不要前程,一心一意就扑在这个案子上。

上诉的时间过了,现在只有新证据出现,才有机会提出重审。所以他唯一的希望就是新证据的出现。

张勇注视着他,点了根烟,声音很轻地说:"你姐都放弃了,你还执着什么?"

"我不知道。"叶念文摇头,"我过不去,我一闭眼就是这件事,这件事,"他红了眼眶,抬眼看着张勇,克制着情绪,"毁了我妈、我姐,还有楚楚。我所有的一切都因为这件事毁了,这份公道如果不还给我姐,"他鼻头发酸,"我过不去。

"若是公法不公,"叶念文抬头看张勇,"就会有私法猖獗。"

张勇动作顿了顿。叶念文有些苦涩地笑起来:"直到今天,我才终于理解,老师说的这句话的含义。"

"你和一个警察说这些合适吗?"

"我和你说其实是最好的,这证明我知道不该用私法。"叶念文说着,知道话题不能扯太远,"张队长找我做什么?"

"你姐的案子，"张勇掸了掸烟灰，"我找到线索了。"

"什么线索？"

"如果赵楚楚所说是真的，"张勇思索着，"也就是你姐说的不是当时的情况。"

"你觉得我姐说假话？"叶念文皱起眉头。

张勇摇头："如果你姐记错了呢？"

叶念文愣了愣。张勇拿了一些药物照片："之前我考虑过这种可能性，如果你姐服用过一些精神类药物，可能会产生记忆缺失、模糊等情况，因为从客观条件来看，孟鑫说得没错，以那点饮酒量，叶思北大概率是没有办法达到意识完全丧失的程度的。"

叶念文看着桌面上的药物照片，上面有好几种药物。

"你姐没有做血液检测，错过了最佳取证期，但好在秦南先确认了范建成是第一嫌疑人，所以当时我们以最快速度控制了范建成。我们查过所有在场证人，也搜索过他所有停留的场所，翻查了他所有资金流向，甚至连微信红包我们都查了一遍，但都没有找到相关证据。而赵楚楚在最初的证词中说明你姐和她分开时已经是意识模糊，所以我们决定相信赵楚楚，认为叶思北是因为情绪不佳醉酒。"

"现在你找到证据了？"叶念文抬眼看他。

张勇考虑了片刻："这一个月，我一直在追南城管制类药品非法售卖案件，和怀水警方一起缴获了一个药贩窝点，这些药贩供出的购买名单，我们会一一去查，只要其中一个人供出范建成，那范建成就有了犯罪预备倾向。"

"这还不够。"叶念文果断地开口，"如果要办这个案子，你不仅要证明他有药，还要证明那天他把药给我姐吃了。"

"所以我需要你帮一个忙。"张勇认真地看他。

叶念文皱眉："什么？"

张勇没有回他，从兜里拿出一个小小的窃听器，推过去后，平静地抬眼看他："去找赵楚楚。"

"找她问什么？"

"去问她到底发生了什么。"

"她不会说的。"叶念文果断地摇头,"我去问过她,要说早就说了。"

"你真的问过吗?"张勇看着叶念文,叶念文抬眸,张勇提醒他,"你问的到底是你姐发生了什么,还是发生了什么?"

"叶念文,"张勇想了想,还是告诉这个年轻的男人,"大多数人都是走在钢丝上,一面是善,一面是恶,最后她倒在哪里,就看这个世界怎么推她。你想怎么推她?"

叶念文沉默。片刻后,他一把抓过窃听器,起身走了出去。

张勇拿出一只耳机戴在耳朵上,一面调试着窃听器,一面给林枫打电话。

"喂,队长。"

"你帮我打电话到南城二中问问,"张勇一面说,一面听到耳机里传来叶念文那边的声音,他似是漫不经心道,"他们2006级有没有过一个叫秦南的学生?"

"好,"林枫应声,"哦,还有,队长,我下午要请个假。"

"干什么去?"

"秦南早上给我打电话,说叶思北看上去情况有些不对,她买了去G市的火车票,但又用其他人的身份证买了到怀水和云文两个中间站的票,秦南担心她会做什么,我想跟过去看看。"

"哦。"张勇抬手揉了揉鼻梁,"行,就当给你自己放个假吧。"

张勇挂了电话,等了一会儿后,就看见林枫给他发了个电话号码和联系方式,然后确认道:"有过,这位杨齐羽老师是秦南当时的班主任。"

张勇看着电话号码,想了想,他决定给自己也放个假,去满足一下自己的好奇心。

◆ ◆ ◆

张勇去找杨齐羽时,叶思北和秦南吃过饭,两人坐在餐桌边缓了一会儿,秦南笑了笑:"蛋糕吃不下了。"

"那我先收拾东西。"

"那我收拾碗筷。"

两人一个开始收拾东西，一个打扫残局。

这天阳光好得不像深秋，叶思北在卧室感受着阳光落在自己身上，抬眼看了一眼打扫着房子的秦南，她不知道为什么隐约有一种不舍涌上来。可不过片刻，她又压下去。

她不想再回到过去的人生，那种拖泥带水混杂着痛苦的生活。她已经做下决定，就不想迟疑。

她迅速低头，收拾好东西，看了看时间，已经快要下午四点。

叶思北想了想，转头叫门外的秦南："秦南，吃蛋糕吧，吃了蛋糕，我就得走了。"

秦南应声，他将手里的帕子在流水下清洗干净，拧好，放到水台上。然后他洗过手，从冰箱里拿出蛋糕。

两人来到餐桌边，叶思北把蜡烛一根一根地插好，然后她把窗帘拉上，房间瞬间暗成一片。秦南站在餐桌边，低头用打火机点了蜡烛。

"这是我第一次过生日。"他回头看着她笑了一下。

叶思北走到他旁边："那我以后年年给你过。"说着，她拍起手，唱起《生日歌》，"祝你生日快乐，祝你生日快乐……"

秦南低头凝视着轻轻摇曳的蜡烛，等她唱完，他闭上眼睛，无声地许愿。

叶思北凝视着他闭眼许愿的侧脸，看着他流畅、漂亮的线条。

等秦南睁眼，她扬了扬下巴："吹蜡烛。"

秦南把蜡烛吹灭，两人一起吃了蛋糕，秦南便送叶思北去了火车站。

下午四点四十五分，他送她到检票口。

"就送到这儿吧，"叶思北背着包，"我很快就会回来。"

"好。"秦南点头。

两人静默无话，过了片刻，叶思北轻笑："突然觉得好像要去很久一样。

"有这种错觉。

"行吧，那我先走，反正你不赶时间，你就慢慢看。"

"思北，"秦南突然拉住她的手，叫住她，"你知道我刚才许了什么愿吗？"

"什么？"

"我许愿,叶思北这一辈子能平安、幸福、美满。"

叶思北一愣,她心里有种莫名的不安,但还是故作无事地笑起来:"怎么不加个发财?"

"走吧。"秦南放开她的手,将手缓缓地插入自己裤兜,他看着她,嘱咐,"往G市去,别太想我,别回头。"

有那么一瞬,叶思北觉得他意有所指,但她想,他应该不知道。如果他知道什么,此刻就会拉住自己,让自己不要走。

她笑了笑,握紧背包,控制住眼睛的酸涩,坚定又认真地开口:"你放心,我不回头。"

这条路她选了,她就不会回头。

秦南笑起来:"走吧。"

叶思北这次没有多说,背着背包,转身离开。

秦南看着她走进车站,远远看见戴着鸭舌帽的林枫跟着进去。林枫回头看向秦南,秦南朝她致谢般点点头。

而这时候,叶念文坐在茶楼包间,听见门打开的声音,他回头抬眼,看见赵楚楚站在门口,目光平静又冷漠:"我来了。"

张勇则踏进杨齐羽家中,他仰头看着墙上南城二中2006级高一合影上笑着的两个少年,听到坐在身后的杨齐羽叹息着开口。

"其实从他们俩结婚那一天起,我就一直很想告诉思北这件事。但秦南不让说,"杨齐羽叹息,摇头,"他说,过去的都过去了,对他而言也不算什么。

"他希望,不管发生什么,叶思北,"杨齐羽抬头看向墙上合影上的两个人,"都能安安心心好好过完这一生。"

29

秦南送走叶思北,就开车返回家中。这时候,张勇坐在杨齐羽的家里,杨夫人带着孩子到操场遛圈,杨齐羽低着头回忆着往事。

"那时候,我刚工作,秦南是我带的第一个班的学生。他是个留守儿童,一直是爷爷带他长大,打小在学校里混,没考上高中,他爸就拿了所有积蓄,花钱让他到这所高中上。我记得他那时候很瘦,不太爱说话,在班上跟着一群城里的小伙子瞎混,上课睡觉,或者就逃课打游戏,起初我特别不喜欢这个孩子,经常教育他,好几次想让他退学,他爸和他爷爷就来学校里求,有一次还跪在我面前,我于心不忍,就把他留了下来。后来有一天,他突然来问我,说自己读书还有没有希望,我和他说没有人没希望,你以后来我家里,我给你补课。

"当时我就是看在他爸太惨的分儿上,看他有心读书,我就教。他底子太差,从小没怎么读过书,脑子也转不过弯来,每天努力很久,成绩也没有太大的提升。来我这里上课,经常是伤痕累累的,后来我才搞明白,他不想和那些兄弟混了,人家就打他。

"其实我不太理解,"杨齐羽摇头,"这些孩子到底在想什么啊?"

"后来呢?"

"后来我和他熟了,就很照顾他,我问他为什么突然改变性子,他说,以前所有人都告诉他,他们是垃圾,注定和他们父亲一样,读不好书,读了也没用,在学校里混到年纪,就出去打工,但他其实不这么想,他心里总想着是不是可以试一试,又害怕失败,所以干脆试都不试。

"但他看隔壁班有个女孩子,他在校门口见过她父母骂她,也听见过别人笑她,可她一直坚持读书,从来没受过任何干扰。他就想,自己也可以试一试。"

"那个人是叶思北?"张勇询问。

杨齐羽点头:"当时叶思北在重点班,和秦南的教室刚好对着。秦南坐在窗户边,叶思北也是,我就经常看见秦南看着叶思北。"

听到这话,张勇不解:"我还以为他们感情一般,我认识秦南三年,基本没从他口里听过叶思北的事情,第一次听就是离婚。"

"所以你好奇?"杨齐羽给张勇倒茶。

张勇点头,玩笑地开口:"他刻意隐瞒自己做过的事,万一是背着什么案子呢?我可是个刑警,基本敏感还是要有的。"

"这你放心,秦南身上没有案子,而他对思北……不算爱情。"

张勇端着茶杯的动作顿了顿。杨齐羽继续平静地开口:"他和思北没接触过几次,几乎没有当面说过话,我问过他,是不是喜欢叶思北这姑娘,他和我说,喜欢谈不上,只是因为一件事他做不到,叶思北让他看到了希望。所以他很希望叶思北能活得好,因为叶思北活得好,他才会觉得这个世界是真的可以通过努力改变点什么,他有能力在这个世界活得很好。

"然后到了高二结束,那时候他成绩上来了一些,再继续努力下去,他可能也可以考个三本,或者差一点的二本。"

"后来呢?"张勇继续询问。

杨齐羽手里拿着杯子,回忆起什么,然后说:"他父亲死了。"

◆ ◆ ◆

"没录音。"叶念文把手机正面朝上放在桌上,按亮屏幕,又把口袋掏得干净,安抚在对面坐下的赵楚楚,"你放心。"

赵楚楚看了一眼他的动作,转眼看向桌上还温着的蜂蜜柚子茶,这是以前她一贯喝的饮品,每一次,他都会提前帮她点好。

这个细节让她顿了顿,她垂下眼眸,伸手握住茶杯,感受到茶杯的温度从冰冷的手掌传递上去,声音很轻地说:"来问你姐的事吧?"

"来问你的事。"叶念文平静地看着她,比起以往,她憔悴了很多,他心里有些发酸,低头喝了一口水,"之前都只问你我姐的事,这次想问问你,最近过得好吗?"

赵楚楚握着杯子,说不出话,低着头,好久,才道:"你这句话问得太晚了。你知道吗?"她抬起头,看向叶念文,"其实我等这句话等了好久。但该来的时候没来,现在有没有,也无所谓了。

"我不信任你,你不信任我,"赵楚楚控制住语调,"不要再问我什么了。"

"一面是善,一面是恶,最后她倒在哪里,就看这个世界怎么推她。你想怎么推她?"

张勇的话响在叶念文耳边,他凝视着面前这个人,终于出声:"楚楚,你是个好人,还是个坏人?"

"你可以当我是个坏人。"赵楚楚果断地回答。

叶念文沉吟片刻,从衣服里拿出那个窃听器拍在桌上。赵楚楚平静地看着那个窃听器,没有任何意外。

"坏人不会说自己是坏人,说自己是坏人,是因为有良知在谴责。"

赵楚楚听着这句话,红了眼眶。

叶念文当着她的面关上了窃听器:"你和我说一次实话。"

"你要什么实话?"

"那一天,"叶念文神色平稳,"到底发生了什么?"

赵楚楚扭过头,不想看叶念文:"我说了你也不会懂。"

叶念文没回应,他凝视她,第一次这么仔细地观察她,这一刻,他看见她的胆怯、她的挣扎、她的犹豫。

"我可能不会懂,"他声音有些哑,"但我知道,你是个好人。"

赵楚楚一愣。叶念文重复了她曾经让他说的话:"叶念文永远喜欢赵楚楚。"

赵楚楚咬紧唇,看着叶念文,眼泪倏忽落下来。

"那天晚上,"她不由自主地抬手,抱紧了自己,她死死地掐住自己的手臂,仿佛在说一件天大的丑闻,"我照顾姐,酒局快结束的时候,范建成说,他去给我和姐倒杯水,然后他去了小包间。"

叶念文并不意外,他从其他证人嘴里听见过这件事,他看着赵楚楚:"然后呢?"

"他去了一会儿,我觉得渴,就自己过去了,然后我就看见他拿着一瓶药,旁边是他倒好的水,我就问他,这是什么,他和我说,醒酒药。"这话说出来后,赵楚楚手指慢慢放松,她垂下眼眸,"我没多想,就走过去把药拿走,我说我喂她。范建成想说什么,但我没给他机会,端着水就走了。"

"所以药是你喂的?"叶念文克制着情绪,不敢惊扰赵楚楚,他隐约明白,赵楚楚为什么不敢说出来。

眼泪从赵楚楚眼中大颗大颗地落下，她看着叶念文，克制着哭腔，颤抖着说："是我把药喂给了姐。"

叶念文看着她。她每一句话都说得异常艰难："然后，我送她走，我和她说，让她回家给我打电话。等十二点，她给我发了信息，我就睡了。"

"为什么一开始不说出来？"叶念文垂眸看着自己交握的手。

赵楚楚低着头："如果我说出来，我还能好好生活下去吗？是我害了她，我害怕，我愧疚，我自责，"她顿了顿，"可是我不想毁了我的生活。

"所以，当时，我想了一个两全其美的办法。"

赵楚楚抬起头看着叶念文："我不说出实情，但我是最后见过她的人，我替她撒谎，我帮她把范建成送到监狱去。这样，我可以遮掩我自己的罪行，我也可以帮她。

"只是我没有想到，"赵楚楚勉强撑起一丝笑容，"无论我怎样遮掩、解释，那一天，只要受害人不是我，这就已经是我的罪过。

"我看着网上质问我的一切，我的衣着、我的打扮、我的过往情史、我的所有。

"叶念文，你知道吗？其实我一直怀疑自己，"赵楚楚抬起手，指着自己，"我不知道自己做销售是不是对的，我不知道自己的穿着是不是对的，我也不知道我初中谈恋爱是不是就那么罪无可赦。所有人都说我错了，可我觉得我没错，所以我一直在抗争，但我内心深处总有一个声音告诉我，是我错了，我不该的。

"我已经犯了很多错了，如果让大家知道，是我把药给你姐的……"

赵楚楚颤抖着嘴唇："我害怕。

"不会有人信我，不会有人觉得我不是故意的，你看，他们只是觉得我大意把她留在车上，就能把我骂成这样，如果他们知道是我做的，我不敢想他们会说什么。"

"可是，"叶念文声音艰涩，"药是你给她的，你的确大意了。"

"那我就该去死吗？！"赵楚楚骤然提声，尖叫着，"我给了她药，我不是故意的，我就罪无可赦了吗？！"

"你该做证啊！"叶念文盯着她，有些控制不住情绪，"你不该藏着这件事,如果你做了证,这个案子就不会输!"

赵楚楚听到这话,看着叶念文,片刻后,她笑了一声:"你知道我为什么从来不想告诉你这些吗?"

叶念文愣了愣。

赵楚楚声音平静:"因为我早就知道你会说这些。

"这些话我听得太多了,是,我一开始没做证,我害怕,后面看见我只是把叶姐落在车上就要被骂成这个样子时,你知道我内心是什么感受吗?"

赵楚楚抬起手,指着自己的胸口:"我很庆幸。

"如果当一个好人比当一个坏人过得更加凄惨,那我愿意当一个坏人。"

"赵楚楚,"叶念文难以置信,"你不会良心不安吗?"

"会啊,"赵楚楚看着叶念文,她眼泪落下来,"所以你知道我等你等了多久吗?我等了好久,只要你和我说一声,楚楚,我信你,楚楚,你是个好人,只要你和我说一声,我可能就可以走下去了。可你没有。

"我无数次想过,想站出来为叶姐做证,"赵楚楚含泪看着他,抓紧了衣襟,"可每一次,你、周边的人、网络都让我感觉,我做证就是在毁了我自己。我唯一一次感觉自己可以站出来的时候,就是叶姐说我是个好人那一刻。

"那一刻,我才觉得有那么一点点勇气去承认我做过什么。然后,就是在刚才,你说你喜欢我,我是个好人。"

赵楚楚笑,但片刻,她又有些失落:"可惜,你还是骗我。"

"你为什么非要别人承认你才站出来呢?"叶念文听着她的话,难以理解,"你错了,你弥补、认罚不是应该的吗?!"

赵楚楚听到这话,慢慢冷静下来。她看着叶念文,有种彻底放弃自己的麻木。

"叶念文,"赵楚楚声音很轻,"把我当个人吧。

"不是所有'应该'的事,人们都会去做,你口号喊得这么漂亮,那么当初,"赵楚楚凑近他,"你姐更应该报警啊,你为什么不让她去报呢?

"你也是个人,不是吗?"

◆ ◆ ◆

"那时候高二刚结束,他考得还不错,"在张勇耳机里叶念文声音断了的片刻,杨齐羽看着窗户外落在窗台上的鸟雀,说起当年。

张勇心知叶念文是不打算让自己知道这段对话,他干脆就放宽心,等着叶念文回来商量,毕竟,这是叶思北的案子,叶念文不可能不利于叶思北。

他干脆端起茶杯,靠在沙发上,听杨齐羽说往事。

"放假前,我让他拿成绩单回去给他爸看看,他还和我说,他爸不会管的,只要不烦他爸妈,他爸妈就不会在意他。

"然后就是那个暑假,他突然在半夜给我打了一个电话,什么都没说,一直哭,最后哭号着和我说了一句,他对不起他爸,他该死。

"我去找了他爷爷,才知道他爸死的事情,"杨齐羽想着过去,有几分伤感,"之后听说他们村里闹得很厉害,去工地堵了很久,他爸的棺材一直放在工地门口,他想把棺材抬回去,觉得闹归闹,至少让他爸先入土为安,但没能成功,他妈打了他,让叔伯把他拉过去关起来。"

"他们太过分了,"张勇皱起眉头,"那时候他还是个孩子吧?"

"十七八岁吧,"杨齐羽喝了口茶,"他打小没人管,他妈对他其实也没多少感情,也就他爷爷管管他,但他爷爷人老了,当时的情况,护不住他太多。"

"后来赔钱了吗?"

"赔了,五十万,"杨齐羽嘲讽地笑了笑,"我听说村里还专门开了个会,把这钱分了分,最后落到他们娘儿俩手里的好像十万都没有。他爸下葬的时候,我去看过他,棺材埋下去的时候,他跪在地上,一直不肯走。看着让人觉得特别难受。后来高三刚开学,就听说他妈跑了,他就坐在教室里,一天天地发呆,书也不读,事也不干,没几天,他就来问我,说叶思北怎么没来上学,我帮他打听了一下,听说她爸妈不让来,想让她去打工。"

张勇喝茶的动作顿了顿,他皱起眉头:"叶家怎么能这样呢?"

"家里钱不够,"杨齐羽摇头,"见多了,也是常事。"

"那后来呢?"

"后来,秦南当天回去,第二天,他来和我说,他要退学。他说他爷爷年纪大了,他就算考上大学,也得花钱,也考不上什么好大学,他出去学门技术,就可以早点照顾他爷爷。

"他妈留给他两万块,他不要了,让我去叶思北家里做工作,这两万块,他全捐给叶思北。"

张勇愣愣地看着杨齐羽:"他这样做,他现在不后悔吗?"

杨齐羽笑了笑:"后悔啊。"

说着,他给自己倒茶:"在他把钱放在我桌子上,自己背着书包走出学校的时候,我就劝他留下来。我追着他,和他说他会后悔的,结果他头也不回。

"后来,过了好多年,有一天他回来看我,他把茶叶放在桌上,和我说,'杨老师,我见到叶思北了。'"

杨齐羽抬眼看向张勇,又转头看向墙上的照片:"他说,我后悔了。"

"他后悔什么?"张勇皱眉,"觉得自己该把书读下去?"

"张警官,你是不是以为,秦南把钱给叶思北是因为他喜欢她?"

张勇没回答,他的确这样以为,但是,杨齐羽这么问,他有些不敢开口。

杨齐羽摇头:"其实秦南给完钱后,很多年里,他只给叶思北打过几个电话,每一个电话都是在他撑不下去的时候。

"秦南从小就有很深的自厌情绪,你知道十几年前南城郊区有一个留守儿童自杀事件吗?"

张勇点头:"有印象。"

"那个孩子就是秦南的哥哥,他不是独生子,他哥哥死了之后,他才成为独生子。"

张勇愣了愣。杨齐羽继续说:"我也曾以为他喜欢叶思北。但后来他告诉我,其实他从来没在他的人生中感到快乐过,他每次看未来,都觉得没有任何期待,他感觉像他父亲一样活下去没有意义。而不像他父亲一样活下去,他内心深处又觉得不可能。是叶思北给了他挣扎的勇气。

"那两万块是他读书的钱,也是他的未来,他把这两万给了叶思北,其实内心是把叶思北当成他自己的一个投射,他觉得自己做不到的事,就希望叶思北做到。而叶思北做到，则变相地鼓舞了他，让他觉得，这个世界有新的希望。所以他从我这里拿了叶思北的电话，这么多年，他一共就给叶思北打过四次，他和我说，他听见叶思北在读书，听见叶思北的声音，就觉得，叶思北能坚持，他也能。

"他对叶思北是爱情吗？"杨齐羽笑着摇头，"如果你这样理解，那你可能很难理解他的行为。

"他对叶思北不是爱情，"杨齐羽肯定地开口，"他对叶思北是一种信仰。"

张勇呆住，一瞬间，他脑海中闪过林枫下午告诉他的话。

秦南告诉她，叶思北有异常情况，买了三张火车票，怕叶思北做傻事，让她跟着。

如果在秦南心中叶思北是他坚持了那么多年的信仰，是叶思北给予了他生的希望，叶思北是他对于整个世界希望的投射，那叶思北被世界逼到这种绝境的时候，他会坐视不理吗？他会让叶思北受这样的屈辱吗？

张勇猛地反应过来，立刻站起身来，给林枫打电话。

而在张勇给林枫打电话的五分钟前，叶思北就接到了秦南的电话。

叶思北看着火车驶入城市，开始降速，她站起身，准备收拾东西，她的手机突然响起来，看了看名字，发现是秦南。

她迟疑了片刻，戴上蓝牙耳机，一面收拾东西，一面接了秦南的电话："喂？"

"不要下车。"

叶思北顿时僵住了。秦南声音平稳："林枫跟在你后面，往G市去，不要停留。"

"你什么意思？"猛地反应过来，她有些震惊，"你知道我要做什么？"

"想说的话，我放在你包里的信里，看完就烧，不要留下痕迹。"

"秦南，"叶思北听到这话，有些害怕，"你不要做傻事。"

"思北，"秦南低头，"不要回来，这件事不会和你有任何关系。你答应过我——往G市去，不回头。"说完，他挂了电话。

叶思北冷静片刻，立刻拿过包，翻天覆地地找，最终在一个夹层中找到了一封信。

她迅速翻开信件，看见了秦南的笔迹。秦南的字不算好看，但规规整整，每一个字都能看得清楚，像学生时代写下的最郑重的文件。

思北：

展信佳。

看到这封信时，你应当已经在火车上，或许快到怀水了。

这个决定我做得很艰难，我不懂什么是爱情，我也不喜欢把人生寄托在他人身上，所以，到底要不要为了你去杀了范建成，这件事，我想了很久。

可在我们一起站在二中的楼顶上，看着整个学校时，我突然做下了决定，在这个世界上，你活着远比我活着有着更大的意义。

抱歉我对你的欺骗，其实我和你应当是校友，十二年前，我们一起上的二中，你在一班，我在十七班，一头一尾，刚好就成了邻居。

你坐在一班第四组第三排，我坐在十七班最后一排，我们俩第一次见面，是下大雨，我没带伞，你看见我穿的校服，走到我旁边，问我要不要伞。

从那以后，我就注意到你，我经常看你读书，看你放学后还不去吃饭，认真做题，我还在校门口看见你妈骂你，听见其他同学笑你书呆子，可你从来不为所动。

我出生在村里，对父母而言，我的存在更多似乎只是一种责任和本能，从出生起，我听得最多的，就是我们这样的孩子混一混，到了一个年纪，就出去打工、赚钱、结婚。

这样的人生让我感觉无望，可我也生不出反抗的勇气，那时候我遇见你，像是有一个人突然给了一个肯定的声音，于是我觉得，我可以试一试。

从那以后，我就一直希望你过得好，我好像是无形中把对这个世界的期盼都交予了你。

后来我父亲离开，我后知后觉地感受到他的艰难与付出，更觉得自己是罪人。我离开学校打工，想闯出一番天地，但出了校门，才知道天高地厚，自己算不上什么。

我屈服于这个世界，屈服于规则。多年后，你我再见，其实一开始我有些难过，我很遗憾，你变成这样，但我觉得，这也正常。毕竟我也成了行尸走肉，又怎么能强求你？

所以我只当我们俩凑合，你是我选择范围里最好的人，两人合适，到了年纪，就该结婚。

可婚后我看见你的软弱，这像一根刺一样扎在我的心里，我开始意识到，对我来说在这个世界上你始终是不一样的。我可以接受别人屈服于命运，但我不能接受你屈服。

和你在一起的每一天都是双重的痛苦，我不仅要经历生活中鸡毛蒜皮的俗事，还要承受内心深处那份少年的期许彻底湮灭所带来的失望。最终数次和你争执后，看到你完全不顾未来地借钱给叶念文时，我冒昧地选择了离婚，想逃离这种生活。

直到你出事。

最初，我可能是出于责任，也可能是出于内心深处那一份对你受辱的不可接受，可慢慢地，我感受到了我复杂的感情，或许不止于此。

我也在夜里无数次问过自己，到底为什么陪着你，是因为你是我对这个世界希望的投影吗？

但后来，当你问我我是否爱你时，我突然意识到，从我开始接受你的软弱，开始了解你，开始和你一起生活，听你坐在我的摩托车上大声叫嚷，和我一起看整座城市的灯火时，你便不仅仅是我的信仰，你还是一个活生生的人，一个我付出了所有感情，无论是爱情，还是其他的人。

我希望你过得好，我希望你能享受一切我不曾享受、得到一切我不曾得到的幸福，我不知道从什么时候，开始期盼和你拥有未来，可我内心深处又深知我这样的人不该和你有未来。

思北，很多人以为软弱的是你，可其实，真正软弱的是我。

我无数次对命运屈服，无数次认可它给予我的未来，而你，无论是过去，还是现在，你的灵魂深处从不曾屈从于它。

这是我最羡慕，也最热爱的你。也希望，此后一生，你能怀揣着我无法拥有的世界幸福地生活。

这一封迟来的情书，我写给你，是因为我想告诉你——

叶思北，其实，无论什么时候，无论你知道，或者不知道，都请你坚信，这个世界上永远有人爱着你，譬如秦南。

叶思北看着这封信，虽然有诸多事情想不明白，但还是不知道为什么就落下眼泪。

火车进入车站，车窗外露出了"怀水"两个字的车牌，叶思北泪眼婆娑地抬头，看了一眼窗外。

火车缓缓地停下，周边的人纷纷起身，还没开门，就开始推搡着往车门走去。一个女人一把抓住叶思北，拉下口罩，露出林枫的面容。

"张队找你。"林枫急急地往她耳朵里塞入耳机。

叶思北听见张勇着急的声音："你今天是不是计划要杀范建成？"

叶思北愣了愣。张勇迅速告诉她："秦南替你去了，你告诉我，你是怎么计划的？他去哪里了？！"

叶思北说不出话。

火车到站，人挤人往外拥，外面传来列车员用广播喊着的声音："怀水站到了，下车的乘客赶紧下车，先下后上！怀水站到了，下车的乘客赶紧下车，先下后上！"

叶思北沉默。张勇不由得有些愤怒："你这时候还怕受牵连吗？！叶思北，你知不知道当年你高三时收到的那两万是秦南给的？那是他爸的赔偿金，用来让他读书的！他已经把前半辈子给你了，你要他连后半辈子也为你搭上吗？！"

叶思北怔怔地睁着眼，眼泪从眼睛里落下："城郊，苏明山脚下。"她克制着情绪，尽量冷静地开口，"我给你发定位，你再找范建成，让他今晚不要去赌场。"

说完，叶思北彻底回神，她一把抓过包，挤着人群下火车，同时给张勇发了信息。

等信息发送完毕，她和林枫刚好下火车。一下火车，她便抓紧包，朝着自己预订的黑车方向冲去，她用尽全力，跑得飞快，等到了约定地点，却发现根本没有那个黑车司机的影子。

她拼命地给司机打电话，对方手机却都是忙音。林枫跑到她身后，喘着粗气："你干吗呢？"

"我定好的司机不见了。"叶思北有些着急，"我得过去拦着他。"

"他都叫我过来跟着你了，你定的司机他肯定想办法给退了啊。"林枫想了想，"我们打出租车，赶紧。"

叶思北点头。两人拦了一会儿，高价拦到一辆出租车，赶紧往那个赌场开去。

林枫紧张地问她："你说他会按照你的计划行事吗？"

"我不知道。"叶思北握着拳头，让自己尽量冷静。她缓了片刻，发了个定位给叶念文后，又给叶念文打电话。

叶念文和赵楚楚平静地对视着，手机突然响起来。看见叶思北的名字，赵楚楚和他都是一愣。赵楚楚坐回去，抬手："接吧。"

叶念文整理了一下情绪，接过电话，就听到叶思北沙哑的声音："我给你发了个定位，你赶紧去那里找秦南。"

"他怎么了？"叶念文直觉不好。

叶思北控制着声音，顿了顿，才开口："他为我去杀范建成了。"

叶念文猛地睁大眼，豁然起身："我……我立刻就去。"说完，他挂了电话，转身就往外冲。

赵楚楚愣了片刻，赶紧跟上："怎么了？出什么事了？"

"我姐夫……"叶念文声音打战，"我姐夫……要杀了范建成。"

听到这话赵楚楚彻底蒙了，但她很快反应过来："你别怕，我跟你一起去。"

叶念文点头，他快速结账。赵楚楚出门去拦车，两个人赶紧朝着地点赶过去。

叶念文和叶思北都朝着赌场附近赶时，张勇告别杨齐羽，一面往外跑，一面给警队打电话，大概说清楚情况后，就开始给范建成打电话。

范建成已经和朋友开着车在路上，车里是嘈杂的音乐声，朋友和他兴致勃勃地说着等一下到赌场后要怎么开赌。

这是范建成的休闲时光，他根本懒得接电话，便直接调成了静音。手机一直在亮，他却毫无察觉。他手舞足蹈，跟着音乐，用蹩脚的粤语唱道："年月把拥有变作失去，疲倦的双眼带着期望……"

张勇打了几个电话都打不通，就到了车边，开着车一面往赌场去，一面给所有和范建成有关的人打电话。

张勇打公司电话，公司的人说他回家了；打赵淑慧电话，赵淑慧说他在公司。气得张勇打了好几次方向盘，只能加速往赌场狂奔。

所有人都争分夺秒，秦南蹲在烂尾楼里，咬着带来的面包。匕首被他插在后腰，他手里拿着一根铁棍，手边放着他重新买的防狼喷雾。

快到晚上七点，天色已经彻底暗下来，淅淅沥沥地下起小雨。范建成的车照亮夜色，碾过坑坑洼洼的地面，停在烂尾楼不远处。

开车的人停了火，关了音乐，范建成坐在副驾座，大大地伸了个懒腰。开车的司机笑了一声："范哥，走了。"

说着，他推开车门，撑开伞，跨步下车。也就是他下车这一瞬，一根铁棍迎面袭来！

铁棍在夜色中带了几分光亮，司机反应极快，朝旁边一歪，但还是被铁棍狠狠地抽翻在地！

"范哥！"司机痛呼出声，滚到泥里。

也就是这片刻，范建成瞬间反应过来，打开车门，掉头就跑。

"叫人！"范建成大喊着，"快叫人！"

秦南没理会后面的人，追着范建成就往烂尾楼里冲。

范建成对这一带似乎极为熟悉，他一边跑一边把东西往秦南身上砸，秦南稍微一挡，他就不见了踪影。

秦南追上三楼，三楼里空荡荡一片，只有一些墙，秦南扫了一眼，就知道范建成就在墙后。秦南拖着铁棍走过去，范建成躲在墙后，颤抖着，根本不敢发声，他抓了一把旁边的水泥灰，听见秦南的声音越来越近。

在秦南脚步到他身前的片刻，他一把灰撒过去。秦南早有准备，屏气闭眼，一铁棍狠狠砸去，瞬间就听见范建成一声哀号。

秦南退了一步，甩了甩头，睁开眼睛，发现范建成已经开始踉踉跄跄地往楼上跑。

秦南提着铁棍往上追，范建成看他越来越近，急促地呼吸着，几乎要哭出来。他太清楚了，秦南不是来打他，来简单地报复他，秦南是来杀他的，是来杀了他的！

黑暗笼罩着郊野，周边荒无人烟，范建成在烂尾楼里，内心被惶恐和悔恨塞满。他不该找叶思北的麻烦。他找错人了，他该找个软柿子，该找个更听话、更没有人管的女人。或许赵楚楚也比叶思北更好控制呢？

秦南三步并作两步追在范建成身后，周边有了人声，这给范建成很大的鼓励，他大声喊着："在这里！我在这里！"

秦南听到他叫唤，立刻加快脚步追上他。范建成在高处不断地扔东西，秦南脚步稍缓，后面的人就追上来。范建成疯狂地逃向天台，在他上天台那一刻，秦南一把抓住他的头发，他号叫出声，也就是这一刻，一根钢管狠狠地砸到秦南身后！

秦南被这一砸往前推了一把，范建成朝着秦南一脚踹去，秦南抬手一铁棍就把范建成砸飞。等秦南站稳，十几个人已经冲了进来，他们把秦南团团围住。为首的光头男人戴着根大金链子，提着钢管看着秦南："到我这里来闹事，年轻人，你找死啊？"

"我今天只找范建成的麻烦，"秦南看着男人身后被人扶起来的范建成，神色平静，"劳烦大哥让个路。"

"我好像认识你，"光头男看着秦南，片刻后，他说着方言笑起来，"媳妇儿着 × 那个是吧？"

听到这话，众人哄堂大笑。秦南没说话，他将左手放进裤兜，往前一步，所有人立刻警觉，钢管朝着他砸下来。秦南手里拿着防狼喷雾朝着周边一阵乱喷，同时手里的铁棍疯狂地砸过去！

"让开！"秦南大吼出声。

钢管砸在他身上、他头上，他疯了一般挥动铁棍，朝着范建成冲去。

他凶狠的姿态惊到了旁边的人,光头男狠狠地骂了一句。

一群人互殴不过片刻,楼下便隐约传来警笛声。秦南听不见声音,看不见周边的人,钢管打在身上也没了痛觉,他满眼都是被他逼得步步后退的范建成。

他要杀了范建成。无论如何,他都要杀了范建成。他头上被砸出血,身上全是青紫。

周边的人听见警笛声,全都看向光头男,光头男愣了愣,咬牙道:"走。"

说完,所有人立刻跑开。

"王哥!"看见光头男带人跑,范建成立刻也想跟上。

秦南直接挡住范建成的去路,盯着范建成,范建成颤抖着,往后退去。

"秦南,我错了,我错了,秦南,"范建成见退无可退,干脆跪下来,他开始拼命地磕头,"我跟你道歉,跟叶思北道歉,我去自首,我给你们钱,对不起,对不起……"

秦南没有出声,他踩在雨里,血就从身上落到雨里。然后他从后腰缓缓地抽出匕首,声音很轻地说:"我不信你。

"我不信法。

"我,"秦南停在范建成面前,范建成愣愣地抬头,就看见这个被雨水和血水浸透的青年俯视着他,"只信我自己。"

说着,秦南颤颤巍巍地掏出手机,手机上全是叶思北打来的电话,秦南笑了笑。他打开照相机,点了录像,半蹲在范建成面前,举起手机:"和叶思北说对不起。"

"对不起,"范建成赶紧点头,"对不起,叶思北,我对不起你,我猪狗不如,我是禽兽,我害了你,害了我自己,害了我全家。"

"说,叶思北没有陷害你,是你强奸她。"

"对,对,"范建成点头,"那天是我强奸她,是我给她下药,我知道她缺钱,知道她和你……和你关系不好。我想着她脾气软,想着出了这种事,她肯定不敢声张,就算她敢,为了还贷,为了和你在一起,为了名声,她也得听我的。"

秦南听着这话,看着他:"你该死。"

"不，不，"范建成摇头，"我罪不至死啊，秦南，你冷静一点，我会赔偿你们，我会给你们钱，我会自首，我会跟你们道歉，我一时意乱情迷，我只是没控制好我——"

"控制不好自己？"秦南笑起来，"牲口都能控制一下，你他妈比牲口都牲口。"

"对对对，"范建成点头，"我是牲口，我是畜生，秦南，我还有孩子、我妈、我老婆，她们都还要依靠我，你别杀我，我求求你，你别——"

"那可惜了，"秦南按下停止录像，用微信发送给叶思北，然后将手机扔到一边，站起身，低头俯视着范建成，"我没有。"

话音刚落，他就朝范建成一刀砍下去！

范建成急急地朝旁边一倒，秦南一把抓住他的脖子，直接拉扯回来。范建成用了所有力气一脚踹向秦南，翻身就往旁边跑。秦南直接一跃冲上去，一把按住范建成的脖子，直直地砸到地上，扬手就刺！

也就是这一瞬间，张勇大喊了一声："秦南！"

秦南回过头，就看见天台上全是警察，几个警察用枪指着他。秦南捏着范建成的脖子，将刀抵在范建成的脖子上。他平静地看着张勇："来得好快。"

"叶思北让我给你带话！"张勇看他要动手，急急地叫住他。

听见叶思北的名字，秦南手上一顿。范建成一直在发抖，他不敢动，他和秦南就在天台边缘，只要再往外一点点，两个人都会掉下去。

他求助地看着张勇。张勇喘着粗气："我今天去找杨齐羽了，你的过去我都知道了，你帮叶思北的事情，我也都告诉她了。"张勇故意拖延着时间。

也就是这时，叶思北和林枫终于到了楼下。看见停满警车，叶思北疯了一般往上狂奔。她一面跑，一面看见有记者已经赶了过来，同时，也有拿着狙击枪的人往其他楼跑。她心跳得飞快。

林枫追着叶思北，喘着粗气嘱咐她："思北，你上去要快一点，公安局那边已经准备了狙击手，到万不得已的时候——"

"不会有万不得已！"叶思北回头大吼，随后就往上跑。

张勇故意放缓语调，说着前情，秦南注视着他。张勇看了一眼周边，耳机里传来其他警员的声音："狙击手已就位。"

"她说她放下了，这件事她不放在心上了。"张勇听见那声"狙击手已就位"，心里开始打战。

"我不信。"秦南似乎对一切毫无所知，他声音平静，"我了解她，她放不下。"

"我已经找到证据了，"张勇继续劝说，"再给我一点时间，这个案子就可以重审，这次一定会赢，你不用搭上你的下半辈子，你下半辈子还有很好的人生，叶思北还在等着你，你想没想过，你要是死了，叶思北怎么办？"

听到这话，秦南笑了笑："张勇，这是她人生的一个坎。没有秦南，叶思北生命里还会有其他人，可没有这份公道，叶思北这一辈子都会质疑这个世界。"

"这份公道法律会给你们！"张勇大吼。

秦南摇头："不够的。法律会判他什么呢？就那么几年，可那几年怎么比得上思北的一辈子？"

"那你要怎样，你要他死，这才是你心里的公道吗？！"

"对。"秦南声音平稳，"这才是公道。而这份思北得不到的公道，上天不给，我来给。"

"谁要你给？！"叶思北喘着粗气跨进天台，所有人都回头看过去，秦南愣愣地看着叶思北，叶思北红着眼，重复了一遍，"谁要你给？"

"你过来。"她朝他伸手。

秦南不动。叶思北看着他，明明只是一天不见，不知道为什么，她却觉得面前这个人如此陌生，如此熟悉。

她发现，直到今天，她才真正地对秦南这个人有那么一点点了解，包括他的偏执、他的炽热、他的疯狂，乃至他的残缺。

她看着面前这个人，试探着朝他走过去："秦南，一次强奸，不会毁掉我的一生。一次败诉、一次失败、一次辱骂，都不会毁掉我的一生。"

秦南看着她，她的神色和过往没有任何区别，平静又沉稳，好似没有任何波澜。

"我以前一直以为，我是因为这件事，因为被人辱骂，因为被人嘲笑，所以痛苦，"叶思北看了一眼不远处狙击手暗藏的方向，身体忍不住颤抖，"可今天我才意识到，不是的。

"我之所以害怕，之所以在意，是因为我内心深处没有一个声音肯定我，我从小到大没有从父母身上得到过肯定，我觉得没有人爱过我，我没有从这个世界上的任何人身上得到过完整的感情，所以我一直在否定我自己，等到发生这件事，或者说发生任何事，我都没办法面对。

"我不够爱我自己，我不知道我自己有多珍贵，所以我才拼了命想杀他。"她停在秦南面前。

赵楚楚和叶念文喘息着爬上来，记者用无人机在高处俯视拍摄着他们。

叶思北看着秦南："可现在我知道了，当我看见你拼命的时候，我突然意识到不值得。

"秦南，"叶思北声音沙哑地开口，"这件事不会毁了我的一生，它只是我人生中很小的一个插曲。未来我会有很好的人生，我会有你，会学会怎么处理好我和我妈、我们家的关系，我会知道什么是对什么是错，我错了的地方，我会道歉，而我对的事情，谁都别想打倒我。

"我被强奸没有错，错的是强奸我的人。

"我穿什么，我做什么工作，我是不是够谨慎，都没有错，谁说我是谁多嘴。

"如果我的裸照、我的音频被放在网上，谁传播、谁听、谁评论，是他们垃圾。

"做错事的人都不觉得丢脸，"叶思北忍不住激动起来，"我为什么要觉得羞耻？！

"败诉了我再上诉，失败了我再重来，我已经做好了战斗这一生的准备，秦南，"叶思北抬手，红着眼，沙哑地出声，"讨回公道不该以牺牲为代价，如果牺牲你才能讨回公道，那这不是公道。

"你已经为我付出了上半生，我承受不起你的下半生。

"你过来。"

叶思北看着他："不管这个世界是什么样，绝望或者黑暗，"她顿了顿，控制住眼泪,沙哑地出声,"我们一起改变它。"

"张队,"张勇听着耳机里的声音,"要开枪吗?"

"听我的,"张勇压低声,"别乱来。"

所有人的目光都落在秦南身上,秦南看着叶思北,一直不动。叶思北不知道他会不会答应,她甚至不确定,他杀范建成到底是为她,还是为自己心里那一份执念。

细雨淅淅沥沥地下,好久后,秦南慢慢笑起来:"没有不可跨越的苦难。"

他声音很小,可叶思北也听到了。她眼里含着眼泪,却还是笑起来:"没有不可度过的绝望。"

秦南慢慢放下刀。赵楚楚抬手捂住自己的嘴,怕自己的哭声惊扰了秦南。

秦南站起身,抬起双手,做出投降姿势,朝着叶思北走去。就在他往前跨出一步时,周边的警察突然拥上,将他按在泥水中。

叶思北颓然地跪倒在地上,看着不远处,被人群按压着,从泥泞里抬起头满脸是伤的青年。

他看着她,红着眼眶笑。

叶思北看着他的表情,一面哭,一面笑。

"说好了,"他被铐上手铐,仰着头,一直看着叶思北,"我们一起,改变世界。"

这世界或许荒谬不公,但有光明和爱永悬当空。

30

"事发这场劫持案和前些时间的'南城性侵案'息息相关,人质为'南城性侵案'中的被告,而绑匪则是原告丈夫,目前收到的一手消息,绑匪并非索要钱财,具体目的尚不清楚……"

记者穿着雨衣,戴着耳麦,站在烂尾楼下,第一时间追踪着消息,话没说完，就听见身后传来一阵喧闹声。警察铐着秦南，秦南全身是伤。有人叫了一声："下来了！"

记者转头就朝着秦南和警方跑去："先生，请问您劫持范先生是为什么？"

"让一下。"警方推开记者。

秦南被带上警车，随后就看见被叶念文等人扶着下来的叶思北，叶思北身上沾着泥，林枫等人护在她周边。记者赶紧上来："叶小姐，请问您知道您丈夫此次作案的具体动机吗？"

"你们烦不烦？"叶念文有些烦躁地吼向记者。

叶思北脚步一顿，片刻后，她转头看向记者："我会找个机会说清楚的，微博上可以联系我。"

"姐？"叶念文有些诧异。

叶思北没有回应他，小跑到警车旁边，秦南坐在车里，他们俩隔着玻璃窗静静地对视。

"你放心，"叶思北看着他，目光坚定，"我会处理好一切，我会好好地等你回来。"

秦南没说话，他看了她很久，伸出戴着手铐的手，将染着血的手温柔地放在她的脸上。

他如同过往一样什么都没说，然而这一刻，叶思北从他眼中看到了千言万语。有些人的沉默，是因为无言。而有些人的沉默，是因为言语太多，无以表达。

两人对视片刻，张勇走过来："先走了，他有伤，还得去做鉴定。"

叶思北点头，警车带着秦南离开。片刻，林枫也开了一辆车过来："过来吧，我们先走。"

林枫和赵楚楚、叶念文一起送叶思北回家。叶思北一路都很平静，赵楚楚坐在她旁边，手一直在颤抖。

她脑海里一直是秦南抬起手，被人按倒在地，叶思北跪在地上痛哭的模样。那些画面在她脑海里一遍又一遍地循环，她内心隐约有一个声音，可她不敢，她挣扎着。

眼看着林枫的车就要到她家，她紧握着拳，有些害怕地开口："姐。"

"嗯？"

"如果，"赵楚楚抬头，说得异常艰难，"我是说如果——"

"什么？"

"如果我做错了事，你会觉得我是坏人吗？"

听到这话，叶思北愣了愣，看着赵楚楚，赵楚楚眼里带着水光，恐惧又愧疚地看着她。叶思北注视着这个姑娘，好久后，轻轻摇头："不会。"

"可是我——"

"我以前一直很难和我爸妈相处。"叶思北知道赵楚楚要说什么，她看着车水马龙的街道，"其实，最主要的原因，就是我总是把他们的好和坏都纠结在一起。

"他们对我坏的时候，我会想到他们的好，于是我没办法拒绝他们；可他们对我好的时候，我会想到他们的坏，于是我没办法彻彻底底去爱他们。我对他们又爱又恨，于是我每天都在努力，我希望能通过接受他们的坏，让他们发自内心地爱我，成为我想要的父母。"

叶念文坐在前排，透过车中间的镜子看背后两个姑娘。赵楚楚茫然地开口："然后呢？"

"然后有一天，我终于接受了。"叶思北转头看她，轻轻一笑，"我接受他们有坏，也有好，这是两件事，它会出现在一个人身上，但我不能混淆。面对一个人的坏该拒绝，但好的他们，也不会因为坏而抹杀。"

"那按照你的说法，这世界上有坏人吗？"林枫听着叶思北的言论，不由得笑起来。

叶思北想了想，说："人之所以坏，不是因为犯错，而是因为犯了错，还不回头。"

"而我认识的赵楚楚，"叶思北转头看向赵楚楚，"她会回头。"

赵楚楚看着叶思北，噙着眼泪，没有出声。

也就在这片刻，林枫把车停下来："到了。"

赵楚楚逼着自己收回目光，控制着自己，伸手推开车门，艰难地下车。车重新启动，叶念文坐在副驾座，他一直在看赵楚楚。

他看见赵楚楚抱着自己，似乎是在号哭，她哭着走上台阶。他远远地看着，不知道是怎么想的，他突然叫住林枫："林警官，麻烦您停一下。"

林枫急急地停车，叶念文跟叶思北打了一声招呼："姐，我去找楚楚。"

"你——"叶思北话没说完，就看见叶念文跑着回去。

林枫转眼："要不先走？"

叶思北迟疑片刻，点点头："先走吧。"

不算远的距离，叶念文朝着赵楚楚一路狂奔。在赵楚楚踏上台阶前，他一把抓住她："楚楚！"

赵楚楚愣愣地回头，满脸是泪，她看着叶念文。叶念文喘着粗气："我带你……我带你去自首。"

"自首？"赵楚楚沙哑地出声。

叶念文点头："对，你说得对，你是个人，我也是。

"我们都自私过，我们都犯过错，可犯错没什么，我们改过，才能重新生活，如果不改，就一辈子在心里。

"错就错了，我们弥补，这次我陪你。"

赵楚楚眼泪流下来。叶念文站在当年告白的那个台阶上，仰头看着她："我陪你自首，我等你出狱，等你回来，你还是赵楚楚。

"对不起，在你最艰难的时间，我不在。"叶念文红了眼眶，"以后我再也不说你去酒局不好，我每天接你回家；我再也不说你穿裙子不好，你穿裙子我就陪在你身边。我们一起努力，我要带你去一个地方，那个地方你可以自由选择你的职业，你穿你喜欢的裙子，你化妆，别人都只会说赵楚楚你真漂亮。

"如果再来一次，"叶念文哽咽，"我一定会给你很多勇气，让你知道，人生有一点点错误没有关系。如果没有那么多的指责，如果我可以给你一点勇气，"叶念文满是期待地看着她，"你一定会站出来的，对不对？"

赵楚楚没说话，她看着面前这个她一直觉得像孩子一样的青年，他好像突然长大，突然就知道了人世间的所有悲喜。

好久，她笑起来。

"我会的。"她含着眼泪，拼命点头，"如果再来一次，我会站出来。"

每次试图遮掩错误，都会滑向更深的深渊。然而在她将手放在叶念文手中的这一刻，虽然知道未来的命运可能会是牢狱，会是指责，她却终于在这半年来第一次感到轻松。

她回到家里，拿出了那瓶她放了很久，不知道该不该扔的药，和叶念文手拉手走到了公安局。

"我叫赵楚楚，是之前富强置业那个性侵案里的关键证人。"面对公安局接待她的警察，赵楚楚满脸笑容，"我来自首。"

赵楚楚提交新证据证词，以伪证罪立案被捕的消息传到叶思北这里时是在好几天后。

秦南劫持范建成的案子在网上掀起轩然大波，范建成认错的视频也被叶思北在网上上传。虽然很多人认为秦南的行为是刑讯逼供，但是这个本来已经有定论的案子终于还是有了反转。

很多网民开始质问——如果这个案子真的是公平的，秦南为什么要冒死去求一份道歉？

记者开始到处寻找新的新闻内容，叶思北一面联系记者，一面到处打听秦南的消息。她听说秦南受伤进了医院，以故意杀人罪立案，同时，那天晚上参与斗殴的人也都被抓了进去。她作为家属，现在还不能探望秦南，但等案件侦查完毕，他们可以申请保释。

她不知道为什么，以前还会慌乱，而现在，秦南不在，她也感觉很平稳。她做好了一切准备，她知道自己现在要做什么——她答应过秦南，她会处理好一切。

于是在多次和记者主动交流后，她和其中流量最大的杨桃传媒约定好，做一次独家专访，这次专访会采取直播的方式，现场直接抽取网友的问题答话。

对于这个方式，杨桃传媒的工作人员曾对她的状态表示担心："叶小姐，如果是直接抽取网友问题的话，现场有些问题可能会很敏感，你面临的压力很大，我们还是建议——"

"没关系，"叶思北打断他，"我有准备。"

问题不会因为她不面对就自动解决，去回答那些温和的提问，对她而言,毫无意义。

确认访谈方式后,杨桃传媒在网上提前发布了叶思北会在直播间接受访谈的消息。

这个案子几经反转,在网上早就已经是顶流话题,叶思北决定出面,一时众人猜测纷纭,有网友开玩笑,说叶思北或许是打算出道。

对于这些网络上的猜测,叶思北没有管太多,她安静地等到专访那天。杨桃传媒专门跟南城电视台租用了他们的场地,叶思北早早到南城电视台的直播间,在后台由工作人员上妆。

她第一次面对这种场合,不由得有些紧张。化妆师给她上了个简单的素妆后,工作人员和她简单地说了一下流程,她点了点头,工作人员就去忙活了。

她一个人坐在后台,手机突然响起来,她接过电话,就听林枫激动地开口:"思北,我和你说个事。"

"你说。"

"前几天,赵楚楚到公安局自首,提交了新证据,你的案子现在可以提起再审了。"

叶思北微微一愣。林枫接着告诉她:"还有就是,现在我们正在排查那些药贩手里的交易记录,很快就会找到证据,思北,这次我们肯定能赢。"

叶思北站在原地,有些想哭,她握着手机沉默不言,好久,哑声说了句:"谢谢。"

距离直播开始的时间差不多了,工作人员来叫叶思北:"叶小姐,您可以过来了。"

叶思北点点头,又回头看了一眼镜子里的自己,确认妆没有花后,才戴上口罩,起身走出去。

大厅里就是一些工作人员,中间有一张桌子,桌子上放着杨桃传媒的 logo 和一个 iPad,直播似乎已经开始了。记者坐在桌后的位子上,看见叶思北走过来,记者赶紧起身,来和叶思北握手:"叶小姐,你好,我是这次专访的记者陈慧。"

"你好。"叶思北点了点头,和陈慧握手之后,坐到位子上。

陈慧看叶思北似乎是紧张,她笑了笑:"我听说今天本来要做的是录播,是叶小姐你主动提出要做直播,还愿意接受网友的提问?"

"是。"叶思北点头,无意识地交替抚摸着自己的手指。

陈慧小心翼翼地试探道:"你知道现在网上有很多对你的非议,你不担心有一些问题可能会不太好回答吗?"

叶思北摇头:"我看得很多了,"她抬眼看陈慧,"可我觉得,范建成都能上节目,我没什么不好面对的。"

"可我看你很紧张,"陈慧又问了一次,"你真的没问题?"

"没问题。"叶思北给自己打气。

陈慧点头:"好,那我们这次专访就正式开始,在此之前,你觉得直播间会有一些什么样的评论?"

"觉得我炒作,我撒谎,我陷害别人,或者会觉得我不要脸,讨论一些与性相关的问题。"

陈慧听着这话,点头表示理解,然后她将桌子上面对着自己的 iPad 转过去,面对着叶思北。

"来,"陈慧笑着指了指 iPad,"和观众打个招呼?"

在叶思北目光落在 iPad 上时,先是白底字的弹幕刷出来,不出她所料,是一些质疑她、说她炒作、让她滚的言论。

然而也就是在她愣神的刹那,直播间里突然疯狂地刷起弹幕,弹幕密集得几乎看不清上面的字,但叶思北依旧仔细地辨认出来,依稀是:"思北加油,思北不败。"

有人似乎是砸下重金打赏,字体变成了鲜红色的大字,写着:"我一直相信叶思北!!!"

叶思北愣愣地看着屏幕,不自觉地就红了眼眶。没有什么比意料之外的善意来得更让人动容。这个世界能让你看到多少恶,其实就有多少善。

叶思北没有任何一刻比这一刻更真切地感受到,这早已不是黄桂芬、南城许多人口中描述的那个世界,这一代的年轻人比她、比很多人想象中都更加温柔,更有勇气。

陈慧静静地打量叶思北，看见叶思北眼里强忍的眼泪，她扶着iPad："现在是什么感受？"

"其实……"叶思北一笑，眼泪就挤下来，她擦了擦眼角，赶忙道歉，"不好意思。"

"没关系，"陈慧将纸巾递给她，"放松一点，其实情况比你想象的好，对吗？"

叶思北点头，用纸巾擦干眼泪，感激地笑了笑："其实刚才我一直特别紧张，虽然觉得自己该去说一些话，但是真的要面对的时候还是很紧张的。"

"那现在呢？"

"现在我突然觉得，"叶思北有些不好意思地笑起来，"第一步走出去后，好像也没那么困难了。"

"那对着镜头打个招呼？"

听到这话，叶思北看着密密麻麻的弹幕，凝视着那些打气的字，喑哑地开口："大家好，我是叶思北。"

大结局

叶思北先把事件具体的来龙去脉说了一遍,记者一面引导着话语,一面记录弹幕上的问题。

陈慧低头念着网上的问题:"有网友提问说,那天晚上你为什么要喝酒?"

"这是我的工作,"叶思北斟酌着用词,"工作需要,我不该喝吗?"

陈慧看了一眼屏幕,继续问:"那你喝酒前没有考虑过你的安全问题吗?"

"我考虑了。"

"那为什么还喝呢?"

听到这句话,叶思北沉默下来,她想了好久,抬起头,突然反问:"你们晚上出过门吗?"

陈慧愣了愣。叶思北继续追问:"你们大学时去过KTV吗?你们自己一个人面试过吗?你们人生中做过危险的事吗?那时候你们考虑过自己的安危吗?"

"没有人会不考虑自己的安危,可我们人生中总会有一瞬间,宁愿冒险,也要做一些事。"

陈慧点头:"的确。"

"所以我不明白,大家为什么要在这件事上问这些问题,我感觉它只有一个作用,就是在和我说,是我自己没保护好自己,我活该。"

叶思北看着陈慧,停住声,陈慧听着她的话,似有动容。叶思北控制着语调,缓了很久,才继续说下去:"所以我一开始没有报警,因为我不敢。

"我今天做这个专访,就是想告诉大家,你可以在平时告诉一个人如何保护自己,但不该在受害者受难时去问她做过什么,不管她做了什么,都不是受害的理由。"说着,叶思北抬眼看陈慧,眼里隐约带了几分不确定地询问,"不是吗?"

陈慧看着她的眼神,点头:"对,无论她做过什么,都不是受害的理由。好了,"陈慧拍了拍手里的本子,低头看下一个记录下来的问题,笑起来,"你接下来的愿望是什么?"

听到这个问题,叶思北想了想,说:"我希望,如果这个世界上还有其他受害的人,大家能给她们更多的鼓励,支持她们站出来。"

陈慧抬头看她。

叶思北有些担心大家会觉得她讲大道理,但她最后还是开口:"让她们明白,无论她是谁,她做过什么,有怎样的过去,她都可以大声指认谁是罪人。

"性不可耻,受害者更无错,让受害者沉默,不仅惩罚不了坏人,也保护不了好人。"

叶思北说着,转头看向镜头:"我们保护好人,最有效的办法就是让犯罪的人受到惩罚,不是吗?"

这世上没有一个地方是因为女性只露出眼睛降低的犯罪率。可每次在案件发生后,都有人询问受害者穿什么衣服。

这世界上很多地方都意识到,装更多的监控,对女性更宽容的文化氛围,都有可能会有效降低犯罪的发生。可每次案件发生后,很少有人询问,那个位置为什么没有安装监控,谁让受害人喝酒,我们可以为受害人做点什么。

叶思北的访谈结束后,陈慧和其他工作人员一起送她离开电视台。

出门时,陈慧握住她的手:"叶小姐,虽然案件审判还没下来,我不好多说,但我还是很感谢你能站出来。我相信你会鼓舞更多的受害人,也相信,未来的叶思北会有更好的选择。"

听到陈慧的话,叶思北低头笑了笑:"如果未来的叶思北能有更好的选择,那也是因为这世界上有许许多多如陈记者这样的人。"

做完直播后,没过几天,叶思北就听到了她案子重审的消息。这一次警方拿到了很多关键证据,林枫和张勇都开心很多。

有一天,叶念文来找叶思北,他高兴地和她一起吃饭,一面夹菜,一面告诉她:"姐,你知道吗?赵淑慧撑不住,把范建成给供出来了。"

叶思北愣了愣:"她说了什么?"

"其实她当初拿到的不止是那段音频和那张照片,她拿到的是一个U盘,那个U盘……"叶念文迟疑了片刻,才开口,"不止一个受害人。"

不止一个受害人,可那么多受害人里,只有她报了警。

叶思北一时反应不过来。叶念文继续说:"就连那个陶洁,原来一开始也不是自愿的,后来不知道怎么搞成长期关系了。"

"你怎么知道?"叶思北缓了片刻才反应过来。

叶念文机敏地一笑:"我去劝的。

"我就是觉得范建成不可能是初次作案,我就约赵淑慧出来,告诉她,反正这个案子最后是会有结果的,如果她主动交出证据,那是立功,可以减轻处罚。要是她一直帮范建成藏着,那就两口子一起进去。然后我又晓之以理,动之以情,把你拍的那个陶洁和范建成私会的视频给她,又分析范雯雯以后的悲惨境遇,让她能争取就争取,最后她就崩溃了。"

"你挺厉害的。"叶思北笑起来。

叶念文扬了扬下巴:"那可不是吗?我可是个律师。"

叶思北想了想,有些犹豫:"不过,就算有证据,那些女孩子……"她迟疑着,"会站出来吗?"

"我不知道,"叶念文摇头,"不过,你站出来了,这就是开始。"

叶思北听到这话,不由得笑起来。

吃完饭后,她送叶念文出门。等晚上,她坐在电脑前,突然听见叮咚一声,显示有人给她发了邮件。她打开邮件,发现是一封长长的感谢信。

叶思北：

你好，

写这封信是想向你道谢。

我知道你不认识我，但没有关系，我知道你。

我也曾经是富强置业的一名员工，也是范建成曾经的猎物。那时候我只有二十一岁，还未从大学毕业，范建成还只是经理，我在假期来到富强置业，当一个实习生。

他人很好，对我十分关爱，说实话，那时候的我，对这位上司，在内心深处的确有那么一点仰慕。但我知道他已婚，所以我一直藏着自己的感情，决定在开学之后离开，彻底断了这份感情。

然而就在我离职之前，他说要和我吃顿饭，作为送别。我深知自己不该和一个已婚上司吃饭，但当时鬼迷心窍，我以为他不知道我的感情，我就想和他吃最后一顿饭。

我们一起吃烧烤，那天晚上，他喝了很多酒，哭着和我说自己的生活不顺，我看他酩酊大醉，想送他回家，但他的手机没有电了，他和我说，他自己去酒店睡一晚就行了。

于是我送他去了酒店，我为他办了房卡，送他进房间，我以为我可以出门离开。可是没有。

我一直以为他是一个温柔有礼的前辈，但那天晚上，他掐着我的脖子，抓着我的头发把我往墙上撞，我觉得我会死去的那一刻，才明白自己错得彻彻底底。

第二天，我狼狈地逃离，我想过报警，但我不敢。我甚至不敢告诉我的父母，因为我无法跟任何人解释，我为什么会在那夜和他吃饭，为什么会送一个醉酒的男人去开房。我知道我犯了错，或许我所遭遇的一切都是我活该。

我曾经无数次告诉自己，我是自愿的，我也喜欢他，可我在每一晚的梦境里重复着当年的境遇时，我都清楚地知道，那一刻，我不愿意。

这么多年，我一直在自责，在惩罚自己，每当我想起当年，都觉得自己如此恶心。

我如今年近三十岁，生活一塌糊涂，我母亲一直追问我为什么始终不结婚，我也无法回答。

我以为这一生都会这样浑浑噩噩，直到现在遇见你。

我很后悔，如果当年我及时报警，或许就不会有你的悲剧，在这里，我对你说一声"对不起"。而我也很感激你，谢谢你告诉我，我做任何事都不是我受害的理由。

今天早上，公安局给我打电话，询问我当年的事情，我在电话里哭得狼狈，我甚至无法说出一句完整的话。

明天我会去公安局做笔录，我希望，等我看见他被送进监狱的那一刻，我可以放过自己。我可以把这九年抹去，从二十一岁开始重新生活。

叶思北看着这封信，她擦过眼泪，回复了这个女人："我们都可以。"

越来越多的证据出现，越来越多的被害人涌出。一切似乎是从头开始，又并不一样。

那些时日，叶思北一面配合着警察办案，一面打听着秦南的情况，同时着手搬家和找工作。

按照叶念文的分析，秦南大概率要被判刑，这对于她的政审有很大的影响，她也就放弃了考公务员的打算，重新向省会投简历，干自己会计的老本行。

叶领试探着问过她，如果秦南真的坐好多年牢，要怎么办。他坐牢出来之后，很可能会失业，找不到工作，有可能要靠她养。

叶思北吃着饭，抬眼看叶领："那你觉得我该怎么办呢？"

叶领一时语塞。叶思北吃着饭，转头看向叶念文："叶大律师，你要加油啊，以后姐姐得靠你接济了。"

叶念文一听叶思北的话就头大，他点头："行，我这就给你要饭去。"

一家人笑起来。叶思北吃完最后一口饭，看向叶领："爸，你放心，到时候我就带秦南去要饭，饿不死的。"

时间一天天过去，从深秋转到冬天。

南城冬天很少有雪，却有着北方人难以理解的湿冷。可叶思北还是坚持六点起床。

秦南不在,她反而过上了秦南期望她过的日子。秦南希望她能多运动,她就每天早上起来跑步,有时候会戴上秦南的拳击手套,自己对着空中练拳。她从网上学会了自己绑手带,学会了很多要领。

除了运动,她还养成一个习惯,不知道是不是因为她最后一次见到秦南前收到了他的信,她也开始喜欢给他写信,每到夜深人静时,她一个人坐在书桌前,就开始给秦南写信。

她告诉秦南她每天发生的事,比如说她给省会好几家公司发了简历,她开始备考 CPA。写 CPA 的时候,她顿了顿,又觉得秦南或许看不懂,就改成了注册会计师。比如说她学会了做新的菜。比如说她看见了冬天第一场雪,堆了个小腿高的雪人。

除了写信,她有时候也在梦里见到秦南。

梦里的秦南,有时候是孩子,站在父亲面前被人压在地上,奋力大哭,有时候是少年,在她隔壁那个班上隔着玻璃看她,而这一次,她在梦里回头。

做梦做得多了,她偶尔会半夜醒过来。她躺在床上,看着月光照在地毯上,就会想起之前秦南躺在地上,背对着她说的那一句:"我不知道什么是喜欢。不过有一个人,我一直希望她过得好。"

她想起那个背影,在夜里坐起身,点了根烟,站在阳台上。

她其实该早点察觉的,她想。在秦南每次和她谈论过往,说起那个年少的姑娘,说起自己看着父亲被打断肋骨不敢报复的无力,在浴室抱着她说出"我爱你",在学校天台上拥抱着她,告诉她,他就喜欢不把人生托付给任何人时,她就该察觉到,秦南从来不是无坚不摧的。他也在某个地方等着她领他走出来。

不过还好,她站在阳台上,看着天空落下雪粒,一切都还来得及。

2018 年过得很快,叶思北找到工作时已经是 2019 年 1 月底。老板是个精英女性,从网上知道叶思北的事情,看到叶思北的简历后,就立刻联系了她,并答应她,等年后再来上班。

与此同时,叶思北也终于等到了开庭的消息。

叶念文拿着法院传票过来,叶思北看见之后,发现传票有两张。

"姐,一个好消息,一个坏消息。"叶念文甩了甩手里的传票。

叶思北抬眼:"好消息?"

"要开庭了。"

"坏消息?"

"姐夫和你一起开庭,你可能接不了他了。"

没想到秦南是和自己一起开庭,叶思北愣了愣。叶念文解释:"可能是年末法院清仓过年?"

叶思北被叶念文逗笑,她想起来什么:"楚楚呢?"

叶念文面上黯淡了些:"应该是和赵淑慧在同一天并案处理。"

叶思北想了想,拍了拍叶念文的肩膀:"一起等人就好了。"

"姐,"叶念文听到叶思北的话,迟疑着,"你……真的对楚楚不介意了吗?"

"她过去为我出头那么多次,我没有说过谢谢,"叶思北想了想,"她也付出了应有的代价,我不怨她。"

叶念文应了声,没有多说。

2019年2月2日早上,再审开庭。

那天早上,叶思北起床之后,按照惯例去拿自己的运动衣,然而在打开衣柜,看见里面堆放了许久的裙子时,她脑海中闪过一审那天,秦南答应她,要给她买裙子。

她看着衣柜里的裙子,许久后,取出了一套浅色系的裙装,她对着镜子认认真真地化了妆,拿出带着珍珠点缀的项圈,为自己扎起低马尾。

她看着镜子里的自己,看着自己平静、坚定的眼神,告诉自己,无论输还是赢,从今天开始,她要每一天都把自己打扮得漂漂亮亮,她想怎么生活都是她的选择。

还和上一次一样,林枫和叶家人一起来接她,他们一家人坐着林枫的车来到法院,到法院门口,她老远就看到了很多记者。

除了记者,这一次还多了很多其他的人,他们大多是一些年轻人,不知道从哪里来,手里扯着横幅,写着"叶思北加油"。或许是因为叶思北接受过访谈,该说的都说得差不多了,她大大方方地从人群中走过,记者反而平静有序很多。

叶思北目光从那些年轻人脸上扫过,看见姑娘们冲她大喊:"叶思北,输赢不要紧!别怕!"

她笑起来,点头致谢,和叶念文等人一起走进法院。

法院里早有很多人提前来等着,叶思北跟着叶念文到法庭门口时,看见了很多陌生的女人,她们都朝她看过来,虽然没有介绍,那一刻,她却知道了她们是谁。她们都是曾经沉默的在这个世界上仿若消失了一般的受害者。

范建成没有提前到场,范家人似乎预料到结局,也没有过来。

孟鑫还和上一次一样站在门口,他看见叶思北,想了片刻,走到叶思北面前:"叶小姐。"

"孟律师。"

孟鑫想了想,才开口:"叶小姐,每一个人都有得到辩护的权利,而真相不会因为我的辩护被埋没,希望你能理解。"

"我明白。"叶思北笑起来,"我相信,如果有一天我成为被告,孟律师一样会为我辩护。"

孟鑫愣了愣,片刻后,认真地颔首:"谢谢。"

一行人说着话时,另一边传来了一阵喧闹声,叶思北扭过头,看见秦南戴着手铐,走进法庭。

他们俩隔着长廊远远相望,叶思北从那个人眼里看见温柔,看见思念,看见鼓励。其实,这是她第一次看见这样的秦南,他仿佛终于放下层层戒备,露出最柔软、最真实的那个自己。她缓慢地笑起来,他也笑起来。

然后叶思北就听见工作人员招呼他们,她和秦南各自回头,走向自己该去的地方。

和一审一样,作为证人,她单独在一个房间里,这一次她没有忐忑,她等了很久,才终于听到工作人员叫她。小门缓缓地拉开,她从小门走到法庭,站到她曾经被问得狼狈逃窜的证人席上。

和上一次一样的问题,但这一次因为证据太过充足,孟鑫并没有太多发挥的余地,他简单地问了几个问题后,终于再次问出上一次问她的那个问题:"叶小姐,您一直主张您并非自愿,之前也和范先生没有任何私下的联系,那您能不能告诉我,到底出于什么理由,让您在经历如此重大的创伤后,先选择了沉默,之后又突然要提出控告呢?"

孟鑫看着她:"为什么一开始,你不报警呢?"

叶思北没说话,缓缓地回头,旁听席上空无一人,她却觉得好像有一个人坐在那里。

"叶小姐?"孟鑫提醒她。

叶思北回头,看向孟鑫:"孟律师,你知道我是怎么走到这里来的吗?

"从我开始报警,我母亲阻止我,我弟弟阻止我,后来我鼓起勇气再次报警后,我被威胁、被辱骂、被嘲讽,我走在路上,会感觉有人在讨论我,我上网,会看到有人在骂我,他们都在质疑我做过什么,他们嘲笑我的丈夫,羞辱我的家人。而后我败诉,我走投无路,我甚至想杀了被告,但我的丈夫抢先一步,最后他以故意杀人罪被起诉,现在就在隔壁开庭。而这一切困难和屈辱,在我的案件发生那一刻,我就已经预料到了。因为,"叶思北转头看向证人所在的小房间,"我不是第一个,我可能也不是最后一个。

"你问我为什么不在一开始报警,如果你是我,你已经预料到你可能会遭遇的一切,你有多少勇气报警?"

孟鑫没有说话。

叶思北转头看向法官:"如果可以,我也希望今天不要被律师问这个问题,甚至我希望未来有一天,再也不会有这个问题出现。如果我一开始就报警,我一开始立刻做药检,这个案子或许就到不了再审。可是我害怕,这个案子里,我所受到的最大伤害不是来源于被害人,而是来源于这个世界上不理解我的人们。

"我一开始不报警,很难理解吗?"

孟鑫点头,没有再多问。

叶思北走下去后,赵楚楚再次上庭。

"你既然早就有证据,为什么不在一审的时候提交?"

"因为我害怕。"相比第一次,赵楚楚面对这个问题平静很多,"过去,我的男友和我的父亲无数次和我说，让我不要去参加酒局，让我谨慎，我总和他们唱反调，想证明自己是对的。但那一天我轻信了范建成，把药给了叶姐，当我知道出事后，我一瞬间脑子里全是他们的话，我觉得这都是我的错，我害怕被他们知道这是我的错，所以我想了一个两全其美的办法，我在一审试图给叶姐做伪证，想在掩盖我喂药事实的情况下把范建成送去监狱。

"可我没想到，"赵楚楚低下头，"网上的人会突然把矛头转向我，因为我把叶思北丢在车上，他们就试图找出我所有的污点，不断地证明我是个穷凶极恶的人，说我一定是故意抛下她的。我的穿着打扮、我的举止、我谈过恋爱、我过去所有不符合好女孩标准的行为，都成为他们的攻击目标。这让我陷入了抑郁焦躁中，我每天都在刷网络，我拼命想要证明自己是个好人，我希望他们不要再骂我了，于是在法庭上，我告诉大家，我没有把不清醒的她扔在车上。"

"是什么让你转变了想法呢？"孟鑫有些奇怪。

赵楚楚听到这话，苦涩地笑起来："因为，叶姐信我是个好人。而我也发现，错误不去面对，它是不可能消失的。"

赵楚楚下庭后，赵淑慧走上法庭。

同样是为什么一审隐匿证据的问题，赵淑慧面上木然："因为那时候，我以为我离不开他。我需要他养家，需要他当我女儿的父亲，而且，我也不敢离婚，我不知道离婚后要怎么和父母说，我也怕未来二嫁没人要，我一个人带着雯雯，日子不好过。

"但其实我帮他，我心里也一直很愧疚。我经常睡不好，怕雯雯遭报应出事。而且，他被释放后，脾气越来越大，我们经常吵架，他经常打我，好多人笑话雯雯是强奸犯的女儿，我觉得，再难的日子也不会比这样更难了吧。

"后来叶律师告诉我，自首立功可以减刑，我想孩子不能没人管，我早一天出来是一天，所以最后我就把证据提交了，希望法官大人能宽宏大量，我孩子还小……"

…………

叶思北的案子激烈地进行着时,秦南在另外一个法庭对自己的所有行为供认不讳。

"当时我就是想和他同归于尽,但是我的妻子叫住了我,她说她不在意了,而且她和我说,"秦南笑起来,"我们还有很好的未来。所以我停手了。"

"当时有警察靠近你吗?"公诉人向秦南提问。

秦南摇头。

"你难道没有感到生命威胁吗?"

"我本来也不想要命。"

"你妻子对你这么重要吗?你杀人的时候,难道没有想过未来?"

听到这两句话,秦南沉默着。好久,他缓声出口:"那时候,我觉得,我没有未来。

"但在她朝我伸手的那一刻,"秦南回忆着那一夜,面上带了些许温柔,"我觉得我有了。"

在那一刻,他感觉自己终于长大了,不再是那个看着哥哥上吊,看着父亲被打断肋骨,看着母亲离开,面对人生毫无反抗之力的孩子。这一次,他的反抗成功了。

两边案子同时审理推进,记者和群众都在门口苦等。

叶思北在房间里苦熬时间,许久后,听见工作人员走进来问她:"叶小姐,要宣判了,你要不去法庭上听判?"

"可以吗?"叶思北有些诧异。

工作人员点头:"现在你可以以原告身份上庭。"

叶思北迟疑着,点了点头,站起身,跟着工作人员一起走到了法庭。

她拘束地坐到旁听席上后不久,就看见范建成被带了上来。范建成和她目光相对,他本是气势汹汹,但和叶思北对视片刻后,他还是不自然地扭过头去。

除了叶思北,还有好几个女人也走了过来,她们都是这个案子的原告,大家没有说话,目光交错,点了点头,便是打了招呼。

一众人等了片刻,审判长便带着人走进来,坐上自己的位子。

审判长简述了案情后,念出了判决:"本院认为,范建成基于本身社会优势地位，采取使用药物、暴力、威胁等方式，不顾妇女意志，强行与妇女发生性关系，其行为构成强奸罪。2008年至2018年间，范建成共性侵九人，符合强奸罪加重情节，依法应当在十年以上有期徒刑、无期徒刑或者死刑的幅度内判处刑罚。案发后，范建成为逃避刑责，于一审中通过授意赵淑慧隐匿伪造证据，致使受害人一审败诉，对自己犯罪行为毫无悔过之心，可见主观恶意极强，社会危害性极大，无任何减轻情节。我国目前虽保留死刑，但严格控制和慎重适用死刑，综上所述，我院认为，此案事实清楚，证据确凿，依照《中华人民共和国刑法》第二百三十六条，裁定如下：判处被告人范建成无期徒刑，剥夺政治权利终身……"

叶思北听着审判，当那句"无期徒刑"的宣判出来时，她感觉什么都听不到了。

范建成听见判决的一刹那，整张脸变得惨白。片刻后，他突然意识到发生了什么，惊叫起来："我要上诉！我不服，我要上诉！"

叶思北和其他几个受害人看过去，范建成跌跌撞撞地从旁听席上往前冲，试图去拉扯审判长，法警察觉到他的意图，立刻冲上去，将他死死按住。

叶思北远远地看着范建成挣扎，隐约听到有人哭出声来，她吸了吸鼻子，将眼泪逼回去，站起身走到范建成面前。

范建成还在挣扎，在叶思北走到他面前时，他不由得愣住。叶思北停在他身前，他仰头看着她。

"不该和我们说句对不起吗？"叶思北轻声问。

范建成呆呆地看着叶思北，片刻后，他猛地反应过来。

"对不起，"他激动道，"我们和解，我求求你们，放过我，我们和解，对不起，对不起！"

叶思北听到这声"对不起"，神色平静。

范建成拼了命想去抓她的裙摆，法警死死按压着他。叶思北看着这个痛哭的男人，缓慢地开口："范建成，你是不是觉得自己特别委屈？"

她声音不大，范建成完全听不进去，他沉浸在自己的世界里，哀号着："放开我，我要上诉！我要上诉！"

"你说对不起只是一句话,"叶思北看着他,声音艰涩,"我说没关系,却要一辈子。"

"冤枉!我冤枉!不至于的呀!不至于啊!法官,你是不是收钱了!你收钱了对不对?!"

"王八蛋!"听到这句话,原告席上坐着的人终于忍不住,有个女人尖叫了一声,就冲上来要打他。

场面乱成一片。叶思北看了一会儿后,叶念文走下来,拉过她的手:"姐,走吧。"

叶思北最后又看了一眼,点点头,跟着叶念文走出去。

虽然是冬日,但这是个晴朗的日子,她一出法庭,就看见阳光落在庭院里。她走出大门,就看见长廊不远处,一个面上带着胡楂的男人站在原地,微笑地看着她。

阳光落在他身上,叶思北微微一愣。

"思北,"秦南声音沙哑地开口,"杀人中止,有期徒刑两年,缓刑两年。"

叶思北呆呆地看着他。

秦南笑起来:"当庭释放,我就来找你了。"

"姐,缓刑的话,姐夫只要在缓刑期间不犯事就行了。"叶念文推了叶思北一把,提醒她,"快过去啊!"

叶思北眼眶微红,片刻后,她狂奔向前,猛地扎入秦南怀中。

秦南拥抱着叶思北,像是拥抱着失落在外的另一半灵魂。

"思北,"秦南声音沙哑,"我长大了。"

"我也是。"叶思北仰起头,看向他,笑起来,"我成人了。"

他们终于在二十八九岁的年纪学会了怎么和世界相处,学会了怎么面对这个世界给的善恶、给的沉重、给的阻碍、给的大声叱责、给的鼓舞欢喜。

他们沐浴在阳光下,这一刻,他们觉得,这世上似乎再也没有了黑暗之地。

那天同时被宣判的还有赵楚楚和赵淑慧。

赵楚楚构成伪证罪，理应判三年以下有期徒刑或拘役，但因主动自首，为案件推进提供了关键性证据，减轻处罚，判处有期徒刑六个月，缓刑一年。

赵淑慧构成帮助毁灭、伪造证据罪，理应判处三年以下有期徒刑或拘役，虽有自首情节，但隐匿证据后果严重，判处有期徒刑六个月，不得缓刑，但羁押期以一抵一，实刑四个月。

所有人都得到了应有的审判，叶思北带着秦南回到家中。她和秦南一起在叶家过了年，开年之后，她带上东西，坐上秦南的车，一起前往省会。

离开时，黄桂芬和叶领、叶念文来送她。黄桂芬站在车旁边，还在叮嘱："你出去，就两个人，在外面人生地不熟，到时候又被人欺负，你别回来。"

叶思北笑着，只是朝黄桂芬摆手："妈，我走了。"

黄桂芬满是嫌弃："走走走，跟谁要留一样。"

叶思北没接腔。秦南挂挡开车，叶思北抱着高中时那张合影，感觉车动了起来。

春日带了几分暖意，车开了没几步，叶思北就听见身后黄桂芬的哭喊："思北！平时回来看看啊，思北！"

叶思北回过头，朝着母亲挥手。

她们母女都知道，这一次离开就是她的新生，她彻彻底底地离开这个家庭，这一生都再也不会像过去那样，爱恨交织地纠缠在一起。

秦南放着音乐，扭头看了一眼抱着他们高中时合照的叶思北："不难过吗？"

"难过啊，"叶思北扭头笑了笑，"但这一步总得走不是吗？"

"抱着照片干吗？"

"回味一下。"叶思北翻开照片，看见照片上笑着的少女，还有那个低头看过去的少年。

"秦南，"她声音很轻，"你为什么喜欢喝雪花啤酒啊？"

"因为北方有雪。"

"你想过去北方吗？"

"想过的。"

"为什么?"

"因为你叫思北,我想,你应该很喜欢北方。"

"不是我想,"叶思北笑笑,"是我妈。她其实是北方过来的姑娘,生我的时候,看到雪,就想起老家。"

"那你喜欢北方吗?"

"不知道,也许有一天会去吧,到时候你和我一起去吗?"

他们开在高速公路上,高速公路宽广、笔直,阳光落在路上,好似在低语,只要你心中向往,便没有不可去的地方。

"好啊。"秦南声音很轻,"你去哪里,我都可以。"

你欲迎千万人而去,我去得;你欲上下求索,我索得。

秦南思北,不问西东。

长路有尽,余生有涯,这一份绝望,总有尽头。

弱者的坚持,就是这世上最强有力的抗争。

◇

番外

◇

番外一

秦南回忆起年少时，印象最深的就是煤油灯。这个物件在现在已经很少见，但那时候村里大多会用，甚至城镇上，形容一家人富裕，也是说"楼上楼下，电灯电话"。

他年少时颇为胆小，夜里撒尿，就靠哥哥点一盏煤油灯，带着他出门尿尿。那一点微光，好像有一种无形的力量，会驱逐黑夜里那些说不出的恐惧。

于是他曾经和哥哥睡在一个被窝里，问哥哥："我们能不能点着灯睡觉？"

哥哥就说："不行，爷爷会骂的，爷爷说了，灯要省着用。"

他的哥哥叫秦北，比他大六岁。哥哥和他说，哥哥小时候，父母都还在家里，奶奶也还活着。他说，爸爸会给他编蚂蚱，妈妈会烙饼。

这些秦南没有过，因为他从记事开始，爸妈就已经在外地打工，一年到头也不一定回来，听说是火车票太贵。

他们只是定期会从邮局汇钱回家，这时候，秦南的爷爷就会带着他和哥哥一起去镇上取钱，那时候乡镇和村里差距巨大，他在街上看见卖糖画的摊子，能和哥哥一起站好久。但他从来没吃过，他只看见其他小孩子拿着糖画，高高兴兴地离开。

他到五岁父母才第一次回家过年，父母是在除夕那天回来的，那天下大雪，一男一女两个人提着东西进门，哥哥就拉着他站在门口，爷爷高高兴兴地到院子去，接这一对陌生的男女回家。

那个男人很矮小，和旁边的女人差不多一样高。女人脸上没什么表情，直到看到秦北和秦南,她才有了些表情,问爷爷:"那个是秦南吗?长好高了呀。"

说着,女人高兴地走过来,她先抱着秦北亲了亲,又抱着秦南亲了亲。

她半蹲在秦南面前,高兴地喊:"南南,叫妈呀。"

秦南看着女人不敢说话。爷爷就解释:"好久没见了,南南,"爷爷看他,"快,叫妈。"

秦南还是不敢开口,怯生生的,又偷偷打量哥哥。秦北漠然开口:"看我做什么?叫啊。"

秦南才终于出声,小声唤道:"妈。"

"还有你爸。"爷爷又提醒。

秦南抬头,这次容易了很多:"爸。"

爸妈给他们带来了新衣服,带着他们两兄弟,坐着拖拉机去了镇上。秦南第一次吃到糖画,第一次玩那种用竹圈套娃娃的游戏。这一切都新奇又快乐,晚上父母会陪着他们兄弟一起睡,那时候,他觉得,好像不点煤油灯也不怎么害怕。

但假期很快结束,父母又上了班车,要远离家乡。爷爷带着他们兄弟送父母离开。哥哥红着眼,看着父母一句话不说。秦南抬头看了一眼哥哥,却仿佛突然理解了什么。

他"哇"的一声大哭起来,朝着已经上了车的爸妈喊:"爸爸,妈妈,别走啊,你们不要走啊。"

爸爸和妈妈探出头来看。爷爷拉住他,吼他:"哭什么哭!你爸妈不挣钱养你们了啊?!"

他不管,挣扎着哭,而他父母坐在班车里,他看见妈妈从窗户里回过身,她似乎也哭了,但不想让他们兄弟看到。而爸爸坐在窗边,红着眼朝他们挥手:"爸爸明年再回来看你们,回去,回去乖乖的啊。"

班车发动,载着他最亲爱的人离开。

他的哥哥好似已经习惯,红着眼劝他:"哭什么哭?没出息,走了。"

这次父母归来,给村里带来极大的震动。

他哥哥曾说,他的父亲是村里最没出息的人,个子小,脾气软,分地的时候拿得最少,土地最差,种出来的白菜都会被人笑个子小。但这一次,他们的父母带了很多东西回来,绘声绘色地说着大城市的模样,在沿海那座飞快发展的城市有着这个小山村的人见都没见过的一切。

一部分人被他们说动,第二年,他们隔壁那家夫妻也离开村子,把孩子留下,给爷爷奶奶照顾。

那两个孩子比秦南大三岁,比秦北小三岁,平时爷爷奶奶都去种地,他们就跟着秦北。一群孩子到了年纪,白天上课,下课就跟着秦北回家。

秦南已经不太记得具体是发生了什么,只依稀记得,是隔壁家的两个孩子和人打起来,秦北听到,赶了过去。一群人打架,秦北被他们用石头砸了脑袋。

秦北在医院住了一个星期,爷爷垫了许多钱,带着孩子回来。回来后,打人的那家还带着孩子上门来,一家人坐在秦家,围着秦南的爷爷讨要说法,说秦北打了他们孩子。

爷爷为了息事宁人,给那些人赔了一百块钱,才终于算了事。

赔钱时,秦南和秦北就在旁边看着,爷爷给了秦北一耳光,要他带着秦南去道歉。秦北梗着脖子,最后带着秦南低头说:"对不起。"

过了几个月,父母过年回来,听说了这件事,母亲当场翻脸,提着菜刀去那家要说法。母亲提刀的那一刻,秦南看见哥哥眼里迸发出光彩。

两兄弟跟着母亲冲到那户人家,双方起了冲突,对面的女主人和他们母亲动起手来。没多久他们父亲带着叔伯赶过来,双方打得激烈,但秦家人少,他父亲又矮小,他父亲就被两个男人按着,另一个男人踩在他父亲身上。

秦北叫嚷着冲上去,被一巴掌抽开。秦南瑟瑟发抖,就在一旁看着,看着他父亲被打得连连求饶,母亲被抓着头发在旁边叫骂。爷爷扯着嗓子喊:"别打了,求求你们,别打了啊。"

他不太记得那天是怎么结束的。他只记得父亲倒在血泊里,被送进了医院。父亲被打断了肋骨,警方上门调查,父亲咬死说:"没事,没这回事。"

他听见父母在夜里吵架,母亲骂父亲没有出息,父亲吼着母亲:"你要把他们弄进牢里，他们家多少人，他们要是再打过来，怎么办？"

母亲哭泣，父亲叹息。他抬头，就看见被子里的哥哥在哭。

这件事后，两家孩子在学校里更加不对付。秦南年纪小，脾气软，让做什么就做什么，倒也还好。秦北和隔壁家两个孩子下课后就经常被拖走。

有一天，秦南听见秦北和另外两个孩子抱怨："这日子过得有什么意思？"

另外两个孩子就坐在火盆前，满脸伤痕，低着头哭。

秦南八岁那年，他们父母和隔壁家那两个孩子的父母过年都没回来。元宵节的时候，秦北问他想不想吃糖画，他说想。

哥哥就带他和另外两个孩子，偷了家里的钱，跑到镇上买糖画。几个孩子在镇上玩疯了，哥哥买了绳子，带他们去了山上，然后秦北和他说："等会儿回家，爷爷肯定会把我们打死，你要回去吗？"

秦南有些害怕，但他还是说："不回去爷爷会担心。"

秦北想了想，就说："你想不想回去吗？"

他说想。秦北开口："那你走吧。"

秦南当时隐约预感到什么，他揣着哥哥给他买的大白兔奶糖，走几步，回一回头。

另外两个孩子不愿意回来，他们和哥哥站在一起。秦北看着他，大声喊："走，不然我打你。"

秦南害怕被哥哥打，就跑着回去。

等回去了，爷爷抓着他就打，一面打一面问："你哥呢？他怎么还不回来？"

秦南哭着说："在山上，他说不回来了。"

哥哥说不回来，就真的没再回来。而他的父母，也终于头一次不是在过年回到了家里。

打从那年开始，他父母每一年都回来，但每次回来，秦南都会听到父母吵架。

父亲好似想再要一个孩子，母亲就骂："生下来怎么养？养大了，和你一样窝囊吗？"

秦南就静静地听着，起初不太明白，后来就懂了。

他十几岁,也开始觉得父亲窝囊。他开始在学校里跟着一些大哥混,这让他很有安全感,至少,如果有人要打他,他觉得,他绝不会像父亲一样被人狠狠地踩在脚下。

他厌恶他的父亲,也厌恶每次看见他就骂他没出息的母亲,他厌恶着过去的一切,甚至包括自己。

有的时候他会做梦梦见哥哥,哥哥坐在火盆旁边,火光落在哥哥脸上,哥哥脸上有种超出年龄的忧郁,低声呢喃:"这日子过得有什么意思?"

他跟着其他学生一起叛逆,老师会打电话告诉家长,每次父亲就打电话回来,在电话里骂爹骂娘,但从不回来。

村里越来越多的人去了大城市打工,越来越多的孩子同他一样,他们聚集在一起打牌,有的时候会说起未来,大家都有一个认知。

"就去打工嘛,沿海的厂子里,一个月三千多哩。或者学一门技术,刮瓷粉、铺地砖、修水管,搞得好当个小包工头,一个月也有上万呢,有什么过不下去的?"

朋友都这么说,叔伯也这么说,有时候,连老师也会说:"你们自己不想读,那就算了,但规规矩矩地,至少把九年义务教育读完,读完了谁都不会强求你们。"

其实他也这么想,可有的时候,看见前排好好学习的同学,看见他们爸妈认认真真地来接送他们,他也会思考,这些读了书的,和他们的人生到底有什么不同?

这个疑问,他在初三毕业的时候终于问了他爸。当时他想出去打工,他爸不同意,他就问:"大家都出去打工,反正我也没考上,我去又怎么了?"

他爸在电话里沉默了很久,突然说:"我给你买火车票,你来上海找我。"

他愣了愣,其实那一瞬间,他心中有些小小的骄傲,他要去上海,去大地方看一遭。

他坐了一天一夜的火车,来到了这个只出现在电视里的大城市。他父亲在这里当一个建筑工人,住在临时搭建的棚子里,他来了,就和父亲住在一起。

他白天看着父亲干活儿，看父亲佝偻着身躯，扛着重物，他也会伸手帮个忙。中午休息的时候，父亲和他坐在工地上，吃着盒饭，父亲指着远处的高楼大厦告诉他："你看，坐在那里面的都得是大学生。"

秦南转头看他，父亲被风霜吹打得黝黑结实的脸上满是向往："你要当官，当老师，当医生，当那些每个月由国家发钱的人，都得是个大学生。你爸已经打工打了一辈子，知道打工苦，你屁都不知道，出来打什么工？"

"那是你没出息。"

"我……"

年少的他责怪着父亲，可他眼睛看着高楼，对外人软弱的父亲对他说着脏话，低头吃的盒饭里却一块肉都没有。

从上海回来，父亲送他上火车，叮嘱他："我给你在二中交了两万，你去上高中，要好好学，一定要考上大学，知道吗？"

他没回话，抬头看了一眼上海耸立的高楼，最后只说："你管不着我。"

然后他回来，再也没说去打工，之前一起玩闹的伙伴许多都去了厂里。

他去镇上读书，开学第一天，他就看见好多轿车停在校门口，一个个学生从轿车上走下来，父母跟在后面，帮他们背着书包，叮嘱着那些孩子在学校里好好学习、好好写作业、周末练琴……这是对他来说极为陌生的世界。

他进了学校，开学不久，他就知道自己父亲受骗了。这所学校，一年能考上大学的学生也就二十多个，大多数都是来混个日子，所有学生最大的愿望也就是能考个三本，或者专科也行。

学生爱逃课，谁学习谁被笑话，他们谈恋爱、打架，这里和他以前在的地方似乎也并没有多大的不同，如果说有变化，那大概就是，他更深切地意识到，他如果想考上大学，如果想改变人生，有多么困难。

有人生来就在罗马，在城镇里有车有房。在他还点着煤油灯的时候，他们的父母就已经拥有了大哥大；在他觉得抽香烟很酷的时候，他们就已经知道雪茄是什么味道。

更让人觉得恐惧的是，这样的他们却并不是住在大城市那些高楼里的人。

他有时候会想,那些大城市的孩子到底过着怎样的生活呢?但想想,他就会告诉自己,反正和他也没关系。

他开始也接受了其他人的话,如果有人问他未来的打算,他就打着牌说:"毕了业,打工呗。"

可隐约间,哥哥的声音又会响起来:"这日子过得有什么意思?"

还不如……他不敢多想,每天装作和其他人一样,父亲知道他又和以前一样过日子,打电话来骂他。

为了联系,他爸给他买了一部小灵通,这样一来,骂他的频率也就高起来。可越骂他越觉得愤怒,时常和父亲吵架,吵完了就去网吧,用他省吃俭用省下的钱打游戏,打个昏天暗地。

有一次他逃课打游戏打了两天,他父亲又打电话来骂,说他再不回学校,就回去找他。他觉得烦,就自己回去上下午的课。

那天下着大雨,他没带伞,仿佛自罚报复式地往学校走。走到一半,他突然听见一声清脆的呼唤:"同学,你没带伞吗?"

他漠然回头,就看见有个眉清目秀的小姑娘站在他身后。她拿了一把有些大的黑伞,伞尖有些地方断了线,看上去破破烂烂。

秦南漠然看着她。少女走上前,和他一起撑着伞:"你是我们学校的学生吧?一起过去吧。"

他想拒绝,可不知道为什么,那一瞬,他选择了接过伞。

"嗯。"他低头,想了想,又补充了一句,"谢谢。"

两个人一起走在伞下,那是他第一次距离一个女孩子这么近。这应该是一个城里的姑娘,中午在家里吃饭,他看着她白净的脖颈,揣测着她的身份。

等到了学校,他们甚至没有互相问对方的名字,就告别离开,他心中有那么几分遗憾,等坐到位子上,一扭头,他就看见那个姑娘坐到了对面的班上。那一瞬间,他有些庆幸地想,哦,原来她在那里。

从那天起,他开始不由自主地注视那个姑娘坐的方向。

他看见她每天都很认真地上课、读书,偶尔在下课的时候,路过他们班,他会听见别人玩笑地问她:"叶思北,你是要考清华还是考北大啊?"

姑娘抬头笑一笑,并没有多说。

秦南站在不远处,静静地看着,他也不知道为什么就生出了几分说不出的羡慕。他羡慕这样坦诚的不必挣扎、不必对抗世界和自我的人。他远远地看着她,就感觉似乎得到某种说不出的力量。

高一结束的时候,她被选作班级代表,做升旗演讲。她讲话的时候声音在发抖,他仰头看着,旁边的同学低声笑她:"好矫情啊。"

他却觉得,她说得真好啊。

那一天,他故意在打饭的时候撞了她,在她说对不起时,他终于又一次和她说话:"人的命运真的可以改变吗?"

她说:"可以的。"

可以。那时他感觉到,这个世界对于他内心隐约呐喊着的那个声音第一次回应了。

他那时不明白那到底是什么。他只是开始经常看她,看着看着,便开始模仿她。

但是学坏比学好容易,放弃比努力简单。他根本听不懂课,看不懂书,他被人询问"秦南,你是要考清华还是北大"的时候会觉得羞耻,会在努力了一阵后颓废。

每次看见叶思北读书,他又会忍不住振作,他看见她母亲在门口骂过她,说她该早点出去打工。他突然意识到,相比她,他们同样困苦,但至少,他作为男孩子,可以让他父母不惜一切代价让他把书读下去。

那一天他想了好久,终于去找了他的班主任杨齐羽,他小声询问:"老师,我读书还有希望吗?"

杨齐羽愣了愣,面对这个学生突如其来的询问,他激动地点头:"有的,你要是不懂,就来问我。"

学好是一场战斗,一场和自己、和环境的战斗。他一次次失败,又一次次站起来。

他不想再逃课,再出去玩,可他不帮忙,兄弟就说他不讲义气,最后反过来欺负他。

他想好好读书,可总是忍不住想玩游戏,觉得题太难,想放弃。但好在这一次他向外界求助,每次他坚持不下去了,杨齐羽就会问他:"秦南,最近有没有问题啊?"

他突然就得到安慰,他才发现,人有时候真的需要有人推一把。

高二期末,他的成绩有了大幅度提升,他拿着卷子问老师:"杨老师,我能考大学吗?"

杨齐羽笑:"再努力,有希望的。"

他欢天喜地地回家,想和他爸说这个消息,可总感觉有些别扭,左思右想,最后决定等他父亲主动问他。可等来等去,他父亲都没有给他打电话,他只等到了母亲的通知。

一家人急急忙忙赶到了上海,他到的时候,父亲已经咽气了。父亲是在工地出的事,一块大板子砸下来,他没戴安全帽,被送进医院抢救,最后没救回来。

"工地赔钱没?"这是他叔伯说的第一句话,"人不能白死啊!"

他母亲号啕大哭,摇着头,只是说:"他没戴安全帽,说只赔两万。"

周边的人骂骂咧咧,都在说着钱。

他站在病床前,好久,大吼了一声:"别说钱了!"

"你还有脸说?"他开口,所有人都回头,他们都骂他,说他不懂事,说他爸活着的时候,他没让他爸放心过一天,说他爸就是为了让他读书,一直干最苦最累的活儿,说他的不孝、他的忤逆、他的罪过。

他知道他有罪。他说不出话,低着头站着,一直流泪。

骂完了他,所有人都决定讨份公道,把村里人都叫上,这时候,村里人大都在沿海打工,大家聚集起来,一起去工地闹。

他们抬着他父亲的尸体,放在棺材里,搁在工地门口,挂上横幅,闹得气势汹汹。

闹了十几天,尸体都发出了臭味,一场大雨倾盆而至,秦南终于失去了理智,他冲出去,自己试图去抬棺材:"把我爸扛回去!你们闹你们的,我爸要下葬!"

"狗崽子,你知道个屁!"大伯冲过来,"把你爸葬了,谁还赔钱?!"

"我爸要下葬！"秦南盯着大伯，十几岁的他远不如后来强健，他红着眼，站在大伯面前，一字一句地重复，"入土为安。钱可以再要，可我爸要——"

话没说完，他母亲冲上来，一巴掌狠狠地打在他脸上："人活着，没见你这么孝顺，死了，装什么装？你知道什么？你十七八岁了，挣过一分钱吗？你爸死了，不要钱，拿什么养你，养你爷爷？靠那一亩三分地还是靠老娘？你给我滚回去！"

他愣愣地站在原地，看着面前面目狰狞的女人，根本想不起来，她是当年坐在班车上偷偷抹着眼泪的那个母亲。

"你们把他绑起来，"她指挥着人，"把他拖走！小孩子知道什么！"

母亲说完，旁边的人一拥而上，他挣扎，他嘶吼，就像当年的父亲，他被人死死地按住，绑上，关进了一个临时居住的屋子。

那个屋子很狭小，据说是一个工友的，过了两天，他母亲终于来见他。工地愿意赔钱，赔了五十万，母亲眉开眼笑，丝毫不见难过。

他看着母亲，不由得问了句："你不难过吗？"

母亲闻言，沉默下来，过了一会儿，她叹了口气："日子还得过啊。而且你爸吧……算了，不说了。"

算了，他也这么想。他终于可以把自己的父亲送回家了。

按照老家的风俗，人得完完整整地下葬。可当他见到父亲时，父亲已经按照大城市的习俗变成一个坛子，他抱着坛子，坐上火车，回到老家。

回家之后，村里开了个会，把五十万分了下去，最后留了十万给他们娘儿俩。

那阵子他不爱说话，他常常想父亲。有一天，他回头看见自己书包里的卷子，看见上面的60分，他也不知道怎么就躲在被子里哭了出来。

过了两天，母亲又要离开，走之前，她来看他。她带着少有的慈爱，坐在他的床头，跟他说："我记得你小时候喜欢吃大白兔奶糖，那时候太贵了，妈没给你买过。昨天在超市里看见，给你买了一包。"

秦南低着头，预感到什么，但他一直没说话。

母亲坐了一会儿，叹了口气："我知道你对我没感情，我也不强求。当年为了让我哥能结婚,嫁给你爸,嫁过来,就伺候你奶奶,你奶奶去了,我又和你爸出去讨生活,一辈子都在为别人活着。"

说着,母亲抬起头,看顶上的横梁:"你哥走了多少年了?"

秦南愣了愣,抬眼看母亲,母亲眼里流着眼泪:"你哥走的时候,我差点也想走了,我觉得都是我和你爸窝囊啊,我们要是有出息点,你哥能走吗?但后来想想,算了,人嘛,总得活着。算了,不说那么多了。"

母亲看着他站起来,走到他面前,抬手放在他脸上:"妈今天就走了,你以后好好照顾自个儿,听到了吗?"

秦南没说话,看着母亲,那一刻,他好像又回到五岁那年目送父母离开的时刻。只是他不能再像五岁那年一样大声哭号,他看着母亲,预料到她要做什么,他想挽留,又说不出口。好久,他哽咽出声:"妈,我期末考考了班上第三。老师说,我再努力一点,就可以上大学了。"

他们班是最差的班,他们学校是最差的学校,他们学校只有年级前二十名才有可能上大学,他的班级第三距离大学犹如天堑。

他不知道他母亲能不能听懂,他母亲愣了愣,随后有些慌乱,她红着眼,克制住情绪点头:"好,挺好的。时间不早了,"她慌忙转头,"我先走了。"

说着,她急急忙忙地出门,他就看见,她坐上另外一个男人的摩托车,离开了家。

他回头,坐到床上,才发现,母亲坐过的地方被子有被动过的痕迹,他伸手进去,摸到了一沓钱——三万块钱。

从那以后,他再也没见过母亲,又从别人嘴里得知,她早在外地就和另一个男人好上了。他父亲知道,但一直装作不知。

父母以不同的方式离开后,爷爷一夕之间老了很多。秦南上学那天,爷爷咳嗽着送他,他说:"我不去了吧?"

爷爷摆手,咳嗽着让他离开。他犹豫很久,才终于走出家门。

开学第一天,到了学校后,他下意识地去寻找叶思北的身影,却发现那个位子空荡荡的。

他有些不安。过了几天,他忍不住去找杨齐羽,支吾着询问:"老师,那个……那个……"

"什么?"

"那个,高一一班的叶思北,"他鼓起勇气询问,"她好像好久没来上课了。"

"唉,她家有点变故,家里不让来了,让她去打工,我们还在做她父母的思想工作呢。"

秦南愣了愣。

杨齐羽突然想起来,说:"你怎么问这个?"说着,他笑起来,"你喜欢她啊?"

"没有。"秦南一口否认。

杨齐羽也没多说,只嘱咐:"别耽误学习,就剩一年了。"

就剩一年了。秦南走出办公室时,忍不住想,就剩一年了,叶思北却坚持不下去了。

他知道叶思北和他不一样,他是父亲交了借读费进来的,可叶思北是靠着自己一路考上来的。

他父亲全力支持着他读书,叶思北却是承受着父母的打击、介怀一直坚持考上来的。她这两年每天起早贪黑,他曾经在打哈欠时见过她,她早已拿着书,在路灯下诵读。

最后一年了。再坚持一下,叶思北就能走到他们本不该走到的世界去了。

那一天晚上,他一夜未眠,他想了许久,他想起自己的哥哥,想起自己的父亲,想起自己的爷爷。他人生中从未见过一个人摆脱自己应有的宿命。他想看一次,哪怕一次。

反正,他也考不上好的大学,也不想拖累爷爷。打工也有打工的前途,前些年一个叔叔开了店,也有了自己的事业,不比那些大学生差。

他挣扎了一夜,第二天,他走到教务处。他办理了退学手续,然后找到杨齐羽,他将两万块钱交给杨齐羽:"老师,麻烦你去叶思北家,就说有个人捐助她。"

杨齐羽愣了愣,下意识地问:"你哪儿来的钱?"

"老师，"秦南认真地看着他，"我退学了。谢谢你的照顾，"秦南鞠躬，"以后如果我有出息，我会回来看望你的。"说着，他毫不犹豫地离开。

杨齐羽愣了愣，追着秦南出去。

"秦南！"他在后面喊，"你会后悔的啊，秦南！"

他没回头，他不敢。因为他也不知道，杨齐羽的话是不是真的。

后来他拿着一万块，去了沿海地区，学汽车修理。

走之前他最后去了一次学校，他没进去，就站在门口，等了好久，终于看见了叶思北。她和以往没有什么不同，目光清澈又坚定，心无旁骛地走向自己向往之处。

他在暗处看了很久，慢慢笑起来。然后他坐上火车，摇摇晃晃，去了新的地方。

进入了成人世界，他才知道原来学生时代，这个世界对大家有多温柔。

一开始，他会想，自己努力工作，攒钱，等以后开店。但当他开始每天工作十二个小时以上，拿着微薄的工资，睡在狭窄的床铺上，周边弥漫着烟味和方便面味时，他什么都不想，就想好好睡一觉。慢慢地，他开始过一天是一天，能偷懒就偷懒，因为太累了。

直到有一天，到处封路，他满身机油，提着扳手问发生了什么。同事滚着轮胎，漫不经心道："好像是高考吧。"

他愣了愣，久违的清醒突然充盈了他的脑海，那天晚上，他给杨齐羽打电话，问："杨老师，叶思北高考了吗？"

杨齐羽似乎有些难过，他应声："啊，高考了。"

"她的成绩还好吗？"

"好，应该能稳在一本线。"

"那就好。"

他在黑夜里重复了一遍："那就好。"

等第二天，他早早起来，给老师傅端茶倒水，积极干活儿，有不懂的就问，他满脑子只想着，学好技术，以后才能当老板。

后来很多年，他一直这样。

走着走着，他会忘了自己最初想干吗，然后偶尔会在看见路上那些欢笑的学生、远处的高楼，还有提着名包从豪车走下来的精致女人时，突然想起年少的那个姑娘。

他会偷偷给她打一个电话，听着远方她的声音，随便说点什么，他就会鼓起极大的勇气。

你看，远方有一个人，她经历着和你一样苦难的人生，可她从未放弃，你怎么能放弃呢？她可以得到她想要的生活，你也可以的，秦南。

只是这样的安慰，随着年岁渐长，越来越无用。他开始清楚地知道有些鸿沟似乎一生都无法跨越，有人在深沟，有人在高楼。

他开始忘记叶思北的模样，但也不知道是什么惯性，他会间歇性地还是努力一下，振作一点。

最后，他终于攒够钱，回到南城，开了一家修车店。

修车店生意很稳定，他的日子不咸不淡，爷爷身体越来越差，开始催促他结婚。于是他开始奔赴南城一场又一场相亲，他想，这就是他的人生了。

的确比他该有的命运好上一些，可这一点点还是让他觉得好像没有什么改变。他好像一直在年少时，面对这个世界毫无还手之力。

他遵从着世界的规则，四处相亲，然后在一场大雨里，他隔着玻璃窗回头，就看见了叶思北。姑娘的目光温柔中带着几分笑，但早已失去当年的那份锐气。

他们隔着玻璃窗看了很久，他突然想知道，这些年，她过得好不好。于是他迈步走进去，他准备了很多话，半天，也不知道怎么开口。反而是对方笑起来，主动打招呼："你好，认识一下？"

那是他和叶思北的重新相识。

他一直以为，考上大学的叶思北应该会离开这里，会去大城市，会过上更好的生活。对面那个人却告诉他，她一直待在家里，没有工作，她一路磕磕巴巴，小心翼翼地和他说话，时不时偷看他，似乎是怕他不高兴，和当年记忆里的那个姑娘完全不一样。

他说不出是什么感觉，他告诉自己，这才是现实。年少是他的一场奢望，谁会因为偶然的一点转折就改变命运呢？身在泥潭，便谁都不能离开。

可那天不知道为什么,他还是觉得难受,他去找杨齐羽,哽咽着告诉杨齐羽:"老师,我后悔了。"

他后悔了,不是后悔将那个改变命运的机会让给叶思北,他是后悔将希望交托给另一个人。

他宿醉一夜,第二天醒来便清醒了。其实叶思北没做错什么,是他奢望太高。叶思北是他接触过的所有相亲对象里最好接受的,于是他再次约了她。

他们礼貌地约会,按照南城的风俗,相亲、提亲,在他爷爷走前顺利成婚。

婚后不久,他爷爷就走了。走的那天,他晚上坐在老家门槛前哭。叶思北犹豫了一会儿,坐到他身边来,她抬起手,将他抱住。她说:"没事了,有我呢。"

那一刻,他突然有了一种莫名的依恋。然而这种感情并没有持续很久,他就发现叶思北总回家,每次去叶家吃饭,叶念文都像个大爷一样坐在屋里,叶思北就得去做各种家务。一家人一起吃饭,叶念文要起身添饭,黄桂芬都得说:"把碗给你姐。"

他们一家似乎习惯了这种模式,有一次他忍不住发了火,叶思北便觉得难堪,等回家的路上,她一直低着头,他忍不住提了声:"下次他们要是再使唤你,你就别回去!"

她闷声不说话,这种样子让他莫名地烦躁,他不知道自己在期待什么,只觉得煎熬。他吼她:"你说句话啊。"

她就低着头,说:"对不起。"

他们的争执在方方面面。

他一直在努力克制自己的情绪,可不知道为什么,面对叶思北,他总有种说不出的焦躁。他好像可以允许这世界上的所有人软弱,唯独不能允许叶思北软弱。

每次他听见叶思北说"对不起",就想发火,但又怕吓到她,只能冲出门去,自己点根烟消化。

而她对这一切习以为常,有的时候,他甚至会有一种错觉。其实她根本不在乎。她说对不起只是想要平息这件事，想把这些事糊弄过去、敷衍过去。

他不知道她为什么会成这个样子，可又觉得，成这个样子也是理所当然的。他不也是吗？

他一直在忍耐，叶思北永远要加班到很晚，总是在给家里补贴，他们争执、吵架，他气急了的夜里，背对着她不说话，她伸出手，轻轻从后面抱住他，他又莫名觉得是他不对。

日复一日，他的耐心渐失，直到有一天，他发现叶思北背了信用贷款。

那一刻，他突然觉得人生无望，他闭上眼就可以想到未来，未来就是叶思北不断地接济叶念文，他们家一团混乱，他们一直争吵，吵得面目狰狞，最后，叶思北可能变成他的母亲，而他就变成他的父亲，或者他的叔伯。

想到这样的未来，他终于做下决定。他去找了律师，写了离婚协议，交给叶思北。

他搬回店铺，一夜一夜无眠。可他知道自己不能回头，他不能让自己的人生变得越来越像他的父亲。

然后他帮张勇查案，又听赵楚楚回忆叶思北。

他听她说着过去的叶思北，很想让她闭嘴。他比谁都清楚曾经的叶思北是什么模样，所以她怎么可以变成这样呢？

可当他看见叶思北的录像，听见叶思北的话，他才发现，叶思北不是神。她和他哥哥、和他父亲、和他没有什么不同。

同样是血肉之躯，不堪重负。当年有杨齐羽、有叶思北、有他父母、有爷爷一路帮他，凭什么，他要求叶思北独自前行？他是她的丈夫，他本来就该帮她一把，就像当年杨齐羽，他的老师，也帮过他一把。

彼时他不明白其中的原因，也未曾深想。等后来想起，他才明白，从他承认叶思北可以软弱的那一刻，叶思北在他心中终于从神变成了人。

他陪着叶思北一起报警，一起承受所有，一起起诉，把当年叶思北教过他的重新教会叶思北。

叶思北摇摇欲坠，其实他也早已不堪负重。只是叶思北当年不曾倒下，如今他也不允许自己倒下。叶思北比他承受得更多，他怎么可以倒下？

然而最终还是走到了一审败诉，看见叶思北跪在雨里号哭时，他清晰地意识到，他还在当年那个地方，看着父亲被人压在地上的那一刻，他永远永远走不出来。

可走不出来又怎样呢？就如同他母亲所说，人嘛，总得活着。他认命。

可他看见了叶思北的准备，在意识到叶思北要做什么时，他仿佛又看到了当年那个闪闪发光的姑娘。他发现，其实叶思北永远是叶思北，她的灵魂永远不屈。她不认命，她永远坚守自己的原则，黑白分明。

他好像回到了当年知道叶思北要退学的那一夜，他想了好久，最后，还是得出了一样的答案。

他代替她去。他看着范建成跪下的那一刻，感觉自己好像和叶思北的灵魂，或者说，他这么多年梦寐以求的自己，终于融合在一起。

他不是不可以反抗，他可以。但那一刀没有下去，叶思北朝他伸出了手。

他看着叶思北，听着叶思北说她的不在意，他似乎又回到了十七岁的时候，他想，叶思北可以做到，他也可以。想到可以和叶思北一起到老，想到他有一个家，他突然发现，他好像已经得到了他想要的人生。

他走向叶思北，也是从年少的那场噩梦中走出来。

哥哥在火盆边说："这日子过得有什么意思？"

他终于可以回头，看向哥哥："有的。"

坚持走下去，十年，二十年，有一天，你总能得到你想要的人生。弱者的坚持，就是这世上最强有力的抗争。

这一条路，他和叶思北各自走了二十八年，终于走到了尽头。

番外二

叶思北和秦南刚到省城时,住在一个很狭小的出租屋,那套房子光线不好,只有30多平方米,租金却要一千六百一个月,只是因为这套房子是在一个安保极好的小区。

这个户型是小区里最小的,但小区很大,他们俩到省会的第一天,一起出门买菜,从他们家走到小区门口,走了二十分钟。一路上花园小道,甚至还有一个人工锦鲤池,等走到门口时,小区保安会给他们俩敬礼。

保安手抬起来,秦南立刻有些紧张。叶思北悄悄握住他的手,小声提醒他:"一千六百。"

秦南立刻有了底气,他默不作声地点点头,和叶思北一起走出小区,在门口超市买菜。

小区楼下的菜价很贵,叶思北一面挑拣,一面感慨:"南城小瓜才两块七一斤,这里都快五块了,工资没涨,生活开销高了不少。我得早点把注会考下来……"

身后的秦南没应声,她回头看了一眼秦南,看见他一直看着手机,她不由得问了声:"看什么呢?"

"没什么。"秦南收起手机,低头看推车里的菜,"就买这些吧,先把这几天应付过去。"

两人买好菜一起回家,叶思北看见其他方向提着菜回来的老太太,就想上前去问老太太哪里有更便宜的菜,但她始终有些没有勇气。

秦南看着她定定地看着一个方向,便知道她打算做什么,主动出声:"要问什么,我去问?"

听到这话,叶思北反而有了几分勇气。她把菜交给秦南,握握拳头,就往前走:"我去问。"

说着,她便到了老太太面前,拦住其中一位,结结巴巴地开口:"阿姨,那个,那个,我想问问,附近哪里买菜……"

"小姑娘,"老太太听到她磕磕巴巴的,主动接话,"你是不是新住进来的,想问哪里买菜便宜啊?"

听到老太太的话,叶思北赶紧点头。老太太热情地告诉她好多地方,随后又告诉她:"小姑娘,结巴可以治的,我有一个小孙子,以前也是个结巴,后来她妈妈就送他专门去学——"

"阿姨,"旁边等着的秦南看见叶思北僵住的笑容,听见老太太的话,他忍不住笑起来,过去解释,"我老婆不是结巴,她就是和人说话紧张。"

"啊?"老太太愣了愣,随后有些不好意思,"哎呀,不好意思。"

"没事没事,"叶思北赶紧摆手,"谢谢您。"

两人向老太太道谢后,便一起离开。

秦南笑着看了叶思北一眼:"小结巴?"

叶思北涨红脸,咬牙:"我多说几次就不结巴了。"

两人买了菜,一起做饭。等晚上一起躺在床上时,秦南低声说:"思北。"

"嗯?"

"这里房价每平方米一万二,72平方米的户型就有阳台,首付三成,只要30多万,每个月四千多的贷款,咱们就能买房了。"

听见买房,叶思北愣了愣。秦南低低地说:"老家的房子卖了,加上之前铺子转让的钱,再借点,就够了。"

"这么快就要买房?"叶思北有些迟疑。

秦南在黑夜里抬起眼眸看她:"想早点安家。"

叶思北想想,靠在秦南手臂上,看着天花板:"也好,那我们先到处看看,先买一套小的,等过两年,我工资涨了,我们就换套大的。"

"你想要多大的?"秦南听着她兴高采烈地说起未来,将另一只手置于脑后,转头看她。

叶思北想了想,抬起手指,像一个孩子一样扳着指头算:"我要一张至少1.8米的床,这样我现在就可以横着睡。我要一个浴缸,要一个书房,要买一个跑步机,还想要个大阳台种菜,想要至少三个卧室,两个给孩子,一个用来当客房……"

叶思北念叨着,最后下定决心:"300平方米吧,应该勉强够用。"

听到她的雄心壮志,秦南笑出声:"那你得挣多少钱啊?"

"我觉得我能挣。"叶思北仰头看秦南,"是不是?"

秦南注视着她的眼睛,抬起手,轻抚她的头发:"你什么都可以的。"

你已经战胜了这么难堪的命运,没有什么不可跨越。

叶思北扬起笑,伸手抱住他,靠在他胸口,闭上眼睛。

第二天,两人就去各自联系好的单位上班。叶思北去了一家本地事务所做审计,秦南则重操旧业,干起了他的老本行。

事情刚刚过去几个月,总有些人认识他们是谁,只是大家都心照不宣,顶多偷偷看一看,也不敢多说。叶思北和秦南都习惯了这样的目光,别人不问到头上,他们就假装不知道。

直到有一天,叶思北干着活儿时,看见对面的客户一直在偷偷看她,她抬起头,看向对方,神色平静:"陈先生,请问您有什么问题吗?"

她目光坦坦荡荡。被问的人愣了愣,尴尬地扭过头去:"哦,没什么。"

回家后,她和秦南坐在小桌子旁,吃着饭说了这些事情。秦南听着,点点头,只说:"干得好。"

第二天,秦南去店里,又看见客户打量自己。他二话不说,提着扳手,走到客户面前,低头俯视着比自己矮一头的中年男人,学着叶思北的话反问:"老板,你一直看着我,是有什么需要帮忙的吗?"

他语气很平静,但被问话的男人立刻紧张起来,赶紧辩解:"没,没有,我就是看看车……对,我是看车。"

"哦。"秦南点点头,便走回了车边。

秦南是老师傅,月薪开到了八千,外加销售提成,早九晚十,一周只能休息一天。

叶思北月薪只有四千,说是弹性工作制,实际上就是弹性加班制,有时候早一点七点下班,忙起来,工作到凌晨也是有的事。

叶思北不出差的时候,秦南就每天下班后到公司来等她,她加班,他在车里睡觉,等她下班,他就开着车,打着电话,保证中间不断联接到她。

审计的工作经常需要出差,第一次出差时,叶思北很害怕。出差前一天晚上,她几乎想要辞职。

秦南察觉到她的异常,给她端了茶:"怎么了?"

"我出差,"叶思北看着电脑,有些低落,"我害怕。"

秦南坐在她对面,犹豫了片刻后,他开口:"我请假陪你去。"

"你不能一直请假啊。"叶思北摇头。

两人沉默着,过了好久,秦南才开口:"其实,你前几天和我说要出差,我就觉得挺担心的。想让你别去,辞职也行,我可以养你。"说着,他抬眼看向叶思北,"可我发现,其实不只出差,我担心你的事太多了。"

叶思北抬眼看他,有些茫然。

秦南想了想,还是承认:"其实从知道你出事那天开始,我一直很自责,我一直觉得是我做得不够好,我那天该去接你。我总怕那一天的事情重演,所以我总在担心你。

"我担心你出差,担心你下班晚,担心你去参加酒局、去KTV,甚至有时候,就算是大白天,你打个车,你一个人在家,我也会担心司机起歹心,有人入室抢劫。

"所以我发现,我要是不想让你出事,我必须像带个孩子一样,把你一直放在我身边,除此之外,你总会陷入危险。"

"秦南……"叶思北没有想到他有这么深的焦虑,她迟疑着,伸出手,握住他的手,"这世界没有这么危险的。"

"我不知道。"秦南摇头,"每天都有危险发生,万一是你呢?"

"可地球上有七十多亿人口,概率并不大。"叶思北把这话说出口,突然意识到,其实生活本身就是一件冒风险的事。

她不可能一直辞职,今天出差辞职,明天遭遇性骚扰辞职,后天加班辞职……她不能因为这些破事,一直放弃自己人生的机会,如果一直这样放弃,她等于一直在让渡让人生变得更好的权利。她放弃的每一个机会、每一个职位,都会被其他人顶上,而那些人不害怕风险吗?

叶思北想了想，低头分析："我是和女领导出去，没事，我去几天就回来。"

秦南迟疑着，好久，他才点头。

带着叶思北一起出差的那位女领导就是当初招聘叶思北进来的人。她叫张琳，是省城本地的独生女，一手创建了这家事务所。

她和叶思北一起坐上飞机，叶思北坐在她旁边。

叶思北第一次坐飞机，有些紧张，张琳转头看她一眼，为了缓解氛围，询问她："在事务所还习惯吗？"

叶思北拘谨地地点头。

张琳笑了笑："第一次坐飞机？"

"嗯。"叶思北勉强笑笑，"以前没去过太远的地方。"

"以后会经常去。"张琳说着，突然想起什么来，迟疑了片刻后，她才提醒叶思北，"过去后可能会有酒局，你就记住，不想喝就别喝。"

"会不会得罪客户啊？"叶思北不放心。

张琳想起什么，说："得不得罪就看你的本事了。"

叶思北愣了愣。

张琳想了想，才开口："其实同一个意思，不同的表达方式是会有不同效果的。如果有人叫你喝酒，你直接说不喝，他下不来台，肯定不高兴。如果他没有什么恶意，你就语气好一点，像开玩笑一样，婉拒，但是要给面子。伸手不打笑脸人，你要把冷脸这件事交给对方做。"

"如果他一定要我喝呢？"叶思北头一次听到有人教她说话处事。

张琳听到这话，笑出声："他有脸一定要你喝，你喝一口就装吐，直接悄悄溜了就是。

"思北，你记住，一个大单子，客户不会单纯因为你喝酒不喝酒就决定什么，大多数企业都是要赚钱的，性价比、核心服务质量才是最重要的。当然，有的也有些其他的弯弯绕绕，但那些事，不想碰就不碰，也不是什么好事。

"人这一辈子，最难的不是考什么试，读什么书，而是学会做人。如果你不知道怎么学，"张琳笑了笑，"你就找一个身边你觉得很好的人，去观察他的生活。就像孩子学习父母一样，去学做人，学说话，学怎么选择一件事。"

这些都是没有人告诉过她，但其实她知道对人生至关重要的事情。

"张总……"叶思北抿了抿唇，"您……您对我真的太好了。"

"这算什么好？"张琳笑起来，看着叶思北，目光里带了几分欣赏，"你不容易，我也只是顺手拉一把。"

"可您拉这一把，"叶思北说得认真，"对我来说，真的太重要了。"

那一次出差，叶思北一直跟着张琳，她听张琳说话，学张琳为人处世。

等回来后，她从机场走出来，看见站在门口等她的神色憔悴的秦南，她突然意识到，其实就这么简单的事，没有那么可怕，或许会有风险，可人生哪里没有风险？

从那天开始，叶思北慢慢开始正常地生活。

她不用必须等到秦南来接她才能回家，也不害怕酒局、出差，甚至有一天，她也接受了和朋友一起去KTV唱歌。她会在网上找很多关于如何过好一生的办法，她开始观察自己，开始安排自己的生活。

她每天早上五点起床，准备注会的考试，而秦南也跟她一起起来，准备他们一天的盒饭，打扫卫生。

二十八岁的年纪，叶思北却感觉，这才是自己人生的开始。她开始理解这个世界上最重要的是平衡和中庸，而不是她年少时以为的非黑即白、非善即恶。

在整个过程中，秦南都犹如一个安静的守护者，陪伴她，帮助她，她考试、工作，他就承担所有的家务，让她充满勇气，奋力往前。

他们会在有空的时候一起去看电影，叶思北喜欢看文艺片，秦南喜欢看打来打去的爆米花片。除了看电影，他们没有其他的娱乐活动，因为叶思北不是在加班就是在准备考试。

二十九岁那年，秦南攒够钱，买下第一套房，在他们隔壁小区，83平方米，两居室，一个房间当叶思北的书房，一个房间是他们的卧室。

三十岁那年，叶思北已经可以独立带团做项目，事务所内部斗争，她坚决站在张琳这一边，最后张琳胜出，叶思北破格升职。也就是那年，赵楚楚和叶念文买了房，结婚。叶思北和秦南一起回去，叶思北坐在亲友席上，看着叶念文和赵楚楚站在一起。她的弟弟已经有了大人的模样，看上去沉稳许多。

第二天，叶思北因为工作忙，便和秦南离开。走之前，叶念文来送她，姐弟俩站在车边，一直没说话。好久后，叶思北才开口："我走了。"

叶念文点点头，只道："姐，要是有什么需要帮忙的，一定记得和我说。"

"你也是。"叶思北说完，便上了车。

到车上后，秦南从后视镜里看了叶念文一眼，不由得笑了："他这个样子，和我小时候看我爸妈出门打工时一样。"

叶思北闻言，想了想，探出头去，叫住往回走的叶念文："念文。"

叶念文回头。叶思北笑起来："找时间来省会玩，别老闷在南城。"

叶念文愣了愣，随后高兴地挥手："行，改天我带孩子去。"

三十二岁那年，秦南和一个朋友一起开了自己的店，他出技术和管理，出一部分钱，对方出另一部分钱。也就是在这一年年底，叶思北怀孕了。

这个孩子的到来让叶思北有些茫然。秦南抱着她，声音很轻地说："不想生就不生，想生的话，你生下来，好好工作，我来带。"

她想了一晚上，第二天，去找了张琳。

张琳和她坐在办公室里，两人沉默了很久，然后张琳声音很轻地说："你生了这个孩子，休了产假，回来不知道会是什么情况。"

叶思北想了想，回她："我就休个产假，别的，我和普通的男员工能有什么区别？"说着，叶思北抬眼看她，"我又不是丧偶，大部分夫妻都会有孩子，人总不会生了孩子，一生就完了吧？一个产假，不会改变什么。"

张琳得话，抬眼看向叶思北。

她穿着连衣裙，坐得笔直，目光平稳从容，和四年前那个刚从小镇来到省会的姑娘截然不同。她带着一种安稳的力量，强大又温柔。谁都想不到，这是当年连一个"不"都不敢说，只会说"对不起"的人。

"你想好就行。"

三十三岁，叶思北有了女儿——叶暖暖。

之所以姓叶，是秦南做下的决定，其实叶思北起初并不同意，她觉得孩子随自己姓，秦南需要面对的社会压力太大。但秦南抱着孩子，抬眼看她："要是咱们女儿有一天想要自己的孩子跟她姓呢？"

叶思北愣了愣。

秦南提醒："到时候，她的丈夫同样会告诉她，社会压力很大，需要她退让。可我希望暖暖可以得到所有她应得的东西，社会压力大这件事，"秦南把孩子举起来，婴儿在阳光下手舞足蹈，他看着孩子的笑容，忍不住笑，"让她爸为她改变。我想给她一个很好的世界，"他转头看向叶思北，"一个公平的不需要经历你所经历的苦难的世界。"

叶思北没有说话，看着这个朝着自己笑的孩子，看着她穿着漂亮的衣服，在阳光的沐浴下露出灿烂的笑容。这一刻，她好像看到美好又光明的未来。

她会当好一个母亲，为了暖暖奋勇一搏，推着那个时代朝着叶暖暖奔跑而来。

她不会心生嫉妒，也不会阻止、哀叹。她只会告诉她的女儿："叶暖暖，妈妈爱你，加油。"

番外三

黄桂芬出生于北方,她记忆里,北方的冬天大雪纷飞,雪堆积到膝盖也是常事。她会和朋友在雪地里堆雪人、打雪仗,这是她童年为数不多的娱乐。

她下面还有一个妹妹、一个弟弟,每天她必须回家照顾他们,父母白天工作,能照顾弟弟妹妹的也就是她。

打从她比炕高一点点,她就已经像个大人,拉着妹妹,牵着弟弟,大人不在,她就得担起下面两个孩子的生存重担。倒也不是没有埋怨过,但家家户户都是如此,她说起来,父母便说:"谁让你是大姐呢?"

大姐,便意味着责任和包容,乃至无条件地牺牲。

她到适学年龄时,因为正逢动荡之年,父母想着外面不太平,加上她要照看弟弟妹妹,便让她一直待在家里,没有出去读书。

她十岁时,为支持三线建设,她跟随父母,跋涉千里,从北方来到了南城。

那时候的南城与她的家乡经济差距巨大,刚到的时候,弟弟妹妹哭闹不止,其实她也极不适应,但还是要忍着,哄着妹妹,劝着弟弟。她便骗他们说:"没事,等过几年,爸妈就带咱们回去了。"

可是过了一年又一年,直到中国改革开放,三线建设才宣布告一段落,但他们也没有回去。

他们这些远道而来的客人,和当地居民一起,建设着这个条件艰苦的地区,她和妹妹也跟随着父母进入矿上,一家人一起供养着弟弟上学。

她也不是完全没有想过自己去读书,但一个女孩子,再怎么读书,最后还是要嫁人，嫁人之后，要是娘家使不上劲儿，婆家就看不起她。她只能好好供养弟弟，祈求弟弟以后能上大学，分配回来，当个小官，这样她嫁人了，婆家就不敢欺负她。

那时候，其实她对未来也没有多大的期许，就想找个好一点的人家，日子过得去，婆家不要欺负她，最重要的是，不要打人。

她父母就经常打架，每次看见母亲被父亲打得不成样子，她就会恐惧未来。要是她的丈夫也这样，怎么办呢？有时候她也会想，如果真遇到这种事，是不是可以离婚？

新中国成立了，人们都说法律上说了，女人是可以自主离婚的。可她稍微有这个念头，和母亲一说，母亲抬手就拍她一巴掌："你一个小姑娘想什么呢？要不要脸？离了婚的女人，你连个夫家都没有，死了以后埋哪儿？活着人家看不起你，死了以后连个归处都没有。"

"可万一他打我呢？"

"那你就忍着，"母亲转头洗着衣服，想了想，又安慰她，"所以我让你多学着做家务，聪明些，又懒又不懂事，那挨打不都是自找的吗？你好好的，人家会打你？"

"可爸就打你啊。"她嘀咕。

母亲瞬间瞪大了眼，抓着棒槌就打了上来："你怎么没大没小？你胡说八道什么呢？！"

女人要聪明些，要勤劳、贤惠、机灵，要懂得保护自己，要守住规矩，不要和男人有任何出格的举动……母亲一直这样教育着她，时不时还会说些"破戒"了的姑娘的下场。

譬如有些姑娘未婚先孕，被人指指点点，然后跳了河；

譬如有个姑娘晚上一个人出门，被小流氓毁了清白，那姑娘报了警，小流氓被抓了，毙了，但是她的名声毁了，大家走哪儿都议论她，也没人愿意娶她，最后自己一根绳子挂在房梁上；

譬如有个姑娘和人谈恋爱，后来才知道对方有未婚妻，未婚妻带着人上门把她抓出来，剥光了她的衣服打她，然后在脖子上挂着鞋游街，她父母深觉羞耻，不敢管，姑娘回来后就跳了井；

譬如有个姑娘因为懒惰,婚后不受婆家喜欢,离了婚,娘家不让她回去,她自己也没有房子,没有个能待的地方,到现在一直住在河下的山洞里,听说依靠卖色为生……

她母亲说的故事深深烙在她的记忆里,生命里。

二十岁出头,她到了适婚年纪,许多人给她做媒。

北方姑娘,生得高大、漂亮,喜欢她的男孩子不少,她左挑右选,最后选了叶领。因为叶领读过书,她想着他脾气好,应该不会打人。

和叶领结婚后,和她预想的一样,叶领脾气好,从不对她发火。偶尔吵了架,她叫她弟弟过来,叶领见小舅子硬气,也不敢多说什么。

她在矿上工作,叶领当小学老师,叶领学校集资建房,两人凑一凑,就买下了一套小房子。

日子过得顺遂,直到她生下叶思北。

叶思北出生在一个冬天,因为是头胎,黄桂芬生得十分艰辛。叶领全家都赶过来,守在医院门口。等医生走出产房,黄桂芬清晰地听见外面的人问:"男孩还是女孩?"

然后医生似乎有些遗憾:"女娃,也挺好的。"

那句"也挺好的"说得很勉强。

确认是个女孩后,叶思北就被送回黄桂芬身边。然后叶家人商量了一夜,最后叶领来到黄桂芬身边,他低着头,似乎有些羞愧。

"桂芬,"他声音很轻,"我妈说,她把孩子抱回去养。"

这并不新奇,黄桂芬立刻听明白叶领的意思。

那些年计划生育搞得严格,像他们这些在国家单位里的人只能生一个。可不是每一家都能接受只有一个女孩。所以有些人家,一旦生下女孩,就会送到老家,偷偷藏着养,找个没生孩子的过继过去。

黄桂芬抱着孩子,怀里的孩子还很丑,但她很乖巧,她喝过奶,躺在黄桂芬怀里,仿佛母亲就是她的所有。

黄桂芬红了眼眶。叶领有些慌乱,赶紧说:"桂芬,我们家就我一棵独苗,我不能断香火……"

黄桂芬听得明白,也理解,而且,这孩子,一个女孩,没有个兄弟,未来出点事，谁能帮她呢？

"抱走吧。"她哑声开口，再也不愿多抱这个孩子，怕多抱一会儿就不舍得。

她将孩子递给叶领："和你妈说……"她顿了顿，最后只轻轻念叨了一句，"算了。"

生来未必幸运，要是不小心走了，也未必不幸。

她没有多说，叶领抱着孩子，也有些难过，他想了想，勉强笑起来："你给孩子取个名吧？"

黄桂芬转头看向窗外，大雪纷飞。可南城的雪永远不会像北方那样，浩浩荡荡，覆盖一整片无尽的原野。她看着外面的雪花，想起年少时，那时候她什么都不懂，也不觉得人间艰难。

"思北。"她声音沙哑地开口，"叫思北吧。"

那是她唯一为这个孩子做过的事。然后孩子就被抱着离开，也是那一年，遇上下岗潮，她被迫下岗，不得已，只能到学校门口开始摆小摊卖早餐。

从那以后，生一个儿子就成为她和叶领的执念。她已经牺牲了一个孩子，必须生一个儿子。

这次有了经验，她四处打听，寻找生儿子的药。她听说，可以通过机器看到男女，于是她和叶领花了很多钱，疏通关系，看到了怀着的孩子是男是女。

好在这一次她怀着的是男孩。是男孩这件事传回老家，叶领的母亲连夜坐车来南城照顾她。

她从未体会过这样的待遇，婆婆对她和颜悦色，叶领对她唯命是从，连出门，叶领都不舍得让她提包。

一个儿子让她待遇骤然提高。她非常感谢这个孩子，在怀孕时，就已经想好，以后要让他上好学校，像自己弟弟一样。

她的生活，她的幸运，都是因为有一个好弟弟撑腰，如今，她也要有一个好儿子了。可惜好景不长，孩子生下来没多久，叶领就被人举报，丢了工作。

工作丢了，叶思北在乡下，也一直没找到过继的人家，便干脆送了回来。

叶领丢了工作，家里本就困难，叶思北再回来，就多一张吃饭的嘴。黄桂芬很难克制住自己对叶思北的厌恶，相比叶思北，叶念文给她带来的都是好运，她不得不相信命运。

她忍不住经常埋怨叶思北，叶思北年纪虽小，但很聪慧，她每次埋怨，这个孩子都会顶嘴，有时候她说不赢孩子，一怒之下，干脆就动手打她。

她每天白天忙忙碌碌，回家就要看鸡飞狗跳，叶领丢工作之后，就靠着她吃饭，这让她更是烦躁不已。可她能埋怨的也就只有叶思北。

她责问叶思北为什么不带好叶念文，叶思北就反问她："你为什么不带好我？"

黄桂芬不能理解，一个大姐，带好自己的弟弟，让着他，为他牺牲，不是理所当然的吗？她就是这样过来的，叶思北怎么就这么自私呢？可打也打过，骂也骂过，她把自己母亲那一套搬出来说给叶思北听，叶思北却都不信、不接受。

国家推行九年义务教育，叶思北不得不去上学，叶思北聪明，成绩很好，每次拿着卷子兴高采烈地回家，她不知怎么就是不喜欢看叶思北那副炫耀的样子。

她总忍不住要说叶思北几句，可等夜里，叶思北睡着了，她坐在床边，看到孩子桌上的三好学生奖状，她又忍不住看一眼，又一眼，觉得这孩子真有出息，比她妈强多了。

改革开放以后，国家发展得飞快，生活变化巨大。

尤其是2001年，中国加入WTO，周边的人开始用上传呼机、大哥大，每家每户也有了电视机、DVD，装上水管，有些人家还用上马桶，有浴室……

和经济一起翻天覆地的还有人的观念。

越来越多的家庭分裂、离婚，一开始，离婚的女人还被唾弃，慢慢地，大家也开始习惯。

独生女家庭对独生女的付出让许多女孩子看到了一个女生不同的生活，

时代让更多的人意识到了生活的不公。

叶思北考上高中时十六岁。

按照黄桂芬以前的想法,她早就让叶思北去打工了,毕竟女孩子不管读多少书,最后还是要嫁人,要好好照顾家庭、养育孩子。可看见叶思北高兴的样子,她也不知道为什么,这些话她说不出口。

夜里她试探着问叶领:"思北长大了,读书也没用,读下去还浪费钱,你觉得呢?"

叶领靠在床头,借着昏暗的灯光看报纸:"现在能读就读,多读点书也好。"

听到这话,黄桂芬心中那种莫名的负罪感放下来,是叶领让叶思北读书的,不是她。女孩子是不该读书的,就像她一样,应该早点出来,为家庭做贡献。是叶领放纵叶思北的,她没错。

叶思北上了高中,她每天高高兴兴的。但为了支付叶思北每个月多出的生活费,黄桂芬省吃俭用,孩子不在的时候,她和叶领两个人从不吃肉。

他们节约用水,衣服几年不买一件新的。看见一条喜欢的围巾,她看了又看,最后都没买。这样的生活让她很焦虑、烦躁,于是看见叶思北百事无忧的模样,就忍不住想说几句。

叶思北高三那年,叶念文初中考高中失败。

叶领和她商量了一晚,决心无论如何都要把叶念文塞到一所好的高中去,于是跟左右的邻居借钱,凑了五万,给他交了所谓的"校园建设赞助费",送他进了南城最好的高中。

他们怕给叶念文压力,不敢多说,但这钱终究是巨大的压力。夫妻一番商量,终于在叶思北开学前夕告诉她:"要不你去打工吧。"

读了高中还有大学,都是要花钱的事。叶思北去打工,家里就多个人一起还钱。

叶思北听了这话就愣了,她有些茫然:"我都读到高三了,为什么还要去打工?"后来,她哭着求他们,她说自己成绩很好,一定可以考上大学。

她的哭声让黄桂芬终于爆发了。谁不是可以有个美好的未来呢？凭什么她是大姐，她可以牺牲，叶思北就不可以呢？大家都是这么过来的，每个人都是这样痛苦的人生，她怎么就这么不懂事，就可以争呢？

那天晚上，家里吵得厉害，叶念文就躲在自己房间，他用耳机塞住耳朵，大声地放着音乐，听MP3里欢快的旋律："向天空大声地呼喊说声我爱你……向那流浪的白云说声我想你……"

叶思北在外面哭，黄桂芬哭，叶念文哭，有的是哭过去，有的哭未来。

最后叶思北终于被迫决定退学，然而就在退学前夕，他们学校的老师来做动员工作，说叶思北成绩很好，有人愿意捐助她，可以继续读下去。叶思北高兴得哭出来，立刻就跟着老师回了学校。

在叶思北走后，叶念文坐在房间里，他听见自己的母亲在客厅里小声呜咽。或许只有困难解除的那一刻，父母才愿意去面对自己的错误与无能。

从那以后，叶思北和这个家似乎就有了一层隔阂。她拼命想逃离这个家、这座城市，而面对女儿的逃离，随着年岁渐长，黄桂芬越来越害怕。

她害怕叶思北离开，她不知道为什么，或许是出于担心，或许是出于抗拒女儿对自己的不喜，又或许是内心深处人性的那一点点自私。养儿防老，她老了，她就开始害怕，自己老了之后该怎么办？

她的母亲最后是她和妹妹送走的，她的弟弟虽然在外赚钱，但是根本不懂得如何照顾人，她不敢想象，如果没有叶思北，以叶念文的脾气，怎么照看他们？叶念文已经习惯父母的付出，他甚至没想过回报。

于是她和叶思北拼命对抗，她的脾气越来越暴躁。叶念文说她烦，不懂得与时俱进，叶领说她小气，说她愚昧；叶思北说她从不关心自己，不爱自己。

每个人都在讨厌她，嫌弃她。可她又的的确确为他们所有人奉献了一生，只是给叶念文、叶领的多一些，给叶思北的少一些。

等后来，叶思北出事，她接到电话那一瞬，脑海里就想起年少时所有的见闻，想起那个报警跳河的姑娘，那些被指指点点的姑娘。性算不了什么，只要不被人知道，那和被人打一顿，被狗咬一口，有多大区别呢？

她这一生见过各种人情冷暖，20世纪90年代下岗潮后带来的生活巨变，性本身，在这人生漫长的时光里，在生死、在贫穷、在困难面前并不算什么。可怕的是，你是个异类。

叶思北这一代人，生于90年代，被誉为跨世纪的新一代，他们记事开始，就是香港回归，中国加入WTO，国力蒸蒸日上，经济、社会、文化全面开花。这一代追求个性、独立，以特立独行为荣，永远不能理解，对黄桂芬这一代人而言，异类有着多么可怕的含义。

两代人被时光打磨后有着完全不同的世界观，终于在这一场灾难中尖锐地爆发。

她用自己的方式保护女儿，最后，女儿却告诉她，她的保护才是对女儿最大的打压。当女儿告诉她"你老了"那一瞬间，她其实有些茫然。

那天晚上，她打开了网络，她看见那么多人骂叶思北，可又有那么多人支持叶思北。那一夜，她在梦中好似回到故乡大雪纷飞之中，年少的她跋涉于风雪中，她捏着雪球，打雪仗，堆雪人，那时候，她从不知道自己与男人有什么区别。

她的女儿已经没有退路，她得站起来，如果她都不支持叶思北，叶思北怎么办呢？她陪着叶思北一起打官司，一起走到最后，有那么一瞬，她觉得自己陪着的不是叶思北。

当叶思北决定离开南城时，当她看见叶思北坐在车上，远离家乡，看见光落在叶思北的车上，她恍惚看见了年少的自己。她不知是悲是喜，她还是担忧着自己的未来，但又在那一刻，终于觉得自己是个真正的母亲了。

叶思北，你走吧。

或许这一生，我没有办法学会纯粹地爱你，可是妈妈希望，你能活得比我好，你能学会坦荡地爱自己，纯粹地爱孩子，不负于时代，不负于自己，不负于一代又一代往前走那么一小步的母亲。

出版番外

1

叶念文见到赵楚楚的时候,她刚刚收起在小区内"免费染发"的小摊。

缓刑期间,她需要每个月参加一定时间量的社区服务,她剪发染发手艺好,就每周在社区免费剪发染发。老人家头发白得快,总喜欢染成黑色,这比她以前染五颜六色的头发简单很多,她固定时间在小区摆摊,倒也有了一点名气。

后来她缓刑期结束,也将这件事继续下去。

她没有再工作,一直待在家里,有这么点爱好,家里人也支持。

她收好小摊,从染发的大树下走到路对面的咖啡厅,离开的时候,她衣服上还染了些染发剂,只是她穿着深蓝色的衬衫,看上去不太明显,只是叶念文老远就注意到。

他不仅注意到赵楚楚衣衫上的污渍,还注意到她似乎又把头发剪短了一点。

她是从什么时候开始剪短发的?

叶念文回忆,好像是从判决生效当天开始,她从法院出来,办理了所有手续后,说她要回家,等再次见面时,她剪了她那一头大波浪,变成了齐肩的短发,规规矩矩。

似乎是为了搭配那头短发,她换上了宽松朴素的衬衫,一开始还是有些亮眼的牛油果绿,后来就变成了深灰、深蓝……搭配上宽松的黑裤,和社区里那些五十岁的老太太没什么两样。

叶念文就远远看着她从路对面小跑过来，进咖啡厅时和一个正要开门的店员撞上，她赶紧向对方赔笑道歉。对方都被她道歉的殷勤态度搞蒙了，缓了片刻后，才反应过来，让她进去。

赵楚楚走进咖啡厅，一眼就看到叶念文，她面上露出喜色，高兴地走到叶念文面前，坐到椅子上，大大方方道："今天不上班吗？怎么下午就来了？"

"打算和你一起吃晚饭。"叶念文笑了笑，故作无事道，"今天你生日，我提前下班。"

"哎哟，叶大律师这么忙，提前下班少赚了不少银子吧？"赵楚楚笑着伸出手，在叶念文面前搓了搓。

叶念文被她逗笑，只道："我现在不是授薪律师啦，工作量完成就行，工作时间我说了算。"

"那之前还天天忙得不见人影？"赵楚楚挑眉，颇为不满。

叶念文低头，有些不好意思。

想了片刻后，他深吸一口气，从包里拿出了一张新楼盘宣传单。

"这是做什么？"赵楚楚有些好奇。

叶念文没说话，只继续翻包，拿出了身份证、户口本、银行卡，最后抬起头，认真地看着赵楚楚："赵楚楚，我们结婚吧。"

2

对于结婚这件事，赵楚楚等了很久。

她点点头，没有丝毫犹豫，便笑着道："好啊。"

于是他们开始准备婚礼，按照小镇上的流程，看房子，买婚房，订酒店……

叶思北的案子让叶念文在网上有了些名气，他抓住机会，拼命工作，两年不到便成了律所的合伙人，自己攒下一笔积蓄，倒也没有再问家里拿钱。

只是黄桂芬心疼儿子，死活都要给叶念文塞钱。

叶念文按着黄桂芬塞钱的手不放，最后只能提醒道："妈，这钱你要么留着养老，要是给我，那我就和姐分一分。而且我得说好，这钱是你送我的，以后别打着给钱的名义管我，更别管楚楚。"

这话把黄桂芬气得不轻，可叶念文太清楚自己母亲的品性，她给这钱就是为了不落人口实，方便日后有理由拿捏赵楚楚。

黄桂芬把钱收了回去，说懒得管他们，只提醒叶念文，说赵楚楚那姑娘性子太跳脱，结婚仪式让他盯着点，别让亲戚们看笑话。

叶念文不以为然，根本没转达这话，只想着，如果赵楚楚能出格一点，那就好了。

他一瞬间想起她以前一头大波浪，浓妆艳抹，好像什么都不怕的模样，甚至有了期盼。婚礼那一天，她离谱一点多好。

可赵楚楚没有如他所愿，结婚那天，流程就是婚庆公司给每一对新人都制定的流程，甚至将一些亲密的环节都删了。

在交换戒指后，叶念文看着面前化了妆的人，一时激动起来，低头想吻她，她竟躲了过去。

叶念文愣了愣，随后尴尬地笑了笑，掩饰过去。

那天来了很多人，叶思北和秦南也来了。叶念文喝了很多酒，根本站不起来，秦南和叶思北便将他劝走，省了闹洞房的环节。

等秦南和叶思北把他送到酒店赠的"新房"时，他有些克制不住，一直醉醺醺地念叨："姐，你现在的样子太好了。我听说你都要当财务总监了，你走出去了，太好了！"

"胡说八道什么呢！"秦南推了他一把，知道他想说什么，有些不满。

叶思北笑笑，拦住秦南，温和道："没事，让他说，他憋久了。"

"我是夸你啊，"叶念文抓着叶思北，高兴道，"姐，你走出去了，我好高兴，我看着你我好高兴，我一直想你们得好好的，都要好好的，可楚楚……"

叶念文说着有些哽咽，一时说不出口，然而在酒精的影响下，他满脑子都是赵楚楚以前一头大波浪笑得无法无天的模样。

他抓着叶思北，张了张口，眼泪终于流出来，哑着声道："楚楚没有啊。"

3

这话把叶思北说愣了，叶念文却仿佛是找到了救命稻草，跪了下去，拉着叶思北的手，颤抖着肩头，抽噎着道："她爱美的，她是那么喜欢漂亮的人，她做事那么没心眼儿，总要逆着别人，她现在怎么这样啊……都已经过去了……

"她一直待在家里，她说她懒，不想工作。可其实我知道啊，她不敢。

"姐……我难受啊……"

"我知道了。"叶思北慢慢反应过来，知道叶念文已经完全没了理智，她看了秦南一眼，拍了拍秦南的手道，"你先扶他去我们房间，我找楚楚说两句。"

秦南点点头，一把将叶念文拉扯起来。

叶思北走到赵楚楚待的房间，敲响门时，房间里还坐着许多年长的女性，正拉着赵楚楚说话。叶思北进来和她们寒暄一阵后，说叶念文吐了，先去收拾，随后便借着时间晚了的名义将她们一一送走。

等房间里只剩下她和赵楚楚两个人，她转头看向赵楚楚。两人一直不说话，赵楚楚有些不自在，过了许久后，她讷讷地开口："姐——"

"怎么把头发剪了？"叶思北笑着出声。

赵楚楚一愣，叶思北走到她旁边，拨弄她的假发，好奇道："你这假发戴着不热吗？"

"热啊。"赵楚楚放松下来，感觉好像慢慢回到从前，她有些眼热，低声道，"所以就戴这一天。"

"你还没回我话呢，"叶思北坐到她旁边，抬眼看她，"听说你把头发剪了，也不穿好看衣服，不出去找工作，怎么了？"

"没什么，就是人懒了。"

"哦，"叶思北想了想，慢慢道，"我有没有和你说，我去省城的时候有人认识我？"

听到这话，赵楚楚立刻紧张起来："他们说你了？"

"没有，"叶思北摇头，笑着道，"他们就偷偷看我，然后我看过去，他们就被吓跑了。"

赵楚楚一愣，叶思北继续道："然后我找了工作，我老板叫张琳，有一次她叫我去出差，我特别害怕……"

叶思北慢慢说着自己在省城的生活，赵楚楚静静听着，叶思北说得很平静，赵楚楚就一直注视着她，她总是有这种奇怪的魅力，明明很温和、柔软的人，却总有一种折不断的韧性。

两人说着，竟一起坐在了床上，赵楚楚看着面前明显已经不一样的女人，听着她说她现在经常会出席酒席，如何拒绝别人。

等到最后，叶思北抬头看她，温和道："楚楚，其实我知道伤害就是伤害，不会因为大道理痊愈。"

赵楚楚眼神一颤，她不知道为什么眼眶突然红了起来。

叶思北注视着她，却只道："可当痛苦凝视你时，你唯有正视它，它才会移开目光。我和人说话紧张，那我就一遍一遍地重复。我害怕拒绝别人，那就从说'不行'开始，反反复复地在家说，出门说，和每一个人说。顺应着往前走，那叫命，逼着自己离开顺着往前的路，那就叫改命。你以前不是总和我说，没什么好怕的吗？你还说，要做自己，不要被驯服。"

叶思北笑起来："再说一次。"

4

叶思北很晚才离开，叶念文都睡了一觉。叶思北和秦南送叶念文回到新房，他昏睡了一夜，等第二天醒过来时，就看见赵楚楚站在窗户旁边，她穿着睡衣，阳光洒在她身上，他愣愣地看着，就见她回过头来。

她画了蓝色的眼影，眼角画了一只振翅欲飞的蝴蝶，配合着她的短发，看上去格外酷炫。

叶念文张大了嘴，一时有些说不出话。

赵楚楚笑了笑，轻声道："我想去学化妆，当个化妆师。"

叶念文觉得不可思议，震惊地看着她。

赵楚楚说得格外认真："我今天问了跟妆师，她跟妆一天能拿七百呢。我化妆化得好，可以去影楼，当跟妆师，我可以开个化妆店——"

话没说完，叶念文便惊喜地下床，猛地冲了过去，一把死死地抱住赵楚楚。

"你可以。"叶念文有些激动地开口，"我知道你可以！你做什么都可以！"

"我知道，"赵楚楚被他拥抱着，突然有了无限的力量，"可我会害怕。其实我从小就害怕，我做什么他们都说我错了。化妆错了，爱美错了，张扬错了，早恋错了，我一切都是错的。可我不服气，直到整个世界都在批判我的时候，我突然想，如果我听爸妈的话，就没有那么多事了。我如果好好读书，考个好大学，然后找一份稳定的工作，甚至不工作，等安稳地嫁人，在家带孩子，是不是就没有人骂我了？"

"不是——"

"可那不是我想要的生活。叶念文，我可能要被骂一辈子。但是，我赵楚楚，"赵楚楚闭上眼睛，"就是要爱美一辈子，要离经叛道一辈子。"

"好！"

5

送叶思北走的时候，赵楚楚特意化了个淡妆。

等后来叶思北回到省城，没过多久，就听说赵楚楚去了沿海地区学化妆。

之后赵楚楚去影楼当化妆师，她爱化妆，爱拍照，过了些年，她攒了钱，把这家影楼盘了下来，自己搞了一组以彩色蝴蝶为主题的艺术照，惊动了小镇。

叶思北慕名去看，走到影楼门口，刚好听见她在训孩子。

她生了个女儿，孩子正戴着满头发夹，哇哇大哭。

赵楚楚抓着孩子的手臂，怒喝："你知道错了吗？！"

"知道错了。"孩子哭得惊天动地。

"错在哪儿了？！"

"我不该戴发夹。"孩子抽噎。

"放屁！"赵楚楚一声暴喝，轻轻拍在孩子屁股上，"发夹就该你戴，但你不能把同样明暗对比的颜色一齐戴！还把我刚买的一袋夹子全戴头上。你啥审美啊？丑成这样，还和我说想卖夹子赚钱？"

"呜呜呜，我不赚了，"女孩抬起汪汪泪眼，随后有些疑惑地出声，"不过，为什么要赚钱啊？"

"为了能像老娘一样，对着所有人大骂放屁。"

听到这话，叶思北忍不住笑出声来。

赵楚楚闻声抬头，看见叶思北，随后扬起璀璨又明媚的笑容。

"姐，"她招手，"回来啦？"

回来了。他们所有人都回到了最初的、没有被规训过的、最真实的灵魂之处。

图书在版编目(CIP)数据

余生有涯 / 墨书白著. -- 北京：北京联合出版公司，2025.1. -- ISBN 978-7-5596-8095-2

Ⅰ. I247.5

中国国家版本馆CIP数据核字第20244X4Z15号

余生有涯

作　　者：墨书白
出 品 人：赵红仕
出版监制：辛海峰　陈　江
特约监制：殷　希　穆　晨
产品经理：朱静云　谢佳卿
责任编辑：李艳芬
特约编辑：王苏苏　丛龙艳
营销支持：肖　瑶　祁　悦　陈淑霞
特约印制：赵　聪
内文排版：刘龄蔓
插画授权：边缘又天真
封面设计：白砚川（@白砚川）
版式设计：气味野生定制

北京联合出版公司出版
（北京市西城区德外大街83号楼9层　100088）
北京联合天畅文化传播公司发行
天津中印联印务有限公司印刷　新华书店经销
字数350千字　880毫米×1230毫米　1/32　10.5印张
2025年1月第1版　2025年1月第1次印刷
ISBN 978-7-5596-8095-2
定价：54.80元

版权所有，侵权必究
未经书面许可，不得以任何方式转载、复制、翻印本书部分或全部内容。
如发现图书质量问题，可联系调换。质量投诉电话：010-88843286/64258472-800